Pídeme lo que quieras, ahora y siempre

Obra editada en colaboración con Editorial Planeta - España

Los personajes, eventos y sucesos presentados en esta obra son ficticios. Cualquier semejanza con personas vivas o desaparecidas es pura coincidencia.

Bajo el sello editorial PLANETA M.R.
Avenida Presidente Masarik núm. 111, Piso 2
Colonia Polanco V Sección
Delegación Miguel Hidalgo
C.P. 11560, Ciudad de México
www.planetadelibros.com.mx

Primera edición impresa en España: marzo de 2013
ISBN: 978-84-08-10547-3

Primera edición impresa en México: septiembre de 2013
Séptima reimpresión impresa en México: octubre de 2017
ISBN: 978-607-07-1871-7

Impreso en los talleres de Encuadernación Domínguez
Progreso núm. 10, colonia Centro Ixtapaluca, Estado de México
C.P. 56530, México
Impreso en México – *Printed in Mexico*

Pídeme lo que quieras, ahora y siempre

Megan Maxwell

Esencia/Planeta

Para LAS GUERRERAS MAXWELL,
por ser mi mayor apoyo, y para Jud y Eric,
por ser unos magníficos personajes.

Mil besotes.
Megan

1

Tras salir de la oficina llego a casa como si me hubieran metido un cuete en el culo. Miro las cajas embaladas y se me parte el corazón. Todo se ha ido a la mierda. Mi viaje a Alemania está anulado y mi vida, de momento, también. Meto cuatro cosas en una mochila y desaparezco antes de que Eric me encuentre. Mi teléfono suena, y suena, y suena. Es él, pero me niego a contestar. No quiero hablar con Eric.

Dispuesta a desaparecer de mi casa, me voy a una cafetería y llamo a mi hermana. Necesito hablar con ella. Le hago prometer que no le dirá a nadie dónde estoy y quedo con ella.

Mi hermana acude a mi llamada y, tras abrazarme como sabe que necesito, me escucha. Le cuento parte de la historia, sólo parte o sé que la dejaría sin palabras. Omito el tema del sexo y tal, pero Raquel es ¡Raquel!, y cuando las cosas no le cuadran comienza con eso de «¡Estás loca!», «¡Te falta un tornillo!», «¡Eric es un buen partido!» o «¿Cómo has podido hacer eso?». Al final me despido de ella y a pesar de su insistencia no le revelo adónde voy. La conozco y se lo dirá a Eric en cuanto la llame.

Cuando consigo despegarme de mi hermana, llamo a mi padre. Después de tener una breve conversación con él y hacerle entender que en unos días iré a Jerez y le explicaré todo lo que me pasa, me monto en el coche y me voy a Valencia. Allí me alojo en un hostal y durante tres días paseo por la playa, duermo y lloro. No tengo nada mejor que hacer. No le contesto el teléfono a Eric. No..., no quiero.

Al cuarto día me subo al coche y algo más relajada me voy a Jerez, donde papá me recibe con los brazos abiertos y me da todo su cariño y amor. Le cuento que mi relación con Eric se ha acabado para siempre, y él no me quiere creer. Eric le ha llamado varias veces preocupado y, según mi padre, ese hombre me ama demasiado como para dejarme escapar. Pobrecillo. Mi padre es un romántico empedernido.

Al día siguiente, cuando me levanto, Eric ya está en casa de mi padre.

Papá lo ha llamado.

Cuando me ve, intenta hablar conmigo, pero me niego. Me pongo hecha una furia; grito, grito y grito, y le reprocho todo lo que tengo en mi interior antes de darle con la puerta en las narices y encerrarme en mi habitación. Al final, oigo que mi padre le pide que se marche, y de momento me deja respirar. Sabe que ahora soy incapaz de razonar y que en lugar de solucionar las cosas lo que voy es a complicarlas más.

Eric se acerca a la puerta de la habitación donde me he encerrado y con voz cargada de tensión e ira me indica que se va. Pero que se va a Alemania. Tiene que resolver ciertos asuntos allí. Insiste una vez más en que salga, pero al ver mi negativa finalmente se marcha.

Pasan dos días y mi angustia es persistente.

Olvidar a Eric me es imposible, y más cuando él me llama continuamente. No le contesto. Pero, como soy una masoquista pura y dura, escucho nuestras canciones una y otra vez para martirizarme y regodearme en mi pena, penita..., pena. Lo positivo de todo este asunto es que sé que está muy lejos y, además, que tengo mi moto para desfogarme, embarrándome y saltando por los campos de Jerez.

Transcurridos unos días me llama Miguel, mi ex compañero en Müller, y me deja sorprendida. Eric ha despedido a mi ex jefa. Incrédula, escucho cómo Miguel me cuenta que Eric tuvo una tremenda discusión con ella cuando la pilló en la cafetería mofándose de mí. Resultado: al paro. ¡Toma ya! Por perra.

Lo siento, no debería alegrarme de ello, pero la malvada que existe en mi interior se regodea con que esa mala víbora por fin haya recibido su merecido. Como dice muy sabiamente mi padre, «el tiempo pone a cada uno en su lugar», y a ésa el tiempo la ha puesto donde se merece, en la puñetera calle.

Esa tarde aparece mi hermana con Jesús y Luz, y nos sorprenden con la noticia de que van a ser padres de nuevo. ¡Embarazo a la vista! Mi padre y yo nos miramos con complicidad y sonreímos. Mi hermana está feliz, mi cuñado también y a mi sobrina Luz se la ve ilusionada. ¡Va a tener un hermanito!

Al día siguiente, se presenta en casa Fernando. Al vernos nos damos un largo y significativo abrazo. Por primera vez desde que nos conocemos no nos hemos comunicado en meses, y eso nos da a entender a los dos que lo nuestro, aquello que nunca existió, por fin se ha acabado.

No me pregunta por Eric.

No hace la más mínima mención de él, pero intuyo que imagina que lo nuestro o se ha terminado, o pasa algo. Por la tarde, mientras mi hermana, Fernando y yo tomamos un tentempié en el bar de la Pachuca, le pregunto:

—Fernando, si yo te pidiera un favor, ¿me lo harías?

—Depende del favor.

Ambos sonreímos, y le aclaro, dispuesta a conseguir mi propósito:

—Necesito la dirección de dos mujeres.

—¿Qué mujeres?

Doy un trago a mi coca-cola y respondo:

—Una se llama Marisa de la Rosa y vive en Huelva. Está casada con un tipo llamado Mario Rodríguez, que es cirujano plástico; sé poco más. Y la otra se llama Rebeca y fue novia durante un par de años de Eric Zimmerman.

—Judith —protesta mi hermana—, ¡ni hablar!

—Cállate, Raquel.

Pero mi hermana comienza su perorata y ya no hay quien la calle. Tras discutir con ella, vuelvo a mirar a Fernando, que no ha abierto la boca.

—¿Puedes conseguirme lo que te he pedido, o no?

—¿Para qué lo quieres? —me contesta.

No estoy dispuesta a contarle lo que ha ocurrido.

—Fernando, no es para nada malo —puntualizo—, pero si pudieras ayudarme, te lo agradecería.

Durante unos segundos me mira con solemnidad mientras Raquel, a mi lado, sigue despotricando. Al final asiente, se levanta, se aleja y veo que habla por el móvil. Esto me inquieta. Diez minutos después, se acerca a mí con un papel y dice:

—Sobre Rebeca sólo te puedo decir que está en Alemania pero no cuenta con una residencia fija, y la dirección de la otra aquí la tienes. Por cierto, tus amigas se mueven en un ambiente de altos vuelos y comparten los mismos juegos que Eric Zimmerman.

—¿De qué juegos habláis? —pregunta Raquel.

Fernando y yo nos miramos. ¡Se traga los dientes como diga algo más!

Nos entendemos bien y le indico que no se le ocurra contestar a mi hermana, o se las verá conmigo, y él me hace caso. Es un excelente amigo. Finalmente, Fernando se resigna y señala:

—Ni una tontería con ellas, ¿de acuerdo, Judith?

Mi hermana niega con la cabeza mientras resopla. Yo, emocionada, tomo el papel y le doy un beso en la mejilla.

—Gracias. Muchas..., muchas gracias.

Esa noche, cuando estoy a solas en mi habitación, me siento furiosa. Saber que al día siguiente, con un poco de suerte, me voy a echar a la cara a Marisa me pone cardíaca. Esa mala bruja se va a enterar de quién soy yo.

Por la mañana me despierto a las siete. Llueve.

Mi hermana ya está levantada y, en cuanto ve que me preparo para ir de viaje, se pega a mí como una lapa y comienza su incesante cascada de preguntas.

Intento esquivarla.

Voy a Huelva a hacerle una visitilla a Marisa de la Rosa. Pero Raquel ¡es mucha Raquel! Y al final, al ver que no me la puedo quitar de encima, accedo a que me acompañe. Aunque durante el trayecto me arrepiento y siento unos deseos asesinos de tirarla a la cuneta. Es tan cansina y repetitiva que saca de sus casillas a cualquiera.

Ella no sabe lo que nos ha ocurrido realmente a Eric y a mí, y no para de desvariar con sus suposiciones. Si supiera la verdad se quedaría de pasta de boniato. Una mentalidad como la de mi hermana no entendería mis juegos con Eric. Pensaría que somos unos depravados, entre otras muchas cosas aún peores.

El día en que pasó todo, cuando quedé con ella, le deformé la realidad. Le conté que esas mujeres habían metido cizaña en nuestra relación y que por eso habíamos discutido y habíamos roto Eric y yo. No pude decirle otra cosa.

Cuando entro en Huelva, extrañamente no estoy nerviosa.

Para nervios los de mi hermanísima.

Al llegar a la calle que pone en el papel estaciono mi coche. Observo la urbanización y veo que Marisa vive muy..., muy bien. La urbanización es de lujo.

—Todavía no sé qué hacemos en este lugar, cuchu —protesta mi hermana, bajándose del coche.

—Quédate aquí, Raquel.

Pero, omitiendo mi exigencia, cierra la puerta con decisión y contesta:

—Ni lo pienses, mona. Donde vayas tú, allí que voy yo.

Resoplo y gruño.

—Pero vamos a ver, ¿es que acaso necesito un guardaespaldas?

Se pone a mi lado.

—Sí. No me fío de ti. Eres muy mal hablada y a veces te pones muy bruta.

—¡Joder!

—¿Lo ves? Ya has dicho «¡joder!» —repite ella.

Sin responder comienzo a andar hacia el bonito portal que indica el papel. Llamo al portero automático, y cuando una voz de mujer contesta, digo sin dilación:

—Cartero.

La puerta se abre, y mi hermana, ojiplática, me mira.

—¡Aisss, Judith!, creo que vas a hacer una tontería. Tranquila, por favor, cariño; tranquila, que te conozco, ¿entendido?

Me río. La miro y murmuro mientras esperamos el ascensor:

—La tontería la hizo ella cuando me subestimó.

—¡Aisss, cuchuuuu...!

—Vamos a ver —siseo, malhumorada—, a partir de este momento, te quiero calladita. Éste es un asunto entre esa mujer y yo, ¿vale?

El ascensor llega. Nos montamos y oprimo el botón de la quinta planta. Cuando el ascensor para, busco la puerta D y llamo. Instantes después, la puerta la abre una desconocida vestida con uniforme de servicio.

—¿Qué desea? —pregunta la joven.

—¡Hola, buenos días! —respondo con la mejor de mis sonrisas—. Quisiera ver a la señora Marisa de la Rosa. ¿Está en casa?

—¿De parte?

—Dígale que soy Vanesa Arjona, de Cádiz.

La joven desaparece.

—¿Vanesa Arjona? —cuchichea mi hermana—. ¿Qué es eso de Vanesa?

Rápidamente, con un gesto seco, le ordeno callar.

Dos segundos más tarde aparece ante nosotras Marisa, monísima con un conjunto en color blanco roto. Al verme, su cara lo dice todo. ¡Se asusta! Y antes de que ella pueda hacer o decir nada, sujeto con fuerza la puerta para que no la cierre mientras suelto:

—¡Hola, pedazo de zorra!

—¡Cuchuuuuuuuuuuu! —protesta mi hermana.

A Marisa le tiembla todo. Miro a mi hermana para que guarde silencio.

—Sólo quiero que sepas que sé dónde vives —siseo—. ¿Qué te parece? —Marisa está blanca, pero continúo—: Tu juego sucio me ha hecho enfadar y, créeme, si me lo propongo, puedo ser más mala y dañina que tú o tus amigas.

—Yo..., yo no sabía que...

—¡Cierra el pico, Marisa! —gruño entre dientes. Ella calla, y yo prosigo—: Me da igual lo que me digas. Eres una mala bruja porque me utilizaste con un fin nada bueno. Y en cuanto a tu amiguita Betta, como estoy segura de que seguís en contacto, dile que el día en que me la cruce se va a enterar de quién soy yo.

Marisa tiembla. Mira hacia el interior de la casa y sé que teme lo que pueda decir.

—Por favor —suplica—, están mis suegros y...

—¿Tus suegros? —la interrumpo, y aplaudo—. ¡Genial! Preséntamelos. Estaré encantada de conocerlos y contarles cuatro cositas de su angelical nuera.

Descontrolada, Marisa niega con la cabeza. Tiene miedo. Siento pena por ella. Aunque es una mala bruja, yo no lo soy. Al final decido dar por terminada mi visita.

—Si me vuelves a subestimar, tu bonita y relajada vida con tus suegros y tu famoso maridito se va a acabar —concluyo—, porque yo misma me voy a encargar de que así sea, ¿entendido?

Pálida como la cera, asiente. No me esperaba aquí y menos con ese talante. Cuando ya he dicho todo lo que tenía que decir y me voy a dar la vuelta para marcharme, escucho que mi hermana pregunta:

—¿Ésta es la guarrilla que venías buscando?

Hago un gesto afirmativo, y sorprendiéndome como siempre hace Raquel, la oigo decir:

—Si te vuelves a acercar a mi hermana o a su novio, te juro por la gloria bendita de mi madre que está mirándonos desde el cielo que la que regresa aquí soy yo con el cuchillo jamonero de mi padre y te saco los ojos, ¡pedazo de zorra!

Marisa, tras el chorreo de palabras de mi querida Raquel, cierra la puerta en nuestras narices. Aún boquiabierta, miro a mi hermana y murmuro en tono alegre mientras caminamos hacia el ascensor:

—Menos mal que la bruta y mal hablada de la familia soy yo. —Y al verla reír, añado—: ¿No te había dicho que te quería calladita?

—Mira, cuchufleta, cuando se meten con mi familia o le hacen daño, saco la choni poligonera que hay en mí y, como dice la Esteban, MA-TO.

Entre risas, volvemos al coche y regresamos a Jerez.

Cuando llegamos, mi padre y mi cuñado nos preguntan por nuestro viaje. Las dos nos miramos y reímos. No decimos nada. Este viaje ha sido algo entre Raquel y yo.

2

Estamos a 17 de diciembre. Se acercan las Navidades y los amigos de toda la vida que viven fuera de Jerez van llegando. Si se acaba el mundo el día 21 como dicen los mayas, por lo menos nos habremos visto por última vez.

Como todos los años, nos reunimos en la gran fiesta que organiza Fernando en la casa de campo de su padre y lo pasamos de lujo. Risas, bailes, chistes y, sobre todo, buen rollo. Durante la fiesta, Fernando no me hace la menor insinuación. Se lo agradezco. No estoy yo para insinuaciones.

En un momento de la juerga, Fernando se sienta junto a mí y hablamos. Nos sinceramos. Por sus palabras infiero que sabe mucho sobre mi relación con Eric.

—Fernando, yo...

No me deja hablar. Pone un dedo en mi boca para callarme.

—Hoy me vas a escuchar a mí. Te dije que ese tipo no me gustaba.

—Lo sé...

—Que no era recomendable para ti por lo que tú y yo sabemos.

—Lo sé...

—Pero, me guste o no, soy consciente de la realidad. Y esa realidad es que estás perdida por él, y él por ti. —Lo miro, asombrada, y prosigue—: Eric es un hombre poderoso que puede tener la mujer que quiera, pero me ha demostrado que siente algo muy fuerte por ti, y lo sé por su insistencia.

—¿Insistencia?

—Me llamó mil veces desesperado el día en que desapareciste de su oficina. Y cuando digo «desesperado», es desesperado.

—¿Te llamó?

—Sí, todos los días varias veces. Y a pesar de que sabe que no es santo de mi devoción, el tío se arriesgó, se tragó su orgullo, y lo hizo para pedirme ayuda. No sé cómo consiguió mi celular, pero lo cierto es que me llamó para suplicarme que te encontrara. Estaba preocupado por ti.

Mi corazoncito se descontrola. Pensar en mi Iceman enloquecido por mi ausencia me pone tonta. Demasiado tonta.

—Me dijo que se había comportado como un idiota —continúa Fernando— y que tú te habías marchado. Te localicé en Valencia, pero no le conté nada a él ni intenté ponerme en contacto contigo porque imaginé que necesitabas pensar, ¿verdad?

—Sí.

Bloqueada por lo que me está diciendo, lo miro.

—¿Has tomado una decisión? —me pregunta.

—Sí.

—¿Se puede saber cuál es?

Doy un trago a mi bebida, me retiro el pelo de la cara y, con todo el dolor de mi corazón, con un hilo de voz susurro:

—Lo que había entre Eric y yo se acabó.

Fernando asiente, mira hacia unos amigos y, tras resoplar, murmura:

—Creo que te equivocas, jerezana.

—¿¡Cómo!?

—Lo que oyes.

—¡Cómo que lo que oigo! ¿Estás tonto?

Mi amigo el tonto sonríe y da un trago a su bebida.

—¡Ojalá te brillaran los ojos por mí como te brillan por él! —exclama finalmente—. ¡Ojalá te hubieras vuelto tan loca por mí como sé que lo estás por él! ¡Y ojalá no fuera consciente de que ese ricachón está tan loco por ti que es capaz de llamarme a mí para que te busque y te encuentre a pesar de que en un momento así yo te puedo poner en su contra!

Cierro los ojos. Los aprieto cuando Fernando empieza a hablar de nuevo.

—Para él, tu seguridad, encontrarte y saber que estabas bien, ha sido lo primordial, lo más importante, y eso me hace ver la clase de hombre que es Eric y lo enamorado que está de ti. —Abro los ojos y escucho con atención—. Sé que me estoy echando piedras en mi propio tejado al confesarte esto, pero si lo que hay entre tú y ese guaperas es tan auténtico como ambos me dan a entender, ¿por qué acabarlo?

—¿Me estás diciendo que vuelva con él?

Fernando sonríe, retira un mechón de pelo de mi cara y musita:

—Eres buena, generosa, una excelente mujer y siempre te he considerado lo bastante lista como para no dejarte engañar por cualquiera o hacer algo que no sea de tu agrado. Además, te quiero como amiga, y si tú te has enamorado de ese tipo, por algo será, ¿no? Escucha, jerezana, si eres feliz con Eric, piensa en lo que quieres, en lo que deseas, y si tu corazón te pide estar con él, no te lo niegues o te arrepentirás, ¿de acuerdo?

Sus palabras tocan mi corazón, pero antes de que me ponga a llorar como una imbécil y las cataratas del Niágara broten de mis ojos, sonrío. Está sonando el *Waka waka* de Shakira.

—No quiero pensar. Ven, vamos a bailar —le propongo.

Fernando sonríe a su vez, me coge de la mano, me lleva al centro de la pista y juntos bailamos mientras, a voz en grito, cantamos con nuestros amigos:

Tsamina mina, eh eh, waka waka, eh eh
Tsamina mina, zangaléwa, anawa ah ah
Tsamina mina, eh eh, waka waka, eh eh
Tsamina mina, zangaléwa, porque esto es África.

Horas después, la fiesta continúa, y hablo con Sergio y Elena, los dueños del pub más concurrido de Jerez. Otros años, en Navidades, he trabajado de camarera en su local y me lo vuelven a ofrecer. Accedo, complacida. Ahora que estoy en el paro, cualquier ingreso extra me viene de perlas.

De madrugada, cuando llego a casa, estoy cansada, algo borracha y satisfecha.

Como cada año me inscribo para participar en la carrera solidaria de motocross que recauda fondos para comprar juguetes a los niños menos favorecidos de Cádiz. La carrera será el día 22 de diciembre en El Puerto de Santa María. Mi padre, el Bicharrón y el Lucena están encantados. Ellos siempre disfrutan tanto o más que yo con estos eventos.

El 20 de diciembre por la mañana mi teléfono suena por decimoctava vez. Estoy muerta. Trabajar en el pub es divertido pero agotador. Al coger el celular y ver que se trata de Frida, me reactivo y respondo rápidamente.

—¡Hola, Jud! Feliz Navidad. ¿Cómo estás?

—Feliz Navidad. Estoy bien, ¿y tú?

—Bien, bonita, bien.

Su voz es tensa y me asusto.

—¿Qué pasa? —pregunto—. ¿Ocurre algo? ¿Eric está bien?

Tras un incómodo silencio, Frida se decide.

—¿Es cierto lo que he escuchado sobre Betta?

—No —respondo, y resoplo al recordarla—. Todo ha sido un montaje de ella.

—Lo sabía —murmura.

—Pero da igual, Frida —añado—, ya no importa.

—¡Cómo que ya no importa! A mí no me da igual. Cuéntame ahora mismo tu versión.

Sin demora, le cuento lo ocurrido con todos sus pelos y señales, y cuando acabo, comenta:

—Esa Marisa nunca me gustó. Es una bruja, y Eric parece nuevo. ¡Hombres! Sabe que Marisa es amiga de Betta; ella les presentó.

—¿Ella les presentó?

—Sí. Betta es de Huelva como Marisa. Cuando comenzó su relación con Eric, se fue a Alemania a vivir con él, hasta que pasó lo que pasó y le perdí la pista. Pero esa Marisa se merece un escarmiento por mala.

—Tranquila. A esa bruja le hice una visita y le dejé muy claro que conmigo no se juega.

—¡No me digas!

—Lo que oyes. Le advertí que yo también sé jugar sucio.

Frida suelta una carcajada, y yo hago lo mismo.

—¿Cómo está Eric? —pregunto sin que pueda evitarlo.

—Mal —contesta, y suspiro. Ella sigue—: Anoche cené con él en Alemania y, al no verte, pregunté y fue cuando me enteré de lo ocurrido entre ustedes. Me enfadé y le dije cuatro cositas bien dichas.

Escucharla hablar así me hace gracia, e insisto mientras me desperezo:

—Pero ¿él está bien?

—No, no está bien, Judith, y no me refiero a su enfermedad, sino a él como persona. Por eso te he llamado nada más llegar a España. Debes arreglarlo. Debes contestarle el teléfono. Eric te echa mucho de menos.

—Él me apartó de su lado; que ahora asuma las consecuencias.

—Lo sé. También me lo ha dicho. Es un cabezón, pero un cabezón que te quiere; eso no lo dudes.

Inconscientemente, oír tal cosa hace que revoloteen ya no mariposas, sino avestruces en mi estómago. Soy la reina de las masoquistas. Me gusta saber que Eric aún me quiere y me echa de menos, a pesar de que yo misma me empeñe en no creerlo.

—Te llamo porque este fin de semana cenaremos en Nochebuena con mis suegros en Conil, y luego estaremos en nuestra casa de Zahara tranquilitos. El Fin de Año lo pasaremos en Alemania con mi familia. Por cierto, Eric se reunirá con nosotros en Zahara. ¿Te apetece venir?

Ése es un plan encantador. En otro momento me hubiera parecido perfecto. Pero respondo:

—No, gracias. No puedo. Estoy comprometida con mi familia y además trabajo estos días por la noche, y...

—¿Que trabajas por la noche?

—Sí.

—Pero ¿en qué trabajas?

—Soy camarera en un pub y...

—¡Uf, Judith! ¡Camarera! Eso a Eric no le va a hacer gracia. Lo conozco y no le va a gustar nada de nada.

—Lo que le guste o no a Eric ya no es mi problema —le aclaro sin querer entrar en más detalles—. Además, el sábado tengo una carrera en Cádiz y...

—¿Tienes una carrera?

—Sí.

—¿De qué?

—De motocross.

—¿Corres motocross?

—Sí.

—¡Motocross! —grita, sorprendida—. Jud, eso no me lo pierdo yo. Eres mi heroína. ¡Qué cosas más chulas que sabes hacer! Si alguna vez tengo una hija, quiero que de mayor sea como tú.

Al ver su sorpresa, me río y digo:

—Es una carrera solidaria que busca recaudar fondos para comprar juguetes y repartirlos entre niños de familias que no pueden permitírselo.

—¡Ah!, pues allí estaremos ¿Y dónde dices que es?

—En El Puerto de Santa María.

—¿A qué hora?

—Comienza a las once de la mañana. Pero oye, Frida..., no se lo digas a Eric. No le gustan nada esas carreras. Lo pasa fatal porque recuerda lo que le ocurrió a su hermana.

—¿Que no se lo diga a Eric? —se mofa sin querer escucharme—. Es lo primero que voy a hacer en cuanto lo vea... Si él no quiere venir, que no venga, pero yo desde luego voy a verte sí o sí.

—Yo no lo quiero ver, Frida. Estoy muy enfadada con él.

—¡Venga ya, por Dios! ¡A ver si ahora vas a ser tú peor que él! Mira que si mañana se acaba el mundo como dicen los mayas y no lo vuelves a ver más... ¿Lo has pensado?

El comentario me hace reír, aunque reconozco que he pensado en esa posibilidad.

—Frida, el mundo no se va a acabar. Y en cuanto a Eric, una persona que desconfía de mí y que se enfada conmigo sin dejar que me explique no es lo que quiero en mi vida. Además, ya estoy harta de él. Es un idiota.

—¡Oh, Dios! Efectivamente eres peor que él. Pero vamos a ver, ¿tan tontos son los dos que no ven que están hechos el uno para el otro? Pero bueno..., quieres dejar a un lado tu maldito orgullo y darte la oportunidad que mereces. Que él es cabezón, ¡sí! Que tú eres cabezona, ¡sí! Pero ¡por el amor de Dios, Judith, tienes que hablar! Te recuerdo que pensaban mudarse en breve a vivir a Alemania. ¿Lo has olvidado ya? —Y sin darme tiempo a decir nada más, afirma—: Bueno, tú déjame a mí. Hasta el sábado, Jud.

Y con un extraño dolor en el estómago por lo que he ido escuchando, me despido.

3

Pasa el viernes, ¡y el mundo no se acaba! Los mayas no acertaron.

El sábado me despierto muy pronto. Estoy agotada por mi trabajo de camarera, pero ¡es lo que hay! Miro por la ventana.

¡No llueve!

¡Bien!

Saber que Eric está a pocos kilómetros de donde me encuentro y que puede haber alguna posibilidad de que lo vea me inquieta en exceso. No comento nada en casa. No quiero que esto los altere y, cuando llegan el Bicharrón y el Lucena con el remolque de la moto y mi padre monta junto a Jesús, sonrío, divertida.

—¡Vamos, morenita! —grita mi padre—. Ya está todo preparado.

Mi hermana, mi sobrina y yo salimos de casa con la bolsa de deporte donde llevo mi mono de correr, y al llegar al coche me alegro al ver aparecer a Fernando.

—¿Te vienes? —pregunto.

Él, jovial, asiente.

—Dime cuándo he faltado yo a una de tus carreras.

Nos dividimos en dos coches. Mi padre, mi sobrina, el Bicharrón y el Lucena van en un coche, y mi hermana, Jesús, Fernando y yo, en otro.

Cuando llegamos a El Puerto de Santa María nos dirigimos al lugar donde se va a celebrar el evento. Está a rebosar de gente, como todos los años. Tras hacer la cola para comprobar la inscripción y que le den un número de dorsal, mi padre regresa feliz.

—Eres el número 87, morenita.

Le dedico un gesto de asentimiento y miro a mi alrededor en busca de Frida. No la veo. Demasiada gente.

Reviso mi celular. Ni un solo mensaje.

Me encamino con mi hermana hacia los improvisados vestuarios que la organización ha dispuesto para los participantes. Aquí me quito mis jeans y me pongo mi mono de cuero rojo y blanco. Mi hermana me coloca las protecciones de las rodillas.

—Judith, algún año le tendrás que decir a papá que esto ya no lo haces —asevera—. No puedes seguir dando saltos sobre una moto eternamente.

—¿Y por qué no, si me gusta...?

Raquel sonríe y me da un beso.

—También tienes razón. En el fondo admiro la guerrera marimacho que hay en ti.

—¿Me acabas de llamar marimacho?

—No, cuchufleta. Me refiero a que esa fuerza que tienes ya me gustaría tenerla a mí.

—La tienes, Raquel... —digo, y sonrío con cariño—. Aún recuerdo cuando tú participabas en las carreras.

Mi hermana pone los ojos en blanco.

—Pero yo lo hice dos veces —señala—. Esto no me va, por mucho que a papá le encante.

En efecto. Tiene razón. Aunque las dos hemos sido criadas por el mismo padre y las mismas aficiones, ella y yo somos diferentes en muchas cosas. Y el motocross es una de ellas. Yo siempre lo he vivido. Ella siempre lo ha sufrido.

Cuando salgo con mi mono, me encamino hacia donde me esperan mi padre y lo que se puede denominar mi equipo. Mi sobrina está feliz y, al verme, salta encantada. Para ella soy su ¡supertita! Me hago fotos con la niña y con todos, y sonrío. Por primera vez en varios días, mi sonrisa es abierta y conciliadora. Hago algo que me gusta, y eso se ve en mi cara.

Pasa un hombre vendiendo bebidas y mi padre me compra una coca-cola. Complacida, empiezo a tomármela cuando mi hermana exclama:

—¡Aisss, Judith!

—¿Qué?

—Creo que has ligado.

La miro con expresión jocosa, y acercándose a mí con comicidad, cuchichea:

—El corredor que lleva el dorsal 66, el de tu derecha, no para de mirarte. Y no es por nada, pero el está buenísimo.

Curiosa, me vuelvo y sonrío al reconocer a David Guepardo. Éste me guiña el ojo, y ambos nos movemos para saludarnos. Nos conocemos desde hace años. Es de un pueblo de al lado de Jerez llamado Estrella del Marqués. A los dos nos apasiona el motocross y solemos coincidir de vez en cuando en algunas carreras. Hablamos durante un rato. David, como siempre, es encantador conmigo. Un bomboncito. Tomo lo que me entrega, me despido de él y regreso junto a mi hermana.

—¿Qué llevas en la mano?

—Mira que eres curiosa, Raquel —le reprocho. Pero al comprender que no me dejará en paz hasta que se lo enseñe, respondo—: Su número de teléfono, ¿contenta?

Mi hermana primero se tapa la boca y después suelta:

—¡Aisss, cuchu!, si vuelvo a nacer me pido ser tú.

Me echo a reír justo en el momento en que oigo:

—¡Judith!

Me vuelvo y me encuentro con la maravillosa sonrisa de Frida, que corre hacia mí con los brazos abiertos. La recibo con satisfacción y la abrazo, cuando me percato de que tras ella van Andrés y Eric.

—El mundo no se ha acabado —murmura Frida.

—Te lo dije —contesto, alegre.

¡Diosssssssss! ¡Eric ha venido!

El estómago se me encoge y, de pronto, toda mi seguridad comienza a esfumarse. ¿Por qué seré tan imbécil? ¿Acaso el amor nos hace volvernos inseguros? Vale..., en mi caso, rotundamente sí.

Sé lo que supone para Eric haber acudido a un evento como éste. Dolor y tensión. Aun así, decido no mirarle. Sigo enfadada con él. Tras besuquear a Frida, saludo con cariño a Andrés y al pequeño Glen, que está en sus brazos y, cuando le toca a Eric, articulo sin mirarle:

—Buenos días, señor Zimmerman.

—¡Hola, Jud!

Su voz me inquieta.

Su presencia me inquieta.

Todo él ¡me inquieta!

Pero saco las fuerzas que guardo en mi interior para momentos así, vuelvo la cabeza y digo a mi desconcertada hermana:

—Raquel, ellos son Frida, Andrés y el pequeño Glen, y él es el señor Zimmerman.

La cara de mi hermana y de todos es un poema. La frialdad que demuestro al referirme a Eric los desconcierta a todos menos a él, que me mira con su habitual gesto de mal genio.

En ese instante, aparece Fernando.

—Judith, sales en el siguiente grupo —me advierte.

De pronto, ve a Eric y se queda parado. Ambos se saludan con un movimiento de cabeza, y yo miro a Frida.

—Tengo que dejarlos. Me toca salir. Frida, soy la número 87. Deséame suerte.

Cuando me doy la vuelta, David Guepardo, el motero con el que he hablado antes, se acerca a mí y chocamos los nudillos. Me desea ¡suerte! Yo sonrío y, sin más, me alejo acompañada por Raquel y Fernando. Cuando estamos lo suficientemente lejos de los otros me dirijo a mi hermana, entregándole el papel que llevo en las manos:

—Grábame el número de teléfono de David en mi celular, ¿de acuerdo?

Mi hermana asiente y lo toma.

—¡Ostras, cuchufleta! —profiere—. ¡Eric ha venidoooooooooo!

Con gesto incómodo, a pesar de mi tonta alegría interior, ironizo:

—¡Oh, qué emoción!

Pero mi hermana es una romántica empedernida.

—¡Judith, por el amor de Dios! Él está aquí por ti, no por mí, ni por otra. ¿Es que no lo ves? Ese pedazo de tipo está loco por ti.

Siento deseos de estrangularla.

—Ni una palabra más, Raquel. No quiero hablar de ello.

Mi hermana, sin embargo..., ¡es mi hermana!

—Por cierto —insiste—, eso de llamarlo por su apellido ha tenido su gracia.

—¡Raquel, cállate!

Pero como es lógico en ella, vuelve a la carga.

—¡Guau, cuando se entere papá!

¿Papá? Me paro en seco. La miro y aclaro.

—Ni una palabra a papá de que él está aquí, y antes de que prosigas con tu cotorreo tonto y de telenovela mexicana, te recuerdo que el señor Zimmerman y yo ya nada tenemos que ver. ¿Qué es lo que no has entendido?

Fernando, que está con nosotras, intenta poner paz.

—¡Chicas, vamos!, no discutan. No merece la pena.

—¡Cómo que no merece la pena!—le recrimina mi hermana—. Eric es...

—Raquel... —protesto.

Fernando, que siempre se divierte con nuestras extrañas discuconversaciones, dice, mirándome:

—¡Vamos, Judith!, no te pongas así. Quizá debas escuchar a tu hermana y...

Incapaz de aguantar un segundo más las palabras de estos dos, miro a mi amigo con mala leche y grito como una posesa:

—¡¿Por qué no cierras el pico?! Te aseguro que estás más guapo.

Fernando y mi hermana intercambian una mirada y se ríen. ¿Se han vuelto idiotas?

Llegamos a donde está mi padre con el Bicharrón y el Lucena. ¡Vaya trío! Me pongo el casco, las gafas de protección y escucho lo que mi padre me tiene que decir en cuanto a los reglajes de la moto. Después, monto y me dirijo hacia la puerta de entrada. Aquí espero junto a otros participantes a que nos dejen entrar en pista.

Parapetada tras mis gafas miro hacia donde está Eric. No puedo obviarle. Además, es tan alto que es imposible no verlo. Está impresionante con esos vaqueros de cintura baja y el jersey negro de ochos que lleva.

¡Qué guapo, por Dios!

Es el típico hombre que hasta con una lechuga *chuchurría* en la cabeza estaría impresionante. Habla con Andrés y Frida, pero lo conozco; su gesto denota tensión. Desde detrás de sus Ray-Ban plateadas de aviador sé que me busca con la mirada. Esto me hace aletear el corazón. Pero soy pequeña y, entre tanto motorista vestido igual, no consigue localizarme, lo que me da ventaja. Yo lo puedo observar tranquilamente y disfrutar de las vistas.

Cuando la pista se abre, los jueces nos colocan en nuestra posición en la parrilla de salida. Nos advierten que hay varios grupos de nueve personas, da igual hombre o mujer, y que de momento los cuatro primeros de cada grupo se clasifican para las siguientes.

Situada en mi posición, oigo la vocecita de mi sobrina llamarme y asiento. Ella ríe y aplaude. ¡Qué linda que es mi Luz! Pero mi mirada vuela a Eric.

No se mueve.

Casi no respira.

Pero ahí está, dispuesto a ver la carrera a pesar de la angustia que sé que esto le va a ocasionar.

De nuevo, me centro en mi cometido. He de entrar entre los cuatro primeros si me quiero clasificar para las siguientes rondas. Despejo mi mente y doy gas a la moto. Me concentro en la carrera y me olvido del resto. Debo hacerlo.

Los instantes previos a la salida siempre me suben la adrenalina. Oír el bronco acelerar de los motores a mi alrededor me pone la carne de gallina, y cuando el juez baja la bandera, acciono a tope el acelerador y salgo disparada. Tomo buena posición desde el principio y, como me ha advertido mi padre, tengo cuidado en la primera curva, que está demasiado bacheada. Salto, derrapo, ¡me divierto! Y al llegar a una bajada espectacular disfruto como una loca mientras veo que el corredor de mi derecha pierde el control de su moto y se cae. ¡Vaya golpazo que se ha dado! Acelero, acelero, acelero, y vuelvo a saltar. Derrapo, acelero, salto, derrapo de nuevo, y tras tres vueltas al circuito, en tanto otra gente va cayendo, llego entre los cuatro primeros.

¡Bien!

Me clasifico para la siguiente ronda.

Cuando salgo de la pista, mi padre, más feliz que una perdiz, me abraza. Todos se congratulan de mi éxito mientras yo me quito las embarradas gafas. Mi sobrina está emocionada y no para de dar saltitos. Su tita es su heroína, y yo estoy muy contenta por ella.

David Guepardo sale en el siguiente grupo. Al pasar por mi lado choco los nudillos con él otra vez. En ese instante, Frida se acerca y, encantada de la vida, grita:

—¡Felicidades! ¡Oh, Dios, Judith!, ha sido impresionante.

Sonrío y bebo un trago de coca-cola. Estoy sedienta. Miro más allá de Frida y no veo que Eric venga a abrazarme. Lo localizo a varios metros de distancia, con Glen en brazos, hablando con Andrés.

—¿No vas a saludarlo? —pegunta Frida.

—Ya lo he saludado.

Ella sonríe y se me aproxima aún más.

—Eso de llamarle señor Zimmerman tiene su morbo —murmura—, pero en serio, ¿de verdad que no te vas a acercar a él?

—No.

—Te aseguro que ha hecho un gran esfuerzo por venir. Y sabes por qué lo digo.

—Lo sé —respondo—, pero se podía haber evitado el viaje.

—¡Vamos, Judith...! —insiste Frida.

Hablamos durante un rato, pero, como dice mi padre, me niego a bajarme de la burra. No me voy a acercar a Eric. No se lo merece. Él me dijo que lo nuestro había acabado, y yo le devolví el anillo. Fin del asunto.

La mañana transcurre y yo voy superando rondas, tantas que

llego a la final. Eric continúa ahí y lo veo hablar con mi padre. Ambos están concentrados en la conversación, y ahora mi padre sonríe y le da un varonil golpe en la espalda. ¿De qué charlarán?

He observado cómo Eric me ha buscado continuamente con la mirada. Esto me excita, aunque me he mantenido en mis trece. Ha intentado acercarse a mí, pero cada vez que he adivinado su intención, me he escabullido entre la gente y no me ha encontrado.

—Tienes cara de querer tomar una coca-cola, ¿verdad?

Me vuelvo y veo a David Guepardo ofreciéndomela.

La acepto y mientras esperamos que nos avisen para correr la última carrera nos sentamos a tomar el refresco. Eric, no lejos de mí, se quita las gafas. Quiere que yo sepa que me está mirando. Pretende que conozca su enfado. Pero incluso con ellas puestas ya sé cómo me mira. Finalmente, le doy la espalda, pero aun así siento sus ojos sobre mí. Esto me incomoda y, a la par, me excita.

Durante un buen rato, David y yo hablamos, reímos y observamos a otros compañeros correr la última ronda de clasificación. Mi pelo flota al viento, y David coge un mechón y me lo pone tras la oreja.

¡Vaya, eso al señor Zimmerman le habrá sacado de sus casillas! No quiero ni mirar.

Pero al final la morbosa que vive en mí lo hace y, efectivamente, su gesto ha pasado de incomodidad a cabreo total.

¡Anda y que le den!

Nos avisan de que en cinco minutos se correrá la última carrera. La definitiva. David y yo nos levantamos, chocamos los nudillos, y cada uno se encamina hacia su moto y su grupo. Mi padre me entrega el casco y las gafas, y acercándose a mí, pregunta:

—¿Estás encelando a tu novio con David Guepardo?

—Papá..., yo no tengo novio —afirmo. Él se ríe, y antes de que diga nada más, añado—: Si te refieres a quien yo creo, ya te dije que terminamos. ¡Se acabó!

El bonachón de mi padre suspira.

—Creo que Eric no piensa como tú. No da lo suyo por finalizado.

—Me da igual, papá.

—*¡Ojú!,* eres igualita de cabezona que tu madre. ¡Igualita!

—Pues mira..., me alegro —contesto, malhumorada.

Mi padre asiente, resopla y me suelta con gesto divertido:

—¡Aisss, morenita! A los hombres nos gustan las mujeres difíciles, y tú, mi vida, lo eres. Ese carácter tuyo, *miarma,* ¡vuelve loco! —Se ríe—. Yo no dejé escapar a tu madre, y Eric no te va a dejar escapar a ti. Son demasiado preciosas e interesantes.

Con rabia, me ajusto el casco y me pongo las gafas. No quiero hablar. Acelero y llevo mi moto hasta la parrilla de salida. Una vez aquí, como en las anteriores mangas, me concentro, y mientras espero la salida, acelero mi motor repetidamente. La diferencia es que ahora estoy enfadada, muy enfadada, y esto me hace ser más loca. Mi padre, que me conoce mejor que nadie en el mundo, me hace señas con las manos desde su posición para que baje mi intensidad y me relaje.

La carrera comienza y sé que tengo que hacer una buena salida si quiero conseguir mi objetivo.

La hago y corro como alma que lleva el diablo. Me arriesgo más y disfruto, con la adrenalina por los aires, mientras salto y derrapo. Con el rabillo del ojo, veo que David y otro más me adelantan por la derecha. Acelero. Consigo rebasar a la otra moto, pero David Guepardo es muy bueno, y antes de llegar a la zona bacheada, acelera y salta los baches que a mí me hacen perder tiempo y casi caerme. Pero no, no me caigo. Aprieto los dientes; consigo mantener el control de la moto y continúo acelerando. No me gusta perder ni al parchís.

Le doy aún más gas a la moto. Alcanzo a David. Lo rebaso. Me pasa otra vez. Derrapamos y un tercer corredor nos adelanta a los dos.

¡A por él!

Acelero a tope, consigo llegar hasta él y dejarlo atrás. Ahora, David salta, arriesga y me pasa por la izquierda. Acelero..., acelera..., todos aceleramos.

Cuando paso por la línea de meta y el juez baja la bandera a cuadros, levanto el brazo.

¡Segunda!

David, primero.

Damos una vuelta por el circuito y saludamos a todos los asistentes. Recibir sus aplausos y contemplar sus felices caras nos hace sonreír. Cuando paramos, David viene hacia mí y me abraza. Está contento, y yo lo estoy también. Nos quitamos los cascos, las gafas, y la gente aplaude con más fuerza.

Sé que esa cercanía con David a Eric no le estará gustando. Lo sé. Pero la necesito, e inconscientemente quiero provocarlo. Soy dueña de mi vida. Soy dueña de mis actos, y ni él ni nadie conseguirá doblegar mi voluntad.

Mi padre y todos los demás salen a la pista para felicitarnos. Mi hermana me abraza, al igual que mi cuñado, Fernando, mi sobrina, Frida. Todos me gritan «campeona» como si hubiera ganado un campeonato del mundo. Eric no se acerca. Se mantiene en un segundo plano. Sé que espera que sea yo la que me aproxime, que vaya como siempre a él. Pero no. En esta ocasión, no. Como dice nuestra canción, «somos polos opuestos», y si él es tozudo, quiero que se entere de una vez por todas de que yo lo soy más.

Cuando en el podio nos dicen el dinero que se ha recaudado para los regalos de los niños, alucino.

¡Qué dineral!

Instintivamente sé que una gran cantidad de ese dinero lo ha donado Eric. Lo sé. No hace falta que nadie me lo diga.

Encantada al escuchar la cantidad, sonrío. Todos aplauden, incluido Eric. Su gesto está más relajado y veo el orgullo en su expresión cuando levanto mi copa. Esto me conmueve y me atiza el corazón. En otro momento, le habría guiñado un ojo y le habría dicho con la mirada «te quiero», pero ahora no. Ahora no.

Cuando bajo del podio me hago miles de fotos con David y con todo el mundo. Media hora después, la gente se dispersa y los corredores comenzamos a recoger nuestras cosas. David, antes de marcharse, se acerca a mí y me recuerda que estará en su pueblo hasta el día 6 de enero. Prometo llamarlo, y él asiente. Cuando salgo de los vestuarios con mi mono en la mano me agarran del brazo y noto que tiran de mí. Es Eric.

Durante unos segundos nos miramos.

¡Oh, Dios! ¡Oh, Diosssssssss! Ese gesto suyo tan serio me vuelve loca.

Sus pupilas se dilatan. Me dice con la mirada cuánto me necesita y, al ver que yo no respondo, me atrae hacia él. Cuando me tiene cerca de su boca, murmura:

—Me muero por besarte.

No dice más.

Me besa, y unos desconocidos que están a nuestro alrededor aplauden encantados por la demostración de efusividad. Durante unos segundos, dejo que Eric saquee mi boca. ¡Guau! Lo disfruto locamente. Cuando se separa de mí, Iceman comenta con voz ronca, mirándome a los ojos:

—Esto es como en las carreras, cariño: quien no arriesga no gana.

Asiento. Tiene razón.

Pero dejándole totalmente descolocado, respondo, consciente de lo que digo:

—Efectivamente, señor Zimmerman. El problema es que usted ya me ha perdido.

De inmediato, su mirada se endurece.

Me separo de él, dándole un empujón, y camino hacia el coche de mi cuñado. Eric no me sigue. Intuyo que se ha quedado parado por lo que acabo de decir mientras sé que me observa.

4

Por la tarde, al llegar a Jerez, mi celular no para de sonar.

Estoy por estrellarlo contra la pared.

Eric quiere hablar conmigo.

Apago el teléfono. Llama al de mi padre y me niego a contestar.

El domingo, cuando me levanto, mi hermana está plantada ante el televisor viendo la telenovela mexicana que la tiene extasiada, «Soy tu dueña». ¡Menuda horterada!

Cuando entro en la cocina, hay un precioso ramo de rosas rojas de tallo largo. Al verlas, maldigo; imagino quién las ha mandado.

—¡Cuchufleta, mira qué preciosidad has recibido! —dice Raquel detrás de mí.

Sin necesidad de preguntar, sé de quién son, y directamente las agarro y las tiro a la basura. Mi hermana grita como una posesa.

—¡¿Qué haces?!

—Lo que me apetece.

Rápidamente, saca las rosas de la basura.

—¡Por el amor de Dios! Tirar esto es un sacrilegio. Han debido de costar oro.

—Por mí como si son del mercadillo. Me hacen el mismo efecto.

No quiero mirar mientras mi hermana vuelve a colocar las rosas en el jarrón.

—¿No vas a leer la notita? —insiste.

—No, y tú, tampoco —contesto, y se la arranco de las manos y la tiro a la basura.

De repente, aparecen mi cuñado y mi padre, y nos miran. Mi hermana impide que me acerque de nuevo a las rosas.

—¿Puedes creer que quiere tirar esta maravilla a la basura?

—Me lo creo —asevera mi padre.

Jesús sonríe, y acercándose a mi hermana, le da un beso en el cuello.

—Menos mal que estás tú para rescatarlas, pichoncita.

No respondo.

No los miro.

No estoy yo para escuchar eso de «pichoncita» y «pichoncito». ¿Cómo pueden ser tan ñoños?

Me caliento un café en el microondas y, tras bebérmelo, oigo que suena la puerta. Maldigo y me levanto, dispuesta a huir si es Eric. Mi padre, al ver mi gesto, va a abrir. Dos segundos después, divertido, entra solo y deja algo sobre la mesa.

—Morenita, esto es para ti.

Todos me miran, a la espera de que abra la enorme caja blanca y dorada. Finalmente, claudico y la abro. Cuando saco el envoltorio, mi sobrina, que entra en este momento en la cocina, exclama:

—¡Un estadio de futbol de chuches! ¡Qué ricoooooooooooooo!

—Creo que alguien quiere endulzarte la vida, cariño —bromea mi padre.

Boquiabierta, miro el enorme campo de futbol. No le falta detalle. ¡Hasta gradas y público tiene! Y en el marcador pone «te quiero» en alemán: *Ich liebe dich.*

Mi corazón aletea, desbocado.

No estoy acostumbrada a estas cosas y no sé qué decir.

Eric me desconcierta, ¡me vuelve loca! Pero al final gruño, y mi hermana rápidamente se coloca a mi lado.

—No irás a tirarlo, ¿verdad? —dice.

—Me parece que sí —respondo.

Mi sobrina se pone en medio y levanta un dedo.

—¡Titaaaaaaaaaaaa, no puedes tirarlo!

—¿Por qué no puedo tirarlo? —pregunto, enfadada.

—Porque es un regalo muy bonito del tito y nos lo tenemos que comer. —Sonrío al ver su gesto de pillina, pero la sonrisa se me corta cuando añade—: Además, tienes que perdonarlo. Se lo merece. Es muy bueno y se lo merece.

—¿Se lo merece?

Luz hace un gesto afirmativo con la cabeza.

—Cuando yo me peleé con Alicia por lo de la película y ella me llamó tonta, me enfadé mucho, ¿verdad? —me recuerda mi sobrina, y yo asiento. La niña prosigue—: Ella me pidió perdón, y tú me dijiste que debía pensar si mi enfado era tan importante como para perder a mi mejor amiga. Pues ahora, tita, yo te digo lo mismo. ¿Tan enfadada estás como para no perdonar al tito Eric?

Sigo mirando boquiabierta al renacuajo que me ha dicho eso cuando interviene mi padre:

—Morenita, somos esclavos de nuestras palabras.

—Exacto, papá, y Eric también lo es —manifiesto al recordar las cosas que él me dijo.

Mi pequeña sobrina me mira a la espera de una contestación. Pestañea como un osito. Es una niña y no debo olvidarlo. Por ello, con la poca paciencia que aún me queda, murmuro:

—Luz, si tú quieres, cómete todo el campo de futbol. Te lo regalo, ¿vale?

—¡Guay! —aplaude la pequeña.

Todos sonríen, y sus sonrisas me desquician. ¿Por qué nadie entiende mi enfado?

Saben que Eric y yo hemos roto, aunque nadie, a excepción de mi hermana, sabe que es por una mujer, y ni siquiera a ella le he contado toda la verdad. Si Raquel o cualquier otro conociera el trasfondo de nuestra discusión, ¡alucinarían!

Consciente de que mi agobio sube, sube y sube, me voy a ver a mi amiga Rocío. Estoy segura de que ella no me hablará de Eric. Y no me equivoco.

Regreso para comer. El teléfono no para de sonar y lo apago. ¡Basta ya, por favorrrrrrr!

A las diez me voy al pub. Tengo que trabajar. Pero cuando estoy en la puerta saludando a unos amigos, veo pasar un BMW oscuro y reconozco a Eric al volante. Me escondo. No me ha visto y, por la dirección que lleva, intuyo que se dirige a casa de mi padre.

Maldigo, maldigo y maldigo. ¿Por qué es tan insistente?

Cuando el desespero comienza a fraguar en mí una gran desazón, alguien me toca por la espalda y, al volverme, me encuentro con David Guepardo. ¡Qué chico más mono! Encantada, sonrío e intento centrarme en él. Entramos en el pub. Me invita a una copa y yo a él a otra. Es amable, un bombón, y por su mirada y las cosas que dice sé lo que busca. ¡Sexo! Pero no. Hoy no estoy yo muy fina, y decido omitir los mensajes que me manda mientras empiezo a servir copas en la barra.

Veinte minutos después, veo entrar a Eric en el local, y mi corazón se desboca.

Tun-tun... Tun-tun...

Va solo. Mira alrededor y rápidamente me localiza. Camina con decisión hacia donde estoy y, cuando llega, dice:

—Jud, sal de ahí ahora mismo y ven conmigo.

David lo mira, y después me mira a mí.

—¿Conoces a este tipo? —pregunta.

Voy a responder cuando Eric se me adelanta.

—Es mi mujer. ¿Algo más que preguntar?

¿Su mujer? ¿Será prepotente?

Sorprendido, David me mira. Yo pestañeo y, finalmente, mientras termino de preparar un cubata para el pelirrojo de la derecha, respondo:

—No soy tu mujer.

—¿Ah, no? —insiste Eric.

—No.

Le entrego la consumición al pelirrojo, y éste me sonríe. Yo hago lo mismo. Una vez que le cobro miro a Eric, que aguarda desesperado, y le aclaro:

—No soy nada tuyo. Lo nuestro acabó y...

Pero Eric, clavando sus espectaculares ojos azules en mí, no me deja terminar.

—Jud, cariño, ¿quieres dejar de decir tonterías y salir de esa barra?

Molesta por sus palabras, gruño.

—Las tonterías las vas a dejar de decir tú, chato. Y repito: no soy tu mujer y tampoco soy tu novia. No soy absolutamente nada tuyo y quiero que me dejes vivir en paz.

—Jud...

—Quiero que me olvides y me dejes trabajar —prosigo, molesta—. Quiero que te fijes en otra, que le des la barrila a ella y que te alejes de mí, ¿entendido?

Mi gesto es serio, pero el de Eric es tenebroso.

Me mira..., me mira..., me mira...

Tiene la mandíbula tensa y sé que está conteniendo sus impulsos más primitivos, esos que me vuelven loca. ¡Dios, soy una masoquista! David nos mira a ambos, pero antes de que pueda decir algo, Eric murmura:

—De acuerdo, Jud. Haré lo que me pides.

Sin más, se da la vuelta y va al fondo de la barra. Incómoda, lo sigo con la mirada.

—¿Quién es ese tipo? —pregunta David.

No respondo. Sólo puedo seguir con la mirada a Eric y ver cómo mi compañero de barra le sirve un whisky. David insiste.

—Si no es mucha indiscreción, ¿quién es?

—Alguien de mi pasado —contesto como puedo.

Con un enfado por todo lo alto, intento olvidarme de que Eric está aquí. Sigo preparando bebidas y sonriendo a la gente que se acerca a mí para pedirlas. Durante un buen rato, no lo miro. Quiero obviar su presencia y divertirme. David es un encanto e intenta continuamente hacerme reír. Pero mi risa se congela y mi sangre se corta cuando, al ir a tomar una botella de la estantería, veo a Eric hablando con una chica guapa. No me mira. Está del todo centrado en la muchacha, y eso me pone a cien. Pero de mala leche.

¡Madre..., madre..., qué celosa estoyyyyy!

Una vez que tomo la botella, me doy la vuelta. No quiero seguir contemplando lo que él hace, pero mi puñetera curiosidad me obliga a mirar de nuevo. Las señales que le hace la chica son las típicas que usamos las mujeres cuando un hombre nos interesa. Toque de pelo, de oreja y sonrisita de «acércate... que te estoy invitando a algo más».

De pronto, la rubia le pasa un dedo por la mejilla. ¿Por qué lo toca? Él sonríe.

Eric no se mueve y soy testigo de cómo ella cada vez se aproxima más y más, hasta quedar totalmente encajada entre sus piernas. Eric la mira. Su ardiente mirada me calienta. Le pasa un dedo por el cuello, y eso me subleva.

¿Qué hace el insensato?

Ella sonríe, y él baja la mirada.

¡Lo mato!

Esa bajada de ojos, acompañada de su torcida sonrisa, sé lo que significa: ¡sexo!

Mi corazón late desbocado.

Eric está haciendo lo que le he pedido. Se ha fijado en otra, se divierte, y yo, como una imbécil, estoy aquí sufriendo por lo que yo misma le he pedido. Vamos, ¡para matarme!

Quince minutos después, observo que se levanta, toma de la mano a la chica y, sin mirarme, sale del local.

¡Lo matooooooooooooo...!

Mi corazón bombea enloquecido y, si sigo respirando así, creo que voy a hiperventilar. Salgo de la barra, camino hacia el baño y me refresco la nuca con agua. Me pica el cuello. ¡Los ronchones! Eric me acaba de demostrar que él no se anda con chiquitas y que su juego es fuerte y devastador. Necesito aire o esfumarme de aquí. Tengo que desaparecer del local o soy capaz de organizar la matanza de Texas, pero en Jerez.

Cuando salgo del baño, como puedo, me quito de encima a David y quedo en verlo la noche siguiente. Al llegar a mi coche, me subo y grito de frustración. ¿Por qué soy tan rematadamente imbécil? ¿Por qué le digo a Eric que haga cosas que me van a doler? ¿Por qué no puedo ser tan fría como él? Soy española, temperamental, mientras Eric es un impasible alemán. Enciendo el coche, y la radio comienza a sonar. La voz de Álex Ubago llena mi coche y cierro los ojos. La canción *Sin miedo a nada* me pone los pelos de punta.

Idiota, idiota, idiota... Soy rematadamente ¡IDIOTA!

Enciendo el móvil mientras empiezo inconscientemente a tararear:

Me muero por explicarte lo que pasa por mi mente,
me muero por entregarte y seguir siendo capaz de sorprenderte,
sentir cada día ese flechazo al verte.
Qué más dará lo que digan, qué más dará lo que piensen.
Si estoy loca es cosa mía...

Busco el teléfono de Eric y, cuando estoy a punto de llamarle, me paro. ¿Qué estoy haciendo?

¿Qué diablos voy a hacer?

Enajenada, cierro el teléfono.

No le voy a llamar. ¡Ni loca!

Pero la furia que tengo hace que saque la llave del contacto, salga del coche y, tras dar un portazo considerable a mi *Leoncito*, entre de nuevo en el pub. Estoy soltera, sin compromiso y soy dueña de mi vida. Busco a David. Lo localizo y lo beso. Él rápidamente responde.

¡Qué facilones son los tipos!

Durante varios minutos permito que su lengua entre en mí y juegue con la mía, y cuando estoy a punto de insinuarle que nos vayamos a otro lugar, la puerta del local se abre y veo que entra la chica rubia que se ha marchado con Eric.

Sorprendida por verla allí, la sigo con la mirada. Ella va hasta la barra, pide una bebida a mi compañero y después regresa con su grupo de amigas. Al momento, me suena el teléfono. Un mensaje de Eric.

«Ligar es tan fácil como respirar. No hagas nada de lo que te puedas arrepentir.»

Sin saber por qué, suelto una carcajada mientras maldigo. ¡Maldito Eric! Él y sus malditos juegos. David me mira. Le digo que tengo que seguir trabajando y regreso a mi puesto.

A las seis y media de la mañana entro en la casa de mi padre. Todos están dormidos. Voy hasta el cubo de basura y, tras rebuscar en él, encuentro la notita de las rosas que me ha enviado. La abro y leo: «Cariño, soy un idiota. Pero un idiota que te quiere y que desea que lo perdones. Eric».

5

Cuando me levanto por la mañana es tardísimo. He pasado una nochecita jerezana que no se la deseo ni a mi peor enemigo. Bueno, sí...; a Eric, ¡sí!

Mi hermana y mi padre ya están liados con la cena de Nochebuena mientras mi cuñado juega al PlayStation con mi sobrina. Tras tomarme un café, me siento junto a mi cuñado y, diez minutos después, juego a *Mario Bros* con ellos. Mi celular suena. Eric. Directamente lo apago.

A las siete de la tarde, cuando voy a meterme en la ducha, me miro en el espejo. Mi aspecto exterior es bueno, aunque por dentro estoy destrozada. Enciendo el teléfono y, tras ver doce llamadas perdidas de Eric, me encuentro un mensaje de David: «Pasaré a buscarte sobre la medianoche. Ponte guapa».

El «ponte guapa» me hace sonreír. Pero mi sonrisa es triste. Desganada. Con desesperación, me apoyo en el lavabo. ¿Qué me pasa?

¿Por qué no puedo quitármelo de la cabeza?

¿Por qué digo una cosa cuando quiero hacer otra?

¿Por qué...? ¿Por qué...?

La respuesta a tanto «¿por qué?» es evidente. Lo quiero. Estoy enamorada de Eric hasta las trancas y, como dice Fernando, si no me bajo de la burra me voy a arrepentir. Pero no, no me bajo de la burra. Estoy harta de sus tonterías y voy a recuperar mi vida.

Frustrada, decido darme una ducha, pero antes voy a mi habitación en busca de algo. Ya en el baño, corro el pestillo de la puerta, pongo mi CD de Aerosmith y suena *Crazy*. Subo el volumen y abro el grifo de la ducha. Cierro los ojos y comienzo a moverme sensualmente al compás de la música y, al final, me siento en el borde de la bañera con el vibrador.

Quiero fantasear.

Lo necesito.

Lo anhelo.

Mantengo los ojos cerrados mientras la música suena y retumba en el baño.

I go crazy, crazy, baby, I go crazy
You turn it on, then you're gone
Yeah you drive me crazy, crazy, crazy for you baby
What can I do, honey?
I feel like the color blue...

Me abro de piernas y dejo volar mi imaginación. Imagino que Eric está detrás de mí y susurra en mi oreja que abra mis piernas para otros. Calor.

Mis muslos se separan y, con mis dedos, abro mis labios vaginales mientras ofrezco y enseño lo que Eric, mi morboso y tentador dueño, me pide. Ardor.

Sin demora, paseo mis dedos por mi mojado ofrecimiento. Enciendo el vibrador y lo llevo hasta mi clítoris. El resultado es fantástico, instigador y fabuloso. Una explosión de placer toma mi cuerpo, y cuando voy a cerrar las piernas, la voz de Eric me pide que no lo haga. Le obedezco y jadeo. Pasión.

Me meto en la vacía bañera y subo mis piernas a ambos lados. Con los ojos cerrados, me expongo a todo el que me quiera mirar. Tumbada y abierta de piernas vuelvo a colocar el vibrador en el centro de mi deseo mientras la voz de Eric me susurra que juegue y lo pase bien. Atrevimiento.

Mi ardiente cuerpo se mueve excitado mientras me muerdo los labios para no gritar. Eric está presente. Eric me pide. Eric me instiga a correrme. Mi mente vuela y fantasea. Quiero revivir esos momentos pasados y volver a sentirlos. El morbo me gusta. Me atrae tanto como a Eric. Jadeo. La música suena alta y me puedo permitir murmurar su nombre justo en el momento en el que me incorporo en la bañera y un maravilloso orgasmo me hace convulsionar de placer.

Cuando me recupero, abro los ojos. Estoy sola. Eric sólo está en mi mente.

I go crazy, crazy, baby, I go crazy
You turn it on, then you're gone
Yeah you drive me crazy, crazy, crazy for you baby
What can I do, honey?
I feel like the color blue...

Tras la ducha y algo más relajada, regreso a mi habitación. Guardo el vibrador y enciendo el celular. Dieciséis llamadas perdidas de Eric. Esto me hace sonreír e imaginar el cabreo que debe de tener. ¡Toma alemán! Soy así de masoquista.

Quiero estar guapa para la cena de Nochebuena y decido ponerme un vestido negro de lo más sugerente. Explosivo. Seguro que Eric pasará luego por el pub y deseo que se muera de rabia por no tenerme.

Cuando salgo de mi habitación y mi hermana me ve, se queda parada y exclama:

—¡Cuchufletaaaaaaaaaaa, qué vestido más bonito!

—¿Te gusta?

Raquel asiente y se acerca a mí.

—Es precioso, pero para mi gusto enseña demasiado, ¿no crees?

Me miro en el espejo del pasillo. El escote del vestido está sujeto por una anilla plateada y la abertura llega hasta el estómago. Es sexy y lo sé. En este preciso momento, aparece mi padre.

—¡Madre mía, morenita, estás preciosa! —dice, contemplándome.

—Gracias, papá.

—Pero oye, mi vida, ¿no crees que vas un poco despechugada?

Cuando pongo los ojos en blanco, mi hermana vuelve al ataque.

—Eso mismo le estaba diciendo yo, papá. Está muy guapa, pero...

—¿Vas a ir a trabajar al pub con ese vestido? —pregunta mi padre.

—Sí. ¿Por qué?

Mi padre niega con la cabeza y se la rasca.

—¡*Ojú,* morenita!, no creo que a Eric le guste.

—¡Papáaaaaaaaaaa! —gruño, molesta.

Ahora llega mi cuñado, que también se para a mirarme.

—¡Guau, cuñada, estás despampanante!

Sonrío. Me vuelvo hacia mi padre y mi hermana, y digo:

—Eso..., justo eso, es lo que yo quiero oír.

A las nueve y media nos sentamos a la mesa y degustamos los ricos manjares que mi padre, con todo su amor, ha comprado y ha cocinado para nosotros. Los langostinos están de vicio y el corderito para chuparse los dedos. Entre risas por las cosas que dice mi sobrina, cenamos y, cuando acabamos, decido retocar mi maquillaje. Tengo que ir a trabajar. He quedado con David y pretendo olvidarme de todo y pasármelo bien. Pero cuando regreso al comedor me quedo de piedra al ver a mi familia de pie hablando con..., con ¡Eric!

Él, al verme, recorre con su mirada mi rostro y después mi cuerpo.

—¡Hola, cariño! —me saluda, aunque al percatarse de cómo lo miro, rectifica—. Bueno, quizá lo de «cariño» sobra.

Me quedo bloqueada por un momento y cuando voy a contestar mi hermana se entremete.

—Mira quién ha venido, cuchu. Qué sorpresa, ¿verdad?

No respondo. Bajo la mirada y, obviando la sonrisita de mi padre, entro directa en la cocina. Me va a dar algo. ¿Qué hace aquí? Necesito agua. Segundos después, entra mi padre.

—Mi vida, ese muchacho es un buen hombre y está loco por ti. Además...

—Papá, por favor, no comiences con eso. Lo nuestro se acabó.

—Ese hombre te quiere, ¿no lo ves?

—No, papá, no lo veo. ¿Qué hace aquí?

—Lo invité yo.

—¡Papáaaaaaaaaaaaaaa!

Mi padre, sin quitarme el ojo de encima, insiste:

—Vamos, morenita, deja tu cabezonería para otro momento y habla con él. Intento comprenderte, pero no entiendo que no hables con Eric.

—No tengo nada que hablar con él. Nada.

—Cariño —persevera—, han discutido. Las parejas discuten y...

Oímos el timbre de la puerta. Miro el reloj. Sé quién es y cierro los ojos. De pronto, entra mi hermana seguida por la pequeña Luz y, con cara de apuro, cuchichea:

—¡Por el amor de Dios, Judith!, ¿te has vuelto loca? Acaba de llegar David Guepardo a buscarte y está en el salón junto a Eric. ¡Oh, Diossss!, ¿qué hacemos?

—¿Guepardo, el corredor, está aquí? —pregunta mi padre.

—Sí —responde mi hermana.

—*¡Ojú...!* —suelta él.

Me entra la risa nerviosa.

—¿Tienes dos novios, tita? —quiere saber mi sobrina.

—¡Noooooooooooo! —respondo, mirando a la pequeña.

—¿Y por qué han venido dos novios a buscarte?

—¡Tu tita es de lo que no hay! —protesta mi hermana.

Miro a Raquel con ganas de matarla, y ella hace callar a la pequeña. Mi padre se acaricia el pelo con gesto preocupado.

—¿Has invitado tú a David?

—Sí, papá —contesto—. Tengo mis propios planes. Pero..., pero ustedes son unos liantes y... ¡Oh, Diosssssssssss!

El pobre asiente como puede. Menudo enredo. Esto no pinta bien y, sin decir nada, toma a mi sobrina de la mano y regresa al salón. Mi hermana está histérica.

—¡¿Qué hacemos?! —vuelve a preguntar, mirándome atentamente.

Doy un nuevo trago de agua y, dispuesta a hacer lo que pienso, respondo:

—Tú no sé. Yo, irme con David.

—¡Ay, Virgencita de Triana! ¡Qué angustia!

—¿Angustia, por qué?

Mi hermana se mueve nerviosa. Yo lo estoy más, pero disimulo. No contaba con la presencia de Eric en casa de mi padre. Entonces, Raquel se acerca a mí.

—Eric es tu novio y...

—No es mi novio. ¿Cómo te lo tengo que decir?

Ahora mi hermana abre los ojos de manera desorbitada y oigo detrás de mí:

—Jud, no te vas a ir con ese tipo. No lo voy a consentir.

¡Eric!

Me vuelvo.

Lo miro.

¡Oh, Diosssssssssss, está despampanantemente guapoooooo!

Pero vamos a ver, ¿y cuándo no lo está? Y consciente de su enfado y del mío, pregunto con mi orgullo por todo lo alto:

—¿Y quién me lo va a impedir?, ¿tú?

No contesta.

No responde.

Sólo me mira con esos celestes ojos fríos.

—Si tengo que cargarte al hombro y llevarte conmigo para impedirlo, lo haré —sisea al final.

El comentario no me sorprende y no me dejo amilanar.

—Sí, claro..., cuando los peces vuelen. Eres un caradura. Atrévete y...

—Jud..., no me provoques —me corta con sequedad.

Sonrío ante su advertencia, y sé que mi sonrisa lo altera aún más.

—Mi paciencia estos días está más que agotada, pequeña, y...

—¡¿Tu paciencia?! —grito, descompuesta—. La que está agotada es la mía. Me llamas. Me persigues. Me acosas. Te presentas en mi trabajo. Mi familia insiste en que eres mi novio, pero ¡no!..., no lo eres. Y aun así me dices que tu paciencia está agotada.

—Te quiero, Jud.

—Pues peor para ti —replico sin saber muy bien lo que digo.

—No puedo vivir sin ti —murmura con voz ronca y cargada de tensión.

Un «¡ohhhhh!» algodonoso escapa de los labios de mi hermana. Su gesto lo dice todo. Está totalmente abducida por las palabras romanticonas de Eric. Enfadada y sin ganas de querer escuchar lo que tenga que decirme, me acerco a él, me empino y pronuncio lo más cerca de su cara que puedo:

—Tú y yo hemos terminado. ¿Qué parte de esta frase eres incapaz de procesar?

Mi hermana, al verme en este estado, sale de su nubecita rosa, me toma del brazo y me aparta de Eric.

—¡Por Dios, Judith!, que te estoy viendo venir. La cocina está llena de artilugios punzantes, y tú en este momento eres una arma de destrucción masiva.

Eric da un paso adelante, retira a mi hermana y afirma, mirándome:

—Te vas a venir conmigo.

—¿Contigo? —digo, y sonrío con malicia.

Mi Iceman particular asiente con esa seguridad aplastante que me desconcierta, y repite:

—Conmigo.

Molesta por la confianza que destila por cada poro de su piel, levanto una ceja.

—Ni lo sueñes.

Eric sonríe. Pero su sonrisa es fría y desafiante.

—¿Que no lo sueñe?

Me encojo de hombros, le miro como retándolo y adopto la actitud más chulesca de que soy capaz.

—Pues no.

—Jud...

—¡Oh, por favorrrrrrrrrrrrrr! —protesto, deseosa de agarrar la sartén que tengo cerca de mi mano y estampársela en la cabeza.

—Judith —cuchichea mi hermana—, aleja tu mano de la sartén ahora mismo.

—¡Cállate de una vez, Raquel! —grito—. No sé quién es más pesado, si él o tú.

Mi hermana, ofendida por mis palabras, sale de la cocina y cierra la puerta. Yo hago un amago por seguirla, pero Eric me lo impide. Intercepta el camino. Resoplo. Contengo las ganas que tengo de matarlo y susurro:

—Te dije muy claramente que, si te ibas, asumieras las consecuencias.

—Lo sé.

—¿Entonces?

Me mira..., me mira..., me mira, y finalmente, dice:

—Actué mal. Soy como dices un cabeza cuadrada y necesito que me perdones.

—Estás perdonado, pero lo nuestro se acabó.

—Pequeña...

Sin darme tiempo a reaccionar, me toma entre sus brazos y me besa. Me avasalla. Toma mi boca con verdadera adoración y me aprieta contra él de forma posesiva. Mi corazón va a mil, pero cuando separa su boca de la mía, le aseguro:

—Me he cansado de tus imposiciones.

Me vuelve a besar y me deja casi sin resuello.

—De tus numeritos y tus enfados, y...

Toma mi boca de nuevo y, cuando me separa de él, murmuro sin aire:

—No vuelvas a hacerlo, por favor.

Eric me mira y luego desvía la vista, girando la cabeza.

—Si me vas a dar con la sartén, dame, pero no te pienso soltar. Pienso seguir besándote hasta que me des una nueva oportunidad.

De pronto, soy consciente de que tengo el mango de la sartén agarrado y lo suelto. Me conozco y, como dice mi hermana, ¡soy una arma de destrucción masiva! Eric sonríe, y digo con toda la convicción que puedo:

—Eric..., lo nuestro se acabó.

—No, cariño.

—Sí... ¡Se acabó! —reitero—. He desaparecido de tu empresa y de tu vida. ¿Qué más quieres?

—Te quiero a ti.

Aún entre sus brazos, cierro los ojos. Mis fuerzas comienzan a desfallecer. Lo noto. Mi cuerpo empieza a traicionarme.

—Te quiero —prosigue él cerca de mi boca—. Y el quererte así a veces me hace ser irracional ante ciertos temas. Sí, dudé. Dudé al ver esas fotos tuyas con Betta. Pero mis dudas se disiparon cuando en la oficina me hablaste como me hablaste y me hiciste ver lo ridículo e idiota que soy. Tú no eres Betta. Tú no eres una mentirosa y rastrera sinvergüenza como lo es ella. Tú eres una maravillosa y preciosa mujer que no se merece el trato que te di, y nunca me perdonaré haberte partido el corazón.

—Eric, no...

—Cariño, no dudes un segundo de que eres lo más importante de mi vida y que estoy loco por ti. —Lo miro, y él pregunta—: ¿Tú ya no me quieres? —No contesto, y él continúa—: Si me dices que es así, prometo soltarte, marcharme y no volver a molestarte en tu vida. Pero si me quieres, discúlpame por ser tan cabezón. Como tú dices, ¡soy alemán! Y estoy dispuesto a seguir intentando que regreses conmigo porque ya no sé vivir sin ti.

El corazón me va a estallar. ¡Qué cosas más bonitas me está diciendo! Pero no..., no debo escucharlo, y murmuro con un hilo de voz:

—No me hagas esto Eric...

Sin soltarme, suplica, acercando su frente a la mía.

—Por favor, mi amor, por favor..., por favor..., por favor, escúchame. Tú una vez me persuadiste para que yo fuera hacia ti, pero yo no sé hacerlo. Yo no tengo ni tu magia, ni tu gracia, ni tu salero para conseguir esos golpes de efecto. Sólo soy un soso alemán que se pone delante de ti y te pide..., te suplica, una nueva oportunidad.

—Eric...

—Escucha —me interrumpe rápidamente—, ya he hablado con los dueños del pub donde trabajas y lo he solucionado todo. No tienes que ir a trabajar. Yo...

—¿Que has hecho qué?

—Pequeña...

Furiosa. Vuelvo a estar furiosa.

—Pero vamos a ver, ¿quién eres tú para..., para? ¿Te has vuelto loco?

—Cariño. Los celos me matan y...

—Los celos no sé, pero yo sí que te voy a matar —insisto—. Acabas de jorobarme el único trabajo que tenía. Pero ¿quién te has creído que eres para hacer eso? ¿Quién?

Espero que mis palabras lo enfaden, pero no.

—Sé que mi acción te habrá parecido desmedida, pero quiero y necesito estar contigo —se empecina mi Iceman. Voy a gruñir cuando añade—: No puedo permitir que sigas regalando tus maravillosas sonrisas y tu tiempo a otro que no sea yo. Te quiero, pequeña. Te quiero demasiado para olvidarte y haré todo lo que sea para que tú me vuelvas a querer y a necesitar tanto como yo a ti.

Los ojos se me llenan de lágrimas. Me estoy desinflando. ¡La hemos liado! El hombre al que quiero está ante mí diciéndome las cosas más maravillosas que he escuchado nunca. Pero me aferro a mi resolución.

—Suéltame.

—Entonces, ¿es cierto?, ¿ya no me quieres? —pregunta con voz tensa y cargada de emoción.

Mi cabeza va a explotar.

—Yo no he dicho eso, pero tengo que hablar con David.

Sigue sin soltarme.

—¿Por qué?

Pese a estar aturdida, clavo una dura mirada en él.

—Porque está esperándome, ha venido a buscarme y se merece una explicación.

Eric asiente. Noto la incomodidad en su rostro, pero me suelta. Finalmente, salgo de la cocina precedida por Eric, y David al verme silba.

—Estás espectacular, Judith.

—Gracias —contesto, sin muchas ganas de sonreír.

Sin querer pensar en nada más, agarro a David del brazo ante la cara de estupefacción de mi padre y de mi hermana, y lo saco al jardín para hablar a solas con él. David asiente. Ha reconocido a Eric como el hombre del pub de la noche anterior. Entiende lo que le explico y, tras darme un beso en la mejilla, se va. Yo vuelvo a entrar en casa. Todos me miran. Mi padre sonríe, y Eric tiende su mano hacia mí para que se la tome.

—¿Te vienes conmigo?

No respondo.

Sólo lo miro, lo miro y lo miro.

—Tita, le tienes que perdonar —dice mi sobrina—. Eric es muy bueno. Mira, me ha traído una caja de bombones de Bob Esponja.

Entonces, veo que Eric le guiña un ojo a mi sobrina.

¿Está sobornándola?

Ella sonríe y le dedica una cómplice y mellada sonrisa. ¡Vaya dos!

Miro a mi padre y, emocionado, asiente. Miro a mi hermana y, con una de sus sonrisitas tontas, hace un gesto de aprobación con la cabeza. Mi cuñado me dedica un guiño. Cierro los ojos y mi corazón accede. Es lo que deseo. Es lo que necesito.

—De momento, tú y yo vamos a hablar —manifiesto, mirando a Eric.

—Lo que tú quieras, cariño.

Mi sobrina salta, encantada.

—Dame un segundo.

Entro en mi habitación, y mi hermana viene detrás. Me ve tan bloqueada que me abraza.

—Deja tu orgullo a un lado, cabezota, y disfruta del hombre que ha venido a buscarte. ¿Que discuten? Claro, cariño. Yo discuto con Jesús día sí, día también; pero lo mejor son las reconciliaciones. No niegues tus sentimientos y déjate querer.

Molesta conmigo misma por parecer una veleta, me siento en la cama.

—Es que me saca de mis casillas, Raquel.

—¡Toma, y a mí Jesús!, pero nos queremos y es lo que cuenta, cuchufleta.

Finalmente, sonrío y, con su ayuda, comienzo a meter en mi mochila parte de mis cosas.

Lo que siento por Eric definitivamente es tan fuerte que puede conmigo. Lo quiero, lo necesito y lo adoro. Al regresar al salón con mi equipaje, Eric sonríe, me abraza y consigue ponerme la carne de gallina cuando proclama ante mi padre y toda mi familia:

—Te voy a conquistar todos los días.

6

Tras despedirme de mi familia me monto en el coche de Eric.

He claudicado.

He claudicado y de nuevo estoy junto a él.

Mi cabeza da vueltas y vueltas mientras intento entender qué estoy haciendo. De pronto, me fijo en la carretera. Creía que iríamos hacia Zahara, a la casa de Frida y Andrés, y me sorprendo al ver que nos dirigimos hacia la preciosa villa que Eric alquiló en verano.

Una vez que la valla metálica se cierra tras nosotros, observo la preciosa casa al fondo y murmuro:

—¿Qué hacemos aquí?

Eric me mira.

—Necesitamos estar solos.

Asiento.

Nada me apetece más que eso.

Cuando para el coche y nos bajamos, Eric carga mi equipaje con una mano y me da la otra. Me agarra con fuerza, con posesión, y entramos en el interior de la casa. Mi sorpresa es mayúscula al ver cómo ha cambiado el entorno. Muebles modernos. Paredes lisas y de colores. Un pantalla de plasma enorme. Una chimenea por estrenar. Todo, absolutamente todo, es nuevo.

Lo miro sorprendida. Veo que pone música y, antes de que yo diga nada, él aclara:

—He comprado la casa.

Increíble. Pero ¿cómo es posible que no me haya enterado de que la ha comprado?

—¿Has comprado esta casa?

—Sí. Para ti.

—¿Para mí?

—Sí, cariño. Era mi sorpresa de Reyes Magos.

Asombrada, miro a mi alrededor.

—Ven —dice Eric tras soltar mi equipaje—. Tenemos que hablar.

La música envuelve la estancia, y sin que pueda dejar de mirar y admirar lo bonita y elegante que está, me siento en el confortable sillón ante la crepitante chimenea.

—Estás preciosa con ese vestido —asegura, sentándose a mi lado.

—Gracias. Lo creas o no, lo compré para ti.

Después de un gesto de asentimiento, pasea su mirada por mi cuerpo, y mi Iceman no puede evitar decir:

—Pero era a otros a quienes les pensabas regalar las vistas que el vestido da.

Ya estamos.

Ya comenzamos.

¡Ya me está picando!

Cuento hasta cuarenta y cinco; no, hasta cuarenta y seis. Resoplo y finalmente contesto:

—Como te dije una vez, no soy una santa. Y cuando no tengo pareja, regalo y doy de mí lo que yo quiero, a quien yo quiero y cuando yo quiero. —Eric arquea una ceja, y yo prosigo—: Soy mi única dueña, y eso te tiene que quedar clarito de una vez por todas.

—Exacto: cuando no tienes pareja, que no es el caso —insiste sin apartar sus ojos de mí.

De repente, soy consciente de que suena una canción que me gusta mucho. ¡Dios, lo que me he acordado de Eric estos días mientras la escuchaba! Volvemos a mirarnos como rivales en tanto la voz de Ricardo Montaner canta:

Convénceme de ser feliz, convénceme.
Convénceme de no morir, convénceme.
Que no es igual felicidad y plenitud
Que un rato entre los dos, que una vida sin tu amor.

Estas frases dicen tanto de mi relación con Eric que me nublan momentáneamente la mente. Pero al final Eric da su brazo a torcer y cambia de tema.

—Mi madre y mi hermana te mandan recuerdos. Esperan verte en la fiesta que organizan en Alemania el día 5, ¿lo recuerdas?

—Sí, pero no cuentes conmigo. No voy a ir.

Mi entrecejo sigue fruncido y mi orgullo en *to* lo alto. A pesar de la felicidad que me embarga por estar junto al hombre que adoro, el orgullo y la furia siguen instalados en mí. Eric lo sabe.

—Jud..., siento todo lo que ha ocurrido. Tenías razón. Debía haber creído lo que decías sin haber cuestionado nada más. Pero a veces soy un cabezón cuadriculado y...

—¿Qué te ha hecho cambiar de idea?

—El fervor con que defendiste tu verdad fue lo que me hizo comprender lo equivocado que estaba contigo. Antes de que te marcharas ya me había dado cuenta de mi gran error, cariño.

Si es que los tipos son para darles un ladrillazo.

—Convénceme...

Nada más decirlo, Eric me mira, y yo me regaño a mí misma. «¿Convénceme?» Pero ¿qué estoy diciendo? ¡Dios!, la canción me nubla la razón. Que acabe ya. Y sin dejarle contestar, gruño:

—¿Y para eso me he tenido que despedir de mi trabajo y devolverte el anillo?

—No estás despedida y...

—Sí lo estoy. No pienso regresar a tu maldita empresa en mi vida.

—¿Por qué?

—Porque no. ¡Ah!, y por cierto, me alegró saber que pusiste de patitas en la calle a mi ex jefa. Y antes de que insistas, no. No pienso regresar a tu empresa, ¿entendido?

Eric asiente, pero durante un instante se queda pensativo. Al final, se decide a hablar:

—No voy a permitir que sigas trabajando de camarera ni aquí ni en ningún otro lugar. Odio ver cómo los hombres te miran. Para mis cosas soy muy territorial y tú...

Alucinada por este arranque de celos, que en el fondo me pone a cien, le suelto:

—Mira, guapo, hoy por hoy hay mucho paro en España y, como comprenderás, si tengo que trabajar no me puedo poner en plan princesita. Pero, de todos modos, ahora no quiero hablar de esto, ¿de acuerdo?

Eric se muestra conforme.

—En cuanto al anillo...

—No lo quiero.

¡Guau, qué borde estoy siendo! Hasta yo misma me sorprendo.

—Es tuyo, cariño —responde Eric con tacto y una voz suave.

—No lo quiero.

Intenta besarme y le hago la cobra. Y antes de que diga nada, replico:

—No me agobies con anillos, ni compromisos, ni mudanzas, ni nada. Estamos hablando de nosotros y de nuestra relación. Ha ocurrido algo que me ha desbaratado la vida y de momento no quiero anillos ni títulos de novia, ¿vale?

Vuelve a asentir. Su docilidad me tiene maravillada. ¿Realmente me quiere tanto? La canción termina y suena Nirvana. ¡Genial! Se acabó el romanticismo.

Se produce un tenso silencio por parte de los dos, pero no me quita el ojo de encima ni un segundo. Finalmente, veo que se curvan las comisuras de sus labios y dice:

—Eres una jovencita muy valiente a la par que preciosa.

Sin querer sonreír, levantó una ceja.

—¿Momento difícil?

Eric sonríe por lo que acabo de decir.

—Lo que hiciste el otro día en la oficina me dejó sin habla.

—¿El qué? ¿Cantarle las verdades a la idiota de mi ex jefa? ¿Despedirme del trabajo?

—Todo eso y escuchar cómo me mandabas a la mierda ante el jefe de personal. Por cierto, no lo vuelvas a hacer o perderé credibilidad en mi empresa, ¿entendido?

Esta vez soy yo la que asiente y sonríe. Tiene razón. Eso estuvo muy mal.

Silencio.

Eric me observa a la espera de que lo bese. Sé que demanda mi contacto, lo sé por cómo me mira, pero no estoy dispuesta a no ponerle las cosas fáciles.

—¿Es cierto que me quieres tanto?

—Más —susurra, acercando su nariz a mi cuello.

El corazón me aletea; su olor, su cercanía, su aplomo, comienzan a hacer mella en mí, y sólo puedo desear que me desnude y me posea. Su proximidad es irresistible, pero, dispuesta a decir todo lo que tengo que decir, me retiro y murmuro:

—Quiero que sepas que estoy muy enfadada contigo.

—Lo siento, nena.

—Me hiciste sentir muy mal.

—Lo siento, pequeña.

Vuelve a la carga.

Sus labios me besan el hombro desnudo. ¡Oh, Diosssss, cuánto me gusta!

Pero no. Debe probar su propia medicina. Se lo merece. Por ello, respiro hondo y digo:

—Vas a sentirlo, señor Zimmerman, porque a partir de este instante cada vez que yo me enfade contigo tendrás un castigo. Me he cansado de que aquí sólo castigues tú.

Sorprendido, me mira y frunce el ceño.

—¿Y cómo pretendes castigarme?

Me levanto del sillón.

¿No le gustan las guerreras? Pues allá voy.

Me doy una vuelta lentamente ante él, segura de mi sensualidad.

—De momento, privándote de lo que más deseas.

Iceman se levanta. ¡Oh, oh!

Su altura es espectacular.

Clava sus impactantes y azulados ojos en mí, e indaga:

—¿A qué te refieres exactamente?

Camino. Me observa y, cuando estoy tras la mesa, aclaro:

—No vas a disfrutar de mi cuerpo. Ése es tu castigo.

¡Tensión!

El aire puede cortarse con un cuchillo.

Su rostro se descompone ante mis ojos.

Espero que grite y se niegue, pero de pronto dice con voz gélida:

—¿Me quieres volver loco? —No respondo, y prosigue, ofuscado—: Has escapado de mí. Me has vuelto loco al no saber dónde estabas. No me has contestado el teléfono durante días. Me has dado con la puerta en las narices y anoche te vi sonriendo a otros tipos. ¿Y aún me quieres infligir más castigos?

—¡Ajá!

Maldice en alemán.

¡Guau, menuda palabrotaza que ha dicho! Pero al dirigirse a mí cambia completamente el tono:

—Cariño, quiero hacerte el amor. Quiero besarte. Quiero demostrarte cuánto te amo. Quiero tenerte desnuda entre mis brazos. Te necesito. ¿Y tú me estás diciendo que me prive de todo eso?

Se lo confirmo con mi voz más fría y distante.

—Sí, exactamente. No me tocarás ni un pelo hasta que yo te deje. Me has roto el corazón y, si me quieres, respetarás el castigo como yo siempre he respetado los tuyos.

Eric vuelve a maldecir en alemán.

—¿Y hasta cuándo se supone que estoy castigado? —pregunta, mirándome con intensidad.

—Hasta que yo decida que no lo estás.

Cierra los ojos. Inspira por la nariz y, cuando los abre, asiente.

—De acuerdo, pequeña. Si eso es lo que tú crees que debes hacer, adelante.

Encantada, sonrío. Me he salido con la mía. ¡Yupi!

Miro el reloj y veo que son las dos y media de la madrugada. No tengo sueño, pero necesito alejarme de él, o la primera que no cumplirá el absurdo castigo impuesto seré yo. Así pues, me desperezo antes de plantearle:

—¿Me dices dónde está mi habitación?

—¡¿Tu habitación?!

Con disimulo, contengo la risa que me gustaría soltar al ver su cara e insisto:

—Eric, no pretenderás que durmamos juntos.

—Pero...

—No, Eric, no —le corto—. Deseo mi propia intimidad. No quiero compartir la cama contigo. No te lo mereces.

Asiente lentamente con gesto tenso mientras sé que en este momento debe de estar acordándose de todos mis antepasados, y murmura, pasado el primer impacto:

—Ya sabes que la casa tiene cuatro habitaciones. Escoge la que quieras. Yo dormiré en cualquiera de las que queden libres.

Sin mirarlo, agarro mi mochila y me dirijo hacia la habitación que él y yo utilizábamos en verano. Nuestra habitación. Está preciosa. Eric ha puesto una cama enorme con dosel en el centro de la estancia que es una maravilla. Muebles blancos decapados y cortinas de hilo en naranja a juego con la colcha. Miro el techo y veo un ventilador. ¡Me encantan los ventiladores! Cierro la puerta y mi corazón bombea con fuerza.

¿Qué estoy haciendo?

Deseo que me desnude, que me bese, que me haga el amor como nos gusta a los dos, pero aquí estoy, negándome a mí misma lo que más anhelo y negándoselo a él.

Tras dejar mi equipaje junto a una pared del dormitorio, me miro en el espejo ovalado que hace juego con los muebles y sonrío. Mi apariencia con este vestido es de lo más sexy y sugerente. No me extraña que Eric me mire así. Con malicia sonrío y planeo meter más el dedito en la llaga. Quiero castigarlo. Abro la puerta, busco a Eric y lo veo parado frente a la chimenea.

—¿Puedo pedirte un favor?

—Claro.

Consciente de lo que voy a pedir, me acerco a él, me retiro mi oscuro y largo pelo hacia un lado, y le solicito, mimosa:

—¿Podrías bajarme el cierre del vestido?

Me doy la vuelta para que no descubra mi sonrisa y lo oigo resoplar.

No veo su gesto, pero imagino su mirada clavada en mi espalda. En mi piel. Sus manos se posan en mí. ¡Uf, qué calor! Muy lentamente va bajando el cierre. Noto su respiración en mi cuello. ¡Excitante! Sé los esfuerzos que hace para no arrancarme el vestido e incumplir el castigo.

—Jud...

—Dime, Eric...

—Te deseo —confiesa con voz ronca en mi oreja.

La carne se me pone de gallina. Los pelos se me erizan y no respondo. No puedo.

No llevo sujetador y el cierre termina al final de mi trasero. Sé que mira mi tanga negro. Mi piel. Mis nalgas. Lo sé. Lo conozco.

Yo también lo deseo. Me muero por sus huesos. Pero estoy dispuesta a conseguir mi objetivo.

—¿Y qué deseas? —digo sin darme la vuelta.

Acercándose más a mí, le permito que me abrace desde atrás y sus palabras resuenan en mi oreja.

—Te deseo a ti.

¡Dios, estoy frenética!, por no decir caliente y terriblemente excitada. Sin mirarlo, apoyo mi cabeza en su pecho, cierro los ojos y musito:

—¿Te gustaría tocarme, desnudarme y hacerme el amor?

—Sí.

—¿Con posesión? —murmuro con un hilillo de voz.

—Sí.

Expulso el aire de mis pulmones o me ahogo. Noto su erección cada momento más dura apretándose contra mi trasero. Me besa los hombros y lo disfruto.

—¿Te gustaría compartirme con otro hombre?

—Sólo si tú quieres, cariño.

Voy a soltar vapor por las orejas de un momento a otro.

—Lo deseo. Te miraría a los ojos y saborearía tu boca mientras otro me posee.

—Sí...

—Tú le darás acceso a mi interior. Me abrirás para él y observarás cómo se encaja en mí una y otra vez, mientras yo jadeo y te miro a los ojos.

Noto cómo Eric traga con dificultad. Eso lo ha puesto cardíaco. A mí cardíaca no..., lo siguiente.

Y cuando pone sus ardientes labios en la base de mi nuca y me besa, doy un respingo, me alejo de él y, mirándolo a los ojos, digo con todo mi pesar:

—No, Eric..., estás castigado.

Con coquetería me sujeto el vestido para que no se me caiga y me alejo.

—Buenas noches —me despido.

Me meto en mi habitación y cierro la puerta. Tiemblo. Le acabo de hacer lo mismo que él me hizo aquella vez en el bar de intercambios. Calentarlo para nada.

Ardor.

Excitación.

Calor..., mucho calor.

Me quito el vestido y lo dejo sobre una silla. Vestida sólo con la tanga negra, me siento a los pies de la cama y miro la puerta. Sé que va a venir. Sus ojos, su voz, sus deseos y sus instintos más primarios me han dicho que me necesita y lo que quiere.

Instantes después oigo sus pasos acercarse. Mi respiración se agita.

Quiero que entre.

Quiero que tire la puerta.

Quiero que me posea mientras me mira a los ojos.

Sin quitar la vista de la puerta oigo sus movimientos. Está dudoso. Sé que está fuera calibrando qué hacer. Su tentación soy yo. Lo acabo de calentar, de excitar, pero también soy la mujer a la que no desea defraudar.

La perilla se mueve, ¡oh, sí!, y mi vagina tiembla, deseosa de disfrutar de lo que sólo Eric me puede proporcionar. Sexo salvaje. Pero, de pronto, la perilla se para; mi decepción me hace abrir la boca, y más al oír sus pasos alejándose.

¿Se ha ido?

Cuando soy capaz de cerrar la boca, siento ganas de llorar. Soy una imbécil. Una tonta. Él acaba de respetar lo que yo le he pedido y, me guste o no, he de estar contenta.

Tardo horas en dormirme.

No puedo.

El morbo que me causa Eric es demasiado tentador para mí. Estamos solos en una preciosa casa, deseándonos como locos, pero ninguno de los dos hace nada por remediarlo.

7

Por la mañana, cuando me levanto, lo primero que hago es llamar a mi padre. Estará intranquilo.

Le comunico que estoy bien y me emociono al oír su voz de felicidad. Está pletórico de alegría por mí y por Eric, y eso me hace sonreír. Me pregunta si me ha gustado la casa que Eric me ha comprado. Me sorprende que mi padre lo sepa, pero me confiesa que ha estado al tanto de todo. Eric se lo pidió y él, encantado, aceptó controlar las obras y guardar el secreto.

Mi padre y Eric se llevan demasiado bien. Esto me gusta, aunque me inquieta al mismo tiempo.

Una vez acabada la llamada, abro la puerta y curioseo a través de ella. No veo nada; sólo oigo música. Me parece que el que canta es Stevie Wonder. Me lavo los dientes, me peino un poco y me pongo unos jeans. Al entrar en el amplio salón, ahora unido a la cocina, lo veo sentado en el sofá leyendo un periódico. Eric sonríe al verme. ¡Qué atractivo es! Está guapísimo con la camiseta gris y morada de los Lakers y los pantalones vaqueros.

—Buenos días. ¿Quieres café? —pregunta con buen humor.

Frunzo el ceño y respondo:

—Sí, con leche.

En silencio veo que se levanta, va hasta la encimera de la cocina y llena una taza blanca y roja con café y leche, mientras yo me fijo en sus manos, esas fuertes manos que tanto me gustan cuando me tocan y consiguen que yo me vuelva loca de placer.

—¿Quieres tostadas, embutido, tortilla, *plum-cake*, galletas?

—Nada.

—¡¿Nada?!

—Estoy a dieta.

Sorprendido, me mira. Desde que nos conocemos nunca le he dicho que estuviera a dieta. Esa tortura no va conmigo.

—Tú no necesitas ninguna dieta —afirma mientras deja el café con leche ante mí—. Come.

No contesto. Sólo lo miro, lo miro y lo miro, y bebo café. Una vez que lo acabo, Eric, que no ha levantado su vista de mí, dice:

—¿Has dormido bien?

—Sí —miento. No pienso revelar que no he pegado ojo pensando en él—. ¿Y tú?

Eric curva la comisura de sus labios y murmura:

—Sinceramente, no he podido pegar ojo pensando en ti.

Asiento.

¡Qué rico lo que ha dichoooooo!

Pero esa miradita suya me pone cardíaca. Me provoca. Por eso, para alejarme de la tentación, o soy capaz de arrancarle la camiseta de los Lakers a mordiscos, me levanto de la silla y me acerco a la ventana para mirar al exterior. Llueve. Dos segundos después, lo noto detrás de mí, aunque sin tocarme.

—¿Qué te apetece hacer hoy?

¡Guaaaaaau!, lo que me apetece hacer lo tengo claro: ¡sexo! Pero no, no pienso decirlo, así que me encojo hombros.

—Lo que tú quieras.

—¡Mmm...! ¿Lo que yo quiera? —susurra cerca de mi oreja.

¡Madre, madre, madre! A Iceman le apetece lo mismo que a mí. ¡Sexo!

Escuchar su voz e imaginar lo que está pensando me ponen la carne de gallina. Sin que pueda evitarlo, me vuelvo para mirarlo, y él añade con ojos guasones:

—Si es lo que yo quiera, ya puedes desnudarte, pequeña.

—Eric...

Divertido, sonríe y se aleja de mí tras tentarme como un auténtico demonio.

—¿Quieres que vayamos a Zahara para ver a Frida y Andrés? —pregunta cuando está lo suficientemente lejos.

Ésa me parece una excelente idea y acepto encantada.

Media hora después, los dos vamos en su coche en dirección a Zahara de los Atunes. Llueve. Hace frío. Pone música y vuelve a sonar *¡Convénceme!* ¿Por qué de nuevo esta canción? Cierro los ojos y maldigo en silencio. Cuando los abro, miro por la ventanilla. Me mantengo callada.

—¿No cantas?

Mentalmente sí que lo hago, pero no lo pienso admitir.

—No me apetece.

Silencio entre los dos hasta que Eric lo rompe de nuevo.

—¿Sabes?, una vez una preciosa mujer a la que adoro me comentó que su madre le había dicho que cantar era lo único que amansaba a las fieras y...

—¿Me estás llamando animal?

Sorprendido, da un respingo.

—No..., ni mucho menos.

—Pues canta tú si quieres; a mí no me apetece.

Eric hace un gesto afirmativo y se muerde el labio. Finalmente, asegura con resignación:

—De acuerdo, pequeña, me callaré.

La tensión en el ambiente es palpable, y ninguno abre la boca durante lo que dura el trayecto. Cuando llegamos a nuestro destino, Frida y Andrés me abrazan encantados; en especial, Frida, que en cuanto puede me aparta de los hombres y cuchichea:

—Por fin, por fin... ¡Cuánto me alegra ver que están de nuevo juntos!

—No cantes victoria tan pronto, que lo tengo en cuarentena.

—¿Cuarentena?

Sonrío irónicamente.

—Lo tengo castigado sin sexo ni cariñitos.

—¿Cómo?

Tras mirar a Eric y contemplar su semblante ceñudo, musito:

—Él me castiga cuando hago algo mal, y a partir de ahora he decidido que voy a hacer lo mismo. Por lo tanto, lo he castigado sin sexo.

—Pero ¿sólo contigo o con todas las mujeres?

Esto me alerta.

No lo he concretado, pero estoy segura de que él me ha entendido que es con todas. ¡TODAS! Frida, al ver mi gesto, se ríe.

—Oye, y cuando él te ha castigado, ¿con qué lo hizo?

Pienso en sus castigos y me pongo roja como un tomate. Frida sigue riendo.

—No hace falta que me los cuentes. Ya sé por dónde vas.

Su cara de picaruela me hace sonreír.

—Vale..., te lo cuento porque contigo no me da vergüenza hablar de sexo. La primera vez que me castigó, me llevó a un club de intercambio de parejas y, tras calentarme y hacerme abrir de piernas para unos hombres, me obligó a regresar al hotel sin que nadie, ni siquiera él, me tocara. La siguiente vez me entregó a una mujer y...

—¡Oh, Diosssssssssssss!, me encantan los castigos de Eric, pero creo que el tuyo es excesivamente cruel.

Viendo la expresión de Frida, al final yo sonrío de nuevo.

—Eso para que sepa con quién se las está jugando. Voy a ser su mayor pesadilla y se va a arrepentir de haberme hecho enfadar.

A la hora de la comida ha parado de llover y decidimos ir a uno de los restaurantes de Zahara. Como siempre, todo está buenísimo, y como no he desayunado tengo un hambre atroz. Me pongo morada a langostinos, a cazón en adobo y a chopitos. Eric me mira con sorpresa.

—¿No estabas a dieta?

—Sí —respondo, divertida—, pero hago dos. Con uno me quedo con hambre.

Mi comentario lo hace reír e inconscientemente se acerca a mí y me besa. Acepto su beso. ¡Oh, Dios!, lo necesitaba. Pero cuando se retira añado todo lo seria que puedo:

—Controle sus instintos, señor Zimmerman, y cumpla su castigo.

Su gesto se vuelve serio y asiente con acritud. Frida me mira y, ante su sonrisa, gesticulo.

El resto del día lo pasamos bien. Estar con Frida para mí es muy divertido y siento que Eric busca mis atenciones. Necesita que lo bese y lo toque tanto o más que yo, pero me reprimo. Aún estoy enfadada con él.

Por la noche, regresamos a la casa. Cuando llega la hora de dormir, hago de tripas corazón y, después de darle un tentador beso en los labios, me voy a mi habitación; pero antes de que pueda llegar, Eric me toma de la mano,

—¿Hasta cuándo va a durar esto?

Quiero decir que se acabó.

Quiero decir que ya no puedo más.

Pero mi orgullo me impide claudicar. Le guiño un ojo, me suelto de su mano y me meto en el dormitorio sin contestar.

Una vez dentro, mis instintos más básicos me gritan que abra la puerta y termine con la tontería del castigo que yo solita he impuesto, pero mi pundonor no me deja. Como la noche anterior, lo oigo acercarse a la puerta. Sé que quiere entrar, pero al final vuelve a marcharse.

Por la mañana, la madre de Eric llama por teléfono y le pide que regrese urgentemente a Alemania. La mujer que se encarga de cuidar a su sobrino en su ausencia ha decidido abandonar el trabajo sin previo aviso e irse a vivir con su familia a Viena. Eric se encuentra en una encrucijada: su sobrino o yo.

¿Qué debe hacer?

Durante horas observo cómo intenta solucionar el problema por teléfono. Habla con la mujer que cuidaba hasta ahora a su sobrino y discute. No entiende que no le haya avisado con tiempo para buscar una sustituta. Después, habla con su hermana Marta y se desespera. Habla con su madre y vuelve a discutir. Lo oigo hablar con el pequeño Flyn y siento su impotencia al dialogar con él. Por la tarde, al verlo agotado, tremendamente agobiado y sin saber qué hacer, se impone mi sentido común y accedo a acompañarlo a Alemania. Tiene que resolver un problema. Cuando se lo digo, cierra los ojos, pone su frente sobre la mía y me abraza.

Hablo con mi padre y quedo en regresar el día 31 para cenar con ellos. Mi padre se muestra conforme, pero me deja claro que, si al final, por lo que sea, decido quedarme este año en Alemania, lo entenderá. Esa tarde cogemos su *jet* privado en Jerez, y éste nos lleva hasta el aeropuerto Franz Josef Strauss Internacional de Múnich.

8

En Alemania ha caído una gran nevada y hace un frío de mil demonios. Al llegar nos espera un coche oscuro. Eric saluda al chófer y, tras presentármelo y saber que se llama Norbert, nos subimos en el vehículo.

Observo las calles nevadas y vacías mientras Eric habla por teléfono con su madre y promete ir a su casa mañana. Nadie juega con la nieve ni pasea de la mano. Cuando el coche, media hora después, se para ante una gran verja de color acero intuyo que ya hemos llegado. La verja se abre y veo junto a ella una pequeña casita. Eric me indica que ésa es la vivienda del matrimonio que trabaja en su casa. El coche continúa a través de un bonito y helado jardín. Pestañeo alucinada al contemplar el precioso y enorme caserón que aparece ante mí. Cuando el coche se para, Eric me ayuda a bajar y, al ver cómo miro a mi alrededor, dice:

—Bienvenida a casa.

Su voz, su gesto y cómo me mira hacen que se me ponga toda la carne de gallina. Me agarra de la mano con decisión y tira de mí. Lo sigo y, cuando una mujer de unos cincuenta años nos abre la puerta rápidamente, Eric la saluda y me la presenta:

—Judith, ella es Simona. Se ocupa de la casa junto con su marido.

La mujer sonríe, y yo hago lo mismo. Entramos en el enorme vestíbulo cuando llega hasta nosotros el hombre que nos ha recogido en el aeropuerto.

—Norbert es su marido —señala Eric.

Ni corta ni perezosa, les planto dos besazos en la cara que los dejan trastocados y digo en mi perfecto alemán:

—Estoy encantada de conocerlos.

El matrimonio, alucinado por mi efusividad, intercambia una mirada.

—Lo mismo decimos, señorita.

Eric sonríe.

—Simona, Norbert, márchense a descansar. Es tarde.

—Subiremos antes el equipaje a su habitación, señor —indica Norbert.

Una vez que se marchan con nuestro equipaje, Eric me dedica una mirada burlona y cuchichea:

—En Alemania no somos tan besucones y los ha sorprendido.

—¡Vaya!, lo siento.

Con una candorosa sonrisa, clava sus bonitos ojos en mí y murmura mientras me toca el óvalo de la cara con delicadeza:

—No pasa nada, Jud. Estoy seguro de que tu manera de ser les va a gustar tanto como a mí.

Muevo la cabeza a modo de aprobación y doy un paso atrás para alejarme de él, o no respondo de mis actos.

Miro a mi alrededor en busca de una salida, y al ver la escalera doble por la que el matrimonio ha subido, susurro mientras él me toma de la mano:

—Impresionante.

—¿Te gusta? —pregunta, inquieto.

—¡Dios, Eric...! ¿Cómo no me va a gustar? Pero..., pero si esto es alucinante. Enorme. Precioso.

—Ven, te enseñaré la casa —dice sin soltarme de la mano—. Estamos solos, a excepción de Simona y Norbert, pero ya se van. Flyn está en la casa de mi madre. Mañana lo recogeremos.

Me gusta el tacto de su mano, y sentir su felicidad rompe poco a poco la coraza de frialdad que hay en mi corazón. Entramos en un maravilloso salón donde una gran y señorial chimenea encendida invita a calentarse frente a un sillón color chocolate. Me fijo en todo. Muebles oscuros y sobriedad. Es una casa de hombres. Ni una foto. Ni un detalle femenino. Nada.

Tomada de su mano, me enseña todas las estancias de la primera planta: dos preciosos baños, una increíble cocina de diseño, un lavadero. Camino a su lado sorprendida por todo lo que veo. Recorremos un pasillo, abre una puerta y salimos a un enorme e impoluto garage.

¡Dios! ¡El sueño de mi padre!

Hay aparcados un Mitsubishi todoterreno azul oscuro, un Maybach Exelero gris claro, un Audi A6 negro y una moto BMW 1.100 gris oscura. Lo miro todo atónita, y cuando creo que ya no puedo asombrarme más, al regresar por el pasillo, abre otra puerta y ante mí aparece una espectacular y rectangular piscina que me deja totalmente boquiabierta.

Piscina interior. ¡Qué lujazo!

Eric sonríe. Parece divertido al ver mis gestos de sorpresa. Intento retenerlos, pero no lo consigo. ¡Soy así de exagerada!

Una vez que salimos de la estancia azulada donde está la piscina, seguimos por el pasillo y entramos en un despacho. Su despacho. Todo es de roble oscuro y hay una enorme librería con una escalerita móvil de esas que siempre veo en las películas. ¡Qué chulada!

Sobre la mesa descansa un portátil de veinte pulgadas y en una mesa auxiliar una impresora y varios aparatos informáticos más. A la derecha de la mesa, hay una chimenea encendida y, a la izquierda, una vitrina de cristal que contiene varias pistolas.

—Son tuyas, ¿verdad? —pregunto después de acercarme a la vitrina.

—Sí.

Observo las pistolas con repelús.

—Nunca me han gustado las armas. —Y antes de que diga nada, continúo—: ¿Sabes utilizarlas?

Como siempre, me mira..., me mira y, al final, dice:

—Un poco. Practico tiro olímpico.

Sin dejarme preguntar más me vuelve a tomar de la mano y salimos del despacho. Entramos en una segunda estancia, donde hay multitud de juguetes y un escritorio. Me indica que es la habitación de juegos y estudios de Flyn. Todo está pulcramente ordenado. No hay nada fuera de lugar, y eso me sorprende. Si mi sobrina o yo misma dispusiéramos de una habitación de juegos sería el caos personificado.

No expreso nada de lo que pienso, y salimos de la habitación para entrar en otra. Ésta se encuentra parcialmente vacía, con excepción de una cinta para correr y cajas, muchas cajas.

—Esta estancia es para ti. Para tus cosas —dice de pronto.

—¿Para mí?

Eric asiente y prosigue:

—Aquí podrás tener tu propio espacio personal, algo que sé que quieres y te gusta. —Voy a decir algo cuando añade—: Como has visto, Flyn tiene su espacio y yo tengo el mío. Es justo que tú también tengas el tuyo para lo que quieras.

Ante lo que dice, no sé qué responder. Estoy tan bloqueada que prefiero callarme a soltar algo de lo que sé que luego me arrepentiré. Eric se acerca más a mí, me da un beso en la frente y murmura:

—Ven. Continuaré enseñándote la casa.

Ensimismada por toda la amplitud y el lujo que hay aquí, subo por la impresionante escalera doble del vestíbulo. Eric me indica que en esa planta hay siete habitaciones, cada una con baño incluido.

La habitación de Eric es impresionante. ¡Enorme! Es en tonos azules y en el centro tiene una cama gigante, lo que hace que mi corazón se dispare tanto como mi tensión. El baño es otra maravilla: *jacuzzi*, ducha de hidromasaje. Todo lujo.

Al regresar a la habitación me fijo en la lámpara que hay en una de las mesillas y sonrío. Es la lamparita que compramos en El Rastro, con mis labios marcados. No pega en este dormitorio ¡ni con cola! Demasiado informal. Sin mirarlo, sé que Eric me está observando y eso me altera. Con disimulo miro hacia otro lado de la habitación y veo mi equipaje. Eso me pone más cardíaca, pero, como puedo, disimulo.

Salimos de la habitación de Eric y entramos en la de Flyn. Aviones y coches perfectamente colocados. ¿Tan ordenado es este niño?

Esto me vuelve a sorprender. La estancia es bonita pero impersonal. No parece que un crío viva aquí.

Una vez que salimos me enseña las cinco habitaciones restantes. Son grandes y bonitas pero sin vida. Se nota que nadie las usa. Vistas las habitaciones, me toma de nuevo de la mano y tira de mí escaleras abajo. Entramos en la increíble cocina en color acero y madera con una isla central. Abre una nevera americana, saca una coca-cola fresquita para mí y una cerveza para él.

—Espero que la casa te guste.

—Es preciosa, Eric.

Sonríe y da un trago a su cerveza.

—Es tan grande que... ¡Uf! —digo, mirando alrededor y tocándome la frente—. Vaya pedazo de casa que tienes. Si la ve mi padre alucina en colores. Pero..., pero si mi casa es más pequeña que uno de los cuartos de baño de esta planta. —Eric sonríe, y pregunto—: ¿Cómo no me lo habías dicho nunca?

Se encoge de hombros, echando un vistazo a lo que nos rodea.

—No sé. Nunca me has preguntado por mi casa.

Sonrío. Parezco tonta, pero soy incapaz de dejar de sonreír. Eric me gusta. La casa me gusta. Estar con él aquí me gusta. Todo..., absolutamente todo lo que tenga que ver con él ¡me gusta! Y antes de que me pueda retirar, siento sus manos en mi cintura y me sube a la encimera. Se mete entre mis piernas y pregunta en tono dulzón cerca de mi boca:

—¿Me has levantado el castigo ya?

Esa pregunta y su rápida cercanía me pillan tan de sorpresa que vuelvo a no saber qué decir. Por un lado, tengo que ser la tía dura que sé que soy y hacerle pagar los malos días que me ha hecho pasar, pero por otro lo necesito tanto que soy capaz de perdonarle absolutamente todo para el resto de su vida y gritarle que me coja aquí mismo.

Durante lo que parece una eternidad nos miramos.

Nos calentamos.

Nos besamos con la mirada.

Y como es normal en mí comienzo a desvariar. ¿Lo perdono? ¿No lo perdono?

Pero harto de la espera posa su tentadora boca sobre la mía. Siento sus labios arder encima de los míos cuando dice:

—Bésame...

No me muevo.

No lo beso.

Estoy tan paralizada por el deseo que apenas si puedo respirar.

—Bésame, pequeña —insiste.

Al ver que no hago nada, posa sus manos en mi cabeza y hace eso que me vuelve loca: me repasa con su lengua el labio superior y después el inferior, terminando el momento con un mordisquito delicioso. Su respiración se acelera. La mía parece una locomotora, y entonces me besa. No espera más. Me posee con su boca de tal manera que ya estoy dispuesta a absolutamente todo lo que él me pida.

Mientras me besa, siento cómo una de sus manos baja de mi cabeza a mi cuello y luego llega a mi espalda. Sus dedos se hunden en mi carne y me arrastra hacia él hasta sentir sobre mi vagina su dulce, tentadora y exquisita erección.

¡Oh, Dios! Menos mal que llevo vaqueros; si no fuera así, Eric ya me habría arrancado las bragas, o mejor dicho, ya me las habría arrancado yo misma. Inconscientemente, cierro los ojos y echo para atrás la cabeza. Él, al ver mi disfrute y el cambio de mi respiración, primero me muerde la barbilla y, bajando su húmeda lengua por mi garganta, murmura:

—Vamos a la habitación, cariño. Necesito desnudarte y poseerte como llevo días deseando hacer. Quiero abrir tus piernas para mí y, tras saborearte, hundirme en ti una y otra vez hasta que tus gemidos calmen el ansia viva que siento por ti.

Escuchar eso me marea. «¡Ansia viva!»

Instantáneamente, me siento borracha de él y, como siempre, quiero más. Pero no, no debo. Lucho con determinación contra mi deseo y mi excitación, y con las fuerzas que aún tengo a mi favor me echo para atrás, me separo de él y dejo escapar, a sabiendas de lo que pasará:

—No..., no estás perdonado.

—Jud..., te deseo.

—No..., no debes.

—Jud..., cariño —protesta.

—Dime cuál es mi habitación y...

Sin terminar la frase, oigo su frustración cuando se separa de mí. Su gesto está tan tenso como la entrepierna de su pantalón. Cierra los ojos y se apoya en la encimera. Sus nudillos están blancos, y sin mirarme, finalmente sisea:

—De acuerdo, continuemos con tu juego. Sígueme.

Esta vez, sin darme la mano, comienza a andar hacia la escalera y lo sigo. Miro su ancha espalda, sus fuertes piernas y su trasero. Eric es tentador. Pura tentación y, ¡uf!, soy consciente de a lo que acabo de decir que no.

Al llegar a la primera planta camina con decisión hacia su habitación, abre la puerta, carga mi equipaje y sale de nuevo al pasillo.

—¿En qué habitación quieres dormir?

—En... una que esté libre —consigo responder.

Eric, con furia y decisión, camina hacia el fondo del pasillo y abre una puerta, la más alejada de su habitación. Ambos entramos, deja mi equipaje junto a la cama y, tras decirme sin mirarme ni besarme «buenas noches», cierra la puerta y se marcha.

Durante unos segundos me quedo como una imbécil contemplando la puerta mientras mi pecho sube y baja por la excitación del momento. ¿Qué he hecho? Acaso me estoy volviendo loca perdida. Pero incapaz de hacer o decir nada más, me desnudo, me pongo un pijama y me acuesto en la bonita cama. No quiero pensar, así que conecto mi iPod y canturreo: «Convénceme de ser feliz, convénceme».

Al final, apago la luz. Será mejor que me duerma.

Pero mi subconsciente me traiciona.

Sueño y en mi sueño húmedo y morboso Eric me besa mientras

abre mis piernas y da acceso a que otro me penetre. Alzo mis caderas en busca de más profundidad, y el hombre, al que no veo el rostro, acelera sus acometidas dentro y fuera de mí, hasta que no puede más y se deja ir. Jadeo y suplico más. El desconocido me libera, y Eric, mi Iceman, morboso, sexy y cautivador, toma su lugar.

Me toca los muslos... ¡Oh, sí!

Me abre las piernas... ¡Sí!

Clava su impactante mirada en mí para que yo también lo mire, y dice en un morboso tono de voz: «Pídeme lo que quieras». Y antes de que pueda contestar, mi amor, mi hombre, mi Iceman, de una sola, certera y ardiente acometida, me penetra y me hace gritar de placer. ¡Eric!

Él y sólo él me da lo que verdaderamente necesito.

Él y sólo él sabe lo que me gusta.

Una..., dos..., tres..., veinte veces se hunde en mí dispuesto a volverme loca. Grito, jadeo, le araño la espalda, mientras el hombre al que amo me penetra hasta llevarme al más dulce, maravilloso y devastador de los orgasmos.

Me despierto sobresaltada. Estoy sola en la cama, sudando, y soy consciente de mi sueño. No sé hasta cuándo voy a poder seguir infligiendo este terrible castigo de abstinencia sexual, pero lo que sí sé es que necesito a Eric y me muero por estar entre sus brazos.

9

Cuando me despierto no sé qué hora es. Miró el reloj. Faltan cinco minutos para las diez.

Salto de la cama. Los alemanes son muy madrugadores y no quiero parecer un oso dormilón. Me doy una ducha rápida y, tras ponerme un informal vestido de lana negro y mis botas altas, bajo al salón. Al entrar no hay nadie y camino hacia la cocina. Eric está sentado a una mesa redonda, leyendo un periódico. Al verme, cierra el diario.

—Buenos días, dormilona —me saluda sin sonreír.

Simona, que está cocinando, me mira y me saluda. Definitivamente, he quedado como un oso dormilón.

—Buenos días —respondo.

Eric no hace amago de levantarse ni besarme. Eso me extraña, pero reprimo mis instintos mientras rumio mi pena por no recibir mi beso de buenos días.

Simona me ofrece embutidos, queso y miel. Pero al ver que niego con la cabeza y sólo pido café, saca un *plum-cake* hecho por ella misma y luego me empuja para que me siente a la mesa junto a Eric.

—¿Has dormido bien? —inquiere él.

Hago un gesto afirmativo e intento no recordar mi excitante sueño. Si él supiera...

Dos minutos después, Simona deja un humeante café con leche sobre la mesa y un buen trozo de *plum-cake*. Hambrienta, me meto una porción en la boca y al percibir su sabor a mantequilla y vainilla, exclamo:

—¡Mmm, está buenísimo, Simona!

La mujer, encantada, asiente y se marcha de la cocina mientras yo continúo con el desayuno. Eric no habla, sólo me observa, y cuando ya no puedo más, lo miro y pregunto:

—¿Qué pasa? ¿Por qué me miras así?

Sin sonreír, se echa para atrás en la silla y responde:

—Todavía no me creo que estés sentada en la cocina de mi casa. —Y antes de que yo pueda decir nada, cambia de tema y añade—: Cuando termines, iremos a casa de mi madre. Debo recoger a Flyn y comeremos allí. Después he quedado. Hoy tengo un partido de baloncesto.

—¿Juegas al baloncesto? —pregunto, sorprendida.

—Sí.

—¿En serio?

—Sí.

—¿Con quién?

—Con unos amigos.

—¿Y por qué no me habías dicho que jugabas al baloncesto?

Eric me mira, me mira, me mira, y finalmente, murmura:

—Porque nunca me lo has preguntado. Pero ahora estamos en Alemania, en mi terreno, y puede ser que te sorprendan muchas cosas de mí.

Asiento como una boba. Creía conocerlo y de pronto me entero de que hace tiro olímpico, juega al baloncesto y supuestamente me va a sorprender con más cosas. Sigo comiendo el delicioso desayuno. Volver a ver a su madre y conocer al pequeño Flyn son situaciones que me ponen nerviosa, por lo que no puedo callar lo que pulula por mi cabeza.

—Cuando dijiste que aquí no eran muy efusivos en los saludos, ¿significa también que tampoco habrá besos de buenos días?

Noto que mi pregunta lo pilla por sorpresa, pero contesta mientras vuelve a abrir el periódico:

—Habrá besos siempre que los dos queramos.

Vale..., me acaba de decir que ahora no le apetece a él. ¡Mierdaaaaaaaaaaa...! Me está dando a probar mi misma medicina y yo soy muy mala enferma.

Sigo comiendo el *plum-cake*, pero mi cara debe de ser tal que suelta:

—¿Alguna pregunta más?

Niego con la cabeza, y él vuelve a dirigir la vista al periódico, pero con el rabillo del ojo veo que las comisuras de sus labios se curvan. ¡Qué bribón!

Cuando termino totalmente el riquísimo desayuno, se levanta y yo hago lo mismo. Vamos hasta la entrada y aquí, tras abrir un armario, sacamos nuestros abrigos. Eric me mira.

—¿Qué pasa ahora? —le digo al ver su gesto.

—Eso que llevas es poco abrigo. Esto no es España.

Con mis manos toco mi abrigo negro de Desigual y aclaro:

—Tranquilo, abriga más de lo que crees.

Con el cejo fruncido, me sube el cuello del abrigo y, tras agarrarme de la mano, afirma mientras caminamos hacia el garage por el interior de la casa:

—Habrá que comprarte algo si no quiero que enfermes.

Suspiro y no respondo. Tampoco voy a estar tanto tiempo aquí como para que necesite comprarme nada. Una vez que subimos al Mitsubishi, Eric acciona un mando que hay en el coche. La puerta del garage se abre mientras la calefacción del vehículo caldea el ambiente en décimas de segundo. ¡Qué pasote el Mitsubishi!

Suena la radio y sonrío al reconocer la música de Maroon 5. Eric conduce. Está serio; vamos, como siempre. Y, sin necesidad de que yo le pregunte, comienza a explicarme por dónde vamos pasando.

Su casa, según me dice, está en el distrito de Trudering, un lugar bonito y donde a la luz del día veo que hay más viviendas como la de él alrededor. ¡Y menudas casas!, a cuál más impresionante. Al salir a una carretera me indica que, un poco más al sur, hay campos agrícolas y pequeños bosques. Eso me emociona. Tener la naturaleza cerca, como en Jerez, para mí es esencial.

Por el camino pasamos por el distrito de Riem, hasta llegar a un elegante barrio llamado Bogenhausen. Aquí vive su madre. Tras recorrer calles flanqueadas por chalets, nos paramos ante una verja oscura, y mis nervios se tensan. Conozco a Sonia y sé que es un amor, pero es la madre de Eric, y eso me pone muy nerviosa.

Una vez que Eric aparca el coche en el interior de un bonito garage, me mira y sonríe. Me va conociendo y sabe que cuando estoy tan callada es porque estoy tensa. Cuando voy a soltar una de mis tonterías para relajar el ambiente, se abre una puerta de la casa, y Sonia aparece ante nosotros.

—¡Qué alegría!, ¡qué alegría de teneros a los dos aquí! —dice, feliz.

Sonrío; no puedo hacer otra cosa. Y cuando Sonia me da un abrazo y yo le correspondo, ella susurra en mi oído:

—Bienvenida a Alemania y a mi casa, cariño. Aquí te vamos a querer muchísimo.

—Gracias —balbuceo como puedo.

Eric se acerca y le da un beso a su madre; después, me toma con seguridad de la mano y juntos entramos en el interior de la casa, donde el ambiente agradable rápidamente me hace entrar en calor. Sin embargo, el ruido es atroz. Suena una música repetitiva.

—Flyn está en el salón jugando con uno de sus infernales juegos —nos explica Sonia. Y, mirando a su hijo, añade—: Me tiene la cabeza loca. No sabe jugar sin esa dichosa musiquita. —Eric sonríe, y ella prosigue—: Por cierto, tu hermana Marta acaba de llamar por teléfono. Ha dicho que la esperemos para comer. Quiere saludar a Jud.

—Estupendo —asiente Eric mientras yo estoy a punto de volverme loca por la estridente música que sale del salón.

Durante unos minutos, Eric y su madre hablan sobre la mujer que cuidaba de Flyn. Ambos están decepcionados con ella, y los oigo decir que piensan contratar a alguien para que los ayude con el crío. Mientras hablan, me sorprende ver que lo hacen sin que el ruido infernal de fondo les sea un problema. Es más, da la sensación de que están acostumbrados a ello. Una vez que terminan, una joven se acerca a nosotros y le dice algo a Sonia. Ésta, disculpándose, se marcha con ella. De repente, Eric me de la mano.

—¿Preparada para conocer a Flyn?

Digo que sí con un gesto. Los niños siempre me han gustado.

Juntos caminamos hacia el salón. Eric abre la enorme puerta corredera blanca y los decibelios de la música suben irremediablemente. ¿Está sordo Flyn? Observo la estancia. Es grande y espaciosa. Llena de luz, fotografías y flores. Pero el ruido es insoportable.

Miro al frente y veo una enorme televisión de plasma y a unos guerreros luchando sin piedad. Reconozco el juego, *Mortal Kombat: Armageddon*. Es el juego que tanto le gusta a mi amigo Nacho y al que nos hemos tirado horas y horas jugando. Menudo vicio pillas con él.

En la pantalla los luchadores saltan y pelean, y observo que en el bonito sofá color frambuesa que hay frente a la tele se mueve una gorra roja. ¿Será Flyn?

Eric arruga el entrecejo. La música no puede estar más alta. Me suelta de la mano, camina hacia el sofá y, sin decir nada, se agacha, toma el control y baja el volumen.

—¡Tío Eric! —grita una vocecita.

Y de pronto un muchacho menudo da un salto y se abraza a mi Iceman particular. Eric sonríe y, mientras lo abraza a su vez, cierra los ojos.

¡Oh, Dios, qué momento tan bonito!

Se me erizan los pelos de todo el cuerpo al percibir el amor que mi alemán siente por su sobrino. Durante unos segundos, los observo a los dos mientras comparten confidencias y oigo al niño reír.

Antes de presentármelo, Eric le presta toda su atención mientras que el chiquillo, emocionado por su presencia, le cuenta algo del juego. Tras unos minutos en los que el pequeño aún no se ha dado cuenta de que yo estoy allí, Eric lo deja sobre el sofá y dice:

—Flyn, quiero presentarte a la señorita Judith.

Desde mi posición percibo cómo la espalda del niño se tensa. Ese gesto de incomodidad es tan de mi Iceman que no me extraña que lo haga también. Pero, sin demora, camino hacia el sillón y, aunque el pequeño no me mira, lo saludo en alemán.

—¡Hola, Flyn!

De pronto, vuelve su carita, clava sus oscuros y rasgados ojos en mí, y responde mientras Eric le quita la gorra para dejar al descubierto su cabecita morena:

—¡Hola, señorita Judith!

¡Halaaaaaaa, qué fuerte!

¿Chino?

¿Flyn es chino?

Sorprendida por los rasgos orientales del pequeño cuando yo esperaba el típico niño de ojos azules y blanquecino, intento reponerme del choque inicial y, con la mejor de mis sonrisas, afirmo ante el gesto divertido de Eric:

—Flyn, puedes llamarme sólo Jud o Judith, ¿de acuerdo?

Sus ojos oscuros me escanean en profundidad y asiente. Su mirada desconfiada es tan penetrante como la de su tío, y eso me pone la carne de gallina ¡Vaya dos! Pero antes de que pueda decir nada más, entra en el salón la madre de Eric, Sonia.

—¡Oh, Dios!, qué maravilla poder hablar sin dar gritos. ¡Me voy a quedar sorda! Flyn, cariño mío, ¿no puedes jugar con el volumen más bajo?

—No, Sonia —responde el pequeño aún con la vista clavada en mí.

¿Sonia?

Qué impersonal. ¿Por qué no la llamará abuela o yaya?

Durante unos instantes, observo que la mujer habla con el niño, hasta que le suena el celular. El pequeño se sienta de nuevo en el sillón cuando Sonia contesta.

—¿Jugamos una partida, tío? —pregunta.

Eric mira a su madre, pero ésta sale de la habitación a toda prisa. Finalmente, toma asiento junto a su sobrino. Antes de que comiencen a jugar, me entremeto.

—¿Puedo jugar yo?

—Las chicas no saben jugar a esto —contesta el pequeño Flyn sin mirarme.

Mi cara es un poema y al desviar la vista hacia Eric intuyo que disimula una sonrisa.

¿Qué ha dicho ese enano?

Si algo he odiado durante toda mi vida es que los sexos condicionen para poder hacer las cosas. Sorprendida por ello, me quedo observando al mocoso, que sigue sin mirarme.

—¿Y por qué crees que las chicas no sabemos jugar a esto?

—Porque éste es un juego de hombres, no de mujeres —replica el infame mientras vuelve a clavar sus achinados y oscuros ojos en mí.

—En eso te equivocas, Flyn —respondo con tranquilidad.

—No, no me equivoco —insiste el pequeño—. Las chicas son unas torpes para los juegos de guerra. A ustedes les gustan más los juegos de príncipes y moda.

—¿En serio crees eso?

—Sí.

—Y si yo te demostrara que las chicas también jugamos a *Mortal Kombat.*

El pequeño cabecea. Piensa su respuesta y finalmente asevera:

—Yo no juego con chicas.

Con los ojos como platos, miro a Eric en busca de ayuda y le pregunto en español:

—Pero ¿qué clase de educación machista le estás dando a este enano gruñón? —Y antes de que responda, añado con una falsa sonrisa en mis labios—: Oye, mira, porque es tu sobrino, pero esto me lo dice otro y le suelto cuatro frescas, por muy niño que sea.

Eric sonríe como un tonto y responde mientras le revuelve el flequillo:

—No te asustes, pequeña. Lo hace para impresionarte. Y por cierto, Flyn sabe hablar perfectamente en español.

Me quedo boquiabierta y antes de que pueda decir algo el pequeño se me adelanta:

—No soy un enano gruñón y si no juego contigo es porque quiero jugar sólo con mi tío.

—Flyn... —reprende Eric.

Convencida de que el comienzo con el niño no ha sido todo lo bueno que me hubiera gustado, sonrío y murmuro:

—Retiro lo de «enano gruñón». Y tranquilo, no jugaré si tú no quieres.

Sin más, deja de mirarme y pulsa el *play*. La música atroz suena de nuevo; Eric me guiña un ojo y se pone a jugar con él.

Durante veinte minutos observo cómo juegan. Ambos son muy buenos, pero me percato de que yo sé movimientos que ellos desconocen y que no estoy dispuesta a desvelar.

Cansada de mirar la pantalla y de que esos dos machitos en potencia pasen de mí, me levanto y comienzo a andar por el enorme salón. Voy hasta una gran chimenea y me fijo en las fotos que hay expuestas.

En ellas se ve a Eric junto a dos chicas. Una es Marta y supongo que la otra era Hannah, la madre de Flyn. Se les ve sonreír y me doy cuenta de lo mucho que se parecían Eric y Hannah: pelo claro, ojos celestes e idéntica sonrisa. Inconscientemente sonrío.

Hay más fotos. Sonia con sus hijos. Flyn de bebé en brazos de su madre vestido de calabaza. Marta y Eric abrazados. Me sorprende ver una foto de Eric, mucho más joven y con el pelo largo. ¡Guau, qué sexy mi Iceman!

—¡Hola, Judith!

Al oír mi nombre me vuelvo y me encuentro con la encantadora sonrisa de Marta. Con el ruido existente no la he oído llegar. Nos abrazamos y dice, tomándome de la mano:

—Ya veo que esos dos guerreros te han abandonado por el juego.

Ambas los miramos y respondo con burla:

—Según alguien, las chicas no sabemos jugar.

Marta sonríe, suspira y se acerca a mí.

—Mi sobrino es un pequeño monstruo en potencia. Seguro que él te ha dicho eso, ¿verdad? —Asiento, y ella vuelve a suspirar. Finalmente, añade—: Vayamos a la cocina a tomar algo.

Salir del salón es para mí, y en especial para mis oídos, un descanso.

Cuando llegamos a la cocina veo a una mujer cocinando y nos

saluda. Marta me la presenta como Cristel, y cuando ésta regresa a sus quehaceres, pregunta:

—¿Qué te apetece tomar?

—Coca-cola.

Marta abre la nevera y toma dos cocas. Después me hace un movimiento con la cabeza y la sigo hasta un bonito comedor que hay junto a la cocina. Nos sentamos a la mesa y a través de la ventana observo que Sonia, abrigada, está fuera de la casa hablando por teléfono. Al vernos sonríe, y Marta murmura:

—Mamá y sus novios.

Eso me sorprende. Pero ¿Sonia no está casada con el padre de Marta?

Y cuando mi curiosidad está a punto de explotar, Marta da un trago a su coca-cola y me aclara:

—Mi padre y ella se divorciaron cuando yo tenía ocho años. Y aunque adoro a mi padre, soy consciente de que es un hombre muy aburrido. Mamá está tan llena de vitalidad que necesita otro tipo de vida loca. —Asiento como una boba, y ella, divertida, cuchichea—: Mírala, es como una quinceañera cuando habla con alguno de sus novietes por teléfono.

Me fijo en Sonia y soy consciente de que lo que dice Marta es cierto. En este momento, Sonia cierra su celular y da un saltito de emoción. Luego, abre la ventana y, al entrar y ver que estamos solas, nos comunica mientras se quita el abrigo:

—Chicas..., me acaban de invitar a Suiza. He dicho que sí y me voy mañana.

Su efusividad me hace sonreír.

—¿Con quién, mamá? —pregunta Marta.

Sonia se sienta junto a nosotras y en plan confidente murmura, emocionada:

—Con el guapísimo Trevor Gerver.

—¡¿Trevor Gerver?! —gesticula Marta, y Sonia asiente.

—¡Ajá, mi niña!

—¡Vaya, mamá! Trevor es todo un bombonazo.

Ahuecándose el pelo, Sonia nos explica:

—Hija, ya te dije yo que ese hombre me mira las piernas más de la cuenta cuando hacemos el curso. Es más, el día en que salté con él en paracaídas, noté que...

—¿Saltaste en paracaídas? —pregunto con la boca abierta.

Madre e hija me ordenan callar con gestos y, finalmente, Marta me avisa:

—De esto ni una palabra a mi hermano o nos la monta, ¿vale?

Asombrada, hago un gesto de asentimiento con la cabeza. Ese deporte de riesgo a Eric no le tiene que hacer ninguna gracia.

—Si se entera mi hijo de que ambas hacemos ese curso no habrá quien lo aguante —me informa Sonia—. Es muy estricto con la seguridad desde que ocurrió el fatal accidente de mi preciosa Hannah.

—Lo sé..., lo sé... Yo hago motocross y el día en que me vio hacerlo casi...

—¿Haces motocross? —pregunta Marta, sorprendida.

Asiento, y Marta aplaude.

—¡Uisss...! —interviene Sonia—, pero si eso lo hacía también mi hija con Jurgen, su primo. ¿Y mi hijo no ha montado en cólera al saberlo?

—Sí —respondo, sonriendo—, pero ya le ha quedado claro que el motocross es parte de mí y no puede hacer nada.

Marta y su madre sonríen.

—En el garage tengo todavía la moto de Hannah —apunta Sonia—. Cuando quieras te la llevas. Al menos tú la utilizarás.

—¡Mamá! —protesta Marta—, ¿quieres enfadar a Eric?

Sonia suspira, después mueve la cabeza y, mirando a su hija, contesta:

—A Eric se le enfada sólo con mirarlo, cariño.

—También tienes razón —se burla Marta.

—Y aunque se empeñe en querer que vivamos en una burbujita de cristal para que nada nos pase —prosigue Sonia—, debe entender que la vida es para disfrutarla y que no por ir en moto o tirarte en paracaídas te tiene que pasar algo horrible. Si Hannah viviera, sería lo que le diría. Por lo tanto, cariño —insiste, mirándome—, si tú quieres la moto, tuya es.

—Gracias. Lo tendré en cuenta —sonrío, encantada.

Al final, las tres nos reímos. Está claro que Eric con nosotras a su lado nunca tendrá tranquilidad.

Entre risas y confidencias me entero de que el mencionado Trevor es el dueño de la escuela de paracaidismo que está a las afueras de Múnich. Eso llama poderosamente mi atención. Me encantaría hacer un curso de caída libre. Pero de pronto, mientras las escucho hablar sobre aquel viaje a Suiza, me doy cuenta de que en dos días ¡es Nochevieja! E incapaz de callar, pregunto:

—¿Regresarás para Nochevieja?

Ambas me miran, y Sonia responde:

—No, cielo. La pasaré en Suiza con Trevor.

—¿Eric y Flyn la pasarán solos? —inquiero, pestañeando boquiabierta.

Las dos asienten.

—Sí —me aclara Marta—. Yo tengo planes y mamá también.

Mi cara debe de ser un poema porque Sonia se ve obligada a decir:

—Desde que murió mi hija Hannah, esa noche dejó de ser especial para todos, sobre todo para mí. Eric lo entiende y es él quien se queda con Flyn. —Y cambiando rápidamente de tema, cuchichea—: ¡Oh, Marta, ¿qué me llevo a Suiza?!

Durante un rato las sigo escuchando mientras pienso que mi padre nunca en la vida, ni por el más remoto pensamiento, nos dejaría solas a mi hermana o a mí con mi sobrina en una noche tan especial. Una gracia de Marta, de pronto, me hace sonreír, y nuestra conversación se corta cuando aparece Eric con el pequeño de la mano.

Él, que no es tonto, nos mira a las tres. Está claro que hablábamos de algo que no queremos que sepa, y Marta, para disimular, se levanta a saludarlo justo en el momento en que Sonia me mira y murmura:

—Ni una palabra de lo aquí hablado a mi siempre enfadado hijo. Guárdanos el secreto, ¿vale, cielo?

Contesto con una señal afirmativa casi imperceptible mientras observo que Eric sonríe ante algo que Flyn le acaba de decir.

Veinte minutos después, los cinco, reunidos alrededor de la mesa del comedor, degustamos una rica comida alemana. Todo está buenísimo.

A las tres y media, estamos todos sentados en el salón charlando cuando veo que Eric mira el reloj, se levanta, se acerca y, agachándose a mi lado, dice clavando sus impresionantes ojos azules en mí:

—Cariño, tengo que estar dentro de una hora en el polideportivo de Oberföhring. No sé si el baloncesto te gusta, pero me alegraría que te vinieras conmigo y vieras el partido.

Su voz, su cercanía y la forma de decir «cariño» hacen levantar el vuelo a las miles de mariposítas que habitan en mi interior. Deseo besarlo. Deseo que me bese. Pero no es el mejor lugar para desatar toda la pasión contenida. Eric, sin necesidad de que yo hable, sabe lo que pienso. Lo intuye. Al final, asiento, encantada, y él sonríe.

—Yo también quiero ir —oigo que dice Flyn.

Eric deja de mirarme. Nuestro momento se ha roto, y presta atención al pequeño.

—Por supuesto. Ponte el abrigo.

10

Quince minutos después, los tres en el Mitsubishi de Eric nos dirigimos hacia el polideportivo de Oberföhring. Cuando llegamos y Eric para el motor del coche, Flyn sale escopetado y desaparece. Yo miro inquieta a Eric, pero éste dice, agarrando su bolsa de deporte:

—No te preocupes. Flyn conoce el polideportivo muy bien.

Un poco más tranquila, le pregunto mientras caminamos:

—¿Te has dado cuenta de cómo me mira tu sobrino?

—¿Recuerdas cómo me miraba al principio tu sobrina? —responde Eric. Eso me hace sonreír, y él añade—: Flyn es un niño. Sólo tienes que ganártelo como yo me gané a Luz.

—Vale..., tienes razón. Pero no sé por qué me da que tu sobrino es como su tío, ¡un hueso duro de roer!

Eric suelta una carcajada. Se para, me mira y, acercándose a mí, se agacha para estar a mi altura y murmura:

—Si no estuviera castigado, en este mismo instante te besaría. Pondría mi boca sobre la tuya y te devoraría los labios con auténtico deleite. Después te metería en el coche, te arrancaría la ropa y te haría el amor con verdadera devoción. Pero, para mi desgracia, me tienes castigado y sin ninguna probabilidad de hacer nada de lo que deseo.

Mi corazón late desbocado. Tun-tun... Tun-tun...

¡Diosssssssssssss, cómo me ha puesto lo que acaba de decir!, y cuando estoy dispuesta a besarlo, de pronto oigo:

—¡Judith! ¡Eric!

Miro a mi derecha y veo aparecer a Frida y Andrés con el pequeño Glen. Ni que decir tiene que nos fundimos en unos efusivos abrazos.

—¿Tú también juegas al baloncesto? —pregunto mirando a Andrés.

El divertido médico me guiña el ojo.

—Soy lo mejor que tiene este equipo —cuchichea, y todos sonreímos.

Cuando llegamos a los vestuarios, Frida y Andrés se besan.

¡Qué monos!

Eric me mira con deseo, pero no se acerca a mí.

—Ve con Frida, cielo. Te veo después del partido —indica antes de desaparecer tras la puerta.

¡Dios mío, quiero que me beseeeeeeeeeeeeeeeeeeee! Pero no. No lo hace.

Cuando la puerta se cierra, mi cara de tonta debe de ser tal que Frida pregunta:

—¿No me digas que aún lo tienes castigado?

Como una boba, asiento, y mi amiga suelta una risotada.

—Anda..., vayamos a las gradas a animar a nuestros chicos. Por cierto, me encantan tus botas. ¡Son preciosas y sexies!

Sumida en mis pensamientos, sigo a Frida. Llegamos hasta una puerta y al abrirla ante mí aparece una bonita pista de baloncesto. Ahí está Flyn, sentado en unas gradas amarillas jugando con su PSP. Al vernos llegar se levanta y sin saludarnos va directo hacia Glen. El pequeño le gusta. Nos sentamos, y Flyn le pide a Frida que le deje al niño. Ella lo hace y durante unos minutos observo cómo pone caritas para que el pequeño Glen sonría.

La pista se va llenando de gente y de pronto Flyn le entrega el niño a su madre y se va y se sienta varias gradas más abajo que nosotras.

—¿Qué tal con Flyn? —inquiere Frida, mirándome.

Antes de responder, me encojo de hombros.

—Sinceramente, creo que no le he caído bien. No ha querido jugar conmigo y apenas me habla. ¿Es siempre así, o sólo es conmigo?

Frida se ríe.

—Es un buen niño, pero no es muy comunicativo. Fíjate que yo lo conozco de toda la vida y con él no habré cruzado más de diez palabras. Es un loco de las maquinitas y los juegos. Eso sí, cuando ve a Glen es todo sonrisas. —De pronto, se calla un instante y luego murmura—: ¡Uf, qué peste! Voy un momento al baño a cambiarle el pañal a esta pequeña mofetilla o moriremos todos con este olor.

—¿Quieres que te acompañe?

—No, Judith. Quédate aquí. No tardaré.

Cuando se marcha, observo que Flyn se percata de que me quedo sola. Le sonrío invitándolo a sentarse conmigo, pero él se resiste. No se mueve y me doy por vencida. Cinco minutos después entra un grupo de mujeres de mi edad, todas monísimas y perfumadas a más no poder. Se sientan justo delante de mí. Parecen muy animadas mientras hablan sobre una peluquería, hasta que los jugadores salen a calentar y me quedo boquiabierta al reconocer al que va hablando con Eric y Andrés. ¡Es Björn!

Me entran los calores de la muerte. En la pista, a pocos metros de mí, está el hombre al que adoro con toda mi alma, junto a otros dos con los que me ha compartido en la cama. ¡Uf, qué calor y qué bochorno! Disimulo y me doy aire con la mano mientras no sé dónde mirar.

Cuando consigo que mi corazón deje de latir a dos mil por hora, miro a la pista y me vuelvo a poner roja como un tomate cuando veo que los tres hombres me miran y me saludan. Con timidez, levanto la mano y les respondo. Las mujeres que hay delante de mí creen que es a ellas a quienes se dirigen y cuchichean como gallinas mientras saludan entusiasmadas.

Soy consciente de que no puedo apartar mi mirada de mi Iceman particular. Es tan sexy... Él me mira, bota el balón, me guiña el ojo, y yo sonrío como una boba. ¡Dios...!, está tan estupendo de amarillo y blanco que estoy por gritarle «¡Guapo, guapo y guapo!» desde mi posición.

Flyn se acerca hasta su tío, y éste, contento, le tira el balón. El niño ríe, y Björn lo coge entre sus brazos y le da una voltereta. Durante unos segundos, el pequeño es el centro de los juegos de los hombres y está feliz. Le cambia el gesto y, por primera vez, le veo sonreír como un niño de su edad.

Cuando Flyn se retira y se sienta en el banquillo, observo orgullosa cómo Eric se mueve por la pista. Nunca lo había imaginado en el papel de deportista, y sólo puedo pensar que ¡me encanta! Durante unos minutos disfruto de lo que veo mientras de forma involuntaria oigo decir a una de las mujeres que está sentada delante de mí:

—Vaya, vaya... Hoy juega el hombre al que deseo en mi cama.

—Y yo en la mía —salta otra.

Todas se ríen, y yo con disimulo también. Este tipo de comentarios entre mujeres de colegueo es de lo más normal. Todo es divertido y disfruto del momento, hasta que otra exclama:

—¡Oh, Dios! Eric cada día está mejor. ¿Han visto sus piernas? —De nuevo, todas ríen, y la rubia idiota, porque no tiene otro nombre, añade—: Aún tengo el recuerdo de la noche que pasé con él. Fue colosal.

La sangre se me espesa.

Toc... Toc... Los celos llaman a mi puerta.

Pensar que Eric ha compartido noche y sexo con ésa no me hace ninguna gracia y, sobre todo, me pregunto si el encuentro ha tenido lugar hace poco.

—Lora, pero si eso fue hace más de un año. ¿Cómo lo puedes recordar todavía?

¡Uf!, estoy por aplaudir cuando escucho eso.

Eric tuvo algo con ésa antes de conocerme a mí. Eso no se lo puedo reprochar. Yo también tuve mis cosas con otros hombres antes de estar con él.

—Gina, sólo te diré que Eric es un hombre que deja huella —responde la tal Lora, y todas sonríen, yo incluida.

Durante un rato oigo cómo las mujeres dejan al descubierto lo que piensan de todos y cada uno de los hombres que están en la pista calentando. Para todos tienen palabras estupendas, incluso para el marido de Gina. Cuando la tal Lora menciona a Andrés y después a Björn me percato de que le da igual uno que otro. Su manera de hablar de ellos me permite deducir lo que busca: sexo.

—Lora —ríe Gina—, si quieres repetir con Eric, sólo tienes que ganarte al chinito. Todas sabemos que ese monstruito es su debilidad.

La tal Lora arruga la nariz al mirar a Flyn. Se retira su melenaza rubia y estirándose murmura:

—Para lo que yo quiero a Eric, no necesito ganarme a nadie que no sea él.

Mi indignación está por todo lo alto. Están hablando de mi chico y yo estoy aquí, escuchando lo que dicen. De repente, aparece Frida con el pequeño Glen y se sienta a mi lado.

—¡Hola, chicas! —saluda.

Las cuatro mujeres miran hacia atrás y sonríen. Entre ellas se besuquean, hasta que Frida decide incluirme en el grupo.

—Chicas, os presento a Judith, la novia de Eric.

La cara de las mujeres, en especial de la rubia de la melenaza, es todo un poema.

¡Vaya sorpresa se ha llevado!

Frida ha dicho que soy su novia, algo que le he prohibido a Eric mencionar, pero que en este momento quiero que quede muy claro ante éstas. ¡Soy su novia, y él es mío!

Dispuesta a comenzar con buen pie con ellas, a pesar de los comentarios, decido hacerme la sorda y, encantada de la vida, las saludo. A partir de este instante, ninguna vuelve a mencionar a Eric.

El partido comienza, y yo decido centrarme en mi chico. Lo veo correr de un lado a otro de la cancha, y eso me emociona. Pero el baloncesto no es lo mío. Entiendo lo justo, y Frida me pone al día. Andrés juega de base y Eric, de alero, y rápidamente soy consciente de que su posición es importante por la combinación de altura y velocidad. Aplaudo cada vez que encesta canastas de tres puntos e inicia algún contraataque. ¡Oh Dios, mi chico es tan sexy...!

Durante el descanso, observo con disimulo cómo la tal Lora lo mira. Busca su atención, pero en ningún momento la encuentra.

Eric está concentrado en lo que habla con sus compañeros, y eso me gusta. Me enloquece ver cómo se entrega a algo que de pronto sé que le fascina.

Divertida, aplaudo como una posesa cuando el juego se reanuda y, junto a Frida, entro totalmente en el partido, de modo que cuando me quiero dar cuenta el encuentro finaliza y nuestros chicos ganan por doce puntos. ¡Olé y olé!

Feliz de la vida, observo desde mi posición cómo Flyn corre para abrazar a su tío, y éste sonríe, encantado, alzándolo entre sus brazos. Todo el mundo comienza a moverse de sus asientos.

—Ven... —dice Frida—, vamos.

Segura de lo que quiero hacer, llego hasta la pista junto al resto de las mujeres y observo que Eric se sienta, empapado en sudor y se pone una chaqueta de deporte. Su habitual gesto serio ha vuelto a su rostro, y eso me hace aletear el corazón. Definitivamente, ¡soy masoquista!

De pronto soy consciente de que Lora y la que está junto a ella cuchichean y miran a mi Iceman. E incapaz de no hacer nada, decido entrar en acción para dejarles las cosas claritas de una vez por todas. Camino hacia Eric y, sin cortarme un pelo, me siento sobre él y, ante su cara de sorpresa, acerco mi boca a la suya y lo beso. Lo beso con desesperación, con pasión y con gusto. Él, sorprendido en un principio, me deja hacer y finalmente, susurra con voz ronca a escasos centímetros de mi boca:

—Vaya..., pequeña, si lo sé te traigo antes a una cancha de baloncesto. —Excitada sonrío, y él pregunta—: ¿Esto significa el fin del castigo?

Asiento. Él cierra los ojos. Inspira por la nariz y me vuelve a besar.

11

Mientras los hombres se duchan tras el partido, me voy junto con Frida y las chicas a una salita a esperarlos. Aquí me divierto escuchando sus comentarios. Lora no ha vuelto a decir nada que me pueda molestar. Eso sí, me mira con gesto extraño. Está claro que saber que soy la novia de Eric le ha cortado todo el rollo. Media hora después comienzan a salir del vestuario hombretones relucientes y aseaditos.

El primero en acercarse a mí con curiosidad y sonriendo es un chico tan rubio que parece albino.

—¡Hola! ¿Tú eres Judith? ¿La española?

Estoy por decir «¡Olé!», pero finalmente decido no hacerlo.

—Sí, soy Judith.

—¡Olé..., toro..., paella! —dice uno de ellos, y yo me río.

Otros dos chicos, en este caso morenos, se acercan a nosotros y comienzan a interesarse por mí. Aquí soy la novedad, ¡la española! Eso me hace gracia y entablo conversación con ellos. De pronto veo a Eric salir del vestuario y mirarme. Lo incomoda verme rodeada de todos ésos, y yo sonrío. Estos tontos celitos por su parte me gustan y más cuando veo que se para con Frida, Andrés y el bebé, y espera que sea yo la que vaya a él. Sus ojos y los míos se cruzan, y entonces hace algo que me hace reír. Me indica con un movimiento de cabeza que me mueva.

Hago caso omiso a su orden. No quiero comenzar a seguirle como un perrillo. No, definitivamente no voy a volver a ser tan pavisosa con él como lo fui meses atrás. Al final, se acerca y, tomándome de manera posesiva por la cintura ante sus compañeros, me da un beso en los labios e indica:

—Chicos, ésta es mi novia, Judith. Por lo tanto, ¡cuidadito!

Sus amigos se ríen y yo hago lo mismo justo en el momento en que Björn se acerca a nosotros y, tomándome una mano, me la besa y me saluda. Inexplicablemente me pongo nerviosa, pero mis nervios se relajan cuando soy consciente de que Björn no hace ni dice nada fuera de lugar. Al revés, es totalmente correcto. Una vez que me saluda, Eric me besa en la sien y entre ellos planean que vayamos todos juntos a cenar algo a Jokers, el restaurante de los padres de Björn.

Miro mi reloj. Las siete y veinte de la tarde.

¡Vaya, qué horror!, voy a cenar en horario guiri.

Pero dispuesta a ello dejo que Eric me agarre estrechamente por la cintura mientras observo que con la otra mano coge a Flyn. Nos subimos al coche, y el pequeño, emocionado por el partido, no para de hablar con su tío. En ningún momento me incluye en la conversación, pero aun así yo me integro. Al final, no le queda más remedio que contestar a algunas preguntas que yo hago, y eso me hace sonreír.

Cuando llegamos a Jokers, estacionamos el Mitsubishi, y detrás de nosotros lo hacen Frida y Andrés, y tras ellos, Björn. Hace un frío de mil demonios y entramos raudos en el local. Un alemán algo desgarbado sale a saludarnos y Björn me indica que es su padre. Se llama Klaus y es un tipo muy simpático. En el mismo momento en que sabe que soy española, las palabras «paella», «olé» y «torero» salen de su boca, y yo sonrío. ¡Qué gracioso!

Tras servirnos unas cervezas, llega el resto del grupo, e instantes después una joven del restaurante nos abre un saloncito aparte y todos entramos. Nos sentamos y dejo que Eric pida por mí. Tengo que ponerme al día en lo que se refiere a la comida alemana.

Entre risas, comienza la cena e intento comprender todo lo que dicen, pero escuchar a tantas personas a la vez conservando en alemán me atolondra. ¡Qué bruscos son hablando! Mientras estoy concentrada en entender a la perfección lo que cuentan, Eric se acerca a mi oído.

—Desde que sé que me has levantado el castigo, no veo el momento de llegar a casa, pequeña. —Sonrío y me pregunta—: ¿Tú deseas lo mismo?

Le digo que sí, y Eric vuelve a preguntar en mi oído mientras noto cómo su dedo hace circulitos en mi muslo por debajo de la mesa:

—¿Me deseas?

Con gesto pícaro, levanto una ceja, centrándome en él.

—Sí, mucho.

Eric sonríe. Está feliz con lo que escucha.

—En una escala del uno al diez, ¿cuánto me deseas? —me plantea, sorprendiéndome.

Convencida de que mi libido está por las nubes, respondo:

—El diez se queda corto. Digamos, ¿cincuenta?

Mi contestación le vuelve a agradar. Toma una papa frita de su plato, le da un mordisco y después me la introduce en la boca. Yo, divertida, la mastico. Durante unos minutos, seguimos comiendo, hasta que escucho a Eric decir:

—Vamos, Flyn, come o me comeré yo tu plato. Estoy hambriento. Terriblemente hambriento.

El pequeño asiente, y de pronto, Björn suelta una carcajada.

—Eric, cuando le he contado a la nueva cocinera de mi padre que Judith es española me ha exigido que se la presentes.

Ambos sonríen, y sin tiempo que perder, Eric se levanta, choca con complicidad la mano con Björn, toma la mía y señala:

—Hagamos lo que pide la cocinera, o no podremos regresar a este local.

Asombrada, me levanto ante la mirada de todos, y cuando Flyn se va a levantar para acompañarnos, Björn, atrayendo la atención del pequeño, dice:

—Si te vas, me como yo todas las papas.

El crío defiende su posesión mientras nosotros nos alejamos del grupo. Salimos del salón, caminamos por un amplio pasillo y, de pronto, Eric se para ante una puerta, mete una llave en la cerradura, me hace entrar y, tras cerrar la puerta, murmura, desabrochándose la chaqueta:

—No puedo aguantarlo más, cariño. Tengo hambre, y no es de la comida que me espera sobre la mesa.

Lo miro boquiabierta.

—Pero ¿no íbamos a saludar a la cocinera?

Eric se acerca a mí con una devoradora mirada.

—Desnúdate, cariño. Escala cincuenta de deseo, ¿lo recuerdas?

Con el asombro aún en el rostro, voy a responder cuando Eric me toma con ímpetu por la cintura y me sienta sobre la mesa del despacho. Pero ¿no me ha dicho que me desnude?

Con su lengua repasa primero mi labio superior, después el inferior y, cuando finaliza el morboso contacto con un mordisquito, soy yo la que se lanza sobre su boca y se la devora.

Calor.

Excitación.

Locura momentánea.

Durante varios minutos, nos besamos con auténtico frenesí mientras nos tocamos. Eric es tan caliente, tan activo en esa faceta, que siento que me voy a derretir, pero cuando con premura sube mi vestido y pone sus enormes manos en la cinturilla de mis medias digo:

—*Stop*. —Mi orden lo hace parar, y antes de que siga, añado—: No quiero que me rompas ni las medias ni las bragas. Son nuevas y me costaron oro. Yo me las quitaré.

Sonríe, sonríe, sonríe... ¡Oh, Dios! Cuando sonríe mi corazón salta embravecido.

¡Que me rompa lo que quiera!

Eric da un paso hacia atrás. Soy consciente de que su deseo se intensifica por mí. Sin demora, pongo un pie en su pecho. Me desabrocha la bota sin apartar sus ojos de los míos y me la quita. Repito la misma acción con la otra pierna, y él con la otra bota.

¡Guau, qué morboso es mi Iceman!

Cuando las dos botas están en el suelo, me bajo de la mesa, da un paso hacia atrás, y yo me quito las medias. Las dejo sobre la mesa.

La respiración de Eric es tan irregular como la mía y, cuando se arrodilla ante mí, sin necesidad de que me pida lo que quiere, lo hago. Me acerco a él, acerca su cara a mis braguitas, cierra los ojos y murmura:

—No sabes cuánto te he echado de menos.

Yo también lo he echado de menos y, deseosa de sexo, poso mis manos en su pelo y se lo revuelvo, mientras él sin moverse restriega su mejilla por mi monte de Venus, hasta que con un dedo me baja las bragas, pasea su boca por mi tatuaje y le escucho murmurar:

—Pídeme lo que quieras, pequeña..., lo que quieras.

Sin dejar de repetir esta frase tan típica de él y que yo tatué en mí, me baja las bragas, me las quita, las deja sobre la mesa y, levantándose, me agarra entre sus brazos, me sienta sobre la mesa, abre mis piernas, se baja el pantalón negro del chándal y, cuando clavo mis ojos en su erecto y tentador pene, susurra mientras me tumba:

—Me vuelve loco leer esa frase en tu cuerpo, pequeña. Me tiraría horas saboreándote, pero no hay tiempo para preámbulos, y por ello te voy a coger ahora mismo.

Y sin más, me acerca su enorme erección a la entrada de mi húmeda vagina y, de una sola y certera estocada, me penetra.

Sí..., sí..., sí...

¡Oh, sí!

Se oye el runrún de la gente tras la puerta cerrada, y Eric me posee. Lo miro. Me deleito.

—No más secretos entre tú y yo —musito.

Eric asiente. Me penetra.

—Quiero sinceridad en nuestra relación —insisto, jadeante.

—Por supuesto, pequeña. Prometido ahora y siempre.

La música llega hasta nosotros, pero yo sólo puedo disfrutar de lo que siento en este instante. Estoy siendo saciada una y otra vez con vigor por el hombre que más deseo en el mundo, y me encanta.

Sus fuertes manos me tienen agarrada de la cintura, me manejan, y yo, dichosa del momento, me dejo manejar.

Eric me oprime una y otra vez contra él mientras aprieta los dientes y oigo cómo el aire escapa a través de éstos. Mi cuerpo se abre para recibirlo y jadeo, dispuesta a abrirme más y más para él. De pronto, me levanta entre sus brazos y me apoya contra la pared.

¡Oh, Dios, sí!

Sus penetraciones se hacen cada vez más intensas. Más posesivas. Uno..., dos..., tres.... , siete..., ocho..., nueve... embestidas, y yo gimo de placer.

Sus manos, que me sujetan, me aprietan las nalgas. Me inmovilizan contra la pared y sólo puedo recibir gustosa una y otra vez su maravilloso y demoledor ataque. Éste es Eric. Ésta es nuestra manera de amarnos. Ésta es nuestra pasión.

Calor. Tengo un calor horrible cuando siento que un clímax asolador está a punto de hacerme gritar. Eric me mira y sonríe. Contengo mi grito, acerco mi boca a su oído y susurro como puedo:

—Ahora..., cariño..., dame más fuerte ahora.

Eric intensifica sus acometidas, sabedor de cómo hacerlo. Se hunde hasta el fondo en mí mientras yo disfruto y exploto de exaltación. Eric me da lo que le pido. Es mi dueño. Mi amor. Mi sirviente. Él lo es todo para mí, y cuando el calor entre los dos parece que nos va a carbonizar, oigo salir de nuestras gargantas un hueco grito de liberación que acallamos con un beso.

Instantes después, se arquea sobre mí y yo le aprieto contra mi cuerpo, decidida a que no salga de él en toda la noche.

Cuando los estremecimientos del maravilloso orgasmo comienzan a desaparecer, nos miramos a los ojos y él murmura, aún con su pene en mi interior:

—No puedo vivir sin ti. ¿Qué me has hecho?

Eso me hace sonreír y, tras darle un candoroso beso en los labios, respondo:

—Te he hecho lo mismo que tú a mí. ¡Enamorarte!

Durante unos segundos, mi Iceman particular me mira con esa

mirada tan suya, tan alemana y castigadora que me vuelve loca. Me encantaría estar en su mente y saber qué pasa por ella mientras me mira así. Al final, me da un beso en los labios y me suelta a regañadientes.

—Te follaría en cada rincón de este lugar, pero creo que debemos regresar con el resto del grupo.

Me muestro conforme animadamente. Veo las medias y las bragas sobre la mesa, y de prisa me las pongo, aunque antes Eric abre un cajón y saca servilletas de papel para limpiarnos.

—Vaya..., vaya, señor Zimmerman —apunto con gesto pícaro—, por lo que veo no es la primera vez que usted viene aquí a satisfacer sus necesidades.

Eric sonríe, y tras limpiarse y tirar el papel a una papelera, contesta en tanto se ajusta su pantalón negro:

—No se equivoca, señorita Flores. Este local es del padre de Björn y hemos visitado este cuartucho muchas veces para divertirnos y compartir ciertas compañías femeninas.

Su comentario me resulta gracioso, pero esos celos españoles tan característicos en mi personalidad me hacen dar un paso adelante. Eric me mira.

—Espero que a partir de ahora siempre cuentes conmigo —señalo, achinando los ojos.

Eric sonríe.

—No lo dudes, pequeña. Ya sabes que tú eres el centro de mi deseo.

Fuego...

Hablar tan claramente sobre sexo con Eric me enloquece. Él, consciente de ello, se acerca a mí y me toma de la cintura.

—Pronto abriré tus piernas para que otro te coja delante de mí, mientras yo beso tus labios y me bebo tus gemidos de placer. Sólo de pensarlo ya vuelvo a estar duro.

Roja..., debo de estar más roja que un tomate en rama. Sólo imaginar lo que acaba de decir me aviva y enloquece.

—¿Deseas que ocurra lo que he dicho?

Sin ningún atisbo de vergüenza, muevo la cabeza afirmativamente. Si mi padre me viera me desheredaría. Eric, divertido, sonríe y me besa con cariño.

—Lo haremos, te lo prometo. Pero ahora termina de vestirte, preciosa. Hay una mesa llena de gente esperándonos a pocos metros de aquí y, si tardamos más, comenzarán a sospechar.

Atizada por lo ocurrido y, por sus últimas proposiciones, termino de ponerme las medias. Después, Eric me ayuda a abrocharme las botas.

—¿Vuelvo a estar decente? —pregunto una vez vestida, mirándole.

Eric me mira de arriba abajo y, antes de abrir la puerta, susurra:

—Sí, cariño, aunque cuando lleguemos a casa te quiero totalmente indecente. —Su comentario me hace reír y, tras resoplar, indica—: Salgamos ya de esta habitación, o no voy a ser capaz de contenerme para no romperte esta vez tus preciadas medias y bragas nuevas.

Por la noche, cuando llegamos a casa y Eric acuesta a Flyn, cerramos la puerta de nuestra habitación y nos entregamos a lo que más nos gusta: sexo salvaje, morboso y caliente.

12

El sábado 29 de diciembre, Eric me pide dedicarle el día entero a su sobrino. Sus ojos al decírmelo me indican lo inquieto que está por ello, pero yo asiento convencida de que es lo mejor para todos, en especial para Flyn. Eso sí, éste no desperdicia la oportunidad siempre que puede de hacerme ver que yo estoy de más. No se lo tomo en cuenta. Es un niño. Jugamos gran parte del día a la Wii y al Play, lo único que al crío parece motivarlo, y le demuestro que las chicas sabemos hacer más cosas de las que él cree.

Me divierte observar cómo me mira cuando gano a Eric jugando a *Moto GP* o a él mismo jugando una partida de *Mario Bros*. El niño no da crédito a lo que ve. ¡Una chica ganándoles! Pero me dejo ganar por él al *Mortal Kombat* para darle un poco de cuartelillo y que no me odie más. Flyn es un crío duro de pelar, digno sobrino de mi Iceman.

Durante todo el día, Eric y yo nos dedicamos totalmente a él y, por la noche, tengo la cabeza como un bombo de tanta musiquita de videojuegos. Pero a la hora de la cena, sorprendida, me percato de que Flyn me pregunta si quiero ensalada y me rellena mi vaso de coca-cola sin que yo se lo pida cuando se me acaba. Esto es un comienzo, y Eric y yo sonreímos.

Cuando por fin conseguimos agotar al niño y acostarlo, en la intimidad de nuestra habitación, Eric vuelve a ser mío. Sólo mío. Disfruto de él, de su boca, de su manera de hacerme el amor, y sé que él disfruta de mí y conmigo.

Mientras me penetra, no dejamos de mirarnos a los ojos y nos decimos cosas calientes y morbosas. Su juego es mi juego, y juntos disfrutamos como locos.

El domingo, cuando me despierto, como siempre estoy sola en la cama. Eric y su poco dormir. Miro el reloj. Las diez y ocho minutos. Estoy agotada. Tras la noche movidita con Eric sólo deseo dormir y dormir, pero soy consciente de que en Alemania son muy madrugadores y debo levantarme.

De pronto, la puerta se abre, y el objeto de mis más pecaminosos y oscuros deseos aparece por ella con una bandeja de desayuno. Está guapísimo con ese jersey granate y esos jeans.

—Buenos días, morenita.

Este apelativo tan de mi padre me hace sonreír. Eric se sienta en la cama y me da un beso de buenos días.

—¿Cómo está mi novia hoy? —pregunta con cariño.

Encantada de la vida y del amor que le profeso, me retiro el pelo de la cara y respondo:

—Agotada, pero feliz.

Mi contestación le gusta, pero antes de que diga nada, me fijo en la bandeja y veo algo que me deja atónita.

—¿Churros? ¿Esto son churros?

Él asiente con una grata sonrisa mientras tomo uno, lo mojo en azúcar y le doy un mordisco.

—¡Mmm, qué rico! —Y al mirar mis dedos, susurro—: Con su grasita y todooooo.

La carcajada de Eric retumba en la habitación.

¡Oh, Dios!, comer un churro en Alemania es como poco ¡alucinante!

—Pero ¿dónde has comprado esto? —inquiero, aún sorprendida.

Con una megagigante sonrisa, Eric toma otro churro y le da un mordisco.

—Le comenté a Simona que los churros eran algo muy típico en España y que te gustaban mucho para desayunar. Y ella, no sé cómo, te los ha hecho.

—¡Vaya, qué pasada! —exclamo, encantada—. Cuando le cuente a mi padre que he desayunado café con churros en Alemania se va a quedar a cuadros.

Eric sonríe y yo también mientras comenzamos a comer churros. Cuando me voy a limpiar con la servilleta, al cogerla, el anillo que le devolví a Eric en la oficina aparece ante mí.

—Vuelves a ser mi novia y quiero que lo lleves.

Lo miro. Me mira. Sonrío. Sonríe, y mi loco amor toma el anillo y me lo pone en el dedo. Después, me da un beso en la mano y murmura con voz ronca:

—Vuelves a ser toda mía.

Mi cuerpo se calienta. Lo adoro. Lo beso en los labios y, cuando me separo de él, cuchicheo:

—Por cierto, novio mío —sonríe—, ¿puedo preguntarte algo de Flyn?

—Por supuesto.

Tras tragar el rico churro, clavo mi mirada en él y pregunto:

—¿Por qué no me habías dicho que tu sobrino Flyn es chino?

Eric suelta una carcajada.

—No es chino. Es alemán. No lo llames chino, o lo enfadarás mucho. No sé por qué odia esa palabra. Mi hermana Hannah se fue a vivir a Corea durante dos años. Allí conoció a Lee Wan. Cuando se quedó embarazada, Hannah decidió regresar a Alemania para tener a Flyn aquí. Por lo tanto, ¡es alemán!

—¿Y el padre de Flyn?

Eric tuerce el gesto.

—Era un hombre casado y nunca quiso saber nada de él. —Hago una señal de asentimiento, y sin yo esperarlo, él continúa—: Tuvo un padre en Alemania durante dos años. Mi hermana salió con un tipo llamado Leo. El crío lo adoraba, pero cuando ocurrió lo de mi hermana, ese imbécil no quiso volver a saber nada de él. Me dejó claro lo que siempre había pensado: estaba con mi hermana por su dinero.

Decido no preguntar más. No debo. Sigo comiendo, y Eric me besa en la frente. Durante unos segundos nos miramos y sé que ha llegado el momento de hablar sobre lo que me ronda por la cabeza. Antes, tomo un sorbo de café.

—Eric, mañana es Nochevieja, y yo...

No me deja continuar.

—Sé lo que vas a decir —asegura, poniendo un dedo en mi boca—. Quieres regresar a España para pasar la Nochevieja con tu familia, ¿verdad?

—Sí. —Eric asiente, y yo prosigo—: Creo que debería irme hoy. Mañana es Nochevieja y..., bueno, tú me entiendes.

Suspira, mostrándose conforme. Su resignación me toca el corazón.

—Quiero que sepas que, aunque me encantaría que te quedaras aquí conmigo, lo entiendo. Pero esta vez no te voy a poder acompañar. He de quedarme con Flyn. Mi madre y mi hermana tienen planes, y yo quiero pasar la noche con él en casa. Lo comprendes tú también, ¿verdad?

Recordar eso me rompe el corazón. ¿Cómo se van a quedar solos? Pero antes de que yo pueda decir nada, mi alemán añade:

—Mi familia se desmoronó el día en que Hannah murió. Y no puedo reprocharles nada. El que desapareció la primera Nochevieja fui yo. En fin..., no quiero hablar de esto, Jud. Tú vete a España y disfruta. Flyn y yo estaremos bien aquí.

El dolor que veo en su mirada me hace tocarle la mejilla. Deseo hablar con él de eso, pero mi Iceman no quiere que me compadezca de él.

—Llamaré al aeropuerto para que tengan preparado el *jet*.

—No..., no hace falta. Iré en un vuelo normal. No es necesario que...

—Insisto, Jud. Eres mi novia y...

—Por favor, Eric no lo hagas más difícil —le corto—. Creo que es mejor que me vaya en un vuelo regular. Por favor.

—De acuerdo —dice tras un silencio más que significativo—. Me encargaré de ello.

—Gracias —murmuro.

Resignado, parpadea y pregunta:

—¿Regresarás después de la Nochevieja?

Mi cabeza comienza a dar vueltas. Pero ¿cómo me puede preguntar eso? ¿Acaso no se ha dado cuenta todavía de que lo quiero con locura? Deseo gritar que por supuesto volveré cuando él me toma las manos.

—Quiero que sepas —añade— que, si regresas a mi lado, haré todo lo que esté en mi mano para que no añores nada de lo que tienes en España. Sé que tu sentimiento hacia tu familia es muy fuerte, y que separarte de ellos es lo que peor llevas, pero conmigo estarás cuidada, protegida y, sobre todo, serás muy amada. Deseo que seas feliz conmigo en Múnich, y si para eso todos tenemos que aprender cosas españolas, las aprenderemos y conseguiremos que te sientas en tu casa. En cuanto a Flyn, dale tiempo. Estoy seguro de que antes de lo que esperas ese pequeño te adorará tanto o más que yo. Ya te dije que era un niño algo particular y...

—Eric —le interrumpo, emocionada—, te quiero.

El tono de mi voz, lo que acabo de decir y su mirada hacen que el vello de todo mi cuerpo se erice, y más cuando lo oigo decir:

—Te quiero tanto, pequeña, que el sentirme alejado de ti me vuelve loco.

Nuestras miradas son sinceras y nuestras palabras, más. Nos queremos. Nos amamos locamente, y cuando se está acercando a mi boca para besarme, la puerta se abre de par en par y aparece el pequeño Flyn.

—¡Tíoooooooooo!, ¿por qué tardas tanto?

Rápidamente los dos nos recomponemos y, al ver que Eric no dice nada, ante la mirada del niño, tomo de la bandeja algo y le pregunto en español:

—¿Quieres un churro, Flyn?

El pequeño pone mal gesto. La palabra «churro» no la conoce y a mí no me soporta. Y como no está dispuesto a que le quite un segundo más del tiempo de su amado tío, contesta:

—Tío, te espero abajo para jugar.

Y antes de que ninguno pueda decir nada más, cierra la puerta y se va.

Cuando nos quedamos Eric y yo solos en la habitación, lo miro risueña.

—No tengo la menor duda de que Flyn se alegrará mucho de mi marcha.

Eric no dice nada. Calla, me da un beso en los labios, y después se levanta y se va. Durante un rato miro la puerta sin entender cómo Sonia y Marta, la madre y la hermana de Eric, los pueden dejar solos en una fecha así. Eso me apena.

A las seis y media de la tarde, Eric, Flyn y yo estamos en el aeropuerto. No tengo que facturar mi equipaje. Sólo llevo una mochila con mis pocas pertenencias. Estoy nerviosa. Muy nerviosa. Despedirme de ellos, en especial de Eric, me parte el corazón, pero tengo que estar con mi familia.

A pesar de la frialdad que veo en sus ojos, Eric intenta bromear. Es su mecanismo de defensa. Frialdad para no sufrir. Cuando el momento de la despedida finalmente llega, me agacho y beso en la mejilla a Flyn.

—Jovencito, ha sido un placer conocerte, y cuando regrese, quiero la revancha de *Mortal Kombat*.

El crío asiente y, por unos segundos, veo algo de calor en su mirada, pero mueve la cabeza y, cuando me vuelve a mirar, ese calor ya no existe.

Animado por Eric, Flyn se aparta de nosotros unos metros y se sienta a esperar.

—Eric, yo...

Pero no puedo continuar. Eric me besa con auténtica devoción y cuando se separa un poco clava sus impactantes ojos azules en mí.

—Pásalo bien, pequeña. Saluda a tu familia de mi parte y no olvides que puedes volver cuando quieras. Estaré esperando tu llamada para regresar al aeropuerto a buscarte. Cuando sea y a la hora que sea.

Emocionada, asiento. Tengo unas ganas terribles de llorar, pero me contengo. No debo hacerlo, o pareceré una tonta blandengue, y nunca me ha gustado eso. Por esa razón, sonrío, vuelvo a dar otro beso a mi amor y, tras guiñarle el ojo a Flyn, camino hacia los arcos de seguridad. Una vez que los paso y que recojo mi bolso y mi mochila, me vuelvo para decir adiós, y mi corazón se rompe al ver que Eric y el pequeño ya no están. Se han ido.

Camino por el aeropuerto con seguridad, busco en los paneles mi puerta de embarque y, tras saber cuál es, me dirijo hacia ella. Queda más de una hora para que la puerta se abra y decido dar un paseo por las tiendas para entretenerme. Pero mi cabeza no está donde tiene que estar y sólo puedo pensar en Eric. En mi amor. En el dolor que he visto en sus ojos al separarme de él, y eso me parte segundo a segundo más el alma.

Cansada y agotada por la tristeza que tengo, me siento y observo a la gente que pasea por mi lado. Gente alegre y triste. Gente con familia y gente sola. Así estoy durante un buen rato, hasta que de pronto mi celular suena. Es mi padre.

—Hola, morenita. ¿Dónde estás, mi vida?

—En el aeropuerto. Esperando a que abran la puerta de embarque.

—¿A qué hora llegas a Madrid?

Miro el billete.

—En teoría, a las once tomamos tierra, y a las once y media tomo el último vuelo que va a Jerez.

—¡Perfecto! Estaré esperándote en el aeropuerto de Jerez.

Durante un rato, charlamos de cosas banales.

—¿Estás bien, mi niña? —pregunta de pronto—. Te noto algo decaída.

Como soy incapaz de ocultar mis sentimientos al hombre que me dio la vida y me adora, respondo:

—Papá, es todo tan complicado que..., que... me agobio.

—¿Complicado?

—Sí, papá..., mucho.

—¿Has vuelto a discutir con Eric? —indaga mi padre sin entenderme bien.

—No, papá, no. Nada de eso.

—Entonces, ¿cuál es el problema, cariño?

Antes de decir algo, me convenzo de que necesito hablar con él de lo que me pasa.

—Papá, yo quiero estar con vosotros en Nochevieja. Deseo verte a ti, a Luz y a la loca de Raquel, pero..., pero...

La cariñosa risa de mi progenitor me hace sonreír aun sin ganas.

—Pero estás enamorada de Eric y también quieres estar con él, ¿verdad, cariño?

—Sí, papá, y me siento fatal por ello —susurro mientras observo que dos azafatas se ponen en la puerta de embarque por la que tengo que entrar en el avión.

—¿Sabes, morenita? Cuando yo conocí a tu madre, ella vivía en Barcelona y, como bien sabes, yo en Jerez, y te aseguro que lo que te pasa a ti, yo lo he sentido anteriormente, y el consejo que te puedo dar es que te dejes llevar por el corazón.

—Pero, papá, yo...

—Escúchame y calla, mi vida. Tanto Luz como tu hermana o yo sabemos que nos quieres. Te vamos a tener y a querer el resto de nuestras vidas, pero tu camino ha de comenzar como antes comenzó el mío y después el de tu hermana cuando se casó. Sé egoísta, *miarma*. Piensa en lo que tú quieres y en lo que deseas. Y si en este momento tu corazón te pide que te quedes en Alemania con Eric, ¡hazlo! ¡Disfrútalo! Porque si lo haces yo estaré más feliz que si te tengo aquí a mi lado triste y ojerosa.

—Papá..., qué romanticón eres —sollozo, conmovida por sus palabras.

—¡Ea, ea!, morenita.

—¡Aisss, papá! —lloro con emoción—. Eres el mejor..., el mejor.

Su bondad vuelve a llenarme el alma cuando lo oigo decir:

—Eres mi niña y te conozco mejor que nadie en el mundo, y yo sólo quiero que seas feliz. Y si tu felicidad está con ese alemán que te saca de tus casillas, ¡bendito sea Dios! Sé feliz y disfruta de la vida. Yo sé que me quieres, y tú sabes que yo te quiero. ¿Dónde está el problema? Da igual que estés en Alemania o a mi lado para saber que nos tendremos el uno al otro el resto de nuestras vidas. Porque tú eres mi morenita, y eso, ni la distancia, ni Eric, ni nada, lo va a cambiar. —Emocionada por sus palabras, lloro, y él sigue—: Vamos..., vamos..., no me llores, que entonces me pongo nervioso y me sube la tensión. Y tú no quieres eso, ¿verdad?

Su pregunta me hace soltar una risotada cargada de lágrimas. Mi padre es grande. ¡Muy grande!

—Vamos a ver, mi niña, ¿por qué no te quedas en Alemania y pasas la Nochevieja alegre y feliz? Éste es el comienzo de la vida que habías planeado hace poco y creo que empezarla en Navidades será siempre un bonito recuerdo para vosotros, ¿no crees?

—Papá..., ¿de verdad que no te importa?

—Por supuesto que no, mi vida. Por lo tanto, sonríe y ve en busca de Eric. Dale un saludo de mi parte y, por favor, sé feliz para que yo lo pueda ser también, ¿de acuerdo?

—De acuerdo, papá. —Y antes de colgar, añado—: Mañana por la noche los llamaré. Te quiero, papá. Te quiero mucho.

—Yo también te quiero, morenita.

Conmovida, emocionada y con mil sensaciones en mi interior, cierro el teléfono y me limpio las lágrimas. Durante varios minutos permanezco sentada mientras mi cabeza piensa en qué debo hacer. ¿Papá o Eric? ¿Eric o papá? Al final, cuando la gente de mi vuelo comienza a embarcar, agarro la mochila y tengo muy claro dónde tengo que ir. En busca de mi amor.

13

Cuando el taxi me lleva hasta la puerta de la enorme mansión donde vive Eric, lo pago con la tarjeta y me bajo. Como era de esperar, vuelve a nevar y mis botas se hunden en la nieve, pero no importa; estoy feliz, además de congelada. Cuando el taxi se marcha me quedo sola ante la imponente verja y un ruido cercano me alerta. Miro hacia los cubos de basura que hay a mi izquierda y me sobresalto. Unos ojazos brillantes y saltones me observan, y grito.

—¡Joder, qué susto!

Mi chillido hace que el pobre perro huya despavorido. Creo que se ha asustado más que yo. Una vez que me quedo sola de nuevo, busco el timbre para que me abran, pero entonces veo que se enciende una luz en la casita de Simona y Norbert. Las cortinas de una ventana se mueven y de pronto se abre una puerta junto a la verja.

—¿Señorita Judith? ¡Por todos los santos, se va a usted a congelar!

Me vuelvo y veo a Norbert, el marido de Simona que, abrigado con un oscuro abrigo hasta los pies, corre hacia mí.

—Pero ¿qué hace aquí con este frío? ¿No se había marchado a España?

—He cambiado de planes en el último momento —respondo tiritando a la par que sonriendo.

El hombre asiente, me devuelve la sonrisa y me apremia mientras caminamos hacia la portezuela lateral.

—Pase, por favor. He oído que un coche paraba en la puerta, y por eso me he asomado. Entre. La llevaré de inmediato a la casa.

Juntos atravesamos el enorme jardín lo más rápidamente que podemos. Los dientes me castañetean, y el hombre se ofrece a darme su abrigo. Me niego. Eso no lo voy a consentir. Cuando llegamos a la casa, nos dirigimos hacia la puerta de la cocina. Norbert saca una llave, abre y me invita a pasar.

—Le prepararé algo calentito. ¡Lo necesita!

—No..., no, por favor —digo, tomándole las frías manos—. Regrese a su casa. Es tarde y debe descansar.

—Pero, señorita, yo...

—Norbert, tranquilo. Yo lo haré. Ahora, por favor, regrese a su casa.

El hombre acepta a regañadientes y me indica que el señor a esa hora suele estar en su despacho y Flyn dormido. Le agradezco la información y por fin se va.

Me quedo sola en la enorme y oscura cocina, y respiro con agitación. La casa está silenciosa, y eso me pone la carne de gallina, pero ¡he regresado! Tiemblo. Tengo frío, aunque pensar en Eric y su cercanía me hace empezar a tener calor. Estoy nerviosa, ansiosa por ver su cara cuando me vea.

Incapaz de aguardar un segundo más, me encamino hacia el despacho, y al acercarme, oigo música. Como una niña, acerco mi oreja a la puerta y sonrío al escuchar la maravillosa voz de Norah Jones interpretar la romántica canción *Don't know why*.

Desconocía que a Eric le gustara esa cantante, pero me embruja saberlo.

Abro la puerta en silencio y sonrío al ver a mi chico duro sentado junto a la enorme chimenea con un vaso en la mano mientras mira el fuego. La música, el calor y la emoción de verlo me envuelven, y camino hacia él. De pronto, él vuelve la cabeza y me ve.

Se levanta. Mi respiración se agita mientras su rostro lo dice todo. ¡Está sorprendido!

Deja el vaso sobre una mesita. Su gesto de asombro me hace sonreír y suelto la mochila que aún llevo en mis congeladas manos.

—Papá te manda un saludo y espera que pasemos una feliz Nochevieja. —Eric parpadea; yo tirito y prosigo—: Y como me dijiste que podía regresar cuando quisiera, ¡aquí estoy! Y...

Pero no puedo decir más. Mi gigante alemán camina hacia mí, me abraza con verdadero amor y susurra antes de besarme:

—No sabes lo mucho que he deseado que ocurriera esto.

Me besa, y cuando separa sus labios de los míos, sonríe, sonríe, sonríe..., hasta que de repente su expresión se contrae.

—¡Por el amor de Dios, Jud! ¡Estás congelada, cariño! Acércate al fuego.

Tomada de su mano, hago lo que me pide mientras esos ojos me observan con una calidez extrema.

—¿Por qué no me has llamado? —pregunta, aún conmocionado por la sorpresa—. Hubiera ido a recogerte.

—Quería sorprenderte.

Con semblante preocupado, me retira el pelo húmedo de la cara.

—Pero estás congelada, cariño.

—No importa..., no importa...

Me besa de nuevo. Está nervioso. La sorpresa ha sido increíble y está totalmente descolocado.

—¿Has cenado?

Niego con la cabeza, y me ayuda a deshacerme de mi frío y congelado abrigo.

—Quítate esa ropa. Estás empapada y enfermarás.

—Espera. Tranquilo —le digo riendo, dichosa—. En mi mochila tengo ropa que...

—Lo de tu mochila estará todo mojado y frío —insiste, y rápidamente se quita la sudadera gris de Nike que lleva.

¡Diosss..., qué tableta de chocolate!

Es impresionante. Cada día me recuerda más al guapísimo Paul Walker.

—Toma, ponte esto mientras voy por ropa seca a la habitación.

Sale disparado del despacho; mientras, yo no puedo parar de reír como una auténtica tonta y un calor maravilloso recorre mi cuerpo. El efecto Eric Zimmerman ha regresado a mí.

Estoy tonta.

Idiota.

Enamoradita perdida.

Y antes de que pueda moverme, ya ha regresado con ropa en sus manos y una sudadera azul puesta.

Al ver que todavía no me he quitado la ropa húmeda, me desnuda mientras suena la sensual canción *Turn me on* de Norah Jones ¡Dios, me encanta esa canción!

Eric no me quita ojo. Mimosa, le tiento con mi mirada y mi cuerpo. Lo deseo. Desnuda ante él, mete por mi cabeza su enorme sudadera gris.

—Baila conmigo —le pido cuando ya tengo la prenda puesta.

Sin tacones y sin bragas, me agarro al hombre que adoro y lo hago bailar conmigo. Acaramelados y sintiéndome totalmente protegida por él, bailamos esa bonita y romántica canción de amor sobre la mullida alfombra frente a la chimenea.

Like a flower waiting to bloom
Like a lightbulb in a dark room
I'm just sitting here waiting for you
To come on home and turn me on

Disfruto de él entre sus brazos. Sé que disfruta de mí entre mis brazos. Mientras, nuestros pies se mueven lentamente sobre la alfombra y nuestras respiraciones se funden hasta convertirse en una sola. Bailamos en silencio. No podemos hablar. Sólo necesitamos abrazarnos y seguir bailando.

Una vez que termina la canción, nos miramos a los ojos, y Eric, agachándose, me da un dulce beso en los labios.

—Acaba de vestirte, Jud —dice con la voz cargada de sensualidad.

Divertida por las mil emociones que él me hace ver y sentir, sonrío, y más aún cuando veo que me ha traído unos calzoncillos.

—¡Vaya..., me encantan! Y encima, de Armani. ¡Sexy!

Eric sonríe, y tras darme una cachetada cariñosa en el trasero, me entrega unos mullidos calcetines blancos.

—Vístete y no me provoques más, ¡provocadora! Vamos, siéntate ante la chimenea. Iré a la cocina y traeré algo de comida para ti.

—No hace falta, Eric..., de verdad.

—¡Oh, sí!, cariño —insiste—. Sí, hace falta. Siéntate y espera a que regrese.

Encantada por su felicidad y la mía, hago lo que me pide. Me da un beso y se marcha. Cuando me quedo sola en el despacho, miro a mi alrededor mientras la música de la fantástica Norah Jones me envuelve. Tomo mi húmeda mochila, saco un peine, me siento en la alfombra y comienzo a desenredar mi empapado pelo. Estoy peleándome con él cuando Eric entra con una bandeja. Al verme, la deja sobre la mesa de su despacho y se acerca a mí.

—Dame el peine. Yo te lo desenredaré.

Como una niña chica, asiento y dejo que me peine. Sentir sus manos desenredándome el pelo con mimo me enloquece. Me pone la carne de gallina. Es tan tierno en ocasiones que me resulta imposible creer que yo pueda discutir con él. Una vez que acaba, me da un beso en la coronilla.

—Solucionado lo de tu precioso pelo. Ahora toca comer.

Se levanta, agarra la bandeja de la mesa y la deja sobre la alfombra. Acto seguido, se sienta a mi lado y me besa con cariño en el cuello.

—Estás preciosa, pequeña.

Su gesto, sus palabras, su mirada, todo en él denota la felicidad que siente por tenerme aquí. El olorcito rico del caldito llega hasta mi nariz y, contenta, tomo la taza. Eric no me quita el ojo mientras tomo un sorbo y dejo la taza en la bandeja.

—Te he sorprendido, ¿verdad?

—Mucho —confiesa, y me retira un mechón de la cara—. Nunca dejas de sorprenderme.

Eso me hace reír.

—Cuando iba a abordar el avión, he recibido una llamada de mi padre. He hablado con él y me ha dicho que si lo que me hacía dichosa era estar contigo que me quedara y no desaprovechara la oportunidad de ser feliz. Para él es más importante saber que estoy aquí, contigo, satisfecha, que tenerme a su lado y saber que te echo de menos.

Eric sonríe, agarra el sándwich de jamón york que me ha hecho y lo pone en mi boca para que yo dé un mordisco.

—Tu padre es una excelente persona, pequeña. Tienes mucha suerte de que él sea así.

—Papá es la persona más buena que he conocido en mi vida —contesto después de tragar el rico trozo—. Incluso me ha dicho que comenzar mi nueva vida contigo en Navidades es algo bonito que no debo desaprovechar. Y tiene razón. Éste es nuestro comienzo y quiero disfrutarlo contigo.

Eric me ofrece de nuevo el sándwich y yo le doy otro mordisco. Cuando entiende el significado de lo que acabo de decir, añado, cerrándole la boca:

—Definitivamente, me quedo contigo en Alemania. Ya no te libras de mí.

La noticia le cae tan de sorpresa que no sabe ni qué hacer, hasta que suelta el sándwich en la bandeja, agarra mi cara con sus manos y dice cerca de mi boca:

—Eres lo mejor, lo más bonito y maravilloso que me ha pasado en la vida.

—¿En serio?

Eric sonríe, me da un beso en los labios y afirma:

—Sí, señorita Flores. —Y al ver las intenciones de mi mirada, puntualiza con voz ronca—: Hasta que no te acabes el caldo, el sándwich y el postre, no pienso satisfacer tus deseos.

—¿Todo el sándwich?

Mi alemán asiente y murmura en un tono de voz bajo, que me pone la carne de gallina:

—Todo.

—¿Y el plátano también?

—Por supuesto.

Su respuesta me hace sonreír.

Tomo el caldo y me lo bebo en tanto lo miro por encima de la taza. Lo tiento con mis ojos y veo la excitación en su mirada.

¡Dios, Dios! ¡Eric, cómo me excitas!

Una vez que acabo, sin hablar, dejo la taza y me como el sándwich. Bebo agua, y cuando agarro el plátano, se lo enseño, sonrío y lo dejo sobre la bandeja.

—De postre... te prefiero a ti.

Eric sonríe.

Me besa y yo le empujo hasta tumbarlo en la alfombra. Estamos frente a la chimenea encendida.

Solos...

Excitados...

Y con ganas de jugar.

Me siento a horcajadas sobre él. Su pene está duro ante mi contacto e insinuaciones y dispuesto a darme lo que quiero y necesito. Sus manos pasean por mis piernas, lenta y pausadamente, y se paran en mis muslos.

—Todavía no me creo que estés aquí, pequeña.

—Tócame y créelo —lo invito, mirándolo a los ojos.

La excitación sube segundo a segundo y decido quitarle la sudadera.

Desnudo de cintura para arriba, a mi merced y con una sonrisa triunfal en mi boca, poso mis manos en su estómago y lentamente las subo hacia su pecho. En el camino, me agacho y su boca va a mi encuentro. Nos besamos. Sus manos toman las mías.

—Eric..., me pones como una moto.

Él sonríe. Yo sonrío.

—¿Quieres que te muestre cómo me pones tú a mí? —me pregunta hambriento y jadeante.

—Sí.

Eric asiente, agarra los calzoncillos que llevo puestos y, sin preámbulos, me los quita. Después, hace lo propio con la sudadera y me quedo totalmente desnuda sobre él. Sus manos van directas a mis pechos y susurra atrayéndome hacia él:

—Dámelos.

Excitada, me agacho. Le ofrezco mi cuerpo, mis pechos. Él los besa con delicadeza, y luego se mete primero un pezón en la boca y, tras endurecerlo, se dedica a hacer lo mismo con el otro, mientras sus manos me aprietan contra él para que no me retire. Durante unos minutos disfruto de sus afrodisíacas caricias. Son colosales, calientes y morbosas, hasta que con sus fuertes manos me hace moverme, se desliza por debajo de mí y quedo sentada sobre su boca.

Mi estómago se encoge al sentir el calor de su aliento en el centro de mi deseo. ¡Oh, sí! Me agarra con sus fuertes manos por la cintura y sólo puedo escuchar mientras me deshago:

—Voy a saborearte. Relájate y disfruta.

Sentada sobre su boca, Eric cumple lo que promete y me hace disfrutar. Su ávida lengua, deseosa de mí, busca mi centro del placer como un exquisito manjar y me arranca gemidos incontrolados mientras yo cierro los ojos y me carbonizo segundo a segundo. Una y otra vez, con sus toques de lengua en mi ya inflamado clítoris, me lleva hasta el borde del clímax, pero no deja que culmine. Eso me vuelve loca y quiero protestar.

Imágenes morbosas pasean por mi mente mientras el hombre que me enloquece toma de mí todo lo que quiere, y yo se lo doy deseosa de más. Estar solos, en su despacho, ante la chimenea y desnudos es delicioso y placentero. Pero inexplicablemente una vocecita en mi cabeza susurra muy bajito que si fuéramos tres todo sería más morboso.

Alucinada, abro los ojos. ¿Qué hago pensando yo así? Eric ha conseguido meterme totalmente en su juego y ahora soy yo la que fantaseo con ello.

Suelto un gemido de placer mientras me siento perversa. Muy perversa. Y dejándome llevar por mis fantasías, digo:

—Quiero jugar, Eric..., jugar contigo a todo lo que quieras.

Sé que me escucha. Su azotito en mi trasero me lo confirma. Su boca se pasea por mis labios vaginales, sus dientes me mordisquean arrancándome oleadas de placer y, por fin, deja que culmine y llegue al clímax.

Cuando mi cuerpo se recupera de ese maravilloso ataque, Eric me vuelve a colocar sobre su pecho y, con una sonrisa triunfal, me pide con voz ronca, cargada de erotismo:

—Cójeme, Jud.

Noto mis mejillas arreboladas por el deseo que mi alemán me provoca. No es la chimenea la que me acalora, es Eric. Mi Eric. Mi alemán. Mi mandón. Mi cabezón. Mi Iceman.

Dispuesta a que él disfrute tanto como yo, me acomodo y agarro su pene. Su suavidad es exquisita. Lo miro con ojos de «relájate y disfruta» y, sin esperar ni un segundo más, lo introduzco en mi vagina.

Estoy húmeda, empapada, y siento cómo la punta de su maravilloso juguete llega hasta casi mi útero sin él moverse.

¡Dios, qué placer!

Muevo las caderas de izquierda a derecha en busca de más espacio, y luego me aprieto sobre él. Eric cierra los ojos y jadea. Este movimiento cimbreante le gusta. ¡Bien! Lo vuelvo a repetir mientras apoyo las manos en su pecho y le exijo:

—Mírame.

Mi voz. El tono exigente que utilizo en ese instante es lo que hace que Eric abra los ojos rápidamente y me mire. Mando yo. Él me ha pedido que tome la iniciativa y me siento poderosa. De pronto, varío el movimiento de mis caderas y, al dar un seco empujón hacia adelante, Eric jadea en alto y, gustoso, se contrae.

Pone sus manos en mis caderas. La fiera interna de mi Eric está despertando. Pero yo se las agarro y, entrelazando mis manos con las suyas, susurro:

—No..., tú no te muevas. Déjame a mí.

Está ansioso. Excitado. Caliente.

Su mirada me habla sola y sé lo que desea. Lo que piensa. Lo que ansía. De nuevo, muevo mis caderas con fuerza. Me clavo más en él, y Eric vuelve a jadear. Yo también.

—¡Dios, pequeña...!, me vuelves loco.

Una y otra vez repito los movimientos.

Lo llevo hasta lo más alto, pero no lo dejo culminar. Quiero que sienta lo que me ha hecho sentir minutos antes a mí, y su mirada se endurece. Yo sonrío. ¡Aisss..., cómo me pone esa cara de mala leche! Sus manos intentan sujetarme y las detengo otra vez mientras mis movimientos rápidos y circulares continúan llevándolo hasta donde yo quiero. Al éxtasis. Pero su placer es mi placer, y cuando veo que ambos vamos a morir de combustión, acelero mis acometidas hasta que un orgasmo maravilloso me toma por completo, y mi Iceman, enloquecido, se contrae y se deja llevar.

Gustosa tras lo hecho, me dejo caer sobre él y me abraza. Me encanta sentirle cerca. Nuestras respiraciones desacompasadas poco a poco se relajan.

—Te adoro, morenita —dice en mi oído.

Sus palabras, tan cargadas de amor, me enloquecen, y sólo puedo sonreír como una tonta mientras sus brazos se cierran sobre mi cintura y me aprietan.

Su calor y mi calor se funden al unísono, y levantando la cabeza, lo beso.

Permanecemos durante unos minutos tirados en la alfombra, hasta que Eric, al ver mi carne de gallina, me invita a levantarme. Ambos lo hacemos. Toma una manta oscura que hay sobre el sillón y me la echa por encima. Después, desnudo, se sienta y, sin soltarme, me hace que me siente sobre él y me retira el desordenado pelo de la cara.

—¿Qué pasaba por tu cabecita cuando has dicho que querías jugar a todo lo que yo quisiera?

¡Guau! Esto me pilla por sorpresa. No me lo esperaba.

—Vamos, Jud —me anima al ver cómo lo miro—. Tú siempre has sido sincera.

Increíble. ¿Cómo sabe que escondo algo? Al final, dispuesta a decir lo que pensaba, respondo:

—Bueno..., yo..., la verdad es que no sé. —Eric sonríe sobre mi cuello y claudico—: Venga, va..., te lo cuento. Me encanta hacer el amor contigo; es maravilloso y excitante. Lo mejor. Pero mientras pensaba esto se me ha ocurrido que de haber sido tres sobre la alfombra todo habría sido aún más morboso. —Y rápidamente, añado—: Pero, cariño..., no pienses cosas raras, ¿vale? Adoro el sexo contigo. ¡Me encanta! Y no sé por qué extraña razón ese pensamiento ha cruzado mi mente. Como me has dicho que fuera sincera y..., y..., te lo he dicho. Pero de verdad..., de verdad que yo disfruto mucho estando sólo contigo y...

Una carcajada suya corta mi parrafada y responde, abrazándome por encima de la manta:

—Me enloquece saber que deseas jugar, cariño. El sexo entre nosotros es fantástico, y el juego, un suplemento en nuestra relación.

Encantada con su contestación, murmuro:

—¡Qué bien lo has definido! Un suplemento.

Eric me vuelve a besar en el cuello y, levantándose conmigo en brazos, dice con voz llena de felicidad:

—De momento, preciosa, te quiero en exclusividad para mí. Los suplementos ya los incluiremos otro día.

Me río, se ríe, y abandonamos el despacho dispuestos a tener una larga noche de pasión.

14

Cuando me despierto por la mañana me cuesta reconocer dónde estoy, pero el olor de Eric inunda mis fosas nasales y, cuando abro totalmente los ojos, está tumbado a mi lado.

—Buenos días, preciosa.

Encantada con su presencia en la cama a esas horas, sonrío.

—Buenos días, precioso.

Eric se acerca para besarme en la boca, pero lo paro. Su cara es un poema, hasta que digo:

—Déjame que me lave los dientes, al menos. Al despertar me doy asco a mí misma.

Sin esperar respuesta, abandono la cama, entro en el baño, me lavo los dientes en cero coma un segundo y, sin preocuparme de mi pelo, salgo del baño, salto de nuevo a la cama y lo abrazo.

—Ahora sí. Ahora bésame.

No se hace de rogar. Me besa mientras sus manos se enredan en mi cuerpo, y yo, encantada, me enredo en el suyo. Varios besos después, murmuro:

—Oye, cariño, he estado pensando...

—¡Hum, qué peligro cuando piensas! —se mofa Eric.

Divertida, le pellizco en las nalgas y, al ver que me sonríe, prosigo:

—He pensado que como ahora yo estoy aquí no hace falta que contrates a nadie para que acompañe a Flyn cuando tú no estás. ¿Qué te parece la idea?

Eric me mira, me mira, me mira..., y contesta:

—¿Estás segura, pequeña?

—Sí, grandullón. Estoy segura.

Durante un buen rato, charlamos abrazados en la cama, hasta que de pronto se abre la puerta.

¡Adiós intimidad!

Flyn aparece con el gesto fruncido. No se sorprende al verme e imagino que Eric ya le ha dicho que estaba aquí. Sin mirarme se acerca a la cama.

—Tío, tu teléfono suena.

Eric me suelta, toma el teléfono y, levantándose de la cama, se acerca a la ventana para hablar. Flyn sigue sin mirarme, pero yo estoy dispuesta a ganármelo.

—¡Hola, Flyn!, qué guapo estás hoy.

El crío me mira, ¡oh, sí!, pasea sus achinados ojos por mi cara y suelta:

—Tú tienes pelos de loca.

Y sin más, se da la vuelta y se marcha.

¡Olé el chino! ¡Uisss, no...!, coreano-alemán.

Convencida de que el pequeño va a ser duro de roer, me levanto, voy al baño y me miro en el espejo. Realmente, ¡tengo pelos de loca! Mi pelo se mojó anoche y no es ni ondulado ni liso; es un refrito.

Eric entra en el baño, me abraza por detrás y, mientras lo observo a través del espejo, apoya su barbilla en mi coronilla.

—Pequeña..., debes vestirte. Nos esperan.

—¿Nos esperan? —pregunto, asombrada—. ¿Quién nos espera?

Pero Eric no responde y me da un nuevo beso en la coronilla antes de marcharse.

—Te espero en el salón. Date prisa.

Cuando me quedo sola en el baño, me miro en el espejo. ¡Eric y sus secretitos! Al final, decido darme una ducha. Al entrar de nuevo en el dormitorio, sonrío al ver que Eric ha dejado sobre la cama mis pantalones vaqueros secos y mi camisa. ¡Qué mono! Una vez vestida, recojo mi melena en una coleta alta y, cuando llego al salón, Eric se levanta y me entrega un abrigo azulón que no es mío, pero sí de mi talla.

—Tu abrigo continúa húmedo. Ponte éste. Vamos....

Voy a preguntar adónde vamos cuando aparece Flyn con su abrigo, gorro y guantes puestos. Sin abrir la boca y tomada de la mano de Eric, llego hasta el garage. Nos subimos al Mitsubishi los tres y nos ponemos en camino. Al pasar junto a los cubos de basura de la calle, miro con curiosidad y veo tumbado en un lateral, sobre la nieve, un perro. Me da penita. ¡Pobrecito, qué frío debe de tener!

Suena la radio, pero para mi disgusto ¡no conozco esas canciones ni esos grupos alemanes!

Media hora después, tras estacionar el coche en un parking privado, entramos en un ascensor. Se abren las puertas en el quinto piso y un hombre alto, de aspecto impoluto, grita, abriendo los brazos:

—¡Eric! ¡Flyn!

El pequeño se tira a sus brazos, y Eric le da la mano, sonriendo. Segundos después, los tres me miran.

—Orson, ella es Judith, mi novia —me presenta Eric.

El tal Orson es un tiarrón rubio y descolorido. Vamos, alemán, alemán, de esos que en verano se ponen del color de la sandía. Dejando a Flyn en el suelo, se acerca a mí.

—Encantado de conocerte.

—Lo mismo digo —respondo con educación.

El hombre me observa y sonríe.

—¿Española? —pregunta, dirigiéndose a Eric. Mi amor asiente, y el otro dice—: ¡Oh, España! ¡Olé, toro, castañetas!

Ahora sonrío yo. Escuchar eso me hace gracia.

—¡Qué española más guapa!

—Es preciosa, entre otras muchas cosas —asegura Eric, fusionando su mirada con la mía, sonriente.

Voy a decir algo cuando Orson me agarra por la cintura.

—Ésta es tu casa desde este instante. —Y, sin dejarme responder, prosigue—: Ahora ya sabes, relájate y disfruta. Desnúdate, y yo te proporcionaré todo lo que necesites.

Sin entender nada, miro a Eric. ¿Que me desnude?

Eric sonríe ante mi gesto.

¡Por el amor de Dios, Flyn está con nosotros!

Quiero hablar, protestar, pero mi gigante se acerca a mí y con complicidad me besa en los labios.

—Deseo que lo pases bien, pequeña. Vamos..., desnúdate y disfrútalo.

Me va a dar un patatús. Pero ¿se ha vuelto loco? ¿Qué pretende que haga?

—Vamos, sígueme, preciosa —me apremia Orson. Y mirando a Eric y Flyn, dice—: Ustedes si quieren pueden marcharse. Yo me ocupo de ella y de todas sus necesidades.

Calor. Me va a dar algo. Estoy indignada. Voy a gritar, a explotar como una posesa, cuando aparece una joven con un perchero lleno de ropa. Mira a Eric y se ruboriza; después, me mira a mí y pregunta:

—Ella es la clienta que viene a probarse ropa, ¿verdad?

Eric suelta una carcajada, y yo, al aclarar de pronto todo el entuerto que me estaba formando yo solita en mi cabeza, le doy un puñetazo en el estómago y me río. Eric toma de la mano a su sobrino y me da un beso en los labios.

—Necesitas ropa, cuchufleta. Vamos, ve con Orson y Ariadna, y cómprate todo, absolutamente todo, lo que tú quieras. Flyn y yo tenemos cosas que hacer.

Encantada de la vida, le devuelvo el beso y sigo a Orson y a la chica del perchero.

Entramos en una habitación con grandes espejos y varios percheros con todo tipo de ropa. Sorprendida, miro a mi alrededor.

—Eric me ha dicho que necesitas de todo —me informa Orson—. Por lo tanto, disfruta. Pruébate todo lo que quieras, y si no te convence nada, avísame y te traeremos más.

Boquiabierta, veo que el hombre se marcha. La joven me mira y sonríe.

—¡Empezamos! —exclama.

Durante más de dos horas me pruebo toda clase de pantalones, vestidos, faldas, camisas, botas, zapatos, abrigos y conjuntos de lencería. Todo es precioso, y lo peor, ¡tiene un precio prohibitivo!

Suenan unos golpes en la puerta. Instantes después se abre y aparece Eric. Estoy vestida con un sexy vestido negro de gasa muy parecido al que luce Shakira en su canción *Gitana*. Me encanta el vestido y a Eric, por su gesto, veo que también. Eso me hace sonreír. Ariadna, al verlo entrar, desaparece de la habitación, y nos quedamos los dos solos.

Con coquetería me doy una vueltecita ante él.

—¿Qué te parece?

Eric se acerca..., se acerca..., me agarra por la cintura y sonríe.

—Que no veo el momento de arrancártelo, pequeña.

Voy a protestar pero me besa. ¡Oh, Dios, cómo me gustan sus besos!

—Estás preciosa con este vestido —afirma cuando se separa de mí—. Cómpralo.

Inconscientemente, miro la etiqueta y me escandalizo.

—Eric es un... ¡Dios! Pero si cuesta dos mil seiscientos euros. ¡Ni loca! Vamos, por favor, no gano yo eso ni echando tropecientas mil horas extras.

Él sonríe y me agarra de la barbilla.

—Sabes que el dinero no es un problema para mí. Cómpralo.

—Pero...

—Necesitas un vestido para la fiesta de mi madre del día cinco, y con éste estás increíblemente bella.

La puerta se vuelve a abrir. Entran Ariadna y Orson. Este último me mira y da un silbido de aprobación.

—Este vestido está hecho para ti, Judith.

Sonrío. Eric sonríe.

—Bueno, Judith, ¿has visto cosas que te gusten? —inquiere Orson.

Boquiabierta, miro a mi alrededor. Todo es fantástico.

—Creo que me gusta todo —contesto con gesto de broma.

Orson y Eric se miran, y mi Iceman dice:

—Envíanoslo todo a casa.

Horrorizada, intervengo rápidamente.

—Eric, ¡por Dios, ni se te ocurra! ¿Cómo vas a comprar todo esto?

Divirtiéndose con mis caras, el hombre que me tiene completamente enamorada acerca su rostro al mío y susurra:

—Pues si no quieres que lo envíen todo a casa, elige algo. Y cuando digo algo, me refiero a... ¡varias prendas, incluidos zapatos y botas! Las necesitas hasta que lleguen tus cosas desde España, ¿de acuerdo?

¡Guau! Eso me puede volver loca. Me encanta la ropa.

—Pero ¿estás seguro, Eric? —insisto.

—Totalmente seguro, pequeña.

—Eric..., me da apuro. Es mucho dinero.

Mi Iceman sonríe y me besa la punta de la nariz.

—Tú vales muchísimo más, cariño. Vamos, dame el gusto de verte disfrutar de esto. Toma absolutamente todo lo que tú quieras sin mirar el precio. Sabes que puedo permitírmelo. Por favor, hazme feliz.

De reojo, miro a Orson, y éste sonríe. ¡Vaya pedazo de compra que Eric le va a hacer! Finalmente, claudico. Estoy viviendo el sueño que cualquier mujer de la Tierra quisiera vivir. ¡Comprar sin mirar el precio! Tomo aire, me vuelvo hacia las cosas que me han cautivado, dispuesta a darle el gusto, aunque mejor dicho el gustazo me lo voy a dar yo. ¡Madre..., madre..., qué peligro tengo!

Ariadna se pone a mi lado para que le pase lo que quiero, y entonces lo hago. Sin pensar en el precio, agarro varios jeans, camisetas, vestidos, faldas largas y cortas, zapatos, botas, medias, bolsos, ropa interior, un abrigo largo, gorros, bufandas, guantes, un bufanda rojo y varias pijamas.

Una vez que acabo, con el corazón acelerado, miro a Eric.

—Deseo todo esto, incluido el vestido que llevo.

Eric sonríe. Está encantado, feliz.

—Deseo concedido.

15

Ataviada con un bonito vestido rojo que me he comprado esta tarde, me miro en el espejo de la habitación. Me he hecho un moño alto, y mi apariencia es sofisticada. Llueve una barbaridad. Hay una tormenta tremenda, y los truenos me hacen encogerme. No soy miedosa, pero los truenos nunca me han gustado.

Llamo a mi padre por teléfono a Jerez y hablo con él y con mi hermana. De fondo escucho las risotadas de mi sobrina y se me encoge el corazón. Mientras charlamos por teléfono, todos parecemos felices, a pesar de que sabemos que nos echamos mucho de menos. Muchísimo.

Tras colgar el teléfono algo emocionada, decido retocarme el maquillaje. He llorado, tengo la nariz como un tomate y necesito una puesta a punto. Cuando creo que ya estoy totalmente presentable otra vez, salgo de la habitación y, tras bajar por la presidencial escalera, aparezco en el salón. Es la última noche del año y quiero pasarlo bien con Eric y Flyn. Eric, al verme aparecer, se levanta y camina hacia mí. Está guapísimo con su traje oscuro y su camisa celeste.

—Estás preciosa, Jud. Preciosa.

Me besa en los labios y su beso me sabe a deseo y amor. Durante una fracción de segundo nos miramos a los ojos, hasta que una vocecita protesta.

—Dejen de besarse ya. ¡Qué asco!

Flyn no soporta nuestras demostraciones de afecto, y eso nos hace sonreír, aunque al niño no le parece gracioso. Cuando me fijo en él, va vestido como Eric, pero ¡en miniatura! Asiento con aprobación.

—Flyn, así vestido, te pareces mucho a tu tío. Estás muy guapo.

El crío me mira y esboza una sonrisita. Le ha gustado mi comentario sobre que se parece a su tío, pero, aun así, me apremia para cenar.

—Vamos..., llegas tarde y tengo hambre.

Miro el reloj. ¡No son ni las siete!

¡Por Dios!, pero ¿cómo pueden cenar tan pronto?

Este horario guiri me va a matar. Eric parece leer mis pensamientos y sonríe. Cuando me recompongo, contemplo la preciosa y engalanada mesa que Simona y Norbert nos han preparado y pregunto mientras Eric me guía hacia una de las sillas:

—Bueno, y en Alemania, ¿qué se cena la última noche del año?

Pero antes de que me puedan responder se abre la puerta y aparecen Simona y Norbert con dos soperas que dejan sobre la bonita mesa. Sorprendida, observo que en una de las soperas hay lentejas, y en otra, sopa.

—¿Lentejas? —digo entre risas.

—¡Puag! —gesticula Flyn.

—Es tradición en Alemania, al igual que en Italia —contesta Eric, feliz.

—La sopa es de chicharrones con salchichas, señorita Judith, y está muy sabrosa —indica Simona—. ¿Le pongo un poquito?

—Sí, gracias.

Simona llena mi plato, y todos me miran. Esperan que la pruebe. Tomo mi cuchara y hago lo que desean. Efectivamente, está muy buena. Sonrío, y los demás también lo hacen.

Incapaz de callar lo que pienso, mientras Norbert bromea con Flyn y Simona le llena el plato de sopa, miro a Eric y cuchicheo:

—¿Por qué no les dices a Simona y Norbert que se sienten con nosotros a cenar?

Mi propuesta en un principio le sorprende, pero tras entender lo que pretendo finalmente accede.

—Simona, Norbert, ¿les apetece cenar con nosotros?

El matrimonio se mira. Por su cara imagino que es la primera vez que Eric les propone algo así.

—Señor —responde Norbert—, se lo agradecemos mucho, pero ya hemos cenado.

Eric me mira. Como estoy dispuesta a conseguir mi propósito, digo sonriente:

—Me encantaría que para el postre se sentaran con nosotros, ¿me lo prometen?

El matrimonio se vuelve a mirar, y al final, ante la insistencia de Flyn, Simona sonríe y asiente.

Diez minutos después, tras acabar la sopa, Simona y Norbert entran con más platitos. Me quedo mirando fijamente uno.

—Eso es verdura. Se llama *sauerkraut* —indica Eric—. Es col agria. Pruébala.

—Sí. Está muy rico —señala Flyn.

Su gesto me demuestra que no le gusta y, por la pinta que tiene, no me llama. Decido declinar la oferta con la mejor de mis sonrisas y agarro un panecillo con algo que parece una salchicha blanca.

De pronto, veo que Norbert deja unas bandejas sobre la mesa. Aplaudo. Langostinos, queso y jabón ibérico. ¡Olé! Eric, al ver mi gesto, toma mi mano.

—No olvides que mi madre es española y tenemos muchas costumbres que ella nos ha inculcado.

—¡Mmm, me encanta el jamón! —añade el pequeño.

El jamoncito está de vicio. ¡Dios, qué maravilla! Y cuando traen el asado de pato, ya no puedo más. Pero como no quiero hacer un feo, me sirvo un poquito, y la verdad, ¡está exquisito!

También pruebo un queso alemán fundido y col con zanahoria. Me dicen que son comidas tradicionales para traer la estabilidad financiera, y como estoy en paro, ¡me pongo morada!

La cena es en todo momento amena, aunque me doy cuenta de que soy yo quien lleva el hilo de la conversación. Eric, con mirarme y sonreír, tiene bastante. Flyn intenta obviarme, pero la edad es un grado, y cuando hablo de juegos de la Wii o el PlayStation, es incapaz de no sumarse a la conversación. Eric sonríe y, acercándose a mí, murmura:

—Eres increíble, cariño.

Cuando decido que no voy a comer nada más para no reventar, aparecen Simona y Norbert con un postre que tiene una pinta maravillosa y que con sólo verlo ya lo quiero devorar.

—*Bienenstich* de Simona. ¡Qué rico! —aplaude Flyn, emocionado.

Sin que pueda apartar mis ojos de ese pastel con tan buena pinta, pregunto:

—¿Qué es eso?

—Es un postre alemán, señorita —indica Norbert—, que a mi Simona le sale de maravilla.

—¡Oh, sí! Es el mejor *bienenstich* que comerás en tu vida —me asegura Eric, divertido.

La mujer, emocionada al sentirse el centro de atención de todos, en especial de los tres hombres de la casa, sonríe y se dirige a mí:

—Es una receta que ha pasado de mi abuela a mi madre, y de mi madre a mí. El *bienenstich* está confeccionado por capas. La de abajo es masa quebrada con levadura; la segunda es un relleno de azúcar, mantequilla y crema de almendras que yo trituro hasta hacerla cremosa, y la de arriba es de nuevo masa quebrada con almendras caramelizadas.

—¡Mmm, qué rico! —susurro. Y levantándome con decisión, añado—: Como éste es el postre, se tienen que sentar con nosotros a comerlo. —Simona y Norbert se miran, y antes de que digan nada, les recuerdo—: ¡Me lo han prometido!

Eric sigue mi ejemplo; se levanta, retira una silla y le dice a la mujer:

—Simona, ¿serías tan amable de sentarte?

La mujer, casi sin respirar, se sienta, y junto a ella, su marido, y yo, acercándome, pregunto:

—Esto se corta como si fuera una tarta, ¿verdad?

Simona asiente.

—Muy bien, pues seré yo quien les sirva a todos este fantástico *bienenstich*. —Luego, miro al niño y le pido—: Flyn, ¿podrías traer dos platitos más para Simona y Norbert?

El pequeño, dichoso, se levanta, corre hacia la cocina y regresa con los dos platos. Con decisión, corto cinco trozos y los reparto, y una vez que me siento en mi silla, Eric me mira, satisfecho.

—Vamos..., atáquenlo antes de que yo me lo coma todo —murmuro, haciéndolos reír a todos.

Entre risas y ocurrencias devoramos el maravilloso postre. Sorprendida, observo cómo las cuatro personas que me rodean disfrutan del momento como algo único, y yo soy tremendamente feliz. Entonces, les propongo que me canten un villancico alemán, y rápidamente Norbert se arranca con el tradicional *O Tannenbaum*.

O Tannenbaum, O Tannenbaum,
wie treu sind deine Blätter.
Du grünst nicht nur zur Sommerzeit,
nein auch im Winter, wenn es schneit.
O Tannenbaum, O Tannenbaum,
wie grün sind deine Blätter!

Los escucho, maravillada. Eric, con su sobrino sentado en su regazo, también canta ese villancico tan alemán que me pone la carne de gallina. Ver a esas cuatro personas unidas por la música me hace recordar a mi familia. Con seguridad, mi padre y mi hermana estarán rebañando el cordero, y mi sobrina y mi cuñado riendo por las bromas. Eso me emociona, y los ojos se me llenan de lágrimas.

Pero cuando acaban la canción aplaudo, y rápidamente Flyn, que ha entrado en el juego que yo quería, pide que yo cante uno en español. Mi mente va rápida, e intento pensar qué villancico él ha podido escucharle a Sonia y me arranco con *Los peces en el río*. Acierto, y el niño y Eric me siguen, y cantamos entre palmas.

Pero mira cómo beben los peces en el río,
pero mira cómo beben por ver a Dios nacido
Beben, y beben, y vuelven a beber,
los peces en el río por ver a Dios nacer.

Cuando acabamos, esta vez son Simona y Norbert quienes nos aplauden, y nosotros nos sumamos a los aplausos.

¡Qué momento tan bonito y familiar!

Eric descorcha una botella de champán, llena todas las bonitas copas y a Flyn le pone zumo de piña. Todos brindamos por san Silvestre.

Cuando Simona se empeña en recoger la mesa, quiero ayudarla. Al principio, ella y Norbert se quejan, pero al final desisten al escuchar a Eric decir:

—Simona, si Jud ha dicho que te ayuda, nada la va a detener.

La mujer se da por vencida y, encantada, la ayudo. Consigo que Norbert se quede con Eric y Flyn en el salón, hablando. Cuando regreso para quitar los últimos platos, Simona me susurra:

—No, señorita Judith..., esos platos hay que dejarlos sobre la mesa hasta bien entrada la madrugada. En Alemania es tradición dejar las sobras de lo cenado en la mesa. Eso nos asegura que el año que viene tendremos la despensa bien llena.

Inmediatamente, suelto los platos con alegría.

—Pues ¡ea! ¡Todo sea por la despensa llena!

Durante un rato los cinco nos reímos mientras contamos anécdotas graciosas. Entre risas me comentan que allí es tradición un juego llamado Bleigiessen, y sorprendida escucho que se venden kits de Bleigiessen con los significados.

El Bleigiessen es un ritual para predecir o adivinar el futuro. Se funde plomo en una cuchara con el fuego de una vela y, una vez fundido, las gotas de plomo se echan a un recipiente con agua fría y se deja que endurezcan. Cada persona toma luego una de esas formas y, con la ayuda del kit, predice su futuro.

—Si el plomo tiene forma de mapa —dice Flyn, gozoso—, es que vas a viajar mucho.

—Si tiene forma de flor —indica Norbert—, significa que habrá nuevos amigos.

—Y si sale en forma de corazón —explica sonriendo Simona—, es que el amor llegará pronto.

Eric está disfrutando. Lo veo en su cara y en su forma de sonreír. Finalmente, se levanta de la mesa, nos invita a todos a sentarnos en el sillón y dice mientras pone la televisión:

—Jud, en Alemania hay otra tradición. Resulta algo extraña, pero es una tradición.

—¿Ah, sí? ¿Y cuál es? —pregunto, curiosa.

Todos sonríen, y Eric, tras darme un dulce beso en la mejilla, indica:

—Los alemanes, después de la cena de Nochevieja y antes de salir a admirar los fuegos artificiales, solemos ver un video cómico, bastante antiguo, en blanco y negro, llamado *Dinner for One*. Mira..., empieza tras los anuncios.

Los demás asienten y se acomodan, y Eric, al ver que me río, murmura:

—No te rías, morenita. ¡Es una tradición! Todos los canales de televisión lo emiten año tras año el 31 de diciembre. Pero lo más curioso de todo es que es un *sketch* en inglés, aunque en algunos canales lo ponen con subtítulos en alemán.

—¿Y de qué trata?

Eric me acomoda entre sus brazos y, mientras comienza el *sketch,* susurra en mi oreja:

—La señora Sophie celebra su noventa cumpleaños en compañía de James, su mayordomo, y varios amigos que ya no están porque han muerto. Lo gracioso es ver cómo el mayordomo, durante la velada, se hace pasar por cada uno de los amigos de la señora.

De pronto, para de hablar porque comienza a reír por lo que ve en la televisión. En el tiempo que dura el video los miro con sorpresa a todos. Se divierten tanto que hasta Flyn abandona su habitual ceño fruncido para reír abiertamente ante las cosa que hace el mayordomo de la televisión.

Cuando acaba el *sketck,* Simona va a la cocina y regresa con cinco vasitos con uvas. Miro la fruta con asombro.

—Recuerda que mi madre es española —señala Eric—. Las uvas nunca han faltado en una noche así.

Emocionada, atontada y feliz por unas simples uvas, grito cuando Eric pone el canal internacional y conecta con la Puerta del Sol de Madrid.

¡¡Aisss, mi España!!

¡Viva España!

Me siento más española que nunca.

Quedan quince minutos para que acabe el año y ver en la televisión mi querido Madrid hace que me emocione. Flyn me mira sorprendido, y Eric se acerca a mí para decir en mi oreja:

—No me llores, cariño.

Me trago las lágrimas y sonrío.

—Tengo que ir al baño un segundito.

Desaparezco todo lo rápidamente que puedo.

Cuando entro en el baño y cierro la puerta, mi boca se contrae y lloro. Pero mis lágrimas son extrañas. Estoy feliz porque sé que mi familia está bien. Estoy feliz porque Eric está a mi lado. Pero las puñeteras lágrimas se empeñan en salir.

Lloro, lloro y lloro, hasta que consigo controlar el llanto. Me echo agua en la cara y, después de unos minutos en el baño, suenan unos golpecitos en la puerta. Salgo y Eric, preocupado, me pregunta:

—¿Estás bien?

—Sí —afirmo con un hilo de voz—, sólo que es la primera vez que estoy lejos de mi familia en una noche tan especial.

Mi cara y, sobre todo, mis ojos le indican lo que me pasa y me abraza.

—Lo siento, cariño. Siento que, por estar aquí conmigo, estés pasando un mal rato.

Sus palabras, de pronto, me reconfortan, me hacen sonreír, y le beso en los labios.

—No lo sientas, cielo. Está siendo una Navidad muy mágica para mí.

No muy convencido con lo que he dicho, clava sus impactantes ojos en mí y cuando va a añadir algo más, le doy un rápido beso en los labios.

—Vamos..., regresemos al salón. Flyn, Simona y Norbert nos esperan.

Cuando el reloj de la Puerta del Sol comienza a sonar, les indico que ésos son los cuartos. Y cuando comienzan las verdaderas campanadas los animo a todos a meterse una uva en la boca. Para Flyn y Eric eso es algo que ya han hecho en otras ocasiones, pero para Norbert y Simona no, y me río al ver sus caras.

Uva a uva, mi carácter se refuerza.

Una. Dos. Tres. Papá, Raquel, Luz y mi cuñado están bien.

Cuatro. Cinco. Seis. Yo soy feliz.

Siete. Ocho. Nueve. ¿Qué más puedo pedir?

Diez. Once. Doce. ¡Feliz 2013!

Tras el último campanazo, Eric me va a abrazar, pero Flyn se mete entre los dos y nos separa. Yo sonrío y le guiño un ojo. Es normal. El pequeño quiere ser el primero. Norbert y Simona, al ser testigos de lo ocurrido, me abrazan y dicen en alemán:

—*Gutes Neues Jahr!*

Incapaz de contener mis impulsos, los besuqueo y, entre risas, les hago repetir en español:

—¡Feliz Año Nuevo!

El matrimonio se divierte repitiendo lo que yo les digo, riendo y dando muestras de su felicidad. Norbert y Simona después le dan la mano a Eric y se desean un Feliz Año mientras Flyn no se separa de su lado. Me agacho para estar a su altura y, sin que él proteste, le beso en la mejilla.

—Feliz Año, precioso. Que este año que comienza sea maravilloso y espectacular.

El pequeño me devuelve el beso y, para mi asombro, sonríe. Norbert lo toma entre sus brazos, y Eric rápidamente me mira, me abraza y con todo su amor murmura en mi oído, poniéndome la carne de gallina:

—Feliz Año Nuevo, mi amor. Gracias por hacer de esta noche algo muy especial para todos nosotros.

16

Los días pasan y estar junto a Eric es lo mejor que me ha ocurrido. Me quiere, me mima y está pendiente de todo lo que necesito. Flyn es otro cantar. Rivaliza conmigo en todo, y yo intento hacerle ver que no soy su adversario. Si hago una tortilla de papa, no le gusta. Si bailo y canto, me mira con desprecio. Si veo algo en la televisión, se queja. Directamente no me soporta y no lo disimula. Eso me pone cada día más frenética.

Hablo con mi familia en Jerez, y todos están bien. Eso me reconforta. Mi hermana me cuenta lo cansadísima que está con el embarazo y la guerra que le da mi sobrina. Yo sonrío. Imagino a Luz histérica en espera de que los Reyes Magos la visiten. ¡Qué linda que es mi Luz!

Una mañana llego a la cocina y pillo a Simona mirando la televisión. Está tan concentrada en lo que ve que no me oye. Cuando estoy ya a su lado, la veo angustiada, asustada.

—¡Dios mío, ¿qué te ocurre?!

La mujer se seca los ojos con una servilleta y mirándome murmura.

—Estoy viendo «Locura esmeralda», señorita.

Sorprendida, miro la tele y veo que se trata de una telenovela. ¿En Alemania ven programas mexicanos? Se me escapa una sonrisa, y Simona me imita.

—Creo que a usted también le gustaría, señorita Judith. ¿En España no conocen esta novela?

—No me suena, pero estos programas no me van.

—Créame que a mí tampoco, pero en Alemania está causando furor. Todo el mundo ve «Locura esmeralda».

Cuando estoy a punto de reírme, una vez superado el asombro, ella añade:

—Trata sobre la joven Esmeralda Mendoza. Ella es una bella joven que trabaja de sirvienta para los señores Halcones de San Juan. Pero todo se complica cuando regresa de Estados Unidos el hijo pródigo Carlos Alfonso Halcones de San Juan y se encapricha de Esmeralda Mendoza. Pero ella ama en secreto a Luis Alfredo Quiñones, el hijo bastardo del señor Halcones de San Juan, y ¡oh, Dios!, es todo tan difícil...

Boquiabierta y divertida, escucho con atención lo que la mujer me dice. ¡Vaya pedazo de historia que me está contando! A mi hermana le encantaría. Al final, sin saber por qué, me siento con ella y, de pronto, estoy sumergida en la historia.

Marta, la hermana de Eric, pasa a buscarme el día 2 de enero. Le he comentado que necesito hacer unas compras navideñas y gustosa se ofrece a acompañarme. Eric, encantado por verme sonreír, me da un beso en los labios cuando me voy.

—Pásalo bien, cariño.

Hace un frío que pela. Estamos a 2 grados bajo cero a las once y media de la mañana. Pero me siento feliz por la compañía de Marta y sus divertidas ocurrencias. Llegamos hasta la plaza central de Múnich, Marienplatz, una plaza majestuosa, rodeada de edificios impresionantes. Aquí hay un enorme y precioso mercadillo callejero donde hago varias compras.

—¿Ves aquel balcón? —Asiento, y Marta prosigue—: Es el balcón del ayuntamiento y desde ahí todos las tardes tocan música en vivo.

De pronto, un puesto multicolor con infinidad de árboles de Navidad llama mi atención. Los hay rojos, azules, blancos, verdes y de distintos tamaños. En su mayoría están decorados con fotografías, notitas con deseos, macarrones o CD de plástico. ¡Me encanta! Miro a Marta y pregunto:

—¿Qué crees que pensará tu hermano si pongo un árbol de éstos en su salón?

Marta enciende un cigarrillo y se ríe.

—Le horrorizará.

—¿Por qué?

Acepto un cigarrillo mientras Marta mira los coloridos árboles artificiales.

—Porque estos árboles son demasiado modernos para él y, sobre todo, porque nunca lo he visto poner un árbol de Navidad en su casa.

—¿En serio? —Estoy perpleja y a la vez convencida de lo que quiero hacer—. Pues lo siento por él, pero yo no puedo vivir sin tener mi árbol de Navidad. Por lo tanto, le horrorice o no, se tendrá que aguantar.

Marta suelta una carcajada, y sin más, decido comprar un árbol rojo de dos metros. ¡La bomba! Compro también infinidad de cintas de colores con campanillas colgando. Quiero decorar la casa como se merece. ¡Aún es Navidad! Lo dejo pagado y prometemos regresar al final del día a recogerlo.

Durante más de una hora las dos seguimos comprando regalitos y, cuando nuestras narices están rojas por el frío, Marta me propone ir a tomar algo. Acepto. Estoy muerta de frío, hambre y sed. Me dejo guiar por ella por las bonitas calles de Múnich.

—Te voy a llevar a un sitio muy especial. Otro día que salgamos te llevaré a comer al restaurante que hay en la Torre Olímpica. Es giratorio, y verás unas maravillosas vistas de Múnich.

Congelada, asiento mientras observo que allí todos los taxis son de color crema y la mayoría Mercedes-Benz. ¡Vaya lujazo! Pocos minutos después, cuando entramos en un enorme lugar, Marta indica con orgullo:

—Querida Judith, como buena muniquesa que soy, tengo el orgullo de decirte que estás en la Hofbräuhaus, la cervecería más antigua de mundo.

Entusiasmada, miro a mi alrededor. El lugar es precioso. Con solera. Observo los techos abovedados recubiertos de curiosas pinturas y los largos y grandes bancos de madera donde la gente se divierte bebiendo y comiendo.

—Ven, Jud, vamos a tomar algo —insiste Marta, tomándome del brazo.

Diez minutos después, estamos sentadas en uno de los bancos de madera junto a otras personas. Durante una hora hablamos y hablamos mientras disfruto de una estupenda cerveza Spatenbräu.

El hambre aprieta y decidimos pedir varias cosas y comer para después proseguir con nuestras compras. Dejo a Marta que elija, y pide *leberkäs*, que es embutido caliente, albóndigas de harina con carne picada y tocino, y una crujiente rosquilla salada en forma de ocho a la que se le pueden untar salsas. ¡Todo exquisito!

—Bueno, ¿qué te parece Múnich?

Una vez que mastico y trago un trozo de la crujiente rosquilla, respondo:

—Lo poco que he visto hasta ahora, majestuoso. Creo que es una ciudad muy señorial.

Marta sonríe.

—¿Sabías que a los de Múnich se nos conoce como los mediterráneos de Europa?

—No.

Ambas nos reímos.

—¿Has venido para quedarte con Eric?

¡Vaya, directa y al grano!, como a mí me gusta. Y dispuesta a ser sincera, digo:

—Sí. Somos como el fuego y el hielo, pero nos queremos y deseamos intentarlo.

Marta aplaude, feliz, y los que están a nuestro lado la miran extrañados. Pero sin importarle en absoluto las miradas de los otros, cuchichea:

—Me encanta. ¡Me encanta! Espero que mi hermanito aprenda que la vida es algo más que trabajo y seriedad. Creo que tú vas a abrirle los ojos en muchos sentidos, pero siento decirte que eso te va a traer más de un problema. Lo conozco muy bien.

—¿Problema?

—¡Ajá!

—Pues yo no quiero problemas. —Al decir eso me acuerdo de la canción de David de María e inevitablemente sonrío—. ¿Por qué crees que voy a tener problemas con Eric?

Marta se limpia los labios con una servilleta y contesta:

—Eric nunca ha vivido con nadie, excepto estos últimos años con Flyn. Se independizó muy pronto, y si hay algo que no soporta es que se inmiscuyan en su vida y en sus decisiones. Es más, me encantaría contemplar su cara cuando vea el árbol de Navidad rojo y las cintas de colores que has comprado. —Ambas nos reímos, y prosigue—: Conozco a ese cabezón muy bien y estoy segura de que vas a discutir con él. Por cierto, en lo referente a la educación de Flyn, es una cosa mala. Lo tiene sobreprotegido. Sólo le falta meterlo en una urna de cristal.

Eso me provoca risa.

—No te rías. Tú misma lo vas a comprobar. Y fíjate lo que te digo: mi hermano no aprobará el regalo que le has comprado a Flyn.

Miro hacia la bolsa que Marta está señalando y, sorprendida, pregunto:

—¿Que no aprobará el *skateboard*?

—No.

—¿Por qué? —inquiero al pensar en cómo me divierto con mi sobrina y su *skate*.

—Eric rápidamente valorará los peligros. Ya lo verás.

—Pero si le he comprado casco, rodilleras y coderas para que cuando se caiga no se haga daño...

—Da igual, Judith. En ese regalo, Eric sólo verá peligro y se lo prohibirá.

Media hora después salimos del local y nos dirigimos hacia la calle Maximilianstrasse, considerada la milla de oro de Múnich. Entramos en la tienda de D&G y aquí Marta se lanza a por unos jeans. Mientras ella se los prueba, rápidamente le compro una camiseta que he visto que le ha gustado. Visitamos infinidad de tiendas exclusivas, a cuál más cara, y cuando entramos en Armani, decido comprarle una camisa blanca con rayitas azules a Eric. Va a estar guapísimo.

Una vez que finalizamos las compras, regresamos a la plaza del ayuntamiento a recoger mi bonito árbol de Navidad. Marta se ríe. Yo también, aunque ya comienzo a dudar de si he hecho bien al comprarlo.

17

Una tormenta toma el cielo de Múnich y decidimos poner fin al día de compras. Cuando a las seis de la tarde Marta me deja en la casa, Eric no está. Simona me indica que ha ido a la oficina, pero que no tardará en llegar. Rápidamente subo las compras a la habitación y las escondo en el fondo del armario. No quiero que las vea. Pero antes de cambiarme miro por la ventana. Diluvia y recuerdo haber visto junto a los cubos de basura al perro abandonado.

Sin pensarlo dos veces, voy a la habitación de invitados y tomo una manta. Ya compraré otra. Bajo a la cocina, agarro un poco de estofado de la nevera, lo pongo en un recipiente de plástico, lo caliento en el microondas y salgo de la casa. Camino con gusto entre los árboles hasta llegar a la verja; la abro y me acerco a los cubos de basura.

—*Susto*... —Lo he bautizado con ese nombre—. *Susto*, ¿estás ahí?

La cabeza de un delgado galgo color canela y blanco aparece tras el cubo. Tiembla. Está asustado y, por su aspecto, debe de tener hambre y mucho..., mucho frío. El animal, receloso, no se acerca, y dejo el estofado en el suelo mientras lo animo a comer.

—Vamos, *Susto*, come. Está rico.

Pero el perro se esconde y, antes de que yo lo pueda tocar, huye despavorido. Eso me entristece. Pobrecito. Qué miedo tiene a los humanos. Pero sé que va a volver. Ya son muchas las veces que lo he visto junto a los contenedores de basura, y dispuesta a hacer algo por él, con unas maderas y unas cajas, levanto una especie de improvisada caseta en un lateral. En el centro de la caja meto la manta que llevo y el estofado, y me voy. Espero que regrese y coma.

Ya en la casa, subo de nuevo a mi habitación, me cambio de ropa y regreso al salón con la caja del árbol de Navidad. Flyn está jugando con el PlayStation. Me siento a su lado y dejo la enorme y colorida caja ante mis piernas. Seguro que eso llamará su atención.

Durante más de veinte minutos lo observo jugar sin decir una sola palabra, mientras la puñetera música atronadora del videojuego me destroza los tímpanos. Al final, claudico y pregunto a voz en grito:

—¿Te apetece poner el árbol de Navidad conmigo?

Flyn me mira ¡por fin! Para la música. ¡Oh..., qué gusto! Después observa la caja.

—¿El árbol está ahí metido? —pregunta, sorprendido.

—Sí. Es desmontable, ¿qué te parece? —contesto, abriendo la tapa y sacando un trozo.

Su cara es un poema.

—No me gusta —afirma rápidamente.

Sonrío, o le doy un coscorrón. Decido sonreír.

—He pensado en crear nuestro propio árbol de Navidad. Y para ser originales y tener algo que nadie tiene, lo decoraremos con deseos que leeremos cuando quitemos el árbol. Cada uno de nosotros escribirá cinco deseos. ¿Qué te parece?

Flyn pestañea. He logrado atraer su atención, y enseñándole un cuaderno, un par de bolígrafos y cinta de colores, añado:

—Montamos el árbol y luego en pequeños papelitos escribimos deseos. Los enrollamos y los atamos con la cinta de colores. ¿A que es una buena idea?

El pequeño mira el cuaderno. Después, me mira fijamente con sus ojazos oscuros y sisea:

—Es una idea horrible. Además, los árboles de Navidad son verdes, no rojos.

Las carnes se me encogen. ¡Qué poca imaginación! Si ese pequeño enano dice eso, ¿qué dirá su tío? Vuelve al juego y la música atruena de nuevo. Pero dispuesta a poner el árbol y disfrutar de ello, me levanto y con seguridad grito para que me oiga:

—Lo voy a poner aquí, junto a la ventana —digo mientras observo que sigue diluviando y espero que *Susto* haya regresado y esté comiendo en la caseta—. ¿Qué te parece?

No contesta. No me mira. Así pues, decido ponerme manos a la obra.

Pero la música chirriante me mata y opto por mitigarla como mejor puedo. Enciendo el iPod que llevo en el bolsillo de mi pantalón, me pongo los auriculares y, segundos después, tarareo:

Euphoria
An everlasting piece of art
A beating love within my heart.
We're going up-up-up-up-up-up-up

Encantada con mi musiquita, me siento en el suelo, saco el árbol, lo desparramo a mi alrededor y miro las instrucciones. Soy la reina del bricolaje, por lo que en diez minutos ya está montado. Es una chulada. Rojo..., rojo brillante. Miro a Flyn. Él sigue jugando ante el televisor.

Cojo el bolígrafo y el cuaderno y comienzo a escribir pequeños deseos. Una vez que tengo varios, arranco las hojas y las corto con cuidado. Hago dibujitos navideños a su alrededor. Con algo me tengo que entretener. Cuando estoy satisfecha enrollo mis deseos y los ato con la cinta dorada. Así estoy durante más de una hora, hasta que de pronto veo unos pies a mi lado, levanto la cabeza y me encuentro con el cejo fruncido de mi Iceman.

¡Vaya tela!

Rápidamente me levanto y me quito los auriculares.

—¿Qué es eso? —dice mientras señala el árbol rojo.

Voy a responder cuando el enano de ojos achinados se acerca a su tío y, con el mismo gesto serio de él, responde:

—Según ella, un árbol de Navidad. Según yo, una caca.

—Que a ti te parezca una ¡caca! mi precioso árbol no significa que se tenga que parecer a él —contesto con cierta acritud. Después miro a Eric y añado—: Vale..., quizá no pegue con tu salón, pero lo he visto y no me he podido resistir. ¿A que es bonito?

—¿Por qué no me has llamado para consultármelo? —suelta mi alemán favorito.

—¿Para consultarlo? —repito, sorprendida.

—Sí. La compra del árbol.

¡Diablos!

¿Lo mando a la mierda, o lo insulto?

Al final, decido respirar antes de decir lo que pienso, pero, molesta, siseo:

—No he creído que tuviera que llamarte para comprar un árbol de Navidad.

Eric me mira..., me mira y se da cuenta de que me estoy enfadando, y para intentar aplacarme me toma la mano.

—Mira, Jud, la Navidad no es mi época preferida del año. No me gustan los árboles ni los ornamentos que en estas fechas todo el mundo se empeña en poner. Pero si querías un árbol, yo podía haber encargado un bonito abeto.

Los tres volvemos a mirar mi colorido árbol rojo y, antes de que Eric vuelva a decir algo, replico:

—Pues siento que no te guste el periodo navideño, pero a mí me encanta. Y por cierto, no me gusta que se talen abetos por el simple hecho de que sea Navidad. Son seres vivos que tardan muchos años en crecer para morir porque a los humanos nos gusta decorar nuestro salón con un abeto en Navidad. —Tío y sobrino se miran, y yo prosigo—: Sé que luego algunos de esos árboles son replantados. ¡Vale!, pero la mayoría de ellos terminan en el cubo de la basura, secos. ¡Me niego! Prefiero un árbol artificial, que lo uso y cuando no lo necesito lo guardo para el año siguiente. Al menos sé que mientras está guardado ni se muere ni se seca.

La comisura de los labios de Eric se arquea. Mi defensa de los abetos le hace gracia.

—¿De verdad que no te parece precioso y original tener este árbol? —pregunto aprovechando el momento.

Con su habitual sinceridad, levanta las cejas y responde:

—No.

—Es horrible —cuchichea Flyn.

Pero no me rindo. Obvio la respuesta del niño y, mimosa, miró a mi chicarrón.

—¿Ni siquiera te gusta si te digo que es nuestro árbol de los deseos?

—¿Árbol de los deseos? —pregunta Eric.

Yo asiento, y Flyn contesta mientras toca uno de los deseos que yo ya he colgado en el árbol:

—Ella quiere que escribamos cinco deseos, los colguemos y después de las Navidades los leamos para que se cumplan. Pero yo no quiero hacerlo. Ésas son cosas de chicas.

—Faltaría más que tú quisieras —susurro demasiado alto.

Eric me reprocha mi comentario con la mirada y, el pequeño, dispuesto a hacerse notar, grita:

—Además, los árboles de Navidad son verdes y se decoran con bolas. No son rojos ni se adornan con tontos deseos.

—Pues a mí me gusta rojo y decorarlo con deseos, mira por dónde —insisto.

Eric y Flyn se miran. En sus ojos veo que se comunican. ¡Malditos! Pero consciente de que quiero mi árbol ¡rojo! y lo mucho que voy a tener que batallar con estos dos gruñones, intento ser positiva.

—Venga, chicos, ¡es Navidad!, y una Navidad sin árbol ¡no es Navidad!

Eric me mira. Yo lo miro y le hago ojitos. Al final, sonríe.

¡Punto para España!

Flyn, mosqueado, se va a alejar cuando Eric lo agarra del brazo y dice, señalándole el cuaderno:

—Escribe cinco deseos, como Jud te ha pedido.

—No quiero.

—Flyn...

—¡Diablos, tío! No quiero.

Eric se agacha. Su cara queda frente a la del pequeño.

—Por favor, me haría mucha ilusión que lo hicieras. Esta Navidad es especial para todos y sería un buen comienzo con Jud en casa, ¿vale?

—Odio que ella me tenga que cuidar y mandar cosas.

—Flyn... —insiste Eric con dureza.

La batalla de miradas entre ambos es latente, pero al final la gana mi Iceman. El pequeño, furioso, agarra el cuaderno, corta una hoja y agarra uno de los bolígrafos. Cuando se va a marchar, le digo:

—Flyn, toma la cinta verde para que los ates.

Sin mirarme, agarra la cinta y se encamina hacia la mesita que hay frente a la tele, donde veo que comienza a escribir. Con disimulo me acerco a Eric y, poniéndome de puntillas, cuchicheo:

—Gracias.

Mi alemán me mira. Sonríe y me besa.

¡Punto para Alemania!

Durante un rato hablamos sobre el árbol y tengo que reír ante los comentarios que él hace. Es tan clásico para ciertas cosas que es imposible no reír. Segundos después, Flyn llega hasta nosotros, cuelga en el árbol los deseos que ha escrito y, sin mirarnos, regresa al sillón. Coge el mando del Play, y la música chirriante comienza a sonar. Eric, que no me quita ojo, recoge el cuaderno del suelo y el bolígrafo, y pregunta cerca de mi oído:

—¿Puedo pedir cualquier deseo?

Sé por dónde va.

Sé lo que quiere decir y, melosa, murmuro acercándome más a él:

—Sí, señor Zimmerman, pero recuerde que pasadas las Navidades los leeremos todos juntos.

Eric me observa durante unos instantes, y yo sólo pienso sexo..., sexo..., sexo. ¡Dios mío! Mirarlo me excita tanto que me estoy convirtiendo en una ¡esclava del sexo! Al final, mi morboso novio asiente, se aleja unos metros y sonríe.

¡Guau! Cómo me pone cuando me mira así. Esa mezcla de deseo, perdonavidas y mala leche ¡me encanta! Soy así de masoquista.

Durante un rato, lo veo escribir apoyado en la mesita del comedor. Deseo saber sus deseos, pero no me acerco. Debo aguantar hasta el día que he señalado para leerlos. Cuando acaba, los dobla y le doy la cinta plateada para que los ate. Tras colgarlos él mismo en el árbol, me mira con picardía y, acercándose a mí, mete algo dentro del bolsillo delantero de mi sudadera. Después, me besa en la punta de la nariz y apunta:

—No veo el momento de cumplir este deseo.

Divertida, sonrío. Calor.. .¡Dios, qué calor! Y poniéndome de puntillas le doy un beso en la boca mientras mi corazón va a tropecientos por hora. Tras un cómplice azotito en mi trasero que me hace saber lo mucho que me desea, Eric se sienta junto a su sobrino. Yo aprovecho, saco la pequeña caja que ha metido en mi bolsillo junto a un papel y leo:

—Mi deseo es tenerte desnuda esta noche en mi cama para usar tu regalo.

Sonrío. ¡SEXO!

Con curiosidad, abro la cajita y observo algo metálico con una piedra verde. ¡Qué mono! ¿Para qué será? Y mi cara de sorpresa es para verla cuando leo que en el papel pone: «Joya anal Rosebud».

¡Vaya..., no sabía que hubiera joyas para las nalgas!

Me entra la risa.

Alegre, camino hacia la ventana mientras el calor toma mi cara, y continúo leyendo: «Joya anal de acero quirúrgico con cristal de Swarovski. Ideal para decorar el ano y estimular la zona anal».

¡Qué fuerteeeeee!

Observo, acalorada, que Eric me mira. Veo la guasa en sus gestos. Con comicidad levanto el pulgar en señal de que me ha gustado, y ambos nos reímos. Esta noche ¡será genial!

Tras la cena, propongo jugar una partida al *Monopoly* de la Wii. Tirada a tirada nos vamos animando. Al final, dejamos que Flyn gane y se va pletórico a dormir. Cuando nos quedamos solos en el salón, Eric me mira. Su mirada lo dice todo. Impaciencia. Lo beso y murmuro en su oído:

—Te quiero en cinco minutos en la habitación.

—Tardaré dos —contesta con autoridad.

—¡Mejor!

Dicho esto, salgo del salón. Corro escaleras arriba, entro en nuestra habitación, quito el nórdico, me desnudo, dejo la joya anal junto al lubricante sobre la almohada y me tiro sobre la cama a esperarlo. No hay tiempo para más.

La puerta se abre, y mi corazón late con fuerza. Excitación. Eric entra, cierra la puerta, y sus ojos ya están sobre mí. Camina hacia la cama y lo observo mientras se quita la camiseta gris por la cabeza.

—Tu deseo está esperándote donde lo querías.

—Perfecto —responde con voz ronca.

Como un lobo hambriento, me mira. Veo que echa un vistazo a la joya anal y sonríe. El deseo me consume. Tira la camiseta al suelo y se pone a los pies de la cama.

—Flexiona las piernas y ábrelas.

¡Dios..., Dios...!, ¡qué calor!

Hago lo que me pide y siento que comienzo a respirar ya con dificultad. Eric se sube a la cama y lleva su boca hasta la cara interna de mis muslos. Los besa. Los besa con delicadeza, y yo siento que me deshago. Él, con su habitual erotismo, continúa su reguero de besos sobre mí. Ahora sube. Me besa la cadera, luego el ombligo, después uno de mis pechos, y cuando su boca está sobre la mía y me mira a los ojos, susurra con voz cargada de morbo y erotismo:

—Pídeme lo que quieras.

¡Oh, Dios!

¡Oh, Dios mío!

Mi respiración se acelera. Mi vagina se contrae y mi estómago se derrite.

Eric, mi Eric, saca su lengua. Me chupa el labio superior, después el inferior, y antes de besarme me da su típico mordisquito en el labio que me hace abrir la boca para facilitarle su posesión. Adoro sus besos. Adoro su exigencia. Adoro cómo me toca. Le adoro a él.

Una vez que finaliza su beso, me mira a la espera de que le pida algo y, consciente de lo que deseo, musito:

—Devórame.

Su reguero de besos ahora baja por mi cuerpo. Cuando me besa el monte de Venus, pasa con sensualidad su dedo por mi tatuaje.

—Ábrete con tus dedos para mí. Cierra los ojos y fantasea. Ofrécete como cuando hemos estado con otra gente.

«¡Ofrécete! ¡Otra gente!»

¡Dios, qué morbo!

Sus palabras me provocan un calentamiento tremendo y mis manos vuelan a mi vagina. Agarro los pliegues de mi sexo, los abro y me expongo totalmente a él, deseosa de que me devore mientras mi mente imagina que no sólo estamos él y yo en esta habitación. Sin demora, su lengua toca mi clítoris, ¡oh, sí!, ¡sí!, y yo me consumo ante él.

El fuego abrasador de mis fantasías y la excitación que Eric me provoca me dejan sin fuerzas. Desnuda y tumbada en la cama, sus ávidos lametazos me vuelven loca mientras sus manos suben por mi trasero. Mi morboso hombre me toma por las caderas para tener más accesibilidad a mi interior.

—Ofrécete, Jud.

Avivada, activada, provocada y alterada por lo que imagino y lo que me dice, acerco mi húmeda vagina a su boca. Sin ningún pudor, me aprieto sobre ella y me ofrezco gustosa, deseosa de disfrutar y de que me disfrute. Su boca rápidamente me chupa, sus dientes se lanzan a mi clítoris, y yo jadeo y busco más y más.

La piel me arde mientras un loco y salvaje placer toma mi cuerpo. Me retuerzo en su boca a cada toque de su lengua y le exijo más.

Mi clítoris húmedo e hinchado está a punto de explotar. Eso lo provoca. Lo sé. Pero cuando levanta la cabeza y me mira con los labios húmedos de mis fluidos, me incorporo como una bala y le beso. Su sabor es mi sabor. Mi sabor es su sabor.

—Cójeme —le exijo.

Eric sonríe, me muerde la barbilla y vuelve a dominarme. Me tumba con rudeza, y esa vez mi cuerpo cae por el lateral de la cama mientras me abre de nuevo las piernas, me da un azotito y continúa su asolador ataque. Noto algo húmedo en el orificio de mi ano que rápidamente identifico como el lubricante. Eric con su dedo me dilata e instantes después noto que introduce mi regalo. La joya anal.

—Precioso —le escucho decir mientras me besa las nalgas.

Desde mi posición, no puedo verle la cara. Pero su respiración y su ronca voz me indican que le gusta lo que ve y lo que hace. Durante varios minutos, las paredes de mi ano se contraen. ¡Qué delicia! Después, mete primero un dedo en mi vagina y luego dos.

—Mírame, Jud.

Con la cabeza colgando por el lateral, vuelvo mis ojos hacia él, que murmura con la voz rota por el momento:

—La joya es bonita, pero tu trasero es espectacular.

Eso me hace sonreír.

—Prefiero la carne al acero quirúrgico.

—¿Ah, sí?

Asiento.

—¿Prefieres que otra persona y yo tomemos tu cuerpo?

Al asentir de nuevo, sus dedos se hunden más en mí. ¡Locura! Arrebatado por la excitación, insiste:

—¿Seguro, pequeña?

—Sí —jadeo.

Sus dedos entran y salen de mí una y otra vez, mientras con la otra mano aprieta la joya anal y yo me vuelvo loca. Tras soltar un gemido, abro los ojos, y Eric me está mirando.

—Pronto seremos dos quienes te follaremos, pequeña... primero uno, luego el otro, y después los dos. Te aprisionaré entre mis brazos y abriré tus muslos. Dejaré que otro te coja mientras yo te miro, y sólo permitiré que te corras para mí, ¿entendido?

—Sí..., sí... —vuelvo a jadear, extasiada con lo que dice.

Eric sonríe, y yo tengo un espasmo de placer. Mi vagina se contrae y sus dedos lo notan. Con rapidez, cambia su pene por los dedos, y yo ahogo un grito al notar su impresionante erección entrar en mí.

¡Oh, Dios, cómo me gusta!

Con manos expertas, me agarra por la cintura y me levanta. Me sienta sobre él en la cama y murmura cerca de mi boca mientras me aprieta contra él:

—Seremos tres la próxima vez.

Entre jadeos, asiento.

—Sí..., sí..., sí.

Eric me besa. Su pasión me vuelve loca cuando jadea.

—Muévete, pequeña.

Mis caderas le hacen caso a un ritmo profundo y lento. Creo que voy a explotar. La fricción del juguete anal es tremenda. Nos miramos a los ojos mientras me clavo una y otra vez en él.

—Bésame —le pido.

Mi Iceman me satisface, y yo acreciento mi ritmo volviéndolo loco. Una y otra vez, entro y salgo de él hasta que se para. Con un movimiento, me posa sobre la cama, me hace dar la vuelta y me pone a cuatro patas.

—¿Qué haces? —pregunto.

Eric no contesta, mete su duro y erecto pene en la vagina, y tras un par de empellones que me hacen jadear, susurra en mi oído:

—Quiero tu precioso culito, cariño. ¿Puedo?

Calor... Mucho calor. Excitada en extremo, le enseño el anillo de mi mano.

—Soy toda tuya.

Saca con cuidado la joya anal y unta más lubricante. Estoy impaciente y deseosa de sexo. Quiero más. Necesito más. Eric, al ver mi impaciencia, mientras unta el lubricante en su pene, me muerde las costillas. Nervios. Mis sentimientos son contradictorios. No he vuelvo a practicar sexo anal desde el último día en que lo hice con él y con aquella mujer. Pero Eric sabe lo que hace y, poco a poco, introduce su pene en mí. Me dilato. Mi mente se vuelve loca, y el morbo puede conmigo cuando pido al notar cómo me empala:

—Fuerte..., fuerte, Eric.

Pero él no me hace caso. No quiere dañarme. Va poco a poco, y cuando está totalmente dentro de mí, se agacha sobre mi espalda y, abrazándome con amor, susurra en mi oído:

—¡Dios, pequeña, qué apretada estás!

Me acomodo a la nueva situación, dichosa del placer que siento, mientras él entra y sale de mí y yo jadeo. Ardo. Me quemo. Me entrego al gustoso placer del sexo anal y lo disfruto. Me siento perversa. Practicar sexo caliente con Eric me vuelve perversa. Loca. Desinhibida. Estoy a cuatro patas ante él, con el culo en pompa, desesperada porque me coja, porque me haga suya una y otra vez.

—Eric..., me gusta —aseguro mientras clavo mi trasero en su cuerpo, deseosa de más profundidad.

Durante varios minutos nuestro juego continúa. Él me penetra, me agarra por la cintura, y yo me muestro receptiva. Un..., dos..., tres... ¡Ardor! Cuatro..., cinco..., seis... ¡Placer! Siete..., ocho..., nueve... ¡Necesidad! Diez..., once..., doce... ¡Eric!

Pero mi Iceman ya no puede contenerse más y su lado salvaje le hace penetrarme con más profundidad, mientras mi cara cae sobre la cama. Un grito ahogado con el colchón sale de mi boca, y mi alemán sabe que mi placer ha culminado. Entonces, clava sus dedos en mis caderas y se lanza hacia mi dilatado trasero a un ataque infernal.

¡Oh, sí! ¡Oh, sí!

—Más..., más, Eric... —suplico, estimulada.

El placer que esto le ocasiona y el deseo que ve en mí lo vuelven loco y, cuando no puede más, un gutural gemido sale de su boca y cae contra mi cuerpo.

Así estamos unos segundos. Unidos, calientes y excitados. El sexo entre nosotros es electrizante y nos gusta. Instantes después, Eric sale de mi trasero y nos dejamos caer en la cama felices, cansados y sudorosos.

—¡Dios, pequeña!, me vas a matar de placer.

Su comentario me hace reír. Me abrazo a él, y él me abraza. Sin hablar, nuestro abrazo lo dice todo, mientras en el exterior llueve con fuerza. De pronto, se oye un trueno, y Eric se mueve.

—Vamos a lavarnos y a vestirnos, pequeña.

—¿Vestirnos?

—Ponernos algo de ropa. Una pijama, o algo así.

—¿Por qué? —pregunto, deseosa de seguir jugando con él.

Pero Eric parece tener prisa.

—Vamos, agarra tu ropa interior de la mesilla —me exige.

Pienso en protestar, pero opto por hacerle caso. Tomo mi ropa interior y una pijama. Pero no me quiero vestir. ¡Vaya cortada de rollo!

Eric, al ver mi ceño fruncido, me besa animadamente mientras agarra la joya anal y guarda el lubricante en la mesilla. Después, se levanta, y justo cuando me toma en brazos, la puerta de la habitación se abre de par en par. Flyn, con cara de sueño y su pijama de rayas, nos mira boquiabierto. Me tapo con mi ropa como puedo y gruño:

—Pero ¿tú no sabes llamar a la puerta?

El niño, por una vez, no sabe qué responder.

—Flyn, ahora volvemos —dice Eric.

Sin más, entramos en el baño. Una vez dentro lo miro en espera de una explicación por esa aparición y murmura cerca de mi boca:

—Desde pequeño le asustan los truenos, pero no le digas que te lo he dicho. —Me besa y cuando se separa prosigue—: Sabía que iba a venir a la cama cuando he oído el trueno. Siempre lo hace.

Ahora quien lo besa soy yo. ¡Dios, cómo me gusta su sabor! Y cuando abandono con pereza su boca, pregunto:

—¿Siempre va a tu cama?

—Siempre —asegura, divertido.

Su gesto me hace sonreír. ¡Qué lindo que es mi alemán!

Un nuevo trueno nos hace regresar a la realidad, y Eric me posa en el suelo. Deja la joya anal sobre la encimera del baño y se lava. Después, se seca, se pone los calzoncillos y dice antes de salir:

—No tardes, pequeña.

Cuando me quedo sola, agarro la joyita y la meto bajo el chorro del agua para lavarla. Pienso en *Susto*. Pobrecillo. Con la que está cayendo, y él en la calle. Luego, me aseo, y una vez que me pongo la pijama, me miro en el espejo y, mientras peino mi alocado pelo, sonrío.

¡Vaya tela tiene la historia donde me estoy metiendo!

Pero segundos después, recuerdo que cuando yo era pequeña me pasaba igual que a Flyn. Me daban miedo los truenos, esos ruidos infernales que me hacían pensar que demonios feos y de uñas largas surcaban los cielos para llevarse a los niños. Fueron muchas noches durmiendo en la cama con mis padres, aunque al final mi madre, con paciencia y alguna ayuda extra, consiguió quitarme ese miedo.

Al salir del baño, Eric está tumbado en la cama charlando con Flyn. El pequeño, al verme, me sigue con la mirada; abro la mesilla y con disimulo dejo la joya anal. Después, cuando me meto en la cama, el enano gruñón pregunta a su tío:

—¿Ella tiene que dormir con nosotros?

Eric hace un gesto afirmativo, y yo murmuro, tapándome con el edredón:

—¡Oh, sí! Me dan miedo las tormentas, sobre todo los truenos. Por cierto, ¿te gustan los perros?

—No —contestan los dos al unísono.

Voy a decir algo cuando Flyn puntualiza:

—Son sucios, muerden, huelen mal y tienen pulgas.

Boquiabierta por lo que ha dicho, respondo:

—Estás equivocado, Flyn. Los perros no suelen morder y, por supuesto, no huelen mal ni tienen pulgas si están cuidados.

—Nunca hemos tenido animales en casa —explica Eric.

—Pues muy mal —cuchicheo, y veo que sonríe—. Tener animales en casa te da otra perspectiva de la vida, en especial a los niños. Y, sinceramente, creo que a a ustedes dos les vendría muy bien una mascota.

—Ni hablar —se niega Eric.

—Me mordió el perro de Leo y me dolió —dice el niño.

—¿Te mordió un perro?

El crío asiente, se levanta la manga del pijama y me enseña una marca en el brazo. Archivo esa información en mi cabeza e imagino el pavor que debe de tener a los animales. He de quitárselo.

—No todos los perros muerden, Flyn —le indico con cariño.

—No quiero un perro —insiste.

Sin decir más, me tumbo de lado para mirar a Eric a los ojos. Flyn está en medio y rápidamente me da la espalda. ¡Faltaría más! Eric me pide disculpas con la mirada, y yo le guiño un ojo. Minutos después, mi chico apaga la luz y, aun en la oscuridad, sé que sonríe y me mira. Lo sé.

18

Es día 5 y hoy toca cena de Reyes en la casa de la madre de Eric. Durante estos días he visto que mi alemán trabaja desde casa, pero no habla de ir a la oficina. Quiero conocerla, pero prefiero que sea él quien me proponga ir.

Flyn sigue sin darme tregua. Todo lo que hago le molesta, y eso ocasiona que Eric y yo tengamos algún que otro roce. Eso sí, reconozco que es Eric quien da siempre su brazo a torcer para que la discusión no vaya a más. Sabe que el niño no lo está haciendo bien, e intenta entenderme.

Mi relación con *Susto* progresa muy adecuadamente. Ya no huye cuando me ve. Nos hemos hecho amigos. Se ha dado cuenta de que soy de fiar y deja que lo toque. Tiene una tos perruna que no me gusta y le he confeccionado una bufanda para el cuello. ¡Qué guapo está!

Susto es una maravilla. Tiene una cara de bueno que no puede con ella, y cada vez que salgo sin que Eric se dé cuenta a rehacerle la casa y llevarle comida, el pobre me lo agradece como mejor sabe: con lametazos, movidas de rabito y piruetas.

Por la noche, cuando llegamos a la casa de Sonia, Marta, la hermana de Eric, nos recibe con una estupenda sonrisa.

—¡Qué bien!, ¡ya están aquí!

Eric tuerce el gesto. Este tipo de fiestecitas que organiza su madre no le van, pero sabe que no debe faltar. Lo hace por Flyn, no por él. Eric me presenta al resto de las personas que hay en el salón como su novia. Veo el orgullo en su mirada y en cómo me agarra con posesión.

Minutos después, comienza a hablar con varios hombres sobre

negocios y decido buscar a Marta. Pero al separarme de él, un joven me saluda.

—¡Hola!, soy Jurgen. Eres Judith, ¿verdad? —Asiento, y él dice—: Soy el primo de Eric. —Y cuchicheando, añade—: El que hace motocross.

La cara se me ilumina y, encantada, comienzo a hablar con él. Menciona varios sitios donde la gente se reúne para practicar este deporte, y yo prometo ir. Me anima a utilizar la moto de Hannah. Sonia le ha comentado que yo practico motocross y está entusiasmado. Con el rabillo del ojo observo que Eric me mira y, por su cara, debe de imaginar sobre lo que hablamos. En dos segundos, ya está a mi lado.

—Jurgen, ¡cuánto tiempo sin verte! —saluda Eric mientras me vuelve a agarrar por la cintura.

El primo sonríe.

—¿Será porque tú no te dejas ver mucho?

Eric cabecea.

—He estado muy ocupado.

Jurgen no vuelve a mencionar el tema motocross y casi de inmediato ambos se sumergen en una aburrida conversación. De nuevo, decido buscar a Marta. La encuentro fumando en la cocina.

Cuando me acerco a ella, me ofrece un cigarrillo. No suelo fumar, pero con ella siempre me apetece, y tomo uno.

Así, vestidas con glamour, las dos fumamos mientras charlamos de nuestras cosas.

—¿Qué tal con Flyn?

—¡Uf!, me tiene declarada la guerra —me río, divertida.

Marta asiente y, acercando su cabeza a la mía, cuchichea:

—Si te sirve de consuelo, nos la tiene declarada a todas las mujeres.

—Pero ¿por qué?

La joven sonríe.

—Según el psicólogo, se debe a la pérdida de su madre. Flyn piensa que las mujeres somos personas circunstanciales que vamos y venimos en su vida. Por eso intenta no demostrar su afecto hacia nosotras. Con mamá y conmigo se comporta igual. Nunca nos demuestra su afecto y, si puede, nos rechaza. Pero bueno, nosotras ya nos hemos acostumbrado a ello. Al único que quiere por encima de todos es a Eric. Por él siente un amor especial; en ocasiones, para mi gusto, enfermizo.

Durante un par de segundos ambas callamos, hasta que yo ya no puedo más.

—Marta, me gustaría decirte algo en referencia a lo que has dicho, pero quizá te pueda molestar. No soy nadie para dar mi opinión en un tema así, pero es que si no lo digo, ¡reviento!

—Adelante —responde, sonriente—. Prometo no enfadarme.

Primero doy una calada al cigarrillo y expulso el humo.

—Desde mi punto de vista, el niño se agarra a Eric porque es el único que nunca lo abandona. Y antes de que me digas nada más, ya sé que tú o tu madre no lo han abandonado, pero me refiero a que quizá Eric es el único que se enfada con él en ocasiones e intenta hacerlo razonar, y en fechas tan importantes, como por ejemplo la Nochevieja, no se aleja de él. Flyn es un niño, y los niños sólo buscan cariño. Y si él, por lo ocurrido con su madre, es reacio a querer a una mujer, son ustedes las que tienen que hacer todo lo posible para que él se dé cuenta de que su madre se ha marchado, pero que ustedes siguen aquí. Que nunca lo abandonarán.

—Judith, te aseguro que mamá y yo hemos hecho de todo.

—No lo dudo, Marta. Pero quizá deberían cambiar la táctica. No sé..., si una cosa no funciona, prueben algo diferente.

El silencio que sobreviene me pone la carne de gallina.

—La muerte de Hannah nos rompió el corazón a todos —dice finalmente Marta.

—Lo imagino. Tuvo que ser terrible.

Sus ojos se llenan de lágrimas, y yo la tomo del brazo. Marta sonríe.

—Ella era el motor y el centro de la familia. Era vitalista, positiva y...

—Marta... —susurro al ver una lágrima rodar por su mejilla.

—Te hubiera encantado, Jud, y estoy convencida de que se habrían llevado muy bien las dos.

—Seguro que sí.

Ambas damos sendas caladas a nuestros cigarrillos.

—Nunca olvidaré la cara de Eric esa noche. Ese día no sólo vio morir a Hannah, también perdió a su padre y a la que era su novia en aquel momento.

—¿Todo en el mismo día? —pregunto, curiosa.

Nunca he hablado demasiado de este tema con Eric. No puedo. No quiero hacerle recordar.

—Sí. El pobre, al no poder contactar con su padre para contarle lo ocurrido, se presentó en su casa y lo encontró en la cama con esa imbécil. Fue terrible. Terrible.

Se me pone la carne de gallina.

—Te juro que pensé que Eric nunca se repondría —prosigue Marta—. Demasiadas cosas malas en tan pocas horas. Tras el entierro de Hannah, durante dos semanas no supimos de él. Desapareció. Nos preocupó muchísimo. Cuando regresó, su vida era un caos. Se tuvo que enfrentar a su padre y a Rebeca. Fue terrible. Y para colmo, Leo, el hombre que vivía con mi hermana Hannah y Flyn, por cierto ¡otro imbécil!, nos dijo que no quería hacerse cargo del pequeño. De pronto, no lo consideraba su hijo. El niño sufrió mucho al principio, y entonces Eric tomó las riendas de su vida. Dijo que él se ocuparía de Flyn y, como habrás visto, lo está haciendo. En cuanto al tema de Nochevieja, sé que tienes razón, pero quien rompió la tradición fue Eric, llevándose a Flyn el primer año al Caribe. Al año siguiente, nos dijo a mamá y a mí que prefería que esa noche pasara sin mucha celebración, y así han transcurrido los años. Por eso, ella y yo hacemos nuestros planes.

—¿En serio? —pregunto, sorprendida.

Justo en este momento se abre la puerta de la cocina, y el pequeño Flyn nos observa con su mirada acusadora. Instantes después se va.

—¡Diablos! —protesta Marta—. Prepárate.

—¿Que me prepare?

Apoyada en el quicio de la puerta de cristal, sonríe.

—Va a chismearle a Eric de que estamos fumando.

Yo me río. ¿Chismearle? Por favor, que somos adultas.

Pero antes de que pueda contar hasta diez, la puerta de la cocina se abre de nuevo, y mi alemán, seguido por su sobrino, pregunta mientras camina hacia nosotras con actitud intimidatoria:

—¿Están fumando?

Marta no contesta, pero yo asiento con la cabeza. ¿Por qué he de mentir? Eric mira mi mano. Pone mala cara y me quita el cigarrillo. Eso me enoja y, con un tono de voz nada tranquilo, siseo:

—Que sea la última vez que haces lo que acabas de hacer.

La frialdad de los ojos de Eric me traspasa.

—Que sea la última vez que tú haces lo que acabas de hacer.

El aire puede cortarse con un cuchillo.

España contra Alemania. ¡Esto pinta mal!

No comprendo su enfado, pero sí entiendo mi indignación. Nadie me trata así. Y, sin pensarlo dos veces, tomo la cajetilla de tabaco que está sobre la mesita, saco un pitillo y me lo enciendo. Para chula, ¡yo!

Boquiabierto, Eric me mira mientras Marta y Flyn nos observan. Instantes después, Eric me quita de nuevo el cigarrillo de las manos y lo tira al fregadero. Pero no. Eso no va a quedar así. Tomo otro cigarrillo y lo vuelvo a encender. Él repite la misma acción.

—Pero bueno, ¿quieres acabar con todo mi suministro de tabaco? —protesta Marta mientras recoge el paquete.

—Tío, Jud ha hecho algo malo —insiste el pequeño.

Su voz de niño de las tinieblas me encoge el corazón, y al ver que ni Marta ni Eric le dicen nada, lo miro, enfadada.

—Y tú, ¿cómo eres tan chismoso?

—Fumar es malo —dice.

—Mira, Flyn. Eres un niño y deberías cerrar esa boquita, y...

Eric me corta.

—No la tomes con el niño, Jud. Él sólo ha hecho lo que tenía que hacer.

—¿Chismear es lo que tenía que hacer?

—Sí —responde con seguridad. Y luego, mirando a su hermana, añade—: Me parece fatal que fumes e incites a Jud a fumar. Ella no fuma.

¡Ah, no!, eso sí que no. Yo fumo cuando se me da la gana, e incapaz de no decir nada, atraigo su mirada y musito muy molesta:

—Estás muy equivocado, Eric. Tú no sabes si fumo o no.

—Pues nunca te he visto fumar en todo este tiempo —asegura, malhumorado.

—Si no me has visto fumar es porque no soy una fumadora empedernida —lo recrimino—. Pero te aseguro que en ciertos momentos me gusta fumarme algún que otro cigarrito. Ni éste es el primero de mi vida ni por supuesto será el último, te pongas como te pongas.

Me mira. Lo miro. Me reta. Lo reto.

—Tío, tú dijiste que no se puede fumar, y ella y Marta lo estaban haciendo —insiste el pequeño monstruito.

—¡Que te calles, Flyn! —protesto ante la pasividad de Marta.

Con la mirada muy seria, mi chico, no latino, indica:

—Jud, no fumarás. No te lo voy a permitir.

¡Buenooooo, lo que acaba de decir!

El corazón me bombea la sangre a un ritmo que me hace presuponer que esto no va a terminar bien.

—Venga ya, hombre, no me jorobes. Ni que fueras mi padre y yo tuviera diez años.

—Jud..., ¡no me enfades!

Ese «¡no me enfades!» me hace sonreír.

En este instante mi sonrisa advierte como un gran cartel luminoso la palabra ¡CUIDADO!, y en tono de burla, la miro y respondo ante la cara de incredulidad de Marta:

—Eric..., tú ya me has enfadado.

En este instante, aparece la madre de Eric y, al vernos a los tres ahí, pregunta:

—¿Qué ocurre? —De pronto, ve el paquete de cigarrillos en las manos de su hija y exclama—: ¡Oh, qué bien! Dame un cigarrito, cariño. Me muero por fumarme uno.

—¡Mamá! —protesta Eric.

Pero Sonia arruga el entrecejo y, mirando a su hijo, suelta:

—¡Ay, hijo!, un poquito de nicotina me relajará.

—¡Mamá! —protesta de nuevo Eric.

Una sonrisa escapa de mi boca cuando Sonia explica:

—La insoportable mujer de Vichenzo, hijo mío, me está sacando de mis casillas.

—Sonia, ¡no se fuma! —recrimina Flyn.

Marta y su madre se comunican con los ojos y, al final, la primera, no dispuesta a seguir en la cocina, agarra del brazo a su madre y dice, mientras tira de Flyn, que se resiste a marcharse con ellas:

—Vamos por algo de beber... Lo necesitamos.

Una vez que nos quedamos Eric y yo solos en la cocina, dispuesta a presentar batalla, aclaro:

—No vuelvas a hablarme así delante de la gente.

—Jud...

—No vuelvas a prohibirme nada.

—Jud...

—¡Ni Jud ni leches! —exploto, furiosa—. Me has hecho sentir como una niñita ante tu hermana y el pequeño chismoso. Pero ¿quién te crees que eres para hablarme así? ¿No te das cuenta de que entras en el juego de Flyn para que tú y yo nos enfademos? ¡Por el amor de Dios, Eric!, tu sobrino es un pequeño demonio y, como no lo pares, el día de mañana será un ser horripilante.

—No te pases, Jud.

—No me paso, Eric. Ese niño es un viejo prematuro para sólo tener nueve años. Yo..., yo es que al final le...

Acercándose a mí, toma con sus manos el óvalo de mi cara y me dice:

—Escucha, cariño, yo no quiero que fumes. Es sólo eso.

—Vale, Eric, eso lo puedo entender. Pero ¿qué tal si me lo dices cuando estemos tú y yo a solas en nuestra habitación? O es que es necesario dejar ver a Flyn que me regañas porque él así lo ha decidido. ¡Diablos, Eric!, con lo listo que resultas a veces, parece mentira que luego puedas ser tan tonto.

Me doy la vuelta y miro por la ventana. Estoy enfadada. Muy enfadada. Durante unos segundos maldigo a todo bicho viviente, hasta que siento que Eric se pone detrás de mí. Pasa sus brazos por mi cintura, me abraza y posa su barbilla en mi hombro.

—Lo siento.

—Siéntelo porque te has comportado como un ¡imbécil!

Esa palabra hace reír a Eric.

—Me encanta ser *tu* imbécil.

Me asaltan ganas de reír, pero me contengo.

—Siento ser tan tonto y no haberme dado cuenta de lo que has dicho. Tienes razón, he actuado mal y me he dejado llevar por lo que Flyn buscaba. ¿Me perdonas?

Lo que dice y en especial cómo me abraza me relajan. Me pueden. Vale..., soy una blanda, pero es que lo quiero tanto que sentir que necesita que lo perdone puede con mi enfado y con todo lo demás.

—Claro que te perdono. Pero repito: no vuelvas a prohibirme nada, y menos delante de nadie, ¿entendido?

Noto cómo mueve su cara en mi cuello, y entonces soy yo la que se da la vuelta y lo besa. Lo beso con ardor, pasión y morbo. Me levanta entre sus brazos y me aprisiona contra la ventana, mientras sus manos buscan el final de mi vestido para investigar. Quiero que siga. Quiero que continúe, pero cuando voy a desintegrarme de placer me separo de él unos milímetros y murmuro cerca de su boca:

—Cariño, estamos en la cocina de tu madre y tras la puerta hay invitados. Creo que no es sitio ni lugar para continuar con lo que estamos pensando.

Eric sonríe. Me deja en el suelo. Yo me recoloco la falda de mi bonito vestido de noche y, mientras nos dirigimos hacia el salón tomados de la mano, cuchichea, haciéndome sonreír:

—Para mí cualquier lugar es bueno si estoy contigo.

Regresamos de madrugada a casa. Truena y diluvia, y a pesar de las incesantes ganas que tengo de hacer el amor con Eric, me retengo. Sé que el niño, el viejo prematuro, dormirá con nosotros, y ante eso, nada puedo hacer.

19

A las nueve, me despierto. Bueno, me despierta el despertador. Lo pongo porque yo soy de dormir hasta las doce si nadie me avisa. Como siempre, estoy sola en la cama, pero sonrío al saber que es la mañana de Reyes.

¡Qué bonita mañana!

Ataviada con el pijama y la bata, saco mis regalos, que están guardados en el armario, y bajo la escalera dispuesta a repartirlos.

¡Vivan los Reyes Magos!

Paso por la cocina e invito a Simona y Norbert a unirse a nosotros. Tengo regalos para ellos también. Cuando entro en el comedor, Eric y Flyn juegan con el Wii. El crío, en cuanto me ve, tuerce el gesto, y yo, dichosa como una niña, paro la música desde el mando de Eric, los miro y anuncio feliz:

—Los Reyes Magos me han dejado regalos para ustedes.

Eric sonríe y Flyn dice:

—Espera a que terminemos la partida.

¡La madre que parió al niño!

Su falta de ilusión me deja K.O. Vamos ¡igualito que mi sobrina Luz, que con seguridad estará gritando y saltando de felicidad al ver los regalos bajo el árbol! Pero dispuesta a no hacerle ni puñetero caso, levanto a Eric del sillón cuando Norbert y Simona entran.

—Venga, vamos a sentarnos junto al árbol. Tengo que darles sus regalos.

Flyn vuelve a protestar, pero esta vez Eric lo regaña. El crío se calla, se levanta y se sienta con nosotros junto al árbol. Entonces, Eric se saca cuatro sobres del bolsillo de su pantalón y nos da uno a cada uno.

—¡Feliz Navidad!

Simona y Norbert se lo agradecen y, sin abrirlos, los guardan en sus bolsillos. Yo no sé qué hacer con el sobre mientras observo que Flyn lo abre.

—¡Dos mil euros! ¡Gracias, tío!

Incrédula, alucinada, patitiesa y boquiabierta, miro a Eric y le pregunto:

—¿Le estás dando un cheque de dos mil euros a un niño el día de Reyes?

Eric asiente.

—No hace falta que haga la tontería de los regalos —opina el niño—. Ya sé quiénes son los Reyes Magos.

Esa explicación no me convence y, mirando a mi Iceman, protesto.

—¡Por el amor de Dios, Eric! ¿Cómo puedes hacer eso?

—Soy práctico, cielo.

En este instante, Simona le entrega a Flyn una pequeña caja. El niño la abre y grita con entusiasmo al encontrarse un nuevo juego de Wii. Encantada con su felicidad, aunque sea por otro jueguecito que lo mantendrá enganchado a la televisión, le doy a Simona y Norbert mis regalos. Son una chaqueta de lana para ella y un juego de guantes y bufanda para él. Ambos los miran con gozo y no paran de agradecérmelo mientras se disculpan por no tener ningún regalo para mí. ¡Pobres, qué mal rato están pasando!

Continúo sacando paquetes de mi enorme bolsa. Le entrego a Eric uno, y varios a Flyn. Eric rápidamente abre el suyo y sonríe al ver la bufanda azulona que le he comprado y la camisa de Armani. ¡Le encanta! Flyn nos observa con sus paquetes en la mano. Dispuesta a firmar la pipa de la paz con el niño, lo miro con cariño.

—Vamos, cielo —lo animo—. Ábrelos. ¡Espero que te gusten!

Durante unos instantes, el niño contempla los paquetes y la caja que he dejado ante él. Se centra en la enorme caja envuelta en papel rojo. Me mira a mí y a la caja alternativamente, pero no la toca.

—Te prometo que no muerde —suelto al final en tono cómico.

Receloso como siempre, Flyn coge la caja. Simona y Norbert lo alientan a que la abra. Durante unos segundos la requetemira como si no supiera qué hacer con ella.

—Rompe el papel. Vamos, tira de él —le digo.

Inmediatamente hace lo que le pido y comienza a desenvolver el regalo ante la sonrisa de Eric y la mía. Una vez que le quita el bonito papel, la caja está cerrada.

—Vamos, ¡ábrela!

Cuando el crío abre la caja y ve lo que hay en ella, de su boca sale un «¡Oh!».

Sí, sí, sí... ¡Le ha gustado!

Lo sé. Se le nota.

Yo sonrío triunfal y miro a Eric. Pero su gesto ha cambiado. Ya no sonríe. Simona y Norbert tampoco. Todos miran el *skateboard* verde con gesto serio.

—¿Qué ocurre? —pregunto.

Eric le quita al niño el *skate* de las manos y lo mete en la caja.

—Jud, devuelve esto.

Al momento recuerdo lo que Marta me dijo. ¡Problemas! Pero me niego a querer entender nada y replico:

—¿Que lo devuelva? ¿Por qué?

Ninguno contesta. Saco de nuevo el *skate* verde de la caja y se lo enseño a Flyn.

—¿No te gusta?

El crío, por primera vez desde que lo conozco, me mira expectante. Ese regalo lo ha impresionado. Sé que el *skate* le ha gustado. Me lo dicen sus ojos, pero soy consciente de que no quiere decir nada ante el gesto duro de Eric. Dispuesta a batallar, dejo el *skate* a un lado e insto a que el niño abra los otros regalos. Tras abrirlos, tiene ante él un casco, unas rodilleras y las coderas. Después, cojo de nuevo el *skate* y me dirijo a mi Iceman:

—¿Qué le ocurre al *skate*?

Eric, sin mirar lo que tengo en las manos, dice:

—Es peligroso. Flyn no sabe utilizarlo y, más que pasarlo bien con él, lo que se hará será daño.

Norbert y Simona asienten con la cabeza, pero yo, incapaz de dar mi brazo a torcer, insisto:

—He comprado todos los accesorios para que el daño sea mínimo mientras aprende. No te agobies, Eric. Ya verás cómo en cuatro días lo domina.

—Jud —dice con voz muy tensa—, Flyn no montará en ese juguete.

Incrédula, respondo:

—Venga ya, pero si es un juguete para pasarlo bien. Yo le puedo enseñar.

—No.

—Enseñé a Luz a utilizarlo y tendrías que ver cómo lo monta.

—He dicho que no.

—Escucha, cielo —sigo a pesar de sus negativas—, no es difícil aprender. Es sólo agarrarle el truco y mantener el equilibrio. Flyn es un niño listo, y estoy segura de que aprenderá rápidamente.

Eric se levanta, me quita el *skateboard* de las manos y puntualiza alto y claro:

—Quiero esto lejos de Flyn, ¿entendido?

¡Dios, cuando se pone así, lo mataría! Me levanto, le quito el *skate* de las manos y gruño:

—Es mi regalo para Flyn. ¿No crees que debería ser él quien dijera si lo quiere o no?

El niño no habla. Sólo nos observa. Pero finalmente dice:

—No lo quiero. Es peligroso.

Simona, con la mirada, me pide que me calle. Que lo deje estar. Pero no, ¡me niego!

—Escucha, Flyn...

—Jud —interviene Eric, quitándome de nuevo el *skate*—, te acaba de decir que no lo quiere. ¿Qué más necesitas escuchar?

Malhumorada, le vuelvo a arrancar el puñetero *skateboard* de las manos.

—Lo que he oído es lo que ¡tú! querías que dijera. Déjalo a él que responda.

—No lo quiero —insiste el crío.

Con el *skate* en las manos me acerco a él y me agacho.

—Flyn, si tu quieres, yo te puedo enseñar. Te prometo que no te vas a hacer daño, porque yo no lo voy a permitir y...

—¡Se acabó! ¡He dicho que no y es que no! —grita Eric—. Simona, Norbert, llévense a Flyn del salón; tengo que hablar con Judith.

Cuando los otros salen del salón y nos quedamos solos, Eric sisea:

—Escucha, Jud, si no quieres que discutamos delante del niño o del servicio, ¡cállate! He dicho que no al *skate*. ¿Por qué insistes?

—Porque es un niño, ¡diablos! ¿No has visto sus ojos cuando lo ha sacado de la caja? Le ha gustado. Pero ¿no te has dado cuenta?

—No.

Deseosa de llamarle de todo menos bonito, protesto.

—No puede estar todo el día enganchado al Wii, al Play o a la... Pero ¿qué clase de niño estás criando? No te das cuenta de que el día de mañana va a ser un niño retraído y miedoso.

—Prefiero que sea así a que le pueda pasar algo.

—Desde luego, algo le pasará con la educación que le estás dando. ¿No has pensado que llegará un momento en el que él quiera salir con los amigos o con una chica, y no sabrá hacer nada, con excepción de jugar con el Wii y obedecer a su tío? ¡Vaya dos!, desde luego sois tal para cual.

Eric me mira, me mira y me mira, y al final responde:

—Que vivas conmigo y el niño en esta casa es lo más bonito que me ha ocurrido en muchos años, pero no voy a poner en peligro a Flyn porque tú creas que él deba ser diferente. He aceptado que metieras en casa este horrible árbol rojo, he obligado al niño a que escriba tus absurdos deseos para decorarlo, pero no voy a claudicar en cuanto a lo que a la educación de Flyn concierne. Tú eres mi novia, me has propuesto acompañar a mi sobrino cuando yo no esté, pero Flyn es mi responsabilidad, no la tuya; no lo olvides.

Sus duras palabras en una mañana tan bonita como es la de Reyes me retuercen el corazón. ¡Será capullo! Su casa. Su sobrino. Pero no dispuesta a llorar como una imbécil, saco mi mal genio y siseo mientras recojo con premura todos los regalos del niño y los meto en la bolsa original:

—Muy bien. Le haré un cheque a *tu* sobrino. Seguro que eso le gusta más.

Sé que mis palabras y en especial mi tono de voz molestan a Eric, pero estoy dispuesta a molestarlo mucho, mucho y mucho.

—Dijiste que la habitación vacía de esta planta era para mí, ¿verdad?

Eric asiente, y yo me encamino hacia ella. Abro la puerta del salón y me encuentro con Simona, Norbert y Flyn. Miro al pequeño y digo con sus regalos en la mano:

—Ya puedes entrar. Lo que *tu* tío y yo teníamos que hablar ya está hablado.

Con premura me encamino hacia esa habitación, abro la puerta y dejo caer en el suelo el *skate* y todos sus accesorios. Con el mismo brío, regreso al salón. Simona y Norbert han desaparecido y sólo están Eric y Flyn, que me miran al entrar. Con el gesto desencajado le digo al pequeño, que me observa:

—Luego, te doy un cheque. Eso sí, no esperes que sea tan abultado como el de tu tío, pues punto uno: no estoy de acuerdo con darte tanto dinero y punto dos: ¡yo no soy rica!

El crío no responde. El mal rollo está instalado en el comedor y no estoy dispuesta a ser yo quien lo cambie. Por ello, saco el sobre que Eric me ha entregado, lo abro y, al ver un cheque en blanco, se lo devuelvo.

—Gracias, pero no. No necesito tu dinero. Es más, ya me di por regalada con todas las cosas que me compraste el otro día.

No responde. Me mira. Ambos me miran, y como un huracán asolador, señalo el árbol, dispuesta a rematar el momentito «Navidad».

—Vamos, chicos, continuemos con esta bonita mañana. ¿Qué

tal si leemos los deseos de nuestro árbol? Quizá alguno se ha cumplido.

Sé que los estoy llevando al límite. Sé que lo estoy haciendo mal, pero no me importa. Ellos, en pocos días, me han sacado de mis casillas. De pronto, el niño grita:

—¡No quiero leer los tontos deseos!

—¿Y por qué?

—Porque no —insiste.

Eric me mira. Comprende que estoy muy enojada y le desconcierta no saber cómo pararme. Pero yo estoy embravecida, enloquecida de rabia por estar aquí con estos dos obtusos y tan lejos de mi familia.

—Venga, ¿quién es el primero en leer un deseo del árbol?

Ninguno habla, y al final, cómicamente tomo yo un deseo.

—Muy bien..., ¡yo seré la primera y leeré uno de Flyn!

Le quito la cinta verde y, cuando lo estoy desenrollando, el pequeño se lanza contra mí y me lo quita de las manos. Le miro sorprendida.

—¡Odio esta Navidad, odio este árbol y odio tus deseos!—exclama—. Has enfadado a mi tío y por tu culpa el día de hoy está siendo horrible.

Miro a Eric en busca de ayuda, pero nada, no se mueve.

Deseo gritar, montar la tercera guerra mundial en el salón, pero al final hago lo único que puedo hacer. Agarro el puñetero árbol de Navidad rojo y a rastras lo saco del salón para meterlo en la habitación donde he dejado anteriormente el *skateboard*.

—Señorita Judith, ¿está usted bien? —pregunta Simona, descolocada.

¡Pobre mujer! ¡Vaya mal rato que está pasando!

—Relájese —añade antes de que yo le pueda responder, y me toma de las manos—. El señor, en ocasiones, es algo recto con las cosas del niño, pero lo hace por su bien. No se enfade usted, señorita.

Le doy un beso en la mejilla. ¡Pobre!, y mientras camino escaleras arriba murmuro:

—Tranquila, Simona. No pasa nada. Pero voy a refrescarme, o esto va a terminar peor que «Locura esmeralda».

Ambas sonreímos. Cuando llego a la habitación y cierro la puerta, me pica el cuello. ¡Dios, los ronchones! Me miro en el espejo y tengo el cuello plagado de ellos. ¡Malditos!

Dispuesta a salir de esta casa como sea, me quito la pijama. Me visto y, abrigada, regreso al salón, donde esos dos ya están jugando con al Wii ¡Qué majos! A grandes zancadas me acerco hasta ellos. Tiro del cable del Wii y la desconecto. La música se para; ambos me miran.

—Me voy a dar una vuelta. ¡La necesito! —Y cuando Eric va a decir algo, lo señalo y siseo—: Ni se te ocurra prohibírmelo. Por tu bien, ¡ni se te ocurra!

Salgo de la casa. Nadie me sigue.

La pobre Simona intenta convencerme de que me quede, pero sonriéndole le indico que estoy bien, que no se preocupe. Cuando llego a la verja y salgo por la pequeña puerta lateral, *Susto* viene a saludarme. Durante un rato camino por la urbanización con el perro a mi lado. Le cuento mis problemas, mis frustraciones, y el pobre animal me mira con sus ojos saltones como si entendiera algo.

Tras un largo paseo, cuando vuelvo a estar de nuevo frente a la verja de la casa, no quiero entrar y llamo a Marta. Veinte minutos después, cuando casi no siento los pies, Marta me recoge con su coche y nos marchamos. Me despido de *Susto*. Necesito hablar con alguien que me conteste, o me volveré loca.

20

Con la tensión a tropecientos mil, me bebo una cerveza ante la cara seria de Marta. Por mis palabras y mi enfado, se hace una idea de lo que ha pasado.

—Tranquila, Jud. Ya verás como cuando regreses todo está más tranquilo.

—¡Oh, claro..., claro que estará más tranquilo! No pienso dirigirles la palabra a ninguno de los dos. Son tal para cual. Pitufo gruñón y pitufo cabezón. Si uno es cabezón, el otro lo es aún más. Pero por Dios, ¿cómo puede tu hermano darle un cheque de regalo de Navidad a un niño de nueve años? ¿Y cómo puede un niño de nueve años ser un viejo prematuro?

—Ellos son así —se burla Marta.

Entonces, le suena el celular. Habla con alguien y cuando cuelga dice:

—Era mamá. Me ha comentado que mi primo Jurgen la ha llamado y le ha dicho que hoy tiene una carrera de motocross no muy lejos de aquí, por si te lo quería decir a ti. ¿Quieres que vayamos?

—Por supuesto —asiento, interesada.

Tres cuartos de hora después, en medio de un descampado nevado, estamos rodeadas de motos de motocross. Yo tengo las revoluciones a mil. Deseo saltar, brincar y correr, pero Marta me frena. Animada, veo la carrera. Aplaudo como una loca, y cuando acaba, nos acercamos a saludar a Jurgen. El joven, al verme, me recibe encantado.

—He llamado a la tía Sonia porque no tenía tu teléfono. No quería llamar a casa de Eric. Sé que este deporte no le gusta.

Yo asiento. Lo entiendo, y le doy mi teléfono. Él me da el suyo. Después, miro la moto.

—¿Qué tal se conduce con las ruedas llenas de clavos?

Jurgen no lo piensa. Me entrega el casco.

—Compruébalo tú misma.

Marta se niega. Le preocupa que me pase algo, pero yo insisto. Me pongo el casco de Jurgen y arranco la moto.

¡Guau! Adrenalina a mil.

Feliz, salgo a la helada pista, me doy una vuelta con la moto y me sorprendo gratamente al notar el agarre de las ruedas con clavos a la nieve. Pero no me desfogo. No voy con las protecciones necesarias y sé que si me caigo me haré daño. Una vez que regreso al lado de Marta, ésta respira y, cuando le doy a Jurgen el casco, murmuro:

—Gracias. Ha sido una pasada.

Jurgen me presenta a varios corredores, y todos ellos me miran sorprendidos. Rápidamente todos dicen eso de «olé, toros y sangría» al saber que soy española. Pero bueno, ¿qué concepto tienen los guiris de los españoles?

Tras la carrera, nos despedimos, y Marta y yo nos vamos a tomar algo. Ella decide dónde ir. Cuando nos sentamos, todavía estoy emocionada por la vueltecita que me he dado con la moto. Sé que si Eric se entera, pondrá el grito en el cielo, pero me da igual. Yo lo he disfrutado. De pronto, soy consciente de cómo Marta mira con disimulo al camarero. Ese rubio ya ha venido varias veces a traernos las consumiciones y, por cierto, es muy amable.

—Vamos a ver, Marta, ¿qué hay entre el camarero buenorro ese y tú? —indago, riendo.

Sorprendida por la pregunta, responde:

—Nada. ¿Por qué dices eso?

Segura de que mi intuición no me engaña, me acomodo en la silla.

—Punto uno: el camarero sabe cómo te llamas, y tú sabes cómo se llama él. Punto dos: a mí me ha preguntado qué clase de cerveza quiero, y a ti te ha traído una sin preguntarte. Y punto tres, y de vital importancia: me he dado cuenta de cómo se miran y se sonríen.

Marta ríe. Vuelve a mirarlo y, acercándose a mí, murmura:

—Nos hemos visto un par de veces. Arthur es muy majo. Hemos tomado algo y...

—¡Guau! Aquí hay tema que te quemas —me río, y Marta suelta una carcajada.

Sin disimulo, miro al tal Arthur. Es un joven de mi edad, alto, con gafitas y guapete. Él, al ver que lo miro, me sonríe, pero su mirada de nuevo vuela hacia Marta mientras recoge unos vasos de la mesa de al lado.

—Le gustas mucho —canturreo.

—Me consta, pero no puede ser —contesta riendo Marta.

—¿Y por qué no puede ser? —pregunto, curiosa.

Marta toma primero un trago de su cerveza.

—Salta a la vista, ¿no? Es más joven que yo. Arthur sólo tiene veinticinco años. ¡Es un niño!

—Oye..., pues tiene la misma edad que yo. Por cierto, ¿cuántos años tienes tú?

—Veintinueve.

La carcajada que suelto provoca que varias personas nos miren.

—¿Y por cuatro años piensas eso? Venga ya, Marta, por favor: te consideraba más moderna para no preocuparte por la diferencia de la edad. ¿Desde cuándo el amor tiene edad? Y antes de que digas nada, quiero que sepas que si tu hermano fuera más pequeño que yo y a mí me gustara, no me pararía nada. Absolutamente nada. Porque, como dice mi padre, la vida... ¡es para vivirla!

Nos reímos las dos, y cuando va a responder, escuchamos a nuestras espaldas:

—Marta, qué bueno verte por aquí.

Ambas nos volvemos y nos encontramos a dos hombres y una mujer. Ellos, muy monos, por cierto. Marta sonríe, se levanta y los abraza. Segundos después, mirándome a mí, dice:

—Judith, te presento a Anita, Reinaldo y Klaus. Ellos trabajan conmigo en el hospital y Anita tiene una maravillosa y exclusiva tienda de moda.

Se sientan con nosotras y, olvidándome de mis problemas, me centro en conocer a esos muchachos, que rápidamente nos hacen reír. Reinaldo es cubano y sus expresiones tan latinas me encantan. Mi teléfono suena. Es Eric. Sin querer evitarlo, lo tomo, y todo lo seria que puedo contesto:

—Dime, Eric.

—¿Dónde estás?

Como no sé realmente dónde estoy, al observar a Marta reír con los muchachos, se me ocurre responder:

—Estoy con tu hermana y unos amigos tomando algo.

—¿Qué amigos? —pregunta Eric con impaciencia.

—Pues no lo sé, Eric... Unos. ¡Yo qué sé!

Oigo que resopla. Eso de no controlar dónde y en especial con quién estoy le enfada, pero me muestro dispuesta a que me deje disfrutar del momento.

—¿Qué quieres?

—Regresa a casa.

—No.

—Jud, no sé dónde estás ni con quién estás —insiste, y noto la tensión en su voz—. Estoy preocupado por ti. Por favor, dime dónde estás e iré a buscarte, pequeña.

Silencio..., silencio sepulcral, y antes de que él vuelva a decir algo que me ablande, añado:

—Voy a colgar. Quiero disfrutar del bonito día de Reyes y creo que con esta gente lo voy a hacer. Por cierto, espero que tú también lo disfrutes en compañía de *tu* sobrino. Son tal para cual. Adiós.

Dicho esto, cuelgo.

¡Madre mía, lo que acabo de hacer!

¡He colgado a Iceman!

Esto lo habrá enfadado muchísimo. El teléfono vuelve a sonar. Eric. Corto la llamada, y cuando insiste, directamente lo apago. Me da igual que se enoje. Por mí como si se da de cabezazos contra la pared. Me integro en la conversación e intento olvidarme de mi alemán.

Los amigos de Marta son divertidísimos, y al salir del local vamos a comer algo a un restaurante. Como siempre, todo buenísimo. O como siempre, mi hambre es atroz. Tras salir del restaurante, Reinaldo propone ir a un establecimiento cubano, y de cabeza vamos.

Cuando entramos en Guantanamera, Reinaldo nos presenta a muchos paisanos que como él viven en Múnich. ¡Madre mía, qué cantidad de cubanos viven aquí! Media hora después, ya soy cubana y digo eso de «ya tú sabes mi *amol*».

Marta y yo nos ponemos hasta arriba de mojitos. Menuda es Marta. Es todo lo opuesto a su hermano tratándose de diversión. Es más española que la tortilla de papa, y eso me lo demuestra por la marcha que tiene. La tía es de las mías, y juntas hacemos buena camarilla. Anita tampoco se queda atrás. Cuando suena la canción *Quimbara* de la maravillosa Celia Cruz, Reinaldo me invita a bailar, y yo acepto.

Quimbara quimbara quma quimbambá.
Quimbara quimbara quma quimbambá
Ay, si quieres gozar, quieres bailar. ¡Azúcar!
Quimbara quimbara quma quimbambá.
Quimbara quimbara quma quimbambá.

¡Madre míaaaaaaa, qué marcha!

Reinaldo baila maravillosamente bien, y yo me dejo llevar. Muevo caderas. Subo brazos. Pasito para adelante. Pasito para atrás. Doy vueltas. Muevo hombros y ¡azúcarrrrrrrrrrrr!

Las horas pasan y yo cada vez estoy de mejor humor. ¡Viva Cuba!

Sobre las once de la noche, Marta, algo desconchada por la marcha que llevamos, me mira y dice entregándome su teléfono:

—Es Eric. Tengo mil llamadas perdidas suyas y quiere hablar contigo.

Resoplo y, ante la mirada de la joven, lo tomo.

—Dime, pesadito, ¿qué quieres?

—¿Pesadito? ¿Me acabas de llamar pesadito?

—Sí, pero si quieres te puedo llamar otra cosa —respondo mientras suelto una risotada.

—¿Por qué has apagado el teléfono?

—Para que no me molestes. En ocasiones, eres peor que Carlos Alfonso Halcones de San Juan cuando tortura a la pobre Esmeralda Mendoza.

—¿Has bebido? —pregunta sin entender bien de lo que hablo.

Consciente de que en este momento llevo más mojitos que sangre en mi cuerpo, exclamo:

—¡Ya tú sabes mi *amol*!

—Jud, ¿estás borracha?

—¡Noooooooooooooo! —me río. Deseando seguir con la juerga, pregunto—: Venga Iceman, ¿qué quieres?

—Jud, quiero que me digas dónde estás para ir a recogerte.

—Ni lo pienses, que me cortas el rollo —respondo, divertida.

—¡Por el amor de Dios! Te has ido esta mañana y son las once de la noche, y...

—Corto y cambio, guaperas.

Le paso el teléfono a Marta, que tras escuchar algo que su hermano le dice, lo cierra. Apartándome del grupo, cuchichea:

—Que sepas que mi hermano me ha dado dos opciones. La primera: que te lleve de regreso a casa. La segunda: cabrearle más y, cuando regresemos, el mundo temblará.

Escuchar eso me hace reír, y respondo dispuesta a pasarlo bien:

—¡Qué tiemble el mundo, mi *amol*!

Marta suelta una risotada y, sin más, las dos salimos a bailar la *Bemba Colorá* mientras gritamos: «¡Azúcar!».

De madrugada regresamos, más ebrias que sobrias. Cuando para en la verja negra susurro:

—¿Quieres pasar? Seguro que el pitufo gruñón tiene algo que decir.

—Ni lo pienses —responde riendo Marta—. Ahora mismo voy

a hacer las maletas y a huir del país. Cuando me pille Eric, me va a despellejar.

—¡Que no me entere yo que me lo cargo! —exclamo riendo, y me bajo del coche.

Pero antes de que pueda decir nada más, se abre la verja negra y aparece Eric con la cara totalmente descompuesta. A grandes zancadas, se dirige hacia el coche y, asomándome para mirar a su hermana, sisea:

—Ya hablaré contigo..., hermanita.

Marta asiente y, sin más, arranca y se va. Nos quedamos solos, uno frente al otro en medio de la calle. Eric me agarra del brazo, apremiándome.

—Vamos..., regresemos a la casa.

De pronto, un gruñido desgarra el silencio de la calle, y antes de que ocurra algo que podamos lamentar, me suelto de Eric y, mirando al emisor de aquel gruñido, murmuro con calma:

—Tranquilo, *Susto*, no pasa nada.

El animal se acerca a mí y me rodea cuando Eric pregunta:

—¿Conoces a ese animal?

—Sí. Es *Susto*.

—*¿Susto?* ¿Le has llamado *Susto*?

—Pues sí. ¿A que es muy monooooooo?

Sin dar crédito a lo que ve, Eric arruga la cara.

—Pero ¿qué lleva en el cuello?

—Está resfriado y le he hecho una bufanda para él —aclaro, encantada.

El perro posa su huesuda cabeza en mi pierna y lo toco.

—No lo toques. ¡Te morderá! —grita Eric, enfadado.

Eso me hace reír. Estoy segura de que Eric lo mordería antes a él.

—No toques a ese sucio animal, Jud, ¡por el amor de Dios! —insiste.

Un ruidito sale de la garganta del animal y, divertida, me agacho.

—Ni caso de lo que éste diga, ¿vale, *Susto*? Y venga, ve a dormir. No pasa nada.

El perro, tras echar una última ojeada a un descolocado Eric, se aleja y veo que se mete en la destartalada casa. Eric, sin decir nada más, comienza a andar y yo le pregunto:

—¿Puedo llevar a *Susto* a casa?

—No, ni lo pienses.

¡Lo sabía! Pero insisto:

—Pobrecito, Eric. ¿No ves el frío que hace?

—Ese animal no entrará en mi casa.

¡Ya estamos con *su* casa!

—Anda, mi *amol. ¡Porfapleaseeee!*

No contesta, y al final, decido seguirlo. Ya insistiré en otro momento. Mientras camino tras él, poso mi mirada en su trasero y en sus fuertes piernas.

¡Guau! Ese culo apretado y esas fuertes piernas me hacen sonreír y, sin que pueda remediarlo, ¡zas!, le doy un azote.

Eric se para, me mira con una mala leche que para qué, no dice nada y continúa andando. Yo sonrío. No me da miedo. No me asusta y estoy juguetona. Me agacho, agarro nieve con las manos y se la tiro al centro de su bonito trasero. Eric se para. Maldice en alemán y sigue andando.

¡Aisss, qué poco sentido del humor!

Vuelvo a agarrar más nieve, y esta vez se la tiro directamente a la cabeza. El proyectil le impacta en toda la coronilla. Suelto una carcajada. Eric se da la vuelta. Clava sus fríos ojos en mí y sisea:

—Jud..., me estás enfadando como no te puedes ni imaginar.

¡Dios...! ¡Dios, qué sexy! ¡Cómo me pone!

Continúa su camino y yo lo sigo. No puedo apartar mis ojos de él a pesar del frío que tengo, y sonrío al imaginar todo lo que le haría en ese instante. Cuando entramos en la casa, él se marcha a su despacho sin hablarme. Está muy enfadado. Un calorcito maravilloso toma todo mi cuerpo. Ahora soy consciente del frío que hace en el exterior. Pobre *Susto*. Cuando me despojo del abrigo, decido seguirlo al despacho. Lo deseo. Pero antes de entrar me quito las empapadas botas y los jeans. Me estiro la camiseta, que me llega hasta la mitad de los muslos, y abro la puerta. Cuando entro, Eric está sentado a su mesa ante el ordenador. No me mira.

Camino hacia él, y cuando llego a su altura, sin importarme su gesto incómodo, me siento a horcajadas sobre él. En este momento, es consciente de que no llevo pantalones. Sus ojos me dicen que no quiere ese contacto, pero yo sí quiero. Exigente, lo beso en los labios. Él no se mueve. No me devuelve el beso. Me castiga. Mi frío Iceman es un témpano de hielo, pero yo con mi furia española he decidido descongelarlo. Vuelvo a besarlo, y cuando siento que él no colabora, murmuro cerca de su boca:

—Te voy a coger y lo voy a hacer porque eres mío.

Sorprendido, me mira. Pestañea y vuelvo a besarlo. Esta vez su lengua está más receptiva, pero sigue sin querer colaborar. Le muerdo el labio de abajo, tiro de él y, mirándolo a los ojos, se lo suelto. Después, enredo mis dedos en su cabello y me contoneo sobre sus piernas.

—Te deseo, cariño, y vas a cumplir mis fantasías.

—Jud..., has bebido.

Me río y asiento.

—¡Oh, sí!, me he tomado unos mojitos, mi *amol,* que estaban de *muelte*. Pero escucha, sé muy bien lo que hago, por qué lo hago y a quién se lo hago, ¿entendido?

No habla. Sólo me mira. Me levanto de sus piernas. Estoy por hacer lo que hacen en las películas, tirar todo lo que hay sobre la mesa al suelo, pero lo pienso y no. Creo que eso le va a enfadar más. Al final, echo a un lado la laptop y me siento en la mesa. Eric me observa. Le ha comido la lengua el gato, y yo, dispuesta a conseguir mi propósito, tomo una de sus manos y la paso por encima de mis braguitas. Mi humedad es latente y siento que traga con dificultad.

—Quiero que me devores. Anhelo que metas tu lengua dentro de mí y me hagas chillar porque mi placer es tu placer, y ambos los dueños de nuestros cuerpos.

Cuando termino de decir eso ya respira de forma algo entrecortada. ¡Hombres! Lo estoy excitando, pero decidida a volverlo loco continúo mientras me quito la camiseta.

—Tócame. Vamos, Iceman, lo deseas tanto como yo. ¡Hazlo! —exijo.

Mi Iceman se descongela por segundos. ¡Bien! Acerca su boca a mi pecho derecho y, en décimas de segundo, me devora el pezón.

¡Oh, sí! Colosal.

¡Me gusta!

Sus ojos fríos ahora son salvajes y retadores. Sigue enfadado, pero el deseo que siente por mí es igual al que yo siento por él. Cuando abandona mi pezón, se reclina en su asiento. El morbo se instala en su cuerpo.

—Levántate de la mesa y date la vuelta —murmura.

Hago lo que me pide. Poso mis pies en el suelo y, vestida sólo con mi tanga, me vuelvo. Él retira la silla hacia atrás, se levanta y acerca su erección a mi trasero, mientras sus manos vuelan a mi cintura y me aprieta contra él. Yo jadeo. Me da un azote. Pica. Después me da otro, y cuando voy a protestar, acerca su boca a mi oreja y dice:

—Has sido una chica muy mala y como mínimo te mereces unos azotes.

Eso me hace sonreír. Vale..., si quiere jugar, ¡jugaremos!

Me doy la vuelta y, sin dejar de mirarle a los ojos, meto mi mano en el interior de sus pantalones, le agarro los testículos y, mientras se los toco, le pregunto:

—¿Quieres que te demuestre lo que le hago yo a los chicos malos? Tú también has sido malo esta mañana, cielo. Muy..., muy malo.

Eso lo paraliza. Que yo tenga en mis manos sus testículos no le hace mucha gracia. Estoy segura de que piensa que le puedo hacer daño.

—Jud...

De un tirón, le bajo el pantalón seguido de los calzoncillos, y su enorme erección queda esplendorosa ante mí. ¡Guau, madre mía! Lo empujo y cae sobre la silla. Vuelvo a sentarme a horcajadas sobre él y le pido:

—Arráncame el tanga.

Dicho y hecho. Eric tira de él, rompiéndolo, y mi húmeda vagina descansa sobre su dura erección. No le doy tiempo a que piense; me alzo y lo meto dentro de mí. Estoy tan mojada..., tan excitada..., que su erección entra totalmente, y cuando me encuentro encajada en él, exijo:

—Mírame.

Lo hace. ¡Dios, es todo tan morboso!

—Así..., así quiero tenerte. Así siempre estamos de acuerdo.

Mis caderas se contraen y mi vagina lo succiona mientras siento que se quita los pantalones y éstos quedan tendidos de cualquier manera en el suelo. Eric jadea ante una nueva acometida mía y lo beso. Esta vez su boca me devora y me exige que continúe haciéndolo. Yo paro mis movimientos. No nos movemos. Sólo estamos encajados el uno en el otro y disfrutamos del morbo que nos ocasiona la situación. La excitación es máxima. Es plena, y entonces mi alemán se levanta conmigo encajada en él, me lleva hasta la escalera de la librería y me empotra contra ella.

—Agárrate a mi cuello.

Sin demora, le hago caso. Él se agarra a una de las tablas de la escalera que hay por encima de mi cabeza y se hunde totalmente en mí, y yo grito.

Una..., dos..., tres... Tensión.

Cuatro..., cinco..., seis... Jadeos.

Mi Iceman me hace suya mientras yo le hago mío. Ambos disfrutamos. Ambos jadeamos. Ambos nos poseemos.

Una y otra vez, me empala, y yo lo recibo, hasta que mi grito de placer le hace saber que el clímax me ha llegado, y él se deja ir mientras se hunde en una última y poderosa ocasión en mí.

Durante unos segundos, los dos permanecemos en esta posición, contra la escalera y apretados el uno contra el otro, hasta que se suelta de la barandilla, me toma de la cintura y regresamos a la silla. Cuando se sienta, aún dentro de mí, me besa.

—Sigo enfadado contigo —asegura.

Eso me hace sonreír.

—¡Bien!

—¿Bien? —pregunta, sorprendido.

Lo beso. Lo miro. Le guiño un ojo.

—¡Mmm! Tu enfado hace que tenga una interesante noche por delante.

21

Tres días después llega una furgoneta del aeropuerto con las cosas de mi pequeña mudanza de Madrid.

Sólo veinte cajas, pero ¡estoy pletórica! El resto sigue en mi casa. ¡Nunca se sabe!

Tener mis cosas es importante, y durante días me dedico a colocarlas por toda la casa. Eric y yo estamos bien. Tras la esplendorosa noche de sexo que tuvimos el día de la discusión, no podemos parar de besarnos. Lo sorprendí. Lo tenté y lo volví loco. Es vernos y desear tocarnos. Es estar solos y desnudarnos con mayor pasión.

A estas alturas, puedo asegurar que estoy enganchada a «Locura esmeralda». ¡Vaya con el programa! En cuanto comienza, Simona me avisa, y las dos nos sentamos juntitas en la cocina para ver sufrir a Esmeralda Mendoza. ¡Pobre chica!

Una mañana suena el teléfono. Simona me lo pasa. Es mi padre.

—¡Papá! —grito, encantada.

—¡Hola, morenita! ¿Cómo estás?

—Bien, pero echándote mucho de menos.

Hablamos durante un rato y le cuento el problema que tengo con Flyn.

—Paciencia, cariño —me indica—. Ese niño necesita paciencia y calorcito humano. Obsérvalo e intenta sorprenderlo. Seguro que si lo sorprendes, ese niño te adorará.

—La única manera de sorprenderlo es marchándome de esta casa. Créeme, papá, ese niño es...

—Un niño, hija. Con nueve años es un niño.

Resoplo y suspiro.

—Papá, Flyn es un viejo prematuro. Nada que ver con nuestra

Luz. Protesta por todo, ¡me odia! Para él soy un grano en el culo. Tendrías que ver cómo me mira.

—Morenita..., ese crío, para lo pequeño que es, ha sufrido mucho. Paciencia. Ha perdido a su madre, y aunque su tío se ocupa de él, estoy segura de que se encuentra perdido.

—Eso no te lo niego. Intento acercarme a él, pero no me deja. Únicamente lo veo feliz cuando está enganchado al Wii o al Play, solo o con su tío.

Mi padre ríe.

—Es porque todavía no te conoce. Estoy seguro de que en cuanto conozca a mi morenita no podrá vivir sin ti.

Al colgar lo hago con una tremenda sonrisa en los labios. Mi padre es el mejor. Nadie como él para subir mi autoestima y darme fuerzas para todo.

Es domingo, y Eric propone que lo acompañe al campo de tiro. Flyn y yo vamos con él. Me presenta a todos sus amigos y, como siempre, cuando se enteran de que soy española, me toca oír las palabras «olé», «toro» y «paella», cómo no. ¡Qué pesaditos!

Observo que Eric es un tirador certero y me sorprende. Con su problema en la vista nunca habría pensado que pudiera practicar un deporte así. No me gustan las armas. Nunca me han agradado, y cuando Eric me propone tirar, me niego.

—Eric, ya te he dicho que no me gusta.

Sonríe. Me mira y murmura, dándome un beso en los labios:

—Pruébalo. Quizá te sorprenda.

—No. He dicho que no. Si a ti te gusta, ¡adelante! No seré yo quien te quite este placer. Pero no pienso hacerlo yo, ¡me niego! Es más, ni siquiera me parece aceptable que Flyn las vea con tanta naturalidad. Las armas son peligrosas, aunque sean olímpicas.

—En casa, están bajo llave. Él no las toca. Lo tiene prohibido —se defiende.

—Es lo mínimo que puedes hacer. Tenerlas bajo llave.

Mi alemán sonríe y desiste. Ya me va conociendo, y si digo no, es no.

Pasan unos cuantos días más y decido dar alegría a la casa. Me llevo de compras a Simona. La mujer me acompaña encantada y se ríe cuando ve las cortinas color pistacho que he comprado para el salón junto a los visillos blancos. Según ella, al señor no le gustarán, pero según yo, le tienen que gustar. Sí o sí. Trato infructuosamente de que Norbert y Simona me llamen Judith, pero es imposible. El «señorita» parece mi primer nombre, y al final dejo de intentarlo.

Durante días compramos todo lo que se me antoja. Eric está feliz por verme tan motivada y da carta blanca a todo lo que yo quiera hacer en la casa. Sólo quiere que yo sea dichosa y se lo agradezco.

Tras meditarlo conmigo misma, sin decir nada, meto a *Susto* en el garage. Hace mucho frío y su tos perruna me preocupa. El garage es enorme, y el pobre animal no pasará tanto frío. Le cambio la bufanda por otra que he confeccionado en azul y está para comérselo. Simona, al verlo, protesta. Se lleva las manos a la cabeza. «El señor se enfadará. Nunca ha querido animales en casa.» Pero yo le digo que no se preocupe. Yo me ocupo del señor. Sé que la voy a liar como se entere, pero ya no hay marcha atrás.

Susto es buenísimo. El animal no ladra. No hace nada, excepto dormitar sobre la limpia y seca manta que le he puesto en un discreto lugar del garage. Incluso cuando Eric llega con el coche, cotilleo y sonrío al ver que *Susto* es muy listo y que sabe que no se debe mover. Con la ayuda de Simona, lo sacamos fuera de la parcela para que haga sus necesidades, y pocos días después, Simona adora al perro tanto o más que yo.

Una mañana, tras desayunar, Eric por fin me propone que le acompañe a la oficina. Encantada, me pongo un traje oscuro y una camisa blanca, dispuesta a dar una imagen profesional. Quiero que los trabajadores de mi chico se lleven una buena opinión de mí.

Nerviosa llego hasta la empresa Müller. Un enorme edificio y dos anexos componen las oficinas centrales en Múnich. Eric va guapísimo con su abrigo azulón de ejecutivo y su traje oscuro. Como siempre, es una delicia mirarlo. Desprende sensualidad por sus poros, y autoridad. Eso último me pone. Cuando entramos en el impresionante hall, la rubia de recepción nos mira, y los vigilantes jurados saludan al jefazo. ¡Mi chico! A mí me miran con curiosidad, y cuando voy a entrar por el torniquete, me paran. Eric, rápidamente, con voz de ordeno y mando, aclara que soy su novia, y me dejan pasar sin la tarjetita con la V de visitante.

¡Órale mi ejecutivo!

Yo sonrío. El rostro de Eric es serio. Profesional. En el ascensor, coincidimos con una guapa chica morena. Eric la saluda, y ella responde al saludo. Con disimulo observo cómo lo mira esa mujer y por sus ojos sé qué lo desea. Estoy por pisotearle un pie, pero me contengo. No debo ser así. Me tengo que controlar. Cuando salimos del ascensor y llegamos a la planta presidencial, un «¡oh!» sale de mi boca. Esto nada tiene que ver con las oficinas de Madrid. Moqueta negra. Paredes grises. Despachos blancos. Modernidad absoluta. Mientras camino al lado de mi Iceman, observo el gesto serio de la gente. Todos me miran y especulan; en especial, las mujeres, que me escanean en profundidad.

Estoy algo intimidada. Demasiados ojos y expresiones serias me contemplan y, cuando nos paramos ante una mesa, Eric dice a una rubia muy elegante y guapa:

—Buenos días, Leslie, te presento a mi novia, Judith. Por favor, pasa a mi despacho y ponme al día.

La joven me mira y, sorprendida, me saluda.

—Encantada, señorita Judith. Soy la secretaria del señor Zimmerman. Cuando necesite algo, no dude en llamarme.

—Gracias, Leslie —contesto, sonriendo.

Los sigo y entramos en el impresionante despacho de Eric. Como era de esperar, es como el resto de la oficina, moderno y minimalista. Boquiabierta, me siento en la silla que él me ha indicado y, durante un buen rato, escucho la conversación.

Eric firma varios papeles que Leslie le entrega y, cuando por fin nos quedamos solos en el despacho, me mira y pregunta:

—¿Qué te parecen las oficinas?

—La bomba. Son preciosas si las comparas con las de España.

Eric sonríe y, moviéndose en su silla, susurra:

—Prefiero las de allí. Aquí no hay archivo.

Eso me hace reír. Me levanto. Me acerco a él y cuchicheo:

—Mejor. Si yo no estoy aquí, no quiero que tengas archivo.

Divertidos, reímos, y Eric me sienta en sus piernas. Intento levantarme, pero me sujeta con fuerza.

—Nadie entrará sin avisar. Es una norma importantísima.

Me río y lo beso, pero de pronto mi ceño se frunce.

—¿Importantísima desde cuándo? —quiero saber.

—Desde siempre.

Toc... Toc... ¡¡Llamando los celos!! Y antes de que yo pregunte, Eric confiesa:

—Sí, Jud, lo que piensas es cierto. He mantenido alguna que otra relación en este despacho, pero eso se acabó hace tiempo. Ahora sólo te deseo a ti.

Intenta besarme. Me retiro.

—¿Me acabas de hacer la cobra? —inquiere, divertido.

Asiento. Estoy celosa. Muy celosa.

—Cariño... —murmura Eric—, ¿quieres dejar de pensar tonterías?

Me deshago de sus manos. Rodeo la mesa.

—Con Betta, ¿verdad?

Un instante después de mencionar ese nombre, me doy cuenta de que no tenía que haberlo hecho. ¡Maldigo! Pero Eric responde con sinceridad:

—Sí.

Tras un incómodo silencio, pregunto:

—¿Has tenido algo con Leslie, tu secretaria?

Eric se repanchinga en la silla y suspira.

—No.

—¿Seguro?

—Segurísimo.

Pero aguijoneada por los celos insisto mientras el cuello comienza a picarme y me rasco.

—¿Y con la chica morena que subía con nosotros en el ascensor?

Piensa, y finalmente responde:

—No.

—¿Y con la rubia que estaba en recepción?

—No. Y no te toques el cuello, o los ronchones irán a peor.

No le hago caso y, no contenta con sus respuestas, pregunto:

—Pero ¿tú has dicho que has tenido sexo en este despacho?

—Sí.

¡Qué picor de cuello! No doy crédito y cuchicheo fuera de mí:

—Me estás diciendo que has jugado con alguien que trabaja en tu empresa.

—No.

Eric se levanta y se acerca.

—Pero si acabas de decir que...

—Vamos a ver —me corta, quitándome la mano del cuello—, no he sido un monje y sexo he tenido con varias mujeres de la empresa y fuera de ella. Sí, cariño, no lo voy a negar. Pero jugar, lo que tú y yo llamamos jugar, no he jugado con ninguna en este despacho, a excepción de Betta y Amanda.

Al recordar a esas arpías, mi corazón bombea de forma irregular.

—Claro..., Amanda, la señorita Fisher.

—Que por cierto —aclara Eric mientras me sopla el cuello— se ha trasladado a Londres para desarrollar Müller en aquella ciudad.

Eso me congratula. Tenerla lejos me agrada, y Eric, divirtiéndose con mis preguntas, me abraza y me besa en la frente.

—Para mí, hoy por hoy, la única mujer que existe eres tú, pequeña. Confía en mi cariño. Recuerda, entre nosotros no hay secretos ni desconfianzas. Necesitamos que todo sea así para que lo nuestro funcione.

Nos miramos.

Nos retamos, y finalmente, Eric se acerca a mi boca.

—Si intento besarte, ¿me harás la cobra de nuevo?

No contesto a su pregunta.

—¿Tú confías en mí? —digo.

—Totalmente —responde—. Sé que no me ocultas nada.

Asiento, pero lo cierto es que le oculto cosas. Me azota un sentimiento de culpa. ¡Qué mal me siento! Nada que tenga que ver con sexo, pero le oculto cosas, entre ellas que escondo un perro en casa, que he saltado con la moto de Jurgen, y que su madre y Marta están apuntadas a un curso de paracaidismo.

¡Dios, cuántas cosas le oculto!

Eric me mira. Yo sonrío y, al final, resoplo y cuchicheo:

—¡Mira cómo se me ha puesto el cuello por tu culpa!

Eric ríe y me toma entre sus brazos.

—Creo que voy a ordenar que hagan un archivo en mi despacho para cuando me vengas a visitar, ¿qué te parece?

Suelto una carcajada, lo beso y, olvidándome de mis culpabilidades y mis celos, musito:

—Es una excelente idea, señor Zimmerman.

22

Los fines de semana consigo despegar al pitufo gruñón y al enfadica del sofá. Ellos estarían todo el santo día pegados al Wii y a la televisión. ¡Vaya dos! Vamos al cine, al teatro, a comer hamburguesas, y veo que se lo pasan bien. ¿Por qué siempre les cuesta tanto arrancar de casa? Alguna noche Eric me sorprende y me invita a cenar a un restaurante. Después me lleva a una impresionante sala de fiestas, y ahí tomamos algo mientras nos divertimos besándonos y hablando.

No ha vuelto a comentar nada sobre nuestro suplemento sexual. Cuando hacemos el amor en nuestra cama, nos susurramos fantasías calientes al oído que nos ponen como una moto, pero de momento no hemos compartido sexo con nadie. ¿Tanto me quiere para él?

Un domingo logro que salgan a pasear. Dejamos el coche en un estacionamieno y caminamos hasta el Jardín Inglés, una maravilla de lugar en el centro de Múnich. Flyn no habla conmigo, pero yo intervengo continuamente en la conversación. Le joroba, pero al final no le queda más remedio que aceptarlo.

Por la tarde los obligo a entrar en el campo de futbol del Bayern de Múnich. Les horroriza la idea. Ellos son más de baloncesto. El sitio es enorme, grandioso, y, como si yo fuera alemana, les explico que ese equipo es el que más veces ha ganado la Bundesliga. Me escuchan, asienten, pero pasan de mí. Al final sonrío al ver sus caras de aburrimiento y, sobre las siete y media de la tarde, proponen ir a cenar. Me río. Yo a esta hora meriendo. Pero, consciente de que en especial Flyn lleva horario alemán, me amoldo.

Me llevan a un restaurante típico y aquí pruebo distintos tipos de cerveza. La Pilsen es rubia, la Weissbier es blanca y la Rauchbier, ahumada. Eric me mira, yo las paladeo y al final digo, haciéndole reír:

—Como la Mahou cinco estrellas, ¡ninguna!

La base en los platos alemanes es la harina. La emplean para hacer absolutamente de todo. Eso me explica Eric mientras devoro una *weissburst* o salchicha blanca. Está hecha de fino picado de ternera, especies y manteca. ¡Está de muerte! Flyn, divertido por la atención que le prestamos su tío y yo, mordisquea una rosquilla salada en forma de ocho llamada *brenz*. Su buen rollo y el mío es latente, y Eric simplemente lo disfruta. Durante un buen rato nos traen distintos platos. Aunque los alemanes cenan ligero, yo tengo hambre y pido rábano cortado en finas rodajas y espolvoreado con sal. Me dicen que eso se llama *radi*. Después nos sirven *obatzda*, que es un queso preparado a base de camembert, mantequilla, cebolla y pimentón dulce. Y en el postre, me vuelvo loca con el *germknödel*, un pastel relleno de mermelada de ciruela, elaborado con azúcar, levadura, harina y leche caliente, y servido con azúcar glas y semillas de amapolas. Vamos..., todo muy *light*.

Por la noche, cuando regresamos a casa, estamos molidos. Hemos andado una barbaridad, y Flyn cae en la cama como piedra. Tumbados en el sofá del comedor mientras vemos una película propongo bañarnos en la piscina. Eric tiene los ojos cerrados y se niega.

—¿Te pasa algo, cielo?

—No —responde rápidamente.

—¿Te duele la cabeza? —pregunto, preocupada.

Lo miro. Él me mira. De pronto, divertido, me agarra como a un costal de papas y me lleva hasta ella. Al llegar sólo encendemos la luz del interior de la piscina y, cuando no lo espera, lo empujo y cae vestido al agua. Cuando saca la cabeza, me mira, yo levanto las cejas y pregunto, risueña:

—¿No me digas que te vas a enfadar?

Mi risa lo hace reír a él, y más cuando vestida me tiro el agua a su lado. Eric me agarra y, mientras me hace cosquillas, murmura:

—Morenita, eres una chica muy traviesa.

Sé que mis carcajadas por las cosquillas le llenan el alma y lo hacen feliz. Durante un rato, jugamos a hacernos ahogadillas mientras nos vamos quitando la ropa hasta quedar desnudos. Nos besamos. Nos tentamos y, finalmente, nos hacemos el amor.

Nunca lo he hecho hasta ahora en una piscina, pero es excitante, morboso. Y con Eric cuchicheándome al oído cosas que sabe que me ponen cardíaca todavía más.

Tras reponernos le propongo echar carreras en la piscina, pero es imposible. Eric sólo quiere besarme y disfrutar de mí. Veinte minutos después, salimos del agua. Me dirijo hacia donde sé que hay toallas, tomo dos y vuelvo a su lado. Arropados no sentamos en una bonita hamaca color café. La cómoda hamaca es como las que suelen estar sujetas a dos árboles, pero, en su defecto, aquí está enganchada a dos columnas.

Eric se deja caer a mi lado, y abrazada a él, nos movemos y parece que estamos flotando. Besos, caricias, y cuando me quiero dar cuenta, estoy sobre él devorándole el pene. Tumbado boca arriba disfruta de mis atenciones, mientras jugueteo con él y le doy besos pícaros y ardientes. Adoro su pene. Adoro la sensación de tenerlo en mi boca. Adoro su suavidad y adoro cómo Eric me toca el pelo y me anima a chupárselo. Pero la impaciencia le puede. No se sacia nunca. Se levanta, planta los pies en el suelo a ambos lados de la hamaca y, dándome la vuelta, murmura en mi oreja mientras me penetra:

—Esto por tirarme a la piscina.

—Te voy a volver a tirar —susurro mientras lo recibo.

—Pues te volveré a coger una y otra vez por ser una chica tan mala.

Sonrío. Me muerde el costado mientras con pasión sus manos aprietan mi cintura y me hace suya una y otra vez.

—Arquea las caderas para mí... Más..., más... —exige, agarrándome del pelo.

Me da un azote que resuena en toda la piscina. Yo jadeo. Hago lo que me pide. Me arqueo y profundiza más en mí. Gustosa de lo que me hace, mis jadeos retumban en la sala mientras, suspendida en la hamaca, voy y vengo ante las fuertes y maravillosas acometidas de mi amor. Una hora después, saciados de sexo, nos vamos a nuestra habitación. Tenemos que descansar.

Por la mañana, cuando me levanto y bajo a la cocina, Simona me informa de que Eric no ha ido a trabajar y que está en su despacho. Sorprendida, voy hasta donde está él y nada más abrir la puerta y ver su rostro sé que está mal. Me asusto, pero, cuando me acerco a él, dice:

—Jud, no me agobies, por favor.

Nerviosa, no sé qué hacer. Lo miro, me siento frente a él y me retuerzo las manos.

—Llama a Marta —me pide finalmente.

Con rapidez, hago lo que ha dicho.

Tiemblo.

Estoy asustada.

Eric, mi fuerte y duro Iceman, sufre. Lo veo en su rostro. En la crispación de su gesto. En sus ojos enrojecidos. Quiero acercarme a él. Quiero besarlo. Mimarlo. Quiero decirle que no se preocupe. Pero Eric no desea nada de eso. Eric sólo desea que lo deje en paz. Respeto lo que necesita y me mantengo en un segundo plano.

Media hora después, llega Marta. Trae su maletín. Al ver mi estado, con la mirada me pide que me tranquilice. Intento hacerlo mientras examina a su hermano con cuidado ante mi atenta mirada. Eric no es un buen paciente y protesta todo el rato. Está insoportable.

Marta, sin inmutarse por sus gruñidos, se sienta frente él.

—El nervio óptico está peor. Hay que meterte de nuevo en quirófano.

Eric maldice. Protesta. No me mira. Sólo blasfema.

—Te dije que esto podía pasar —indica Marta con calma—. Lo sabes. Necesitas comenzar el tratamiento para poder hacerte el microbypass trabecular.

Oír tal cosa me enfada. No me ha comentado en todo este tiempo absolutamente nada de nada. Pero no quiero discutir. No es momento. Bastante tiene él ya con esto. Pero, dispuesta a sumarme a lo que hablan, pregunto:

—¿Cuál es el tratamiento?

Marta lo explica. Eric no me mira, y cuando finaliza, afirmo con seguridad:

—Muy bien, Eric. Tú dirás cuándo lo comenzamos.

23

Como ya imaginaba, durante el tratamiento Eric se ha vuelto todavía más insoportable. Un auténtico tirano con todos. No le hace gracia nada de lo que tiene que hacer y protesta día sí, día también. Como lo conozco, no le hago ni caso, aunque a veces sienta unas irrefrenables ganas de meter su cabeza en la piscina y no sacarla.

Marta ha hablado con varios especialistas durante estos días. Como es lógico, quiere lo mejor para su hermano y me mantiene informada de todo. Las gotas que Eric se tiene que echar en los ojos lo destrozan. Le duele la cabeza, le revuelven el estómago y no le dejan ver bien. Se agobia.

—¿Otra vez? —protesta Eric.

—Sí, cariño. Toca echarlas de nuevo —insisto.

Maldice, blasfema, pero, cuando ve que no me muevo, se sienta y, tras resoplar, me permite hacerlo.

Sus ojos están enrojecidos. Demasiado. Su color azul está apagado. Me asusto. Pero no dejo que vea el miedo que tengo. No quiero que se agobie más. Él también está asustado. Lo sé. No dice nada, pero su furia me hace ver el temor que tiene a su enfermedad.

Es de noche y estamos envueltos por la oscuridad de nuestra habitación. No puedo dormir. Él, tampoco. Sorprendiéndome, pregunta:

—Jud, mi enfermedad avanza. ¿Qué vas a hacer?

Sé a lo que se refiere. Me acaloro. Deseo golpearlo por permitirse pensar tonterías. Pero, volviéndome hacia él en la oscuridad, respondo:

—De momento, besarte.

Lo beso, y cuando mi cabeza vuelve a estar sobre la almohada, añado:

—Y, por supuesto, seguir queriéndote como te quiero ahora mismo, cariño.

Permanecemos callados durante un rato, hasta que insiste:

—Si me quedo ciego, no voy a ser un buen compañero.

La carne se me pone de gallina. No quiero pensar en ello. No, por favor. Pero él vuelve al ataque.

—Seré un estorbo para ti, alguien que limitará tu vida y...

—¡Basta! —exijo.

—Tenemos que hablarlo, Jud. Por mucho que nos duela, tenemos que hablarlo.

Me desespero. No tengo nada de que hablar con él. Da igual lo que le pase. Yo lo quiero y lo voy a seguir queriendo. ¿Acaso no se da cuenta de ello? Pero, al final, sentándome en la cama, siseo:

—Me duele oírte decir eso. ¿Y sabes por qué? Porque me haces sentir que si alguna vez a mí me pasa algo debo dejarte.

—No, cariño —murmura, atrayéndome hacia él.

—Sí..., sí, cariño —insisto—. ¿Acaso yo soy diferente a ti? No. Si yo tengo que plantearme tener que dejarte, tú deberás plantearte tener que dejarme a mí ante una enfermedad. —Con cierta sensación de agitación, continúo hablando—: ¡Oh, Dios!, espero que nunca me pase nada, porque, si encima de que me pasa algo, tengo que vivir sin ti, sinceramente, no sabría qué hacer.

Tras un silencio que me da a entender que Eric ha comprendido lo que he dicho, me acerca a él y besa mi frente.

—Eso nunca ocurrirá porque...

No lo dejo continuar. Me levanto de la cama. Abro mi cajón. Saco varias cosas, entre ellas una media negra, y sentándome a horcajadas sobre él, digo:

—¿Me dejas hacer algo?

—¿El qué? —pregunta, sorprendido por el giro de la conversación.

—¿Confías en mí?

Pese a la oscuridad de nuestra habitación, veo que asiente.

—Levanta la cabeza.

Me hace caso. Con delicadeza, paso la media negra alrededor de su cabeza, sobre sus ojos, y hago un nudo atrás.

—Ahora no ves absolutamente nada, ¿verdad?

No habla; sólo niega con la cabeza. Me tumbo sobre él.

—Aunque algún día no me veas, adoro tu boca —la beso—, adoro tu nariz —la beso—, adoro tus ojos —los beso por encima de la media— y adoro tu bonito pelo y, sobre todo, tu manera de gruñir y enfadarte conmigo.

Me siento sobre él, y tomándole las manos, las pongo sobre mi cuerpo.

—Aunque algún día no me veas —prosigo—, tus fuertes manos me podrán seguir tocando. Mis pechos se seguirán excitando ante tu roce y tu pene. ¡Oh, Dios, tu duro, alucinante, morboso y enloquecedor pene! —musito, excitada, mientras me aprieto contra él—. Será el que me haga jadear, enloquecer y decirte eso de «Pídeme lo que quieras».

Las comisuras de sus labios se curvan. ¡Bien! Estoy consiguiendo que sonría. Con ganas de seguir, pongo en sus manos la joya anal y murmuro, llevándola a su boca.

—Chúpala.

Hace lo que le pido y después guío su mano hasta mi trasero y susurro cerca de su cara:

—Aunque algún día no me veas, seguirás introduciendo la joya en, como dices tú, «mi bonito culito». Y lo harás porque te gusta, porque me gusta y porque es nuestro juego, cariño. Vamos, hazlo.

Eric, a tientas, toca mi trasero, y cuando localiza el agujero de mi ano, hace lo que le pido. Mete la joya anal, mi cuerpo la recibe, y ambos jadeamos.

Excitada por lo que estoy haciendo, paseo mi boca por su oreja.

—¿Te gusta lo que has hecho, cariño?

—Sí..., mucho —ronronea mientras me aprieta con sus manos las nalgas.

Su deseo sexual crece por segundos. Esto lo excita mucho, y mientras mueve la joya en mí, digo, deseosa de volverlo loco:

—Aunque algún día no me veas, podrás seguir devorándome a tu antojo. Abriré mis piernas para ti y para quien tú me digas, y te juro que disfrutaré y te haré disfrutar de ello como lo haces siempre. Y lo harás porque tú guiarás. Tú tocarás. Tú ordenarás. Soy tuya, cariño, y sin ti, nada de nuestro juego es válido porque a mí no me vale. —Eric gime, y yo añado—: Vamos, hazlo. Juega conmigo.

Me bajo de su cuerpo y me tumbo a su lado. Tiro de su mano y la coloco sobre mí. A tientas, me toca; su boca, desesperada, pasea por mi cuerpo, por mi cuello, mis pezones, mi ombligo, mi monte de Venus, y le guío hasta dejarlo justo entre mis piernas. Sin necesidad de que me lo pida, las abro para él.

—¿Más abiertas? —pregunto.

Eric me toca.

—Sí.

Sonrío, y me abro más.

En décimas de segundo me devora. Su lengua entra y busca mi clítoris. Juega con él. Tira de él con los labios, y cuando lo tiene hinchado, da toquecitos que me hacen gritar y arquearme, enloquecida. Me muevo. Jadeo. Él mueve mi joya anal al mismo tiempo que tira de mi clítoris, y yo me vuelvo loca. Con fogosidad me agarra con sus manos los muslos y me menea a su antojo sobre su boca mientras yo, con mi mano, le toco el pelo y murmuro, gustosa:

—No necesitas ver para darme placer. Para hacerme feliz. Para volverme loca. Así..., cariño..., así.

Durante unos minutos, mi loco amor prosigue con su asolador ataque.

Calor..., calor..., tengo mucho calor, y él me lo provoca.

En la oscuridad de la habitación, yo lo observo. Con movimientos elegantes y felinos se mueve como un tigre sobre mí, devorando a su presa. Él a mí no me puede ver. La oscuridad y la media que le he puesto alrededor de los ojos se lo impiden. Su respiración se acelera. Su boca busca la mía y me besa. Instantes después, y sin hablar, con una de sus manos, agarra su erección mientras con la otra toca la humedad de mi vagina.

—Estoy empapada por ti, cariño —le susurro al oído—. Sólo por ti.

Con desespero, guía su dura erección por mi hendidura, hasta que con un certero movimiento se introduce en mí. Los dos jadeamos. Eric me agarra, se aprieta contra mí mientras menea sus caderas y yo apenas me puedo mover. Su peso me inmoviliza. Me chupa el cuello. Yo a él le muerdo el hombro.

—Aunque algún día no me veas, seguirás poseyéndome con pasión, con fuerza y con vitalidad, y yo te recibiré siempre, porque soy tuya. Tú eres mi fantasía. Yo soy la tuya. Y juntos, disfrutaremos ahora y siempre, cariño.

Eric no habla. Sólo se deja llevar por el momento. Y, cuando los dos llegamos al clímax, me abraza y afirma:

—Sí, cariño. Ahora y siempre.

24

Durante los días del tratamiento no va a trabajar. No puede. Desde casa yo le ayudo con los *e-mails* y respondo como una buena secretaria a todo lo que él me pide. Cuando recibe algún correo de Amanda, siento ganas de degollarla. ¡Bruja! Con curiosidad reviso los mensajes entre ellos dos y me parto de risa al leer uno de meses atrás en el que Eric le exige que cambie su actitud en cuanto a él. Le explica que es un hombre con pareja y que su pareja para él es lo primero. ¡Bravo y bravo mi Iceman! Me gusta ver que le ha dejado las cosas claras a esa lagartona.

En varias ocasiones, deseo meterle la cabeza en la papelera o graparle las orejas a la mesa cuando se pone tonto y gruñón. ¡Es insoportable! Pero, cuando se le pasa, ¡lo adoro y me lo como a besos!

Sonia, su madre, viene a visitarlo y, cuando Eric no está pendiente de nosotros, me anima para que vaya por la moto de Hannah. Decididamente, voy a ir por ella. Tras los días de tensión que estoy pasando con Eric, necesito desfogarme. Y saltar con una moto de motocross, para mí, es la mejor opción.

El día de la operación se acerca. A Eric le sube la tensión y yo intento relajarlo de la mejor manera que sé. ¡Con sexo! Una de las noches en las que mi Iceman está tumbado en la cama con un antifaz de gel frío sobre los ojos para que le descanse la vista, decido sorprenderle para que no piense en la operación. Cariñosa, me tumbo sobre él y susurro sobre su boca:

—¡Hola, señor Zimmerman!

Eric se va a quitar el antifaz y yo le sujeto las manos.

—No..., no te lo quites.

—No te veo, cariño.

Acercando mi boca a su oído, musito para ponerle la carne de gallina:

—Para lo que voy a hacer, no me tienes que ver.

Sonríe, y yo también.

—Vamos a jugar a varios juegos quieras o no quieras.

—Vale..., pues quiero —dice con humor.

Lo beso. Me besa, y paladeo su pasión.

—Te explico cómo se juega, ¿te parece? —Eric asiente—. El primer juego se llama «La pluma». Yo la paso por tu cuerpo, y si estás más de dos minutos sin reírte, sin hablar y sin quejarte, haré lo que me pidas, ¿de acuerdo?

—De acuerdo, pequeña.

—El segundo juego se llama «La caja de los deseos y los castigos».

—Sugerente nombre. Éste creo que me va a gustar —asevera, riendo mientras me agarra por la cintura posesivamente.

Divertida, le quito las manos de mi cintura.

—Céntrate, cariño. En una cajita he metido cinco deseos y cinco castigos. Tú eliges uno, lo leo, y si no me concedes ese deseo, te impongo un castigo. —Eric ríe, y prosigo—: Y el tercer juego trata de que tú te dejes hacer. Por lo tanto, quietecito que yo te hago. ¿Qué te parece?

—Perfecto —dice, alegre.

—Genial. Si veo que no te estás quietecito, te ataré, ¿entendido?

Eric suelta una carcajada y asiente.

—Muy bien, señor Zimmerman, lo primero que voy a hacer es desnudarlo.

Con mimo, le quito la camiseta blanca y el pantalón de algodón negro que lleva. Cuando le voy a quitar los calzoncillos, ¡guau!, ya está excitado, y la boca se me reseca inmediatamente. Eric es tentador; muy, muy tentador. Sin decirle nada, enciendo la cámara de video; quiero que luego se vea en los juegos. Estoy segura de que le gustará y le hará reír.

Una vez que lo tengo desnudo, cojo una pluma que he encontrado en la cocina. Comienzo a pasársela por el cuerpo. Delicadamente le rozo el cuello, y luego bajo la pluma hasta los pezones, y éstos se ponen duros ante el contacto. Sonrío. La pluma continúa por sus abdominales, rodeo su ombligo, y cuando llego a su pene, un jadeo hueco sale de su boca. Continúo divirtiéndome y los minutos pasan mientras sigo moviendo la pluma por su maravilloso cuerpo. Finalmente, agarra mi mano.

—Señorita Flores, creo que he ganado. Ya han pasado más de dos minutos. No sea tramposa.

Miro el reloj y, sorprendida, me doy cuenta de que han pasado siete. ¡Cómo se me pasa el tiempo mientras disfruto de mi adicción! Sonrío y suelto la pluma.

—Tiene razón, señor. ¿Qué desea que haga por usted?

Con un dedo dice que me acerque a él. Sonrío y me agacho.

—Quiero que te desnudes, del todo.

Lo hago. Me quito la pijama y las bragas y, cuando estoy totalmente desnuda, le informo:

—Deseo cumplido, señor.

Sin que pueda verme a causa del antifaz, me busca con las manos, hasta que me encuentra. Su mano toca mi estómago y después sube lentamente hasta mi pecho. Lo rodea y aprieta un pezón con sus dedos.

—Muy bien. Ya he cumplido su deseo. Pasemos al juego siguiente.

—¿El de deseo o castigo? —pregunta.

—¡Ajá!

Tomo la cajita donde he metido varios papelitos y la pongo ante él. Tomo su mano y la introduzco en la caja.

—Toma un deseo, y yo lo leeré.

Eric hace lo que le pido. Suelto la caja e, inventándome lo que pone, digo:

—Deseo una moto. ¿Le importa señor que me traiga la mía de España?

Su gesto cambia.

—Sí, me importa. No quiero que te mates.

Eso me hace soltar una carcajada. Y como no quiero discutir con él, digo rápidamente:

—Muy bien, señor Zimmerman. Como no va a satisfacer mi deseo, le toca agarrar un papelito de castigo.

Sonríe. Vuelve a hacer lo que le pido y leo:

—Su castigo por no querer cumplir mi deseo es estarse quieto y no tocarme mientras yo hago lo que quiero con su cuerpo.

Asiente. Sé que lo de la moto le ha cortado un poco el rollo, pero así sé yo por dónde agarrarlo para cuando me traiga la moto de su hermana.

Con un pincel y chocolate líquido, comienzo a pintarle el cuerpo. La cámara graba, y Eric sonríe mientras yo rodeo sus pezones con chocolate. Luego, hago un camino que rodea sus abdominales, pasa por su ombligo y acaba en sus oblicuos. Mojo el pincel en más chocolate y ahora llego hasta su duro pene. Sonríe y se mueve. Lo pinto con delicadeza y noto su inquietud. Su impaciencia. Una vez que dejo el pincel llevo mi boca hasta sus pezones y los chupo. Paladeo el gusto a chocolate junto a su delicioso sabor. Me deleito. Sigo el sendero que he marcado. Bajo mi lengua por sus abdominales, y Eric hace ademán de tocarme. Tomo sus manos y las retiro de mí mientras me quejo:

—No..., no..., no..., no puede usted tocarme. ¡Recuérdelo!

Eric se mueve nervioso. Lo estoy provocando. Rodeo con mi lengua su ombligo, y después, ansiosa, chupo sus oblicuos. Y cuando mi lengua llega a su pene y lo chupo, finalmente jadea. Paso mi lengua con deleite por donde sé que le vuelve loco una y otra vez. Se contrae. Rodeo con mimo su pene y muerdo con delicadeza el aparatito que me hace locamente feliz. Así estoy durante un buen rato, hasta que no puede más y, aún con el antifaz puesto, me exige:

—Fin del juego, pequeña. Ahora cójeme.

Encantada de la vida, hago lo que me pide. Me siento a horcajadas sobre él y, mientras me empalo en su duro, ardiente y maravilloso pene, suspiro; el olor a chocolate y sexo nos rodea. Subo y bajo en busca de nuestro placer con mimo en tanto me abro poco a poco para recibirlo. Pero la impaciencia de mi Iceman puede con él. Se quita el antifaz, lo tira al suelo y, antes de que me dé cuenta, me ha tumbado sobre la cama y, mirándome a los ojos, murmura:

—Ahora el mando lo tomo yo. Pasamos al tercer juego. Ya sabes, amor: estate quietecita o te tendré que atar.

Sonrío. Me besa. Me abre las piernas con sus piernas y sin piedad me vuelve a penetrar, y yo jadeo. Intento moverme, pero su peso me tiene inmovilizada mientras se aprieta con fuerza dentro de mí.

—Una grabación muy excitante —susurra al ver la cámara frente a nosotros.

No puedo hablar. No me deja. Vuelve a meter su lengua en mi boca y me hace suya mientras mueve sus caderas una y otra vez, y yo jadeo enloquecida. El juego le ha sobreexcitado, le ha hecho olvidar la operación y, subiendo mis piernas a sus hombros, comienza a bombear dentro de mí con pasión. Con deleite.

Esa noche Eric duerme abrazado a mí. Hemos visto la grabación y nos hemos reído. Lo he sorprendido con mis juegos y, antes de dormirme, me dice al oído:

—Me debes la revancha.

Dos días después, lo operan.

Marta y su equipo le hacen en los ojos el microbypass trabecular. Sólo decir el nombre me da miedo. Junto a su madre, aguardo en la sala de espera del hospital. Estoy nerviosa. Mi corazón late acelerado. Mi amor, mi chico, mi novio, mi alemán, está sobre la mesa de un quirófano y sé que no lo está pasando bien. No lo dice, pero sé que está asustado.

Sonia me toma las manos, me da fuerzas y yo se las doy a ella. Ambas sonreímos.

Espero..., espero..., espero... El tiempo pasa lentamente, y yo espero.

Cuando para mí ha transcurrido una eternidad, Marta sale del quirófano y nos mira con una amplia sonrisa. Todo ha ido estupendamente bien, y aunque el alta es inmediata, ella ha mentido a Eric y le ha dicho que tiene que pasar la noche allí. Yo asiento. Sonia se relaja, y las tres nos abrazamos.

Insisto en quedarme esta noche con él en el hospital. En la oscuridad de la habitación lo miro. Lo observo. Eric está dormido, y yo no puedo dormir. No me imagino una vida sin él. Estoy tan enganchada a mi amor que pensar en que algún día lo nuestro pueda terminar me rompe el corazón. Cierro los ojos, y finalmente, agotada, me duermo.

Cuando despierto, me encuentro directamente con la mirada de mi chico. Postrado en la cama me observa y, al ver que abro los ojos, sonríe. Yo lo imito.

Esa mañana le dan el alta y regresamos a nuestra casa. A nuestro hogar.

25

Con los días, la recuperación de Eric es alucinante. Tiene una fortaleza de hierro y, tras las revisiones pertinentes, sus médicos lo dan el alta. Ambos estamos felices y retomamos nuestras vidas.

Una mañana, cuando se va a trabajar, le pido a Eric que me lleve a la casa de su madre. Mi objetivo es ver el estado de la moto de Hannah. A él no le digo nada, o sé que me la va a mentar. Cuando Eric se marcha, su madre y yo vamos al garage. Y tras retirar varias cajas y ponernos de polvo hasta las cejas, aparece la moto. Es una Suzuki amarilla RMZ de 250.

Sonia se emociona, agarra un casco amarillo y me dice:

—Tesoro, espero que te diviertas con ella tanto como mi Hannah se divirtió.

La abrazo y asiento. Calmo su angustia, y cuando se marcha y me deja sola en el garage, sonrío. Como era de esperar, la moto no arranca. La batería, tras tanto tiempo sin ser utilizada, ha muerto. Dos días más tarde aparezco por la casa con una batería nueva. Se la pongo, y la moto arranca al instante. Encantada por estar sobre una moto, me despido de Sonia y me encamino hacia mi nueva casa. Disfruto del pilotaje y tengo ganas de gritar de felicidad. Cuando llego, Simona y Norbert me miran, y este último me avisa:

—Señorita, creo que al señor no le va a gustar.

Me bajo de la moto y, quitándome el casco amarillo, respondo:

—Lo sé. Con eso ya cuento.

Cuando Norbert se marcha refunfuñando, Simona se acerca a mí y cuchichea:

—Hoy, en «Locura esmeralda», Luis Alfredo Quiñones ha descubierto que el bebé de Esmeralda Mendoza es suyo y no de Carlos

Alfonso. Ha visto en su nalguita izquierda la misma marca de nacimiento que tiene él.

—¡Oh, Dios, y me lo he perdido! —protesto, llevándome la mano al corazón.

Simona niega con la cabeza. Sonríe y me confiesa, haciéndome reír:

—Lo he grabado.

Aplaudo, le doy un beso, y corremos juntas al salón para verlo.

Tras ver la horterada de telenovela que me tiene enganchada, regreso al garage. Quiero hacerle una puesta a punto a la moto antes de usarla con regularidad y acompañar a Jurgen y sus amigos por los caminos de tierra a los que ellos van. Lo primero que he de hacer es cambiarle el aceite. Norbert, a regañadientes, va a comprarme aceite para la moto. Una vez que lo trae me posiciono en un recoveco del garage de difícil acceso y comienzo a hacerle una estupenda puesta a punto tal como me enseñó mi padre.

Tras la visita a Müller y la operación de Eric, decido que de momento no quiero trabajar. Ahora puedo elegir. Quiero disfrutar de esa sensación de plenitud sin prisas, problemas y cuchicheos empresariales. Demasiada gente desconocida dispuesta a machacarme por ser la extranjera novia del jefazo. No, ¡me niego! Prefiero pasear con *Susto*, ver «Locura esmeralda», bañarme en la maravillosa piscina cubierta o irme con Jurgen, el primo de Eric, a correr con la moto. Ésta es una maravilla y tira que da gusto. Eric no sabe nada. Se lo oculto, y Jurgen me guarda el secreto. De momento, mejor que no se entere.

Un miércoles por la mañana me voy con Marta y Sonia al campo, donde siguen el curso de paracaidismo. Entusiasmada veo cómo el instructor les indica lo que tienen que hacer cuando estén en el aire. Me animan a que participe, pero prefiero mirar. Aunque tirarse en paracaídas tiene que ser una chulada, cuando lo veo tan cercano me da miedo. Van a hacer su primer salto libre, y están nerviosas. ¡Yo, histérica! Hasta el momento siempre lo han hecho enganchadas a un monitor, pero esta vez es diferente.

Pienso en Eric, en lo que diría si supiera esto. Me siento fatal. No quiero ni imaginar que pueda salir algo mal. Sonia parece leerme el pensamiento y se acerca a mí.

—Tranquila, tesoro. Todo va a salir bien. ¡Positividad!

Intento sonreír, pero tengo la cara congelada por el frío y los nervios.

Antes de subir a la avioneta, ambas me besan.

—Gracias por guardarnos el secreto —dice Marta.

Cuando se montan en la avioneta les digo adiós con la mano. Nerviosa, observo cómo el avión toma altura y desaparece casi de mi vista. Un monitor se ha quedado conmigo y me explica cientos de cosas.

—Mira..., ya están en el aire.

Con el corazón en la boca, veo caer unos puntitos. Angustiada, compruebo cómo los puntitos se acercan..., se acercan..., y, cuando estoy a punto de gritar, los paracaídas se abren y aplaudo al punto del infarto. Minutos después, cuando toman tierra, Sonia y Marta están pletóricas. Gritan, saltan y se abrazan. ¡Lo han conseguido!

Yo aplaudo de nuevo, pero sinceramente no sé si lo hago porque lo han logrado o porque no les ha pasado nada. Sólo con pensar en lo que Eric diría, se me abren las carnes. Cuando me ven, corren hacia mí y me abrazan. Como tres niñas chicas, saltamos emocionadas.

Por la noche, cuando Eric me pregunta dónde he estado con su madre y su hermana, miento. Me invento que hemos estado en un *spa* dándonos unos masajes de chocolate y coco. Eric sonríe. Disfruta con lo que me invento, y yo me siento mal. Muy mal. No me gusta mentir, pero Sonia y Marta me lo han hecho prometer. No las puedo defraudar.

Una mañana, Frida me llama por teléfono y una hora después llega a casa acompañada por el pequeño Glen. ¡Qué rico está el mocoso! Charlamos durante horas, y me confiesa que es una acérrima seguidora de «Locura esmeralda». Eso me hace reír. ¡Qué fuerte! No soy la única joven de mi edad que la ve. Al final, Simona va a tener razón en cuanto a que esa telenovela mexicana está siendo un fenómeno de masas en Alemania. Tras varias confidencias, le enseño la moto y a *Susto*.

—Judith, ¿te gusta enfadar a Eric?

—No —respondo, divertida—. Pero tiene que aceptar las cosas que a mí me gustan igual que yo acepto las que le gustan a él, ¿no crees?

—Sí.

—Odio las pistolas, y yo acepto que él haga tiro olímpico —insisto para justificarme.

—Sí, pero lo de la moto no le va a hacer ninguna gracia. Además, era de Hannah y...

—Sea la moto de Hannah o de Pepito Grillo se va a enfadar igual. Lo sé y lo asumo. Ya encontraré el mejor momento para contárselo. Estoy segura de que, con tiento y delicadeza por mi parte, lo entenderá.

Frida sonríe y, mirando a *Susto,* que nos observa, comenta:

—Más feo el pobrecito no puede ser, pero tiene unos ojitos muy lindos.

Embobada, me río y le doy un beso en la cabeza al animal.

—Es precioso. Guapísimo —afirmo.

—Pero Judith, esta clase de perro no es muy bonita. Si quieres un perro, yo tengo un amigo que tiene un criadero de razas preciosas.

—Pero yo no quiero un perro para lucirlo, Frida. Yo quiero un perro para quererlo, y *Susto* es cariñoso y muy bueno.

—*¿Susto?* —repite, riendo—. ¿Lo has llamado *Susto*?

—La primera vez que lo vi me dio un susto tremendo —le aclaro animadamente.

Frida comprende. Repite el nombre, y el animal da un salto en el aire mientras el pequeño Glen sonríe. Tras pasar varias horas juntas, cuando se marcha promete llamarme para vernos otro día.

Por la tarde telefoneo a mi hermana. Llevo tiempo sin hablar con ella y necesito oír su voz.

—Cuchu, ¿qué te ocurre? —pregunta, alertada.

—Nada.

—¡Oh, sí!, algo te ocurre. Tú nunca me llamas —insiste.

Eso me hace reír. Tiene razón, pero, dispuesta a disfrutar del parloteo de mi loca Raquel, contesto:

—Lo sé. Pero ahora que estoy lejos te echo mucho de menos.

—¡Aisss, mi cuchufletaaaaaaaaaaaaaa...! —exclama, emocionada.

Hablamos durante un buen rato. Me pone al día en relación con su embarazo, sus vómitos y sus náuseas, y por extraño que parezca no me habla de sus problemas maritales. Eso me sorprende. Yo no saco el tema. Eso es buena señal.

Cuando cuelgo tras una hora de conversación, sonrío. Me pongo el abrigo y voy al garage. *Susto,* a mi silbido, sale de su escondrijo y, encantada, me voy a dar un paseo con él.

Dos días después, una mañana, cuando Flyn y Eric se van al colegio y al trabajo respectivamente, comienzo la remodelación del salón. Pasamos mucho tiempo en él y necesito darle otro aire. Yo misma me encargo de hacer los cambios. Norbert se horroriza por verme encima de la escalera. Dice que si el señor me viera me regañaría. Pero yo estoy acostumbrada a esas cosas, y descuelgo y cuelgo cortinas encantada de la vida. Sustituyo los cojines de cuero oscuro por los míos color pistache, y el sillón ahora parece moderno y actual, y no soso y aburrido.

Sobre la bonita mesa redonda coloco un jarrón de cristal verde y con unas maravillosas calas rojas. Quito las figuras oscuras que Eric tiene sobre la chimenea y coloco varios marcos con fotografías. Son tanto de mi familia como de la de Eric, y me enternezco al ver a mi sobrina Luz sonreír.

¡Qué linda es! Y cuánto la echo de menos.

Sustituyo varios cuadros, a cuál más feo, y pongo los que yo he comprado. En un lateral del salón, cuelgo un trío de cuadros de unos tulipanes verdes. ¡Queda monísimo!

Por la tarde, cuando Flyn regresa del colegio y entra en el salón, su gesto se contrae. La estancia ha cambiado mucho. Ha pasado de ser un lugar sobrio a uno colorido y lleno de vida. Le horroriza, pero me da igual. Sé que cualquier cosa que haga no le gustará.

Cuando Eric llega por la tarde la impresión de lo que ve le deja mudo. Su sobrio y oscuro salón ha desaparecido para dejar paso a una estancia llena de alegría y luz. Le gusta. Su cara y su gesto me lo dicen y, cuando me besa, yo sonrío ante la cara de disgusto del pequeño.

Al día siguiente Eric decide llevar a Flyn al colegio. Por norma, siempre lo hace Norbert y el niño acepta contento. Los acompaño en el coche. No sé dónde está pero estoy deseosa de dar un paseo por mi cuenta por la ciudad.

A Eric no le hace gracia que yo ande por Múnich sola, pero mi cabezonería puede con la suya y al final accede. En el camino recogemos a dos niños, Robert y Timothy. Son charlatanes y me miran con curiosidad. Yo me percato de que ambos llevan un *skate* de colores en las manos, justo el juguete que Eric prohíbe a Flyn. Cuando llegamos al colegio, para el coche, los críos abren la puerta y se bajan. Flyn lo hace el último. Después, cierra la puerta.

—¡Vaya!, no me ha dado un besito —me río.

Eric sonríe.

—Dale más tiempo.

Suspiro, volteo los ojos y me río.

—¿Tú me das un besito? —pregunto cuando voy a bajarme del coche.

Sonriendo, Eric me atrae hacia él.

—Todos los que tú quieras, pequeña.

Me besa y yo disfruto de su posesivo beso mientras dura.

—¿Estás segura de que sabes regresar tú sola hasta la casa?

Divertida, asiento. No tengo ni idea, pero sé la dirección y estoy segura de que no me perderé. Le guiño un ojo.

—Por supuesto. No te preocupes.

No está muy convencido de dejarme aquí.

—Llevas el celular, ¿verdad?

Lo saco de mi bolsillo.

—A tope de carga, por si tengo que pedir ¡auxilio! —respondo divertido.

Al final, mi loco amor sonríe, le doy un beso y me bajo del vehículo. Cierro la puerta, arranca y se va. Sé que me mira por el espejo retrovisor y con la mano digo adiós como una tonta. ¡Madre mía, qué enamoradita estoy!

Cuando el coche tuerce hacia la izquierda y lo pierdo de vista miro hacia el colegio. Hay varios grupos de niños en la entrada y, desde mi posición, observo que Flyn se queda parado en un lateral. Está solo. ¿Dónde están Robert y Timothy? Me quedo parada tras un árbol y observo que con disimulo mira hacia una guapa niña rubia, y me emociono.

¡Aisss, mi pitufo gruñón tiene corazoncito!

Se apoya en la verja del colegio y no le quita la mirada de encima mientras ella juega y habla con otros niños. Sonrío.

Suena un timbre y los críos comienzan a entrar. Flyn no se mueve. Espera a que la niña y sus amigas entren en el colegio, y luego lo hace él. Con curiosidad lo sigo con la mirada y de pronto veo que Robert, Timothy y otros dos chicos con sus *skates* en las manos se acercan a él y Flyn se para. Hablan. Uno de ellos le quita la gorra y se la tira al suelo. Cuando él se agacha a recogerla, Robert le da una patada en el trasero y Flyn cae de bruces contra el suelo. La sangre se me enciende. ¡Estoy indignada! ¿Qué hacen?

¡Malditos niños!

Los chavales, muertos de risa, se alejan y observo cómo Flyn se levanta y se mira la mano. Veo que tiene sangre. Se la limpia con un kleneex que saca de su abrigo, toma la gorra y, sin levantar la mirada del suelo, entra en el colegio.

Boquiabierta, pienso en lo que ha pasado mientras me pregunto cómo puedo hablar de eso con Flyn.

Una vez que el niño desaparece comienzo a andar, y pronto estoy en la vorágine de las calles de Múnich. Eric me llama. Le indico que estoy bien y cuelgo. Tiendas..., muchas tiendas, y yo, disfrutando, me paro en todos los escaparates. Entro en una tienda de motocross y compro todo lo que necesito. Estoy emocionada. Cuando salgo más feliz que una perdiz, observo a los viandantes. Todos llevan un gesto serio. Parecen enfadados. Pocos sonríen. Qué poquito se parecen a los españoles en eso.

Paso caminando por un puente, el Kabelsteg. Me sorprendo al ver la cantidad de candados de colores que hay en él. Con cariño toco esas pequeñas muestras de amor y leo nombres al azar: Iona y Peter, Benni y Marie. Incluso hay candados a los que se le han sumado pequeños candaditos con otros nombres que imagino que son los hijos. Sonrío. Me parece superromántico, y me encantaría hacerlo con Eric. Se lo tengo que proponer. Pero suelto una carcajada. Con seguridad pensará que me he vuelto loca a la par que ñoña.

Tras visitar una parte bonita de la ciudad, me paro ante una tienda erótica. Suena mi celular. Eric. Mi loco amor está preocupado por mí. Le aseguro que ninguna banda de albanokosovares me ha raptado, y tras hacerle reír me despido de él. Divertida, entro en la tienda erótica.

Curiosa miro a mi alrededor. Es un local donde venden todo tipo de juguetes eróticos y lencería sexy, y está decorado con gusto y refinamiento. Las paredes son rojas, y todo lo que hay allí llama mi atención. Cientos de vibradores de colores y juguetes de formas increíbles están ante mí y curioseo. Veo unas plumas negras y las agarro. Me servirán para jugar otro día con Eric. También elijo unos cubrepezones de lentejuelas negros de los que cuelgan unas borlas. La dependienta me indica que son reutilizables y que se pegan con unas almohadillas adhesivas al pezón. Me río. Imaginarme con esto puesto ante Eric me da risa. Pero conociéndolo, ¡le gustará! Cuando voy a pagar, me fijo en un lateral de la tienda y suelto una carcajada al ver unos disfraces. Sonrío y agarro uno de policía malota. Lo compro. Esta noche sorprenderé a mi Iceman. Cuando salgo de la tienda con mi bolsa en la mano y una sonrisa de oreja a oreja, paso ante una ferretería. Recuerdo algo. Entro y compro un pestillo para la puerta. Quiero sexo en casa sin invitados imprevistos de ojos rasgados.

Tres horas después, tras patearme las calles de Múnich, cojo un taxi y llego hasta casa. Simona y Norbert me saludan y, mirando al hombre, le pido herramientas. Sorprendido, asiente, pero no pregunta. Me las proporciona.

Encantada de la vida con lo que Norbert me ha traído, subo a la habitación que comparto con Eric y, en la puerta, pongo el pestillo. Espero que no le moleste, pero no quiero que Flyn nos pille mientras estoy vestida de policía malota o hacemos salvajemente el amor. ¿Qué pensaría el crío de nosotros?

Por la tarde, cuando Flyn regresa del colegio, como siempre está taciturno. Se encierra en su cuarto a hacer deberes. Simona le va a llevar la merienda y le pido que me deje hacerlo a mí. Cuando entro en la habitación, el niño está sentado a la mesita enfrascado en sus deberes. Le dejo el plato con el sándwich y me fijo en su mano. La herida se ve.

—¿Qué te ha pasado en la mano? —pregunto.

—Nada —responde sin mirarme.

—Para no haberte pasado nada, tienes un buen rasponazo —insisto.

El crío levanta la vista y me escruta.

—Sal de mi cuarto. Estoy haciendo los deberes.

—Flyn..., ¿por qué estás siempre enfadado?

—No estoy enfadado, pero me vas a enfadar.

Su contestación me hace sonreír. Ese pequeño enano es como su tío, ¡hasta responde igual! Al final, desisto y salgo de la habitación. Voy a la cocina y tomo una coca-cola; la abro y doy un trago de la lata. Cuando la estoy tomando, aparece el niño y me mira.

—¿Quieres? —le ofrezco

Niega con la cabeza y se va. Cinco minutos después me siento en el salón y pongo la televisión. Miro la hora. Las cinco. Queda poco para que regrese Eric. Decido ver una película y busco algo que me pueda interesar. No hay nada, pero al final en un canal pasan un episodio de «Los Simpson» y me quedo mirándolo.

Durante un rato, río por las ocurrencias de Bart y, cuando menos me lo espero, aparece Flyn a mi lado. Me mira y se sienta. Doy un trago a mi lata de coca-cola. El pequeño agarra el control con la intención decambiar de canal.

—Flyn, si no te importa, estoy viendo la televisión.

Lo piensa. Deja el control sobre la mesa, se acomoda en el sillón y, de pronto, dice:

—Ahora sí quiero una coca-cola.

Mi primer instinto es contestarle: «Pues ánimo, chato, tienes dos piernas muy hermosas para ir por ella». Pero como quiero ser amable con él, me levanto y me ofrezco a traérsela.

—En un vaso y con hielo, por favor.

—Por supuesto —asiento, encantada por aquel tono tan apaciguado.

Más contenta que unas pascuas llego a la cocina. Simona no está. Agarro un vaso, le pongo hielo, saco la coca-cola del frigorífico y, cuando la abro, ¡zas!, la coca-cola explota. El gas y el líquido me entran en los ojos y nos empapamos la cocina y yo.

Como puedo, suelto la bebida en la encimera y, a tientas, busco el papel de cocina para secarme la cara. ¡Diosssssss, estoy empapada! Pero entonces me percato a través del espejo del microondas de que Flyn me observa con una cruel sonrisa por el hueco de la puerta.

¡La madre que lo parió!

Seguro que ha sido él quien ha movido la coca-cola para que explotara y por eso me la ha pedido con tanta amabilidad.

Respiro..., respiro y respiro mientras me seco, y limpio el suelo de la cocina. ¡Maldito niño! Una vez que termino, salgo como un toro de Osborne, y cuando voy a decirle algo al enano, convencida de que es el culpable de todo, me encuentro en el salón a Eric con él en brazos.

—¡Hola, cariño! —me saluda con una amplia sonrisa.

Tengo dos opciones: borrarle la sonrisa de un plumazo y contarle lo que su riquísimo sobrino acaba de hacer, o disimular y no decir nada del minidelincuente que está en sus brazos. Opto por lo segundo, y entonces mi Iceman deja al crío en el suelo, se acerca a mí y me da un dulce y sabroso beso en los labios.

—¿Estás mojada? ¿Qué te ha pasado?

Flyn me mira, y yo le miro, pero respondo:

—Al abrir una coca-cola me ha explotado y me he puesto perdida.

Eric sonríe y, aflojándose la corbata, señala:

—Lo que no te pase a ti no le pasa a nadie.

Sonrío. No puedo evitarlo. En este momento entra Simona.

—La cena está preparada. Cuando quieran pueden pasar.

Eric mira a su sobrino.

—Vamos, Flyn. Ve con Simona.

El pequeño corre hacia la cocina, y Simona va tras él. Entonces, Eric se acerca a mí y me da un caliente y morboso beso en los labios que me deja *¡atontá!*

—¿Qué tal tu día por Múnich?

—Genial. Aunque ya lo sabes. Me has llamado mil veces, ¡pesadito!

Eric se muestra sonriente.

—Pesadito, no. Preocupado. No conoces la ciudad y me inquieta que andes sola.

Suspiro, pero no me da tiempo a responder.

—Pero cuéntame, ¿por dónde has estado?

Le explico a mi manera los lugares que he visitado, todos grandiosos y alucinantes y, cuando le comento lo del puente de los candados, me sorprende.

—Me parece una excelente idea. Cuando quieras, vamos al Kabelsteg a ponerlo. Por cierto, en Múnich hay más puentes de los enamorados. Está el Thalkirchner y el Großhesseloher.

—¿Alguna vez has puesto un candado tú ahí? —pregunto, sorprendida.

Eric me mira..., me mira y, con media sonrisa, cuchichea:

—No, cuchufleta. Tú serás la primera que lo consiga.

Alucinadita me ha dejado. Mi Iceman es más romántico de lo que yo imaginaba. Encantada por su respuesta y su buen humor, pienso en mi disfraz de policía malota. ¡Le va a encantar!

—¿Qué te parece si tú y yo vamos a cenar esta noche a casa de Björn?

¡Glups y reglups!

Desecho rápidamente mi disfraz de poli malota. Mi cuerpo se calienta en cero coma un segundo y me quedo sin aliento. Sé lo que significa esa proposición. Sexo, sexo y sexo. Sin quitarle los ojos de encima, asiento.

—Me parece una fantástica idea.

Eric sonríe, me suelta, entra en la cocina y lo oigo hablar con Simona. También escucho las protestas de Flyn. Se enfada porque su tío se marche. Una vez que mi loco amor regresa, me agarra de la mano y dice:

—Vamos a vestirnos.

Eric se asombra por el cerrojo que le enseño que he puesto en la habitación. Le prometo que sólo lo utilizaremos en momentos puntuales. Asiente. Lo entiende.

—He comprado algo que te quiero enseñar. Siéntate y espera —le comunico, ansiosa.

Entro presurosa al baño. No le digo lo del disfraz de poli malota. Esa sorpresa la guardo para otro día. Me quito la ropa y me coloco los cubrepezones. ¡Qué graciosos! Divertida, abro la puerta del baño y, en plan Mata Hari, me planto ante él.

—¡Guau, nena! —exclama Eric al verme—. ¿Qué te has comprado?

—Son para ti.

Divertida, muevo mis hombros y las borlas que cuelgan de los pezones se menean. Eric ríe. Se levanta y echa el cerrojo. Yo sonrío. Cuando me acerco hasta él y antes de tumbarme en la cama, mi lobo hambriento murmura:

—Me encantan, morenita. Ahora los disfrutaré yo, pero no te los quites. Quiero que Björn los vea también.

Con una sonrisa acepto su beso voraz.

—De acuerdo, mi amor.

Una hora después, Eric y yo vamos en su coche. Estoy nerviosa, pero esos nervios me excitan a cada segundo más. Mi estómago está contraído. No voy a poder cenar y, cuando llegamos a casa de Björn, mi corazón late como un caballo desbocado.

Como era de esperar, el guapísimo Björn nos recibe con la mejor de sus sonrisas. Es un tío muy sexy. Su mirada ya no resulta tan inocente como cuando estamos con más gente. Ahora es morbosa.

Me enseña su espectacular casa y me sorprendo cuando al abrir una puerta me indica que ésas son las oficinas de su despacho particular. Me explica que allí trabajan cinco abogados, tres hombres y dos mujeres. Cuando pasamos junto a una de las mesas, Eric dice:

—Aquí trabaja Helga. ¿Te acuerdas de ella?

Asiento. Eric y Björn se miran y, dispuesta a ser tan sincera como ellos, explico:

—Por supuesto. Helga es la mujer con la que hicimos un trío aquella noche en el hotel, ¿verdad?

Mi alemán se muestra asombrado por mi sinceridad.

—Por cierto, Eric —dice Björn—, pasemos un momento a mi despacho. Ya que estás aquí, fírmame los documentos de los que hablamos el otro día.

Sin hablar entramos en un bonito despacho. Es clásico, tan clásico como el que tiene Eric en su casa. Durante unos segundos, ambos ojean unos papeles, mientras yo me dedico a fisgonear a su alrededor. Ellos están tranquilos. Yo no. Yo no puedo dejar de pensar en lo que deseo. Los observo, y me caliento. Los cubrepezones me endurecen el pecho mientras los oigo hablar, y me excito. Deseo que me posean. Quiero sexo. Ellos provocan en mí un morbo que puede con mi sentido, y cuando no puedo más, me acerco, le quito los papeles a Eric de la mano y, con un descaro del que nunca me creí capaz, lo beso.

¡Oh, sí! Soy una ¡loba!

Muerdo su boca con anhelo, y Eric responde al segundo. Con el rabillo del ojo veo que Björn nos mira. No me toca. No se acerca. Sólo nos mira mientras Eric, que ya ha tomado las riendas del momento, pasea sus manos por mi trasero, arrastrando mi vestido hacia arriba.

Cuando separa sus labios de los míos, soy consciente de lo que he despertado en él y le susurro, extasiada, dispuesta a todo:

—Desnúdame. Juega conmigo. —Eric me mira, y deseosa de sexo, musito sobre su boca—: Entrégame.

Su boca vuelve a tomar la mía y siento sus manos en el cierre de mi vestido. ¡Oh, sí! Lo baja, y cuando ya ha llegado a su tope, me aprieta las nalgas. Calor.

Sin hablar, me quita el vestido, que cae a mis pies. No llevo sujetador y mis cubrepezones quedan expuestos para él y su amigo. Excitación

Björn no habla. No se mueve. Sólo nos observa mientras Eric me sienta sobre la mesa del despacho vestida solo con un tanga negro y los cubrepezones. Locura.

Me abre las piernas y me besa. Acerca su erección a mi sexo y lo aprieta. Deseo.

Me tumba sobre la mesa, se agacha y me chupa alrededor de los cubrepezones. Luego su boca baja hasta mi monte de Venus y, tras besarlo, enloquecido, agarra la tanga y la rompe. Exaltación.

Sin más, veo que mira a su amigo y le hace una señal. Ofrecimiento.

Björn se acerca a él, y los dos me observan. Me devoran con la mirada. Estoy tumbada en la mesa, desnuda, y con los cubrepezones y el tanga roto aún puesto. Björn sonríe, y tras pasear su caliente mirada por mi cuerpo, murmura mientras uno de sus dedos tira de la tanga rota:

—Excitante.

Expuesta ante ellos y deseosa de ser su objeto de locura, subo mis pies a la mesa, me impulso y me coloco mejor. Llevo uno de mis dedos a mi boca, lo chupo y, ante la atenta mirada de los hombres a los que me estoy ofreciendo sin ningún decoro, lo introduzco en mi húmeda vagina. Sus respiraciones se aceleran, y yo meto y saco el dedo de mi interior una y otra vez. Me masturbo para ellos. ¡Oh, sí!

Sus ojos me devoran. Sus cuerpos están deseosos de poseerme, y yo de que lo hagan. Los tiento. Los reto con mis movimientos. Eric pregunta:

—Jud, ¿llevas en el bolso lo...?

—Sí —le corto antes de que termine la frase.

Eric toma mi bolso. Lo abre y saca el vibrador en forma de pintalabios, y se sorprende al ver también la joya anal. Sonríe y se acerca a mí.

—Date la vuelta y ponte a cuatro patas sobre la mesa.

Hago caso. Mi dueño me ha pedido eso, y yo, gustosa, lo obedezco. Björn me da un azotito en el trasero, y luego me lo estruja con sus manos mientras Eric mete la joya en mi boca para que la lubrique con mi saliva. Los vuelvo locos, lo sé. Una vez que Eric saca la joya de mi boca, me abre bien las piernas e introduce la joya en mi ano. Entra de tirón. Jadeo, y más cuando noto que la gira produciéndome un placer maravilloso mientras me tocan.

Con curiosidad miro hacia atrás y observo que los dos miran mi culo, mientras sus alocadas manos se pasean por mis muslos y mi vagina.

—Jud —dice Eric—, ponte como estabas antes.

Me vuelvo a tumbar sobre la mesa mientras noto la joya en mi interior. Cuando mi espalda descansa de nuevo en el escritorio, Eric me abre las piernas, me expone a los dos, y después se mete entre ellas y besa el centro de mi deseo. Me quemo.

Su lengua, exigente y dura, toca mi clítoris, y yo salto.

—No cierres las piernas —pide Björn.

Me agarro con fuerza a la mesa y hago lo que me pide, mientras Eric me toma por las caderas y me encaja en su boca. Gemidos de placer salen de mí, y mientras disfruto con ello, observo que Björn se quita los pantalones y se pone un preservativo.

De pronto, Eric se para, le entrega a Björn el pequeño vibrador en forma de pintalabios, sale de entre mis piernas, y su amigo toma su lugar. Eric se pone a mi lado, me echa el pelo hacia atrás y sonríe. Me mima y me besa. Björn, que ha entendido el mensaje, enciende el vibrador. Eric, cargado de erotismo, murmura:

—Vamos a jugar contigo y después te vamos a coger como anhelas.

Las manos de Björn recorren mis piernas. Las toca. Se acomoda entre ellas y pasa uno de sus dedos por mis húmedos labios vaginales. Después, dos, y cuando los ha abierto para dejar al descubierto mi ya hinchado clítoris, pone el vibrador sobre él, y yo grito. Me muevo. Aquel contacto tan directo me vuelve loca.

—No cierres las piernas, preciosa —insiste Björn, y me lo impide.

Eric me besa. Pone una de sus manos sobre mi abdomen para que no me mueva, mientras Björn aprieta el vibrador en mi clítoris, y yo grito cada vez más. Esto es asolador. Tremendo. Voy a explotar. Mi ano está lleno. Mi clítoris, enloquecido. Mis pezones, duros. Dos hombres juegan conmigo y no me dejan moverme, y creo que no lo voy a poder aguantar. Pero sí..., mi cuerpo acepta las sacudidas de placer que todo esto me provoca y, cuando me he corrido, Björn me penetra, y Eric mete su lengua en mi boca.

—Así..., pequeña..., así.

Ardo. Me quemo. Abraso.

Entregada a ellos, a lo que me piden, disfruto mientras mi Iceman me hace el amor con su boca, y Björn se mete en mí una y otra vez.

Nunca había imaginado que algo así pudiera gustarme tanto.

Nunca había imaginado que yo pudiera prestarme a algo así.

Nunca había imaginado que yo iniciaría un juego tan carnal, pero sí, yo lo he comenzado. Me he ofrecido a ellos y ansío que jueguen, me devoren y hagan conmigo lo que quieran. Soy suya. De ellos. Me gusta esa sensación y deseo continuar. Anhelo más.

El calor es abrasador. Eric, entre beso y beso, dice cosas calientes y morbosas en mi boca, y yo enloquezco de excitación. Mientras, Björn sigue penetrándome sobre la mesa de su despacho una y otra vez, a la par que me da azotitos en el trasero.

Me llega el clímax y grito mientras me abro para que Björn tenga más accesibilidad a mi interior. Eric me muerde la barbilla y, segundos después, es Björn quien se deja ir.

Acalorada, excitada, enardecida y con ganas de más juegos respiro con dificultad sobre la mesa. Eric me agarra entre sus brazos, y aún con la tanga rota colgando de mi cuerpo, y la joya anal, me saca del despacho. Traspasamos la vacía oficina y entramos en la casa de Björn. Allí vamos hasta un baño. Éste, que nos sigue, no entra. Sabe cuándo y dónde debe estar, y sabe que ese momento es íntimo entre Eric y yo.

Cuando entramos en el baño, Eric me deja en el suelo. Me quita los cubrepezones, se agacha y, con delicadeza, retira los restos del tanga. Yo sonrío, y cuando se levanta con él en la mano, suelto:

—Está claro que te gusta romperme la ropa interior.

Eric sonríe. Lo tira en una papelera y, mientras se quita la camisa, asegura:

—Desnuda me gustas más.

Con la mirada risueña, pregunto:

—¿La joya?

Eric sonríe y me da una nalgada en el culo.

—La joya se queda donde está. Cuando la saque lo haré para meter otra cosa, si tú quieres.

Acto seguido, abre el grifo de la ducha, y ambos nos metemos. El pelo se me empapa y me abraza. No me enjabona.

—¿Estás bien, cariño?

Hago un gesto de asentimiento, pero él, deseoso de oír mi voz, se separa de mí unos centímetros. Yo lo miro y murmuro:

—Deseaba hacerlo, Eric, y aún lo deseo.

Mi alemán sonríe y levanta una ceja.

—Me vuelves loco, pequeña.

Me agarro a su cuello y doy un salto para llegar a su boca. Él me agarra volando, y mientras el agua corre por nuestros cuerpos, nos besamos. La joya presiona mi ano.

—Quiero más —le confieso—. Me gusta la sensación que me produce que me ofrezcas y juegues conmigo. Me excita que me hables y digas cosas calientes. Me vuelve loca ser compartida, y quiero que lo vuelvas a hacer una y mil veces.

Su sonrisa seductora me hace temblar. Su delicadeza mientras me abraza es extrema, y yo me siento pletórica de felicidad.

Una vez fuera de la ducha, Eric me envuelve en una esponjosa toalla, me toma en brazos de nuevo y, sin secarse y desnudo, me saca del baño. Me lleva hasta una habitación en color burdeos y me posa en la cama. Presupongo que es la habitación de Björn, que en este mismo momento sale de otro baño, desnudo y húmedo. Se ha duchado como nosotros.

Veo que ambos se miran y, sin hacer el más mínimo gesto, se han comunicado con la mirada. El juego continúa. Björn se dirige a un lateral de la habitación y la carne se me pone de gallina cuando escucho sonar la canción *Cry me a river* en la voz de Michael Bublé.

—Me comentó Eric que te gusta mucho este cantante, ¿es cierto? —pregunta Björn

—Sí, me encanta —le confirmo tras mirar a mi Iceman y sonreír.

Björn se acerca.

—He comprado este CD especialmente para ti.

Como una gata en celo y dispuesta a excitarlos de nuevo, me pongo de pie. Me quito la toalla, me toco los pechos y juego con ellos al compás de la música. Ellos me comen con la mirada. Tentadora, me revuelvo en la cama y me pongo a cuatro patas. Les enseño mi trasero, donde aún está la joya, y me contoneo al ritmo de la canción. Ambos me miran y veo sus erecciones duras y dispuestas para mí. Me bajo de la cama y, desnuda, los obligo a acercarse. Quiero bailar con los dos. Eric me mira mientras le agarro de la cintura y obligo a Björn a que me aferre por detrás. Durante unos minutos, los tres, desnudos, mojados y excitados, bailamos esa dulce y sensual melodía. En tanto Eric me devora la boca con pasión, Björn me besa el cuello y aprieta la joya en mi ano.

Morbo. Todo es morboso entre los tres en esta habitación. Ambos me sacan una cabeza y sentirme pequeña entre ellos me gusta. Sus erecciones latentes chocan contra mi cuerpo y las deseo. Se me seca la boca y sonrío a Eric. Mi alemán, tras besarme, me da la vuelta, y veo los ojos de Björn. Su boca desea besarme, ¡lo sé!, pero no lo hace. Se limita a besarme los ojos, la nariz, las mejillas, y cuando sus labios rozan la comisura de mis labios, me mira con deseo.

—Juega conmigo. Tócame —le susurro.

Björn asiente, y una de sus manos baja a mi vagina. La toca. La explora y mete uno de sus dedos en mí, haciéndome gemir. Eric me muerde el hombro mientras sus manos vuelan por mi cuerpo hasta terminar en la joya. Le da vueltas, y las piernas me flaquean. Me agarra por la cintura y me dejo hacer. Soy su juguete. Quiero que jueguen conmigo.

Bailamos..., nos devoramos..., nos tocamos..., nos excitamos.

Ser el centro de atención de estos dos titanes me gusta. Me encanta. Sentirme perversa mientras ellos me tocan y desean es lo máximo para mí en este momento. Cierro los ojos, me aprietan contra sus cuerpos y sus erecciones me indican que están preparados para mí. Me enloquece esa sensación. Adoro ser su objeto de deseo.

La canción acaba, y comienza *Kissing a fool,* y mi excitación está por las nubes. Eric y Björn están como yo. Al final, Eric exige con voz cargada de tensión:

—Björn, ofrécemela.

Éste se sienta en la cama, me hace sentar delante de él, pasa sus brazos por debajo de mis piernas y me las abre. ¡Oh, Dios, qué morbo! Mi vagina queda abierta totalmente para mi amor. Eric se agacha entre mis piernas, muerde mi monte de Venus y después mis labios vaginales. Tiemblo. Su ávida lengua me saborea y pronto encuentra mi clítoris. Juega. Lo tortura. Me enloquece, y el remate es cuando sus dedos da vueltas a la joya de mi ano. Grito.

—Me gusta oírte gritar de placer —cuchichea Björn en mi oído.

Eric se levanta. Está enloquecido. Pone su duro pene en mi vagina y me penetra. ¡Oh, sí!... Sus penetraciones son duras y asoladoras mientras Björn continúa diciendo:

—Te voy a follar, preciosa. No veo el momento de volver a hundirme en ti.

Las maravillosas penetraciones de Eric me hacen gritar de placer, mientras se hunde una y otra vez en mí consiguiendo arrancarme cientos de jadeos gustosos. Calientes. Perversos. De pronto, se para y, sin salir de mi interior, me agarra por la cintura y me alza. Me hunde más en él. Björn se levanta de la cama, y volando, como si en una silla invisible estuviera sentada, Eric continúa sus penetraciones mientras los fuertes brazos de Björn me sujetan y me lanzan una y otra vez contra mi Iceman.

Soy su muñeca. Me desmadejo entre sus brazos cuando mi chillido placentero le hace saber a Eric que he llegado al orgasmo y sale de mí. Björn me tumba en la cama, y Eric, con su falo erecto, se acerca, me agarra por la cabeza y con rudeza lo introduce en mi boca. Lo chupo. Lo degusto, enloquecida. Oigo rasgar un preservativo e imagino que Björn se lo está poniendo. Segundos después, abre mis piernas sin contemplaciones y me penetra. ¡Sí! Extasiada por el momento que estos dos me están proporcionando, disfruto de la erección de Eric. ¡Dios, me encanta!, hasta que segundos después se retira de mi boca y se corre sobre mi pecho.

Björn está muy excitado por lo que ve, así que me agarra por las caderas y comienza a bombear dentro de mí con fuerza. ¡Oh, sí!

Una..., dos..., tres..., cuatro..., cinco..., seis...

Mis gemidos de placer salen descontrolados de mi boca mientras los dos hombres se hacen con mi cuerpo. Me poseen a su antojo, y yo accedo. Yo quiero. Yo me abro a ellos, hasta que Björn se corre y yo con él. Eric, tan enloquecido como nosotros, extiende por mis pechos el jugo de su excitación y veo en sus vidriosos ojos que disfruta del momento. Todos disfrutamos.

La música va *in crescendo,* y nuestros cuerpos se acompasan. Eric me besa y yo gozo. Tras salir de mí, Björn mete su cabeza entre mis piernas y busca mi clítoris. Desea más. Lo aprieta entre sus labios y tira de él. Me retuerzo. Mueve la joya en mi ano. Grito. Su boca muerde la cara interna de mis muslos mientras Eric me masajea la cabeza y me mira. Calor..., tengo calor y creo que me voy a correr otra vez. Pero cuando estoy a punto de hacerlo, oigo decir a Eric:

—Todavía no, pequeña...Ven aquí.

Se sienta en la cama, me agarra de la mano y tira de mí. Me hace sentar a horcajadas sobre él y me penetra de nuevo. Quiero correrme. Necesito correrme. Como loca me muevo en busca de mi placer y, enloquecida, grito:

—No pares, Eric. Quiero más. Quiero a los dos dentro.

A través de las pestañas, veo que Eric asiente. Björn abre un cajón y saca lubricante. Eric, al verme tan enloquecida, detiene sus penetraciones.

—Escucha, amor, Björn va a poner lubricante para facilitar su entrada. —Asiento, y prosigue al ver mi mirada—: Tranquila..., nunca permitiría que nada te doliera. Si te duele, me avisas y paramos, ¿de acuerdo?

Le digo que sí y me besa; me aprieto contra él y suspiro.

Eric me acerca más a su cuerpo mientras su erección continúa proporcionándome placer. Björn, desde atrás, me da uno de sus azotes en el culo. Sonrío. Saca la joya de mi ano y siento que unta algo frío y húmedo mientras me susurra en el oído:

—No sabes cuánto te deseo, Judith. No veía el momento de penetrar este bonito culo tuyo. Voy a jugar contigo. Te voy a coger, y tú me vas a recibir.

Accedo. Quiero que lo haga, y Eric añade:

—Eres mía, pequeña, y yo te ofrezco. Hazme disfrutar con tu orgasmo.

Con el dedo, Björn juguetea en mi interior, mientras Eric me penetra y me dice cosas calientes. Muy calientes. Ardorosas. Ambos me conocen y saben que eso me excita. Segundos después, Björn le pide a Eric que me abra para él. Mi Iceman, sin retirar sus preciosos ojos de mí, me agarra de las nalgas y me muerde el labio inferior. Sin soltarme noto la punta de la erección de Björn sobre mi ano y cómo centímetro a centímetro, apretándome, se introduce en mí.

—Así, cariño..., poco a poco... —murmura Eric tras soltarme el labio—. No tengas miedo. ¿Duele? —Niego con la cabeza, y él sigue—: Disfruta, mi amor..., disfruta de la posesión.

—Sí..., preciosa..., sí... tienes un culito fantástico... —masculla Björn, penetrándome—. ¡Oh, Dios!, me encanta. Sí, nena..., sí...

Abro la boca y gimo. La sensación de esa doble penetración es indescriptible y escuchar lo que cada uno dice me calienta a cada segundo más. Eric me mira con los ojos brillantes por la expectación y, ante mis jadeos, me pide:

—No dejes de mirarme, cariño.

Lo hago.

—Así..., así..., acóplate a nosotros... Despacio..., disfruta...

Estoy entre dos hombres que me poseen.

Dos hombres que me desean.

Dos hombres que deseo.

Cuatro manos me sujetan desde diferentes sitios, y ambos me llenan con delicadeza y pasión. Siento sus penes casi rozarse en mi interior, y me gusta verme sometida por y para ellos. Eric me mira, toca mi boca con la suya, y cada uno de mis jadeos los toma para él mientras me dice dulces y calientes palabras de amor. Björn me pellizca los pezones, me posee desde atrás y cuchichea en mi oído:

—Te estamos follando... Siente nuestras vergas dentro de ti...

Calor..., tengo un calor horroroso y, de pronto, noto como si toda la sangre de mi cuerpo subiera a la cabeza y grito, extasiada. Estoy siendo doblemente penetrada y enloquezco de placer. Me estrujan contra ellos exigiéndome más, y vuelvo a gritar hasta que me arqueo y me dejo ir. Ellos no paran; continúan con sus penetraciones. Eric... Björn... Eric... Björn... Sus respiraciones enloquecidas y sus movimientos me hacen saltar en medio de los dos, hasta que sueltan unos gruñidos varoniles, y sé que el juego, de momento, ha finalizado.

Con cuidado, Björn sale de mí y se tumba en la cama. Eric no lo hace y quedo tendida sobre él mientras me abraza. Durante unos minutos, los tres respiramos con dificultad mientras la voz de Michael Bublé resuena en la habitación, y nosotros recuperamos el control de nuestros cuerpos.

Pasados cinco minutos, Björn toma mi mano, la besa y susurra con una media sonrisa:

—Con vuestro permiso, me voy a la ducha.

Eric sigue abrazándome, y yo lo abrazo a él. Cuando quedamos solos en la cama, lo miro. Tiene los ojos cerrados. Le muerdo el mentón.

—Gracias, amor.

Sorprendido, abre los ojos.

—¿Por qué?

Le doy un beso en la punta de la nariz que le hace sonreír.

—Por enseñarme a jugar y a disfrutar del sexo.

Su carcajada me hace reír a mí, y más cuando afirma:

—Estás comenzando a ser peligrosa. Muy peligrosa.

Media hora más tarde, duchados, los tres vamos a la cocina de Björn. Allí, sentados sobre unos taburetes, comemos y nos divertimos mientras charlamos. Les confieso que sus exigencias y su rudeza en ciertos momentos me excitan, y los tres reímos. Dos horas después, vuelvo a estar desnuda sobre la encimera de la cocina, mientras ellos me vuelven a poseer, y yo, gustosa, me ofrezco.

26

La vida con Iceman va viento en popa a pesar de nuestras discusiones. Nuestros encuentros a solas son locos, dulces y apasionados, y cuando visitamos a Björn, calientes y morbosos. Eric me entrega a su amigo, y yo acepto, gustosa. No hay celos. No hay reproches. Sólo hay sexo, juego y morbo. Los tres hacemos un excepcional trío, y lo sabemos; disfrutamos de nuestra sexualidad plenamente en cada encuentro. Nada es sucio. Nada es oscuro. Todo es locamente sensual.

Flyn es otro cantar. El pequeño no me lo pone fácil. Cada día que pasa lo noto más reticente a ser amable conmigo y a nuestra felicidad. Eric y yo sólo discutimos por él. Él es la fuente de nuestras peleas, y el niño parece disfrutar.

Ahora acompaño a Norbert alguna mañana al colegio. Lo que Flyn no sabe es que cuando Norbert arranca el coche y se va, yo lo observo sin ser vista. No entiendo qué ocurre. No soy capaz de comprender por qué Flyn es el centro de las burlas de sus supuestos amigos. Lo vapulean, le empujan, y él no reacciona. Siempre acaba en el suelo. He de poner remedio. Necesito que sonría, que tenga confianza en sí mismo, pero no sé cómo lo voy a hacer.

Una tarde, mientras estoy en mi habitación tarareando la canción *Tanto* de Pablo Alborán, observo a través de los cristales que vuelve a nevar. Nieva sobre lo nevado, y eso me alegra. ¡Qué bonita que es la nieve! Encantada con ello, voy a la habitación de juegos donde Flyn hace deberes y abro la puerta.

—¿Te apetece jugar en la nieve?

El niño me mira y, con su habitual gesto serio, responde:

—No.

Tiene el labio partido. Eso me enfurece. Le agarro la barbilla y le pregunto:

—¿Quién te ha hecho esto?

El crío me mira y con mal genio responde:

—A ti no te importa.

Antes de contestar, decido callar. Cierro la puerta y voy en busca de Simona, que está en la cocina preparando un caldo. Me acerco a ella.

—Simona.

La mujer, secándose las manos en el delantal, me mira.

—Dígame, señorita.

—¡Aisss, Simona, por Dios, que me llames por mi nombre, Judith!

Simona sonríe.

—Lo intento, señorita, pero es difícil acostumbrarme a ello.

Comprendo que, efectivamente, debe de ser muy difícil para ella.

—¿Hay algún trineo en la casa? —pregunto.

La mujer lo piensa un momento.

—Sí. Recuerdo que hay uno guardado en el garage.

—¡Genial! —aplaudo. Y mirándola, digo—: Necesito pedirte un favor.

—Usted dirá.

—Necesito que salgas al exterior de la casa conmigo y juegues a tirarnos bolas.

Incrédula, parpadea, y no entiende nada. Yo, divirtiéndome, le agarro las manos y cuchicheo:

—Quiero que Flyn vea lo que se pierde. Es un niño, y debería querer jugar con la nieve y tirarse en trineo. Vamos, demostrémosle lo divertido que puede ser jugar con algo que no sean las maquinitas.

En un principio, la mujer se muestra reticente. No sabe qué hacer, pero al ver que la espero, se quita el mandil.

—Deme dos segundos que me pongo unas botas. Con el calzado que llevo, no se puede salir al exterior.

—¡Perfecto!

Mientras me pongo mi bufanda roja y los guantes en la puerta de la casa, aparece Simona, que toma su bufanda azul y un gorro.

—¡Vamos a jugar! —digo, agarrándola del brazo.

Salimos de la casa. Caminamos por la nieve hasta llegar frente al cuarto de juegos de Flyn, y allí comenzamos nuestra particular guerra de bolas. Al principio, Simona se muestra tímida, pero tras cuatro aciertos míos, ella se anima. Agarramos nieve y, entre risas, las dos nos la tiramos.

Norbert, sorprendido por lo que hacemos, sale a nuestro encuentro. Primero, es reticente a participar, pero dos minutos después, lo he conseguido, y se une a nuestro juego. Flyn nos observa. Veo a través de los cristales que nos está mirando y grito:

—Vamos, Flyn... ¡Ven con nosotros!

El niño niega con la cabeza, y los tres continuamos. Le pido a Norbert que traiga del garage el trineo. Cuando lo saca, veo que es rojo. Encantada, me subo en él y me tiro por una pendiente llena de nieve. El guarrazo que me meto es considerable, pero la mullida nieve me para y me río a carcajadas. La siguiente en tirarse en Simona, y después lo hacemos las dos juntas. Terminamos rebozadas de nieve, pero felices, pese al gesto incómodo de Norbert. No se fía de nosotras. De pronto, y contra todo pronóstico, veo que Flyn sale al exterior y nos mira.

—¡Vamos, Flyn, ven!

El pequeño se acerca y le invito a sentarse en el trineo. Me mira con recelo, así que le digo:

—Ven, yo me sentaré delante y tú detrás, ¿te parece?

Animado por Simona y Norbert, el niño lo hace y con sumo cuidado me tiro por la pendiente. A mis gritos de diversión se unen los de él, y cuando el trineo se para, me pregunta, extasiado:

—¿Lo podemos repetir?

Encantada de ver un gesto en él que nunca había visto, asiento. Ambos corremos hasta donde está Simona y repetimos la bajada.

A partir de este momento, todo son risas. Flyn, por primera vez desde que estoy en Alemania, se está comportando como un niño, y cuando consigo convencerlo para que baje él solo en el trineo y lo hace, su cara de satisfacción me llena el alma.

¡Sonríe!

Su sonrisa es adictiva, preciosa y maravillosa, hasta que de pronto veo que la cambia, y al mirar en la dirección que él mira, observo que *Susto* corre hacia nosotros. Norbert ha dejado el garage abierto, y, al oír nuestros gritos, el animal no lo ha podido remediar y viene a jugar. Asustado, el niño se paraliza y yo doy un silbido. *Susto* viene a mí, y cuando le agarro de la cabeza, murmuro:

—No te asustes, Flyn.

—Los perros muerden —susurra, paralizado.

Recuerdo lo que el niño contó aquel día en la cama, y acariciando a *Susto,* intento tranquilizarlo:

—No, cielo, no todos los perros muerden. Y *Susto* te aseguro que no lo va a hacer. —Pero el niño no se convence, e insisto mientras alargo la mano—: Ven. Confía en mí. *Susto* no te morderá.

No se acerca. Sólo me mira. Simona lo anima, y Norbert también, y el niño da un paso adelante pero se para. Tiene miedo. Yo sonrío y vuelvo a decir:

—Te prometo, cariño, que no te va a hacer nada malo.

Flyn me mira receloso, hasta que de pronto *Susto* se tira en la nieve y se pone patas arriba. Simona, divertida, le toca la barriga.

—Ves, Flyn. *Susto* sólo quiere que le hagamos cosquillas. Ven...

Yo hago lo que hace Simona, y el animal saca la lengua por un lateral de su boca en señal de felicidad.

De pronto, el niño se acerca, se agacha y, con más miedo que otra cosa, le toca con un dedo. Estoy segura de que es la primera vez que toca a un animal en muchos años. Al ver que *Susto* sigue sin moverse, Flyn se anima y le vuelve a tocar.

—¿Qué te parece?

—Suave y mojado —murmura el crío, que ya le toca con la palma de la mano.

Media hora después, *Susto* y Flyn ya son amigos, y cuando nos tiramos en el trineo, *Susto* corre a nuestro lado mientras nosotros gritamos y reímos.

Todos estamos empapados y rebozados de nieve. Es divertido. Lo estamos pasando bien, hasta que oímos que un coche se acerca. Eric. Simona y yo nos miramos. Flyn, al ver que es su tío, se queda paralizado. Eso me extraña. No corre en su busca. Cuando el vehículo se acerca, compruebo que Eric nos observa y, por su cara, parece estar de mala leche. Vamos, lo normal. Sin que pueda evitarlo murmuro cerca de Simona:

—¡Oh, oh!, nos ha pillado.

La mujer asiente. Eric para el coche. Se baja y da un portazo que me hace estimar el calibre de su enfado mientras camina hacia nosotros intimidatoriamente.

¡Madre mía! ¡Qué rebote tiene mi Iceman!

Cuando quiere ser malote, es el peor. Nadie respira. Yo lo miro. Él me mira. Y cuando está cerca de nosotros, grita con gesto reprobador:

—¿Qué hace este perro aquí?

Flyn no dice nada. Norbert y Simona están paralizados. Todos me miran a mí, y yo respondo:

—Estábamos jugando con la nieve, y él está jugando con nosotros.

Eric agarra de la mano a Flyn y gruñe:

—Tú y yo tenemos que hablar. ¿Qué has hecho en el colegio?

El tono de voz que emplea con el crío me subleva. ¿Por qué tiene que hablarle así? Pero, cuando voy a decir algo, lo escucho decir:

—Me han llamado del colegio otra vez. Por lo visto, has vuelto a meterte en otro lío y esta vez ¡muy gordo!

—Tío, yo...

—¡Cállate! —grita—. Vas a ir derechito al internado. Al final, lo vas a conseguir. Ve a mi despacho y espérame allí.

Simona, Norbert y el pequeño, tras la dura mirada de Eric, se van.

Con gesto de tristeza, la mujer me mira. Yo le guiño un ojo, a pesar de que sé que me va a caer una buena. Caracter que tiene el pollo alemán. Una vez solos, Eric ve el trineo y las huellas que hay en la pendiente, y sisea:

—Quiero a ese perro fuera de mi casa, ¿me has oído?

—Pero Eric..., escucha...

—No, no voy a escuchar, Jud.

—Pues deberías —insisto.

Tras un duelo de miradas tremendo, finalmente grita:

—¡He dicho fuera!

—Oye, si vienes enfadado de la oficina, no lo pagues conmigo. ¡Serás borde...!

Resopla, se toca el pelo y farfulla:

—Te dije que no quería ver a ese animal aquí y que yo sepa no te he dado permiso para que mi sobrino se monte en un trineo, y menos al lado de ese animal.

Sorprendida por el arranque de mal humor y dispuesta a presentar batalla, protesto.

—No creo que tenga que pedirte permiso para jugar en la nieve, ¿o sí? Si me dices que así es, a partir de hoy te pediré permiso por respirar. ¡Maldición, sólo me faltaba oír esto!

Eric no responde, y añado malhumorada:

—En cuanto a *Susto,* quiero que se quede aquí. Esta casa es lo bastante grande como para que no tengas que verlo si no quieres. Tienes un jardín que es como un parque de grande. Le puedo construir una casa para que viva en ella y nos guardará la casa. No sé por qué te empeñas en echarlo con el frío que hace. Pero ¿no lo ves? ¿No te da pena? Pobrecito, hace frío. Nieva, y pretendes que lo deje en la calle. Venga, Eric, por favor.

Mi Iceman, que está impresionante con su traje y su abrigo azulón, mira a *Susto.* El perro le mueve el rabo, ¡animalillo!

—Pero, Jud, ¿tú te crees que yo soy tonto? —dice, sorprendiéndome. Y como no respondo, afirma—: Este animal lleva ya tiempo en el garage.

Mi corazón se paraliza. ¿Habrá visto también la moto?

—¿Lo sabías?

—Pero ¿me crees tan tonto como para no haberme dado cuenta? Pues claro que lo sabía.

Primero me quedo boquiabierta, y antes de que pueda responder, él insiste:

—Te dije que no lo quería dentro de *mi* casa, pero, aun así, tú lo metiste y...

—Como vuelvas a decir eso de *tu* casa..., me voy a enfadar —siseo, sin mencionar la moto. Si él no dice nada, mejor no sacar el tema en este momento—. Llevas tiempo diciéndome que considere esta casa como mía, y ahora, porque he dado cobijo a un pobre animal en tu mugroso garage para que no se muera de frío y hambre en la calle, te estás comportando como un..., un...

—Imbécil —acaba él.

—Exacto —asiento—. Tú lo has dicho: ¡un imbécil!

—Entre mi sobrino y tú van a...

—¿Qué ha hecho Flyn en el colegio? —le pregunto.

—Se ha metido en una pelea, y al otro chico le han tenido que dar puntos en la cabeza.

Eso me sorprende. No veo yo a Flyn de ese calibre, aunque tenga el labio roto. Eric se pasa la mano por la cabeza furioso, mira a *Susto* y grita:

—¡Lo quiero fuera de aquí ya!

Tensión. El frío que hace no es comparable con el frío que siento en mi corazón, y antes de que él vuelva a decir algo, lo amenazo:

—Si *Susto* se va, yo me voy con él.

Eric levanta las cejas con frialdad, y dejándome con la boca abierta, dice antes de darse la vuelta:

—Haz lo que quieras. Al fin y al cabo, siempre lo haces.

Y sin más, se marcha. Me deja allí plantada, con cara de idiota y con ganas de discutir más. Pasan diez minutos y continúo en el exterior de la casa junto al animal. Eric no sale. No sé qué hacer. Por un lado, entiendo que hice mal al meter a *Susto* en el garage, pero por otro no puedo dejar a este pobre animal en la calle.

Veo que Flyn se asoma por la ventana de su cuarto de juegos y le saludo con la mano. Él hace lo mismo y me salta el corazón. Jugar, el trineo y *Susto* le han ido bien, pero no puedo dejar al perro en esa casa. Sé que sería otra fuente de problemas. Simona sale y se acerca a mí.

—Señorita, se va a resfriar. Está empapada y...

—Simona, tengo que encontrarle un hogar a *Susto*. Eric no quiere que esté aquí.

La mujer cierra los ojos y asiente, pesarosa.

—Sabe que me lo quedaría en mi casa, pero el señor se molestaría. Lo sabe, ¿verdad? —Asiento, e indica—: Si quiere, podemos llamar a los de la protectora de animales. Ellos seguro que se lo encuentran.

Le pido que me localice el teléfono. No queda otro remedio. No entro en la casa. Me niego. Si veo a Eric me lo como en el mal sentido de la palabra. Camino con *Susto* por el sendero hasta llegar a la enorme verja. Salgo al exterior y juego con el animal, que está feliz por estar conmigo. Las lágrimas asoman a mis ojos y dejo que salgan. Contenerlas es peor. Lloro. Lloro desconsoladamente mientras le lanzo piedras al animal para que corra en su busca. ¡Pobrecillo!

Veinte minutos después, aparece Simona y me entrega un papel con un teléfono.

—Norbert dice que llamemos aquí. Que preguntemos por Henry y le digamos que llamamos de su parte.

Le doy las gracias y saco mi teléfono del bolsillo y, con el corazón destrozado, hago lo que Simona me dice. Hablo con el tal Henry y me dice que en una hora pasarán a recoger al animal.

Ya es de noche. Obligo a Simona a entrar en la casa para que puedan cenar Eric y Flyn, y yo me quedo en el exterior con *Susto*. Estoy congelada. Pero eso no es nada para el frío que ha debido de pasar el pobre animal todo este tiempo. Eric me llama al celular, pero lo corto. No quiero hablar con él. ¡Que se cree!

Diez minutos después, unas luces aparecen en el fondo de la calle y sé que es el coche que viene a llevarse al animal. Lloro. *Susto* me mira. Una furgoneta que recoje animales llega hasta donde estoy y se para. Me acuerdo de *Curro*. Él se fue y ahora también se va *Susto*. ¿Por qué la vida es tan injusta?

Se baja un hombre que se identifica como Henry, mira al animal y le toca la cabeza. Firmo unos papeles que me entrega y, mientras abre las puertas traseras de la furgoneta, me dice:

—Despídase de él, señorita. Me voy ya. Y, por favor, quítele lo que lleva al cuello.

—Es una bufanda que hice para él. Está resfriado.

El hombre me mira e insiste:

—Por favor, quíteselo. Es lo mejor.

Maldigo. Cierro los ojos y hago lo que me pide. Cuando tengo la bufanda en mis manos resoplo. ¡Uf!, qué momento más triste. Contemplo a *Susto,* que me mira con sus ojazos saltones y, agachándome, murmuro mientras le toco su huesuda cabeza:

—Lo siento, cariño, pero ésta no es mi casa. Si lo fuera, te aseguro que nadie te sacaría de aquí. —El animal acerca su húmedo hocico a mi cara, me da un lametazo, y yo añado—: Te van a encontrar un bonito hogar, un sitio calentito donde te van a tratar muy bien.

No puedo decir más. El llanto me desencaja el rostro. Esto es como volver a despedirme de *Curro*. Le doy un beso en la cabeza, y Henry agarra a *Susto* y lo mete en la furgoneta. El animal se resiste, pero Henry está acostumbrado y puede con él. Y cuando cierra las puertas, se despide de mí y se va.

Sin moverme de donde estoy, veo cómo la furgoneta se aleja, y en ella va *Susto*. Me tapo la cara con la bufanda y lloro. Tengo ganas de llorar. Durante un rato, sola en esa oscura y fría calle, lloro como llevaba tiempo sin hacerlo. Todo es difícil en Múnich. Flyn no me lo pone fácil, y Eric, en ocasiones, es frío como el hielo.

Cuando me doy la vuelta para regresar al interior de la casa, me sorprendo al ver a Eric parado tras la verja. La oscuridad no me deja ver su mirada, pero sé que está clavada en mí. Tengo frío. Camino, y él me abre la puerta. Paso por su lado y no digo nada.

—Jud...

Con rabia me vuelvo hacia él.

—Ya está. No te preocupes. *Susto* ya no está en *tu* maldita casa.

—Escucha, Jud...

—No, no te quiero escuchar. Déjame en paz.

Sin más, comienzo a caminar. Él me sigue, pero andamos en silencio. Cuando llegamos a la casa entramos, nos quitamos los abrigos y me agarra de la mano. Rápidamente, me suelto y corro escaleras arriba. No quiero hablar con él. Al subir la escalera, me encuentro de frente con Flyn. El niño me mira, pero yo paso por su lado y me meto en mi habitación, dando un portazo. Me quito las botas y los húmedos jeans, y me encamino hacia la ducha. Estoy congelada y necesito entrar en calor.

El agua caliente me hace volver a ser persona, pero irremediablemente vuelvo a llorar.

—¡Mierda de vida! —grito.

Un gemido sale de mi interior y lloro. Tengo el día llorón. Oigo que la puerta del baño se abre y, a través de la mampara, veo que es Eric. Durante unos minutos, nos volvemos a mirar, hasta que sale del baño y me deja sola. Se lo agradezco.

Tras salir de la ducha, me envuelvo en una toalla y me seco el pelo. Después, me pongo la pijama y me meto en la cama. No tengo hambre. Rápidamente, el sueño me vence y me despierto sobresaltada cuando noto que alguien me toca. Es Eric. Pero enfadada, simplemente murmuro:

—Déjame. No me toques. Quiero dormir.

Sus manos se alejan de mi cintura, y yo me doy la vuelta. No quiero su contacto.

27

Por la mañana, cuando me levanto, Eric está tomando café en la cocina. Flyn está junto a él, y cuando me ven, los dos me miran.

—Buenos días, Jud —dice Eric.

—Buenos días —respondo.

No me acerco a él. No le doy mi beso de buenos días, y Flyn nos observa. Simona rápidamente me acerca un café y sonrío al ver que me ha hecho churros. Encantada, se lo agradezco y me siento a comérmelos. El silencio es sepulcral en la cocina, cuando por norma soy yo la que habla e intenta sacar tema de conversación.

Eric me mira, me mira y me mira; sé que mi actitud no le gusta. Lo incomoda. Pero me da igual. Quiero incomodarlo, tanto o más como él me incomoda a mí.

Norbert entra en la cocina y le indica a Flyn que se dé prisa o llegará tarde al colegio. Al momento, suena mi teléfono. Es Marta. Sonrío, me levanto y salgo de la cocina. Subo las escaleras y llego hasta mi dormitorio.

—¡Hola, loca! —la saludo.

Marta se ríe.

—¿Cómo va todo por allí?

Resoplo, miro por la ventana y respondo:

—Bien. ¡Ya tú sabes mi *amol!* Con ganas de matar a tu hermano.

De nuevo, resuena la risa de Marta.

—Entonces, eso significa que todo sigue bien.

Tras hablar con ella durante un rato queda en pasar a recogerme. Quiere que la acompañe a comprarse algo de ropa. Cuando cierro el celular, al darme la vuelta, Eric está detrás de mí.

—¿Has quedado con mi hermana?

—Sí.

Paso por su lado, y Eric, alargando la mano, me para.

—Jud..., ¿no me vas a volver a hablar?

Lo miro y respondo con seriedad:

—Creo que te estoy hablando.

Eric sonríe. Yo no. Eric deja de sonreír. Yo me río por dentro. Me agarra por la cintura.

—Escucha, cariño. Sobre lo que ocurrió ayer...

—No quiero hablar de ello.

—Tú me has enseñado a hablar de los problemas. Ahora no puedes cambiar de opinión.

—Pues mira —contesto con orgullo—, por una vez, voy a ser yo la que no quiera hablar de los problemas. Me tienes harta.

Silencio. Tensión.

—Cariño, discúlpame. Ayer no fue un buen día para mí y...

—Y lo pagaste con el pobre *Susto,* ¿verdad? Y de paso me recordaste que ésta es *tu* casa y que Flyn es *tu* sobrino. Mira, Eric, ¡vete a la mierda!

Lo miro. Me mira. Reto en nuestras miradas, hasta que murmura:

—Jud, ésta es tu casa y...

—No, guapito, no. Es tu casa. Mi casa está en España, un lugar del que nunca debería haber salido.

De un tirón, me acerca a él y sisea:

—No sigas por ese camino, por favor.

—Pues cállate, y no hables más sobre lo que ocurrió ayer.

Tensión. El aire se corta con un cuchillo. Pienso en la moto. Cuando se entere, me descuartiza. Nos miramos y, finalmente, mi alemán dice:

—Tengo que marcharme de viaje. Te lo iba a decir ayer, pero...

—¿Que te marchas de viaje?

—Sí.

—¿Cuándo?

—Ahora mismo.

—¿Adónde?

—Tengo que ir a Londres. Tengo que solucionar unos asuntos, pero regresaré pasado mañana.

Londres. Eso me alerta. ¡¡Amanda!!

—¿Verás a Amanda? —pregunto, incapaz de contenerme.

Eric asiente, y yo de un manotazo me retiro de él. Los celos me pueden. Esa bruja no me gusta y no quiero que estén solos. Pero Eric, que sabe lo que pienso, me vuelve a acercar a él.

—Es un viaje de negocios. Amanda trabaja para mí y...

—¿Y con Amanda juegas también? Con ella te lo pasas genial en esos viajes y ésta va a ser una de esas veces, ¿verdad?

—Cariño, no...—susurra.

Pero los celos son algo terrible y grito fuera de mí:

—¡Oh, genial! Vete y pásatelo bien con ella. Y no me niegues lo que sé que va a ocurrir porque no me chupo el dedo. ¡Dios, Eric, que nos conocemos! Pero vamos, ¡tranquilo!, estaré esperándote en *tu* casa para cuando regreses.

—Jud...

—¡¿Qué?! —grito totalmente fuera de mí.

Eric me toma en brazos, me tumba en la cama y dice, agarrándome la cara con sus manos:

—¿Por qué piensas que voy a hacer algo con ella? ¿Todavía no te has dado cuenta de que yo sólo te quiero y te deseo a ti?

—Pero ella...

—Pero ella nada —me corta—. Tengo que viajar por trabajo, y ella trabaja conmigo. Pero, cariño, eso no significa que tenga que haber nada entre nosotros. Vente conmigo. Prepara una pequeña maleta y acompáñame. Si realmente no te fías de mí, hazlo, pero no me acuses de cosas que no hago ni haré.

De pronto, me siento ridícula. Absurda. Estoy tan enfadada por lo de *Susto* que soy incapaz de razonar. Sé que Eric no me mentiría en algo así y, tras resoplar, murmuro:

—Lo siento, pero yo...

No puedo continuar hablando. Eric toma mi boca y me besa. Me devora, y entonces soy yo la que lo abraza con desesperación. No quiero estar enfadada. Odio cuando nos incomunicamos. Disfruto su beso. Lo aprieto contra mí hasta que mi boca pide...

—Cógeme.

Eric se levanta. Echa el pestillo que yo puse en la puerta y, mientras se quita la corbata, murmura:

—Encantado de hacerlo, señorita Flores. Desnúdese.

Sin perder tiempo me quito la bata y la pijama, y cuando estoy totalmente desnuda ante él, y él ante mí, se sienta en la cama y dice:

—Ven...

Me acerco a él. Aproxima su cara a mi monte de Venus y lo besa. Pasea sus manos por mi cuerpo y susurra mientras me sienta a horcajadas sobre él y con sus manos abre los labios de mi vagina:

—Tú... eres la única mujer que yo deseo.

Su pene entra en mí y lo clava hasta el fondo.

—Tú... eres el centro de mi vida.

Yo me muevo en busca de mi placer y, cuando veo que él jadea, añado:

—Tú... eres el hombre al que quiero y en el que quiero confiar.

Mis caderas van de adelante atrás, y cuando la que jadea soy yo, Eric se levanta de la cama, me posa sobre ella y, tumbándose sobre mí, me penetra profundamente.

—Tú... eres mía como yo soy tuyo. No dudes de mí, pequeña.

Una embestida fuerte hace que su pene entre hasta el útero y yo me arquee.

—Mírame —me ordena.

Lo miro, y mientras profundiza más y más, y yo jadeo, asegura:

—Sólo a ti te puedo hacer el amor así, sólo a ti te deseo y sólo contigo disfruto de los juegos.

Calor..., fogosidad..., exaltación.

Eric me agarra por la cintura, me empala contra él y dice cosas maravillosas y bonitas, y yo, excitada, las disfruto tanto como lo que me hace. Durante varios minutos entra y sale de mí, fuerte..., rápido..., intenso, hasta que me ordena:

—Dime que confías en mí tanto como yo en ti.

Vuelve a hundirse en mi interior y me da un azote a la espera de mi contestación. Yo lo miro. No contesto, y él vuelve a penetrarme mientras me agarra de los hombros para que la embestida sea más atroz.

—¡Dímelo! —exige.

Sus caderas se retuercen antes de volver a lanzarse contra mí, y cuando me contraigo de placer, Eric me aprieta más contra él, y yo, enloquecida, murmuro:

—Confío en ti..., sí..., confío en ti.

Una sonrisa lobuna se dibuja en su rostro; me agarra por la cintura y me levanta. Me maneja a su antojo. ¡Lo adoro! Me lleva contra la pared y, enardecido, me penetra con fuerza una y otra vez mientras yo enredo mis piernas en su cintura y me arqueo para recibirlo.

¡Oh, sí, sí, sí!

Mi gemido placentero queda mitigado porque le muerdo el hombro, pero le hace ver que mi disfrute ha llegado, y entonces, sólo entonces, él se deja llevar por su placer. Desnudos y sudorosos, nos abrazamos mientras seguimos contra la pared. Amo a Eric. Lo quiero con toda mi alma.

—Te quiero, Jud... —afirma, bajándome al suelo—. Por favor, no lo dudes, cariño.

Cinco minutos después estamos en la ducha. Aquí me vuelve a hacer el amor. Somos insaciables. El sexo entre nosotros es fantástico. Colosal.

Cuando Eric se marcha, le digo adiós con la mano. Confío en él. Quiero confiar en él. Sé lo importante que soy en su vida y estoy segura de que no me decepcionará.

Marta pasa a recogerme y sonrío. Me monto en su coche y nos sumergimos en el tráfico de Múnich.

Llegamos hasta una elegante tienda. Estacionamos el coche, y cuando entramos, veo que es la tienda de Anita, la amiga de Marta que estuvo con nosotras en el bar cubano. Tras elegir varios vestidos, a cuál más bonito y más caro, cuando entramos en el espacioso e iluminado probador cuchichea:

—Tengo que comprarme algo sexy para la cena de pasado mañana.

—¿Tienes una cena con un churri?

—Sí —dice riendo Marta.

—¡Vaya!, ¿y con quién es esa cena?

Divertida, Marta me mira y murmura:

—Con Arthur.

—¿Arthur?, ¿el camarero buenorro?

—Sí.

—¡Guau, genial! —aplaudo.

—Decidí seguir tu consejo y darle una oportunidad. Quizá salga bien, quizá no, pero mira, nunca podré decir que ¡no lo intenté!

—¡Bien, mi chica...! —exclamo, alegre.

Se prueba varios vestidos y al final se decide por uno azul eléctrico. Marta está guapísima con él. De pronto, una voz llama mi atención. ¿Dónde he oído yo esa voz? Salgo del probador y me quedo sin habla. A pocos metros de mí tengo a la persona que he deseado echarme a la cara en estos últimos meses hablando con otra mujer: Betta. La sangre se me enciende y mi sed de venganza me atenaza.

Sin poder contener mis impulsos más asesinos, voy hacia ella y, antes de que Betta pueda reaccionar, ya la tengo agarrada por el cuello y siseo en su cara:

—¡Hola, Rebeca!, ¿o mejor te llamo Betta?

Ella se queda blanca como el papel, y su amiga aún más. Está asombrada. No esperaba verme aquí y menos todavía que yo reaccionara así. Soy pequeña, pero matona, y esa imbécil se va a enterar de quién soy yo. Anita, al vernos, se dirige a nosotras. Pero no dispuesta a soltar a mi presa, la meto en un probador.

—Tengo que hablar con ella. ¿Nos das un momento?

Cierro la puerta del probador, y Betta me mira, horrorizada. No tiene escapatoria. Sin más, le suelto una bofetada que le gira la cara.

—Esto para que aprendas, y esto —digo, y le doy otra bofetada con la mano bien abierta— por si todavía no has aprendido.

Betta grita. Anita grita. La amiga de Betta grita. Todas gritan y aporrean la puerta, y yo, dispuesta a darle su merecido a esta sinvergüenza, le retuerzo un brazo, la hago caer de rodillas ante mí y suelto:

—No soy agresiva ni mala persona, pero cuando lo son conmigo, soy la peor. Me convierto en una bicha muy..., muy mala. Y lo siento, chata, pero tú solita has despertado el monstruo que hay en mí.

—Suéltame..., suéltame que me haces daño —grita Betta desde el suelo.

—¿Daño? —repito con sarcasmo—. Esto no es hacerte daño, ¡rata asquerosa! Esto es simplemente un aviso de que conmigo no se juega. Jugaste con ventaja la última vez. Tú sabías quién era yo, pero, en cambio, yo a ti no te conocía. Jugaste sucio conmigo, y yo, tonta de mí, no te vi venir. Pero escucha, conmigo no se juega, y si se hace, hay que estar dispuesta a encontrarse con la revancha.

Marta, asustada por los gritos, se suma a aporrear la puerta con las demás. No entiende lo que pasa. No entiende por qué me he puesto así. Eso me agobia, me desconcentra y, antes de soltar a Betta, siseo en su oído:

—Que sea la última vez que te acercas a Eric o a mí, porque te juro que, si lo vuelves a hacer, esto no se va a quedar en un aviso. Por tu bien, te quiero muy lejos de Eric. Recuérdalo.

Dicho esto la suelto, pero con el pie le doy en el trasero y cae de bruces al suelo. ¡Oh, Dios! ¡Qué subidón! Después, abro la puerta y salgo. Marta me mira asustada. No entiende nada, y entonces ve a Betta y lo comprende todo. Justo cuando la otra se levanta, se acerca a ella y, con toda su rabia, le suelta otro bofetón.

—Esto por mi hermano. ¡¿Cómo pudiste acostarte con su padre, zorra?!

Al momento, Anita deja de pedir explicaciones y entiende de lo que habla Marta. La amiga de Betta, horrorizada, la ayuda.

—Llame a la policía, por favor.

—¿Por qué? —pregunta Anita con indiferencia.

—Esas mujeres han atacado a Rebeca, ¿no lo ha visto?

Anita niega con la cabeza.

—Lo siento, pero yo no he visto nada. Sólo he visto una rata en el suelo.

Más ancha que pancha, me apoyo en el lateral de la puerta y la miro. Me contengo. Quisiera darle una buena paliza, pero tampoco me tengo que pasar aunque se la merezca. Betta está aturdida, no sabe qué hacer y finalmente dice, agarrando del brazo a su amiga:

—Vámonos.

Cuando desaparecen de la tienda, Anita y Marta me miran.

—Lo siento. Discúlpenme, chicas, pero tenía que hacerlo. Esa mujer nos ha dado muchos problemas a Eric y a mí, y cuando la he visto, no he podido remediarlo. Me ha salido mi carácter y yo, yo...

Anita asiente, y Marta contesta:

—No lo sientas. Se lo merecía por guarra.

Unos segundos después, las tres nos reímos mientras la mano aún me duele por los bofetones que le he dado a Betta. Pero ¡qué gustito me he quedado!

Cuando salimos de la tienda, decidimos ir a un local a tomar unas cervezas. Lo necesitamos. El encuentro con Betta ha sido algo que ninguna esperaba y nos ha descentrado un poco. Cuando conseguimos relajarnos, Marta me habla de su cita.

—¿Pasado mañana es el día de los Enamorados?

—Sí —afirma Marta—. ¿No lo sabías?

—Pues no... Tengo en la cabeza tantas cosas que sinceramente se me había olvidado. Aunque bueno, conociendo a tu hermano, seguro que tampoco le dará importancia a un día así. Si pasaba de la Navidad, ni te cuento lo que pensará de un día tan romántico y consumista.

—Mujer, de entrada te ha dicho que regresará de su viaje ese día.

—Sí, pero no ha mencionado que haremos nada especial. Aunque hace poco le propuse poner un candado en el puente de los enamorados y respondió que sí.

—¿Mi hermano?

—¡Ajá!

—¿Eric?, ¿don Gruñón dijo que sí a poner un candado del amor?

—Eso dijo —le confirmo, riendo—. Se lo comenté como algo que me había llamado la atención y me dijo que, cuando quisiera, podíamos ir a poner el nuestro. Pero, vamos, no lo ha vuelto a mencionar.

Tras unas risas incrédulas por parte de ambas, Marta cuchichea:

—Sinceramente. Nunca he visto a mi hermano muy romántico para esas cosas. Y que yo recuerde, cuando estaba con la cerda de Betta, nunca le oí que hicieran nada especial el día de los Enamorados.

Mencionarla nos vuelve a mosquear.

—Me imagino que te has puesto así por algo más que por lo que esa sinvergüenza le hizo a mi hermano, ¿verdad? —inquiere Marta.

—Sí.

—¿Me lo puedes contar?

Mi cabeza comienza a funcionar a mil por hora. No puedo contarle la verdad de lo sucedido a Marta. Ella no conoce nuestros juegos sexuales.

—En España se metió en nuestra relación, y tu hermano y yo discutimos y rompimos.

—¿Que mi hermano rompió contigo por esa asquerosa? —pregunta boquiabierta Marta.

—Bueno..., es algo complicado.

—¿Quiso volver con ella? Porque si es así, ¡lo mato!

—No..., no fue por eso. Fue por un malentendido que generó esa innombrable, y él le dio más credibilidad a ella que a mí.

—No me lo puedo creer. ¿Mi hermano es tonto?

—Sí, además de imbécil.

Ambas nos reímos y decidimos dar la conversación por finalizada y comer algo. Eric me llama y hablo con él. Ha llegado a Londres y omito contarle lo que ha pasado con Betta. Será lo mejor.

28

Tras la comida, Marta me deja en la casa de Eric. Simona me indica que Flyn está haciendo los deberes en su sala de juegos y que ella se va con Norbert al supermercado. Ha grabado el capítulo de «Locura esmeralda» y más tarde lo veremos. Asiento, subo a la habitación y me cambio de ropa. Me pongo una camiseta y un pantalón de algodón gris para estar por casa y decido ir a ver cómo está el niño.

Cuando abro la puerta, me mira. Por su gesto, está enfadado. Pero vamos, eso no me extraña. Vive enfadado. Me acerco a él y le revuelvo el pelo.

—¿Qué tal hoy en el cole?

El crío mueve al cabeza para que lo deje de tocar y responde:

—Bien.

Veo que su labio está mejor que ayer. Niego con la cabeza. Esto no puede continuar así y, agachándome para estar a su altura, murmuro:

—Flyn, no debes permitir que los chicos te sigan haciendo lo que te hacen. Debes defenderte.

—Sí, claro, y cuando lo hago, mi tío se enfada —espeta furioso.

Recuerdo lo que me contó Eric y asiento.

—Vamos a ver, Flyn, entiendo lo que dices. No sé bien qué ocurrió ayer para que a ese muchacho le tuvieran que dar puntos.

El niño no me mira, pero por lo tieso que se ha puesto intuyo que le molesta lo que digo.

—Escucha, tú no debes permitir que...

—¡Cállate! —grita, airado—. No sabes nada. ¡Cállate!

—Vale. Me callaré. Pero quiero que sepas que estoy al corriente de lo que pasa. Lo he visto. He visto cómo esos supuestos amiguitos tuyos que van contigo en el coche, cuando desaparece Norbert, te empujan y se burlan de ti.

—No son mis amigos.

—Eso no hace falta que me lo jures —me río—. Ya me he dado cuenta. Lo que no comprendo es por qué no se lo explicas a tu tío.

Flyn se levanta. Me empuja para sacarme de la habitación y me echa. Cuando cierra la puerta en mis narices, mi primer instinto es abrirla y cantarle las cuarenta, pero tras pensarlo decido dejarlo. Ya le he dicho que lo sé. Ahora debo esperar a que me pida ayuda. Mi teléfono suena. Es Eric.

Encantada, hablo con él durante más de una hora. Me pregunta por mi día, yo a él por el suyo, y después nos dedicamos a decirnos cosas bonitas y calientes. Lo adoro. Le quiero. Lo echo de menos. Antes de colgar, dice que me volverá a llamar cuando llegue al hotel. ¡Genial!

Cuando cuelgo, aburrida y sin saber qué hacer, me meto en la habitación que Eric dice que es mía y me pongo a sacar de las cajas mis CD de música. Al ver el CD de Malú que tan buenos recuerdos me trae, decido ponerlo en mi pequeño equipo de música.

Sé que faltaron razones..., sé que sobraron motivos.
Contigo porque me matas... y ahora sin ti ya no vivo.
Tú dices blanco..., yo digo negro.
Tú dices voy..., yo digo vengo.

Mientras tarareo esa canción que para mí y mi loco amor es tan importante, continúo sacando cosas de las cajas. Miro con cariño mis libros y comienzo a colocarlos en las estanterías que he comprado para ellos.

De pronto, la puerta de la habitación se abre de par en par, y Flyn dice muy enfadado:

—Quita la música. Me molesta.

Lo miro sorprendida.

—¿Te molesta?

—Sí.

Resoplo. La música no le puede molestar. No está tan alta como para ello, pero dispuesta a ser condescendiente me levanto y bajo dos puntos el volumen del equipo. Regreso junto a la estantería y agarro los libros que he dejado en el suelo. Con el rabillo del ojo, veo que el mocoso se dirige hacia el equipo y, de un manotazo, para la música y se marcha.

«Escuincle maleducado. Me está buscando y me va a encontrar.»

Dejo los libros sobre una mesa, me acerco al equipo y pongo de nuevo la música. El niño, que salía por la puerta en ese instante, se para, me mira como si quisiera matarme y grita:

—¡¿Por qué no te vas a tu casa?!

—¡¿Qué?!

—Vete, y deja de molestar.

Me muerdo la lengua. ¡Oh, sí! Mejor me la muerdo porque como me deje llevar por mi genio, ese enano gruñón se va a enterar de cómo se enfada una española. Con mal gesto llega hasta el equipo de música. Lo para. Saca el CD y sin decir nada se encamina hacia la ventana, abre la puerta y tira el CD al exterior.

¡Dios, mi CD de Malú!

¡Lo mato, lo mato, lo matooooooooooooo!

Sin pensarlo salgo al exterior en su busca. Lo levanto de la nieve como si se tratara de mi bebé, lo limpio con mi camiseta mientras me acuerdo de todos los antepasados de ese pequeño cabroncete y, cuando me doy la vuelta, oigo el clic de la puerta al cerrarse.

Cierro los ojos mientras murmuro:

—¡Por favor, Dios mío, dame paciencia!

Hace frío, mucho frío, y desde el exterior toco a la puerta.

—Flyn, abre ahora mismo, por favor.

El pequeño demonio me mira. Sonríe con maldad, se da la vuelta y tras tirar los libros que he colocado en la estantería y pisotear varios CD de música, veo que sale de la habitación. ¡Será malo el tío! Intento abrir, pero ha cerrado desde dentro.

—¡Maldición!

Con ganas de estrangularlo camino hacia la siguiente ventana mientras mis deportivas empapadas se hunden en la nieve. ¡Dios, qué frío! Llego hasta el exterior de la habitación donde él hace los deberes y veo que entra en ella. Toco el cristal y digo:

—Flyn, por favor, abre la puerta.

Ni me mira. ¡Pasa de mí!

Tiemblo. Hace un frío horroroso e intento que me abra la puerta. Pero nada. No se apiada de mí, y diez minutos después, cuando los dientes me castañetean, el pelo húmedo está tieso en mi cabeza y siento estalactitas debajo de la nariz, grito como una posesa mientras aporreo la puerta.

—¡Maldita sea, Flyn! ¡Abre la puñetera puerta!

El crío, por fin, me mira. Creo que se va a compadecer de mí. Se levanta, camina hacia la ventana y, ¡zas!, echa las cortinas. Boquiabierta, sigo golpeando la puerta mientras le digo de todo en español. Absolutamente de todo menos bonito.

Nieva. Estoy en la calle vestida con unas míseras prendas de algodón y las zapatillas de deporte. Tengo frío. Un frío horroroso. Me froto las manos y pienso qué hacer. Corro hacia la puerta de la cocina. Cerrada. Recuerdo que Simona no está. Intento entrar por la puerta del salón. Cerrada. La puerta de la calle. Cerrada. La puerta del despacho de Eric. Cerrada. La ventana del baño. Cerrada.

Tirito. Me estoy congelando por instantes y mi pelo húmedo y tieso me hace estornudar. Menuda pulmonía voy a agarrar. Regreso hasta donde sé que está Flyn tras las cortinas. Tengo ganas de asesinarlo. Miro hacia arriba. El balcón de una de las habitaciones. Sin pararme a pensar en el peligro, me subo a un pretil para intentar alcanzar el balcón, pero estoy tan congelada y el pretil tan resbaladizo que voy derechita al suelo. Me levanto e insisto. Me siento en un muro congelado, me levanto y antes de alcanzar el balcón, ¡zaparrás!, mis zapatillas se escurren y voy contra el suelo, aunque antes me doy con el muro. El golpe ha sido horroroso y me duele la barbilla una barbaridad.

Tumbada sobre la nieve me resiento, y cuando me levanto con la cara llena de hielo, grito:

—¡Abre la maldita puerta! Me estoy congelando.

Flyn descorre entonces las cortinas, y su cara ya no es la que era. Dice algo. No lo oigo. Y cuando abre la puerta, grita:

—¡Tienes sangre!

—¿Dónde tengo sangre?

Pero ya no hace falta que me lo diga. Al mirar hacia el suelo, veo la nieve roja a mis pies. Mi camiseta gris es roja y al tocarme la barbilla siento la herida y las manos se llenan de sangre. Flyn, asustado, me mira. No sabe qué hacer, y digo mientras entro en su habitación:

—Dame una toalla o algo, ¡corre!

Sale corriendo y regresa con una toalla, pero el suelo ya está manchado de sangre. Me la pongo en la barbilla e intento tranquilizarme. En la boca siento el sabor metálico de la sangre. Me he mordido el labio también. Estoy sola con Flyn. Simona y Norbert no están, y necesito ir urgentemente a un hospital. Sin más, miro a Flyn, que está desconcertado, y le pregunto:

—¿Sabes dónde está el hospital más cercano?

El crío asiente.

—Vamos, ponte el abrigo y el gorro.

Sin rechistar los dos llegamos a la puerta y agarramos nuestros abrigos. Gotas de sangre caen al suelo y no tengo tiempo para limpiarlas. Cuando voy a ponerme mi abrigo, retiro la toalla de la barbilla; la sangre gotea a chorros. Me asusto, y Flyn también. Me vuelvo a poner la toalla, y empapada de agua y sangre, le pregunto:

—¿Me ayudas a ponérmelo?

Rápidamente lo hace. Una vez que los dos estamos abrigados, entramos en el garage. Allí cojo el Mitsubishi, y cuando las puertas del garage se abren, Flyn sujeta la toalla en mi barbilla para que yo conduzca y me indica por dónde tengo que ir. Me tiemblan las manos y las rodillas, pero intento serenarme mientras estoy al volante.

El hospital no está lejos y cuando llegamos y ven cómo voy rápidamente me atienden. Flyn no se separa de mi lado. Le dice a uno de los doctores que su tía es Marta Grujer y que por favor la llamen a casa y le digan que acuda al hospital. Me sorprende la capacidad que tiene el enano para dar órdenes, pero estoy tan adolorida que me da igual lo que diga. Como si quiere llamar a *Mickey Mouse*.

Nos pasan a otra sala, y cuando el doctor ve mi herida, me indica que lo del labio sanará solo, pero que me tiene que dar cinco puntos en la barbilla. Eso me asusta. Tengo ganas de llorar. Me asustan los puntos. Una vez de pequeña me dieron cinco en la rodilla y lo recuerdo como un trauma. Miro a Flyn. Está blanco como la nieve. Tiene un susto horroroso. Y me doy cuenta de que no lloro por vergüenza, pero cuando me pinchan la anestesia en la barbilla, inconscientemente, una lágrima sale de mis ojos, y Flyn la ve.

Al momento se levanta de la banqueta donde está sentado, su mano agarra la mía y la aprieta. El doctor le ordena que se siente de nuevo, pero el niño se niega. Al final, escucho decir al médico:

—Eres igualito que tu tío.

Eso me sorprende, ¿o no?

—¿Tu nombre es? —pregunta el doctor.

—Judith Flores.

—¿Española?

¡Dios, que no diga eso de «¡olé, paella, toro, castañetas!». No quiero oírlo. Pero cuando asiento, el hombre dice:

—¡Olé, toro!

Ni me inmuto, o le doy un puñetazo. Malditos guiris. Me duele la cabeza, la boca, la barbilla y este idiota sólo dice: «¡Olé, toro!». Cierro los ojos para no mirarlo y oigo que Flyn le explica:

—Es la novia de mi tío Eric.

Abro los ojos. Me sorprende lo que ha admitido el pequeño.

—Bien, Judith, voy a darte los puntos —me informa el doctor—. No te preocupes que con seguridad cuando sequen no se notarán. Pero me temo que mañana y durante unos días tendrás la cara amoratada. Te has dado un buen golpe y ya tienes algún moretón.

—Vale...

Inconscientemente, aprieto la manita de Flyn. Y su energía es de pronto mi energía y me tranquilizo. Cuando el doctor acaba de poner un enorme vendaje en mi barbilla, aplica una crema en mi labio y me indica que tengo que regresar en una semana. Asiento. Y cuando pregunto cómo pago la consulta, me dice que ya lo hablará con Marta.

Como no tengo muchas ganas de hablar y me duele la cara, acepto. Tomo el informe que me da el médico y al salir me encuentro con el gesto angustiado de Marta.

—¡Por Dios!, ¿qué te ha pasado, Judith? —pregunta horrorizada al ver la pinta que tengo.

Sin querer dar muchas explicaciones, miro a Flyn, que no ha soltado mi mano, y murmuro:

—Al correr por la nieve, me he resbalado, con la mala suerte de que me he pegado en la barbilla.

—Deja tu coche aquí —dice Marta con premura—. Luego Norbert vendrá a por él. Vamos, los llevaré en el mío.

Necesito cerrar los ojos y olvidarme del dolor que tengo. Por el camino comienza a llover, y cuando llegamos a casa, diluvia. Al entrar, Simona y Norbert nos esperan con cara de susto. Al regresar del supermercado y ver sangre en el suelo se han imaginado de todo. Lo tranquilizo, y ellos se tranquilizan al vernos al niño y a mí, aunque me miran asustados. Flyn no se separa de mi lado. Parece que le han puesto pegamento. Esto me gusta, pero al mismo tiempo me enfada. Todo lo que me ha ocurrido se lo debo a él.

La cabeza me mata. Me duele horrores y decido irme a la cama. Me tomo lo que el médico me ha dicho, me quito la ropa manchada de sangre y me duermo. Marta indica que dormirá en la habitación de invitados por si necesito algo. De madrugada, un trueno me despierta. Dolorida me doy la vuelta en la cama y toco el lado vacío de Eric. Lo echo de menos. Quiero que regrese. Cierro de nuevo los ojos, me relajo y retumba otro trueno. Abro los ojos. ¡Flyn!

Me levanto y, adolorida, me dirijo a su habitación. La cabeza se me va para los lados. Cuando entro veo que tiene la lamparita encendida y está despierto, sentado en la cama, temblando. Su cara es de susto total. Me acerco a él y pregunto:

—¿Puedo dormir contigo?

El crío me mira alucinado. Debo de tener unos pelos de loca tremendos.

—Flyn —insisto—, los truenos me dan miedo.

Aprueba con un gesto y me meto en la cama. Pone la almohada en medio de los dos. Como siempre marcando las distancias. Sonrío. Cuando consigo que se tumbe, susurro:

—Cierra los ojos y piensa en algo bonito. Verás cómo te duermes y no oyes los truenos.

Durante un rato los dos estamos tumbados en silencio en la habitación, mientras la tormenta descarga con furia en el exterior. Vuelve a sonar un trueno, y Flyn da un salto en la cama. En ese momento, quito la almohada que hay entre los dos, lo agarro de la mano y lo atraigo hacia mi cuerpo. Está congelado, tembloroso y asustado. Cuando lo acerco a mí no protesta. Es más, noto que se cobija todavía más. Con cariño y cuidado de no golpearme en la barbilla, le beso la coronilla.

—Cierra los ojos, piensa en cosas bonitas y duerme. Juntos nos protegeremos de los truenos.

Diez minutos después, los dos, agotados, dormimos abrazados.

Un golpe en la barbilla me hace despertar. Dolor. Flyn al moverse me ha dado y duele. Me siento en la cama y me toco el mentón. El vendaje es enorme y maldigo. La lluvia y los truenos han cesado. Miro el reloj que hay sobre la mesilla, son las cinco y veintisiete minutos de la madrugada.

Vaya, ¡qué pronto es!

Adolorida, voy a tumbarme de nuevo cuando veo que Eric está sentado en una silla en un lateral de la habitación. ¡Eric! Rápidamente, se levanta y se acerca a mí. Sus ojos están preocupados y su rictus es serio. Me da un beso en la frente, me toma entre sus brazos y me saca de la habitación.

Estoy tan adormilada que no sé si es un sueño o es verdad, hasta que me posa en nuestra cama y murmura, preocupado:

—No te preocupes por nada, cariño. He regresado para cuidarte.

Sorprendida, pestañeo, y tras recibir un dulce beso en los labios, pregunto:

—Pero ¿qué haces tú aquí? ¿No regresabas mañana?

Con un gesto asiente, a la vez que observa el vendaje que tengo en la barbilla.

—He llamado para hablar contigo, y Simona me ha contado lo ocurrido. He regresado de inmediato. Siento mucho no haber estado aquí, pequeña.

—Tranquilo, estoy bien, ¿no lo ves?

Eric me escruta con la mirada.

—¿Te encuentras bien?

Me encojo de hombros.

—Sí, estoy dolorida, pero bien. No te preocupes.

—¿Qué ha ocurrido?

Tentada estoy de contarle la verdad. Su sobrino es una buena pieza. Pero sé que eso le causaría más quebraderos de cabeza a él y problemas a Flyn. Al final, le explico:

—He salido al jardín, he resbalado y me he dado en la barbilla.

Sus ojos no me creen. Dudan. Pero estoy dispuesta a que me crea.

—Ya sabes que soy algo torpe en la nieve. Pero, tranquilo, estoy bien. Lo malo será la marca que me quede. Espero que no se note mucho.

—Presumida —sonríe Eric.

Yo también sonrío.

—Tengo un novio muy guapo y quiero que esté orgulloso de mí —aclaro.

Eric se tumba a mi lado y me abraza. Noto cómo tiembla su cuerpo.

—Siempre estoy orgulloso de ti, pequeña. —Hunde su cabeza

en el hueco de mi cuello, y añade—: No me perdonaré no haber estado aquí. No me lo perdonaré.

Su dramatismo me deja muda. No soporta imaginar lo que ha podido pasar. Cierro los ojos. Estoy cansada y maltrecha. Me acurruco contra él, y entre sus brazos, me duermo.

29

Cuando me despierto a la mañana siguiente me sorprendo. Eric está a mi lado dormido. Son las ocho y media de la mañana y es la primera vez que me despierto antes que él. Sonrío. Con curiosidad lo observo. Es guapísimo. Verlo relajado y dormido es una de las cosas más bonitas que he contemplado en mi vida. No me muevo. Quiero que ese momento dure eternamente. Durante un buen rato, disfruto y me recreo, hasta que abre los ojos y me mira. Sus ojazos azules me impactan.

—Buenos días, mi amor.

Sorprendido, me mira y pregunta:

—¿Qué hora es?

Con curiosidad, vuelvo a mirar el reloj y respondo:

—Casi las nueve.

Eric me mira, me mira y me mira, y al ver su gesto, inquiero:

—¿Qué ocurre?

Pasa su mano por mi pelo y lo retira de mi cara.

—¿Te encuentras bien?

Me desperezo y respondo:

—Sí, cariño, no te preocupes.

Eric se sienta en la cama, y yo hago lo mismo. Después, lo veo que se dirige al lavabo y tras estirarme lo sigo. Pero cuando entro en el baño y me veo reflejada en el espejo, grito:

—¡Dios mío, soy un monstruo!

Mi cara es una paleta de colores. Bajo los ojos, tengo unos cercos rojos y verdes que me dejan sin palabras. Mi chico me sujeta por la cintura y me sienta en la taza del baño. Ver mi horrible aspecto me ha dejado sin habla y, horrorizada, murmuro:

—¡Ay, Dios!, pero si sólo me di contra la nieve.

—Te debiste de dar un buen golpe, pequeña.

Lo sé. Me di contra el muro antes de caer a la nieve. Ahora lo recuerdo con más claridad.

Eric me tranquiliza. Miles de palabras cariñosas salen de su boca y, al final, recuerdo lo que me avisó el médico: moretones. Consciente de que nada puedo hacer contra esto, me levanto y me miro en el espejo. Eric está a mi lado. No me suelta. Resoplo. Muevo la cabeza hacia los lados y musito:

—Estoy horrible.

Eric besa mi cuello. Me agarra por detrás y, apoyando su barbilla en mi cabeza, dice:

—Tú no estás horrible ni queriendo, cariño.

Eso me hace sonreír. Mi pinta es desastrosa. Soy la antítesis de la belleza, y el tío más esplendoroso del mundo me acaba de demostrar su cariño y su amor. Al final, decido ser práctica y me encojo de hombros.

—La parte buena de esto es que en unos días pasará.

Mi Iceman sonríe, y yo me lavo los dientes mientras él se ducha. Cuando acabo me siento en la taza del baño a observarlo. Me encanta su cuerpo. Grande, fuerte y sensual. Recorro sus muslos, su trasero y suspiro al ver su pene. ¡Oh, Dios! Lo que me hace disfrutar. Cuando sale de la ducha agarra la toalla que le doy y se seca. Divertida, alargo mi mano y le toco el pene. Eric me mira y, echándose hacia atrás, asegura:

—Pequeña, no estás tú hoy para muchos trotes.

Suelto una carcajada. Tiene razón. Durante un rato lo observo mientras que mi mente calenturienta vuela e imagina. Mi cara es tal que Eric pregunta:

—¿Qué piensas?

Sonrío...

—Vamos, pequeña viciosilla, ¿qué piensas?

Divertida por su comentario, inquiero:

—¿Nunca has tenido ninguna experiencia con un hombre?

Levanta una ceja. Me mira y afirma:

—No me van los hombres, cariño. Ya lo sabes.

—A mí no me van las mujeres tampoco —aclaro—. Pero reconozco que no me importa que jueguen conmigo en ciertos momentos.

Mi Iceman sonríe y, secándose, indica:

—A mí sí me importa que un hombre juegue conmigo.

Ambos nos reímos.

—¿Y si yo deseo ofrecerte a un hombre?

Eric se paraliza, me escruta con la mirada y responde:

—Me negaría.

—¿Por qué? Se trata sólo de un juego. Y tú eres mío.

—Jud, te he dicho que no me van los hombres.

Cabeceo y sonrío, pero no estoy dispuesta a callar.

—A ti te excita ver cómo una mujer mete su boca entre mis piernas, ¿verdad?

—Sí, mucho, pequeña.

—Pues a mí me gustaría ver a un hombre con su boca entre tus piernas.

Sorprendido, me mira y pregunta:

—¿Te encuentras bien?

—Perfectamente, señor Zimmerman. —Y al ver cómo me mira, añado—: Las mujeres no me van, pero por ti, por tu placer de mirar, he experimentado lo que es que una mujer juegue conmigo, y reconozco que tiene su morbo. Y la verdad, me gustaría que un hombre te hiciera eso mismo a ti. Que metiera su cabeza entre tus piernas y...

—No.

Me levanto y le abrazo por la cintura.

—Recuerda, cariño: tu placer es mi placer y nosotros los dueños de nuestros cuerpos. Tú me has enseñado un mundo que desconocía. Y ahora yo quiero, anhelo y deseo besarte, mientras un hombre te...

—Bueno, ya hablaremos de ello en otro momento —me corta.

Me empino, le doy un beso en los labios y murmuro:

—Por supuesto que hablaremos de esto en otro momento. No lo dudes.

Eric sonríe y menea la cabeza. Luego se anuda la toalla alrededor de la cintura y suelta mientras me toma en brazos:

—¿Sabes, morenita? Comienzas a asustarme.

Después de comer, Eric se marcha a la oficina. Me promete que regresará en un par de horas. Antes de irse, me prohíbe salir a la nieve, y yo me río. Marta, que está todavía aquí, también se marcha, y Sonia, al saber lo ocurrido llama angustiada, aunque al hablar conmigo se tranquiliza.

Simona está preocupada. Vemos juntas nuestro programa, pero me mira continuamente el rostro. Yo intento hacerle ver que estoy bien. Ese día, a Esmeralda Mendoza, el malo de Carlos Alfonso Halcones de San Juan, al no conseguir el amor verdadero de la joven, le quita su bebé. Se lo da a unos campesinos para que se lo lleven y lo hagan desaparecer. Simona y yo, horrorizadas, nos miramos. ¿Qué va a pasar con el pequeño Claudito Mendoza? ¡Qué disgusto tenemos!

Cuando Flyn regresa del colegio, yo estoy en mi cuarto. Estoy sentada en la mullida alfombra hablando por el Facebook con un grupo de amigas. Nos denominamos las Guerreras Maxwell, y todas tenemos un punto de locura y diversión que nos encanta.

—¿Puedo pasar?

Es Flyn. Su pregunta me sorprende. Él nunca pregunta. Asiento. El pequeño entra, cierra la puerta y, al levantar mi rostro hacia él, veo que se queda blanco en décimas de segundo. Se asusta. No esperaba verme la cara de mil colores.

—¿Te encuentras bien?

—Sí.

—Pero tu cara...

Al recordar mi rostro sonrío e, intentando quitarle importancia, cuchicheo:

—Tranquilo. Es una acuarela de colores, pero estoy bien.

—¿Te duele?

—No.

Cierro la laptop, y el crío vuelve a preguntar:

—¿Puedo hablar contigo?

Sus palabras y, en especial su interés, me conmueven. Esto es un gran avance, y respondo:

—Por supuesto. Ven. Siéntate conmigo.

—¿En el suelo?

Divertida, me encojo de hombros.

—De aquí seguro que no nos caemos.

El pequeño sonríe. ¡Una sonrisa! Casi aplaudo.

Se sienta frente a mí y nos miramos. Durante más de dos minutos nos observamos sin hablar. Eso me pone nerviosa, pero estoy decidida a aguantar su mirada achinada el tiempo que haga falta como aguanto en ocasiones la de su tío. ¡Vaya dos! Al final, el niño dice:

—Lo siento, lo siento mucho. —Se le llenan los ojos de lágrimas y murmura—: ¿Me perdonas?

Me conmuevo. El duro e independiente Flyn ¡está llorando! No puedo ver llorar a nadie. Soy una blanda. ¡No puedo!

—Claro que te perdono, cielo, pero sólo si dejas de llorar, ¿de acuerdo? —Asiente, se traga las lágrimas y, para quitarle parte de la culpa que siente, digo—: También fue culpa mía. No me tenía que haber subido al muro y...

—Fue sólo mi culpa. Yo cerré las puertas y no te dejé entrar. Estaba enfadado, y yo..., yo... lo que hice está muy mal, y comprenderé que el tío Eric me mande al internado que dicen Sonia y Marta. Me lo advirtió la última vez, y yo le he vuelto a decepcionar.

El dolor y el miedo que veo en sus ojos me destrozan. Flyn no va a ir a ningún internado. No lo voy a permitir. Su inseguridad me da de lleno en el corazón y respondo:

—No se va a enterar porque ni tú ni yo se lo vamos a contar, ¿de acuerdo?

Esa reacción mía Flyn no la espera y, sorprendido, me mira.

—¿No le has contado al tío lo que ha ocurrido?

—No, cielo. Simplemente le he dicho que estaba yo en la nieve, me resbalé y caí.

De pronto, me acuerdo de mi padre. Acabo de sorprender a Flyn, y eso lo debilita. Sonrío. Los hombros del pequeño se relajan. Le acabo de quitar un peso de encima.

—Gracias, ya me veía en el internado.

Su sinceridad me hace sonreír.

—Flyn, me tienes que prometer que no volverás a comportarte así. Nadie quiere que vayas a un internado. Eres tú el que parece, con tus actos, que lo desea, ¿no te das cuenta? —No responde, y pregunto—: ¿Qué ocurrió el otro día en el colegio?

—Nada.

—¡Ah, no, jovencito! ¡Se acabaron los secretos! Si quieres que yo confíe en ti, tú tendrás que confiar en mí y contarme qué diablos pasa en el colegio y por qué dicen que tú has comenzado una pelea cuando no creo que sea así.

Él cierra los ojos, calibrando las consecuencias de lo que me va a decir.

—Robert y los otros chicos me empezaron a insultar. Como siempre, me llamaron chino de mierda, gallina, miedica. Ellos se mofan de mí porque no sé hacer nada de lo que ellos hacen con el *skateboard*, la bicicleta o los patines. Intenté no hacerles caso como siempre, pero cuando George me tiró al suelo y comenzó a darme puñetazos, agarré su *skate* y se lo estampé en la cabeza. Sé que no lo tenía que haber hecho, pero...

—¿Esas cosas te dicen esos sinvergüenzas?

Flyn asiente.

—Tienen razón. Soy un torpe.

Maldigo a Eric en silencio. Él, con sus miedos a que ocurran cosas, está provocando todo esto. El crío susurra:

—Los profes no me creen. Soy el bicho raro de la clase. Y como no tengo amigos que me defiendan, siempre cargo con las culpas.

—¿Y tu tío no te cree tampoco?

Flyn se encoge de hombros.

—Él no sabe nada. Cree que me meto en problemas porque soy conflictivo. No quiero que sepa que esos chicos se mofan de mí porque soy cobarde. No quiero decepcionarlo.

Eso me duele. No es justo que Flyn cargue con aquello y Eric no lo sepa. Tengo que hablar con él. Pero centrándome en el niño le tomo el óvalo de la cara y murmuro:

—El que le dieras a ese chico con el *skate* en la cabeza no estuvo bien, cielo. Lo entiendes, ¿verdad? —El pequeño asiente, y dispuesta a ayudarlo sigo—: Pero no voy a consentir que nadie más te vuelva a insultar.

Sus ojitos de pronto se avivan. Me acuerdo de mi sobrina.

—Pon tu pulgar contra el mío. Y una vez que se toquen, nos damos una palmadita en la mano. —Hace lo que le digo y vuelve a sonreír—: Ésta es la contraseña de amistad entre mi sobrina y yo. Ahora será la nuestra también, ¿quieres?

Asiente, sonríe, y yo estoy a punto de saltar de felicidad. Una tregua. Tengo una tregua con Flyn. Y cuando creo que nada mejor puede pasar, dice:

—Gracias por dormir anoche conmigo.

Me encojo de hombros para quitarle importancia a eso.

—¡Ah, no!, gracias a ti por dejarme meterme en tu cama.

Él sonríe y comenta:

—A ti no te dan miedo los truenos. Lo sé. Tú eres mayor.

Eso me hace reír. ¡Qué listo que es el *jodío*!

—¿Sabes, Flyn? Cuando yo era pequeña, también tenía miedo a los truenos y a los rayos. Cada vez que había una tormenta, yo era la primera en meterme en la cama de mis padres. Pero mi mamá me enseñó que no hay que tener miedo a las inclemencias del tiempo.

—¿Y cómo te enseñó tu mamá?

Sonrío. Pensar en mamá, en su cariñosa mirada, en sus manos calentitas y en su sonrisa perpetua me hace decir:

—Me decía que cerrara los ojos y pensara en cosas bonitas. Y un día me compró una mascota. La llamé *Calamar*. Fue mi primer perro. Mi superamigo y mi supermascota. Cuando había tormentas,

Calamar se subía conmigo a la cama, y el verme acompañada por él me hizo valiente. Ya no necesitaba ir a la cama de mis padres. *Calamar* me protegía y yo lo protegía a él.

—¿Y dónde está *Calamar*?

—Murió cuando yo tenía quince años. Está con mamá en el cielo.

Esta revelación de mi madre le sorprende. Omito mencionar a *Curro,* o todo parecería muy cruel.

—Sí, Flyn, mi mamá murió como la tuya. Pero ¿sabes? Ella junto a *Calamar* desde el cielo me dan fuerzas para que no tenga miedo a nada. Y estoy segura de que tu mamá hace lo mismo contigo.

—¿Tú crees?

—¡Oh, sí!, claro que lo creo.

—Yo no me acuerdo de mi mamá.

Su tristeza me conmueve, y respondo:

—Normal, Flyn. Eras muy pequeño cuando se fue.

—Me hubiera gustado conocerla.

Su pena es mi pena, e incapaz de no profundizar en el tema, murmuro:

—Creo que podrías conocerla a través de los ojos de las personas que la quisieron, como son tu abuela Sonia, la tía Marta y Eric. Hablar con ellos de tu mamá sería recordarla y saber cosas de ella. Estoy segura de que tu abuela estaría encantada de contarte cientos de cosas de tu mamá.

—¿Sonia?

—Sí.

—Ella siempre está muy ocupada —protesta el niño.

—Es lógico, Flyn. Si tú no dejas que ella te cuide ni te mime, tiene que seguir con su vida. Las personas no pueden quedarse sentadas a esperar a que otras las quieran; tienen que continuar viviendo, aunque en su corazón te añoren todos los días. Por cierto, ¿por qué la llamas por su nombre y no abuela?

El crío se encoge de hombros y piensa la respuesta durante un momento.

—No lo sé. Me imagino que es porque su nombre es Sonia.

—¿Y no te gustaría llamarla abuela? Yo estoy segura de que a ella le emocionaría mucho que la llamaras así. Llámala un día por teléfono y vete con ella a merendar, a comer, a cenar. Pídele que te cuente cosas de tu mamá, y estoy convencida de que te darás cuenta de lo importante que eres tú para ella y para tu tía Marta.

El crío asiente. Silencio. Pero de pronto dice:

—Yo moví la coca-cola para que te saltara en la cara el otro día.

Recordarlo me hace reír. ¡Será cabroncito! Pero dispuesta a no tenerle nada en cuenta, asevero:

—Me lo imaginaba.

—¿Te lo imaginabas?

—Sí.

—¿Y por qué no dijiste nada al tío Eric?

—Porque yo no soy una chiva, Flyn. —Y, al ver cómo me mira, le toco su oscuro cabello, y añado—: Pero eso ya no importa. Lo importante es que a partir de ahora intentaremos llevarnos bien y ser amigos, ¿te parece buena idea?

Asiente. Pone su pulgar ante mí y volvemos a hacer nuestro saludo. Yo sonrío.

Sus ojos recorren la habitación con curiosidad y veo que se detienen continuamente en algo que está a la derecha. Con disimulo miro y veo que se trata del *skateboard* y mis patines. Y sin demora, pregunto:

—Te gustaría aprender a usar el *skate* o a patinar, ¿verdad? —Flyn no responde, y cuchicheo—: Será algo entre tú y yo. Tu tío, de momento, no tiene por qué enterarse. Aunque tarde o temprano, a riesgo de que nos mate, se lo diremos, ¿vale? ¿Quieres que te enseñe?

Su gesto cambia y acepta. ¡Lo sabía!

Sabía que Flyn quería aprender cosas nuevas. Rápidamente me levanto del suelo. Él lo hace también. Voy hasta donde está el *skate* y lo pongo en el suelo. Me subo sobre él y le demuestro que sé utilizarlo.

—¿Yo puedo hacer eso también?

Paro, me bajo y digo:

—Pues claro, cielo. —Y guiñándole el ojo, murmuro—: Te enseñaré a hacer cosas que cuando las vea cierta niña rubia de tu cole no podrá dejar de mirarte.

Flyn se pone colorado.

—¿Cómo se llama? —pregunto con complicidad.

—Laura.

Encantada por el momento tan estupendo que estoy viviendo con el niño, le tomo de los hombros y afirmo:

—Te aseguro que en unos meses Laura y esa pandilla de macarras de tu cole te van a envidiar cuando vean cómo manejas el *skate*.

El pequeño asiente. Le miro y digo:

—Vamos..., prueba. Primero, sube un pie en el *skate* y nota cómo se mueve.

Flyn me hace caso. Yo le agarro las manos y, en cuanto el pequeño pone el pie sobre el *skate* se escurre. Asustado, me mira y yo intento tranquilizarlo:

—Punto uno: nunca lo utilices sin estar yo delante. Punto dos: para no hacerse daño hay que usar rodilleras, coderas y casco. Punto tres, y muy importante: ¿confías en mí?

Hace un gesto afirmativo y me emociono.

De pronto, se oye el ruido de un coche. Miro por la ventana y veo que es Eric que entra en el garage. Sin necesidad de decir nada, el crío deja el *skate* donde estaba y se sienta junto a mí de nuevo en el suelo. Disimulamos. Dos minutos después, la puerta de la habitación se abre, y Eric, al vernos a los dos en el suelo sentados, pregunta sorprendido:

—¿Ocurre algo?

Flyn se levanta y abraza a su tío.

—Jud me ha ayudado a aprender una cosa del colegio.

Eric me mira. Yo asiento. El pequeño se marcha. Yo me levanto. Me acerco a mi alemán favorito y, agarrándole de la cintura, murmuro:

—Como verás, cualquier día consigo ese besito de tu sobrino.

Eric, asombrado como nunca antes, sonríe. Me toma entre sus brazos, y con cuidado de no darme en la barbilla, susurra buscando mi boca:

—De momento, pequeña, mi beso ya lo tienes.

30

Por la mañana, la tonalidad de mi cara es más verde que roja. Me miro en el espejo y me desespero. ¿Cómo puedo tener esta pinta?

Por favor, ¡si parezco Hulk, el monstruo verde!

Vale..., no es que sea una belleza, pero vamos, verme así es terrible, es deprimente. Pobre Eric. Vaya novia que tiene. Soy igualita a la novia cadáver. Me río. Soy tonta. Cuando regreso a la habitación en la radio suena *Satisfaction* de los Rolling Stones y canto. Esa canción siempre me recuerda a mis amigos de Jerez. Comienzo a bailar mientras canto a voz en grito. Eric sube a darme un beso antes de marcharse a trabajar y, sorprendido, me mira desde la puerta, hasta que soy consciente del deprimente espectáculo que le estoy ofreciendo y me paro, aunque mis hombros siguen el ritmo mientras me acerco a él.

—Me encanta verte así de feliz.

Sonrío. Le doy un beso.

—Esta canción me trae muy buenos recuerdos de mi gente.

—¿De alguien en especial?

Con una maquiavélica sonrisa, asiento. Eric cambia su gesto y, dándome un azote de lo más sensual, exige con posesión:

—¿De quién?

Divertida por lo que voy a decir, explico:

—De Fernando... —Y cuando su mirada se tensa, prosigo—: De Rocío, Laura, Alberto, Pepi, Loli, Juanito, Almudena, Leire...

Me da otro azote y otro más. Pica, pero me río. Cambia su gesto a otro más divertido y murmura mientras me masajea la nalga enrojecida:

—No juegues con fuego pequeña o te quemarás.

—¡Mmm!, me gusta quemarme. —Y contoneándome, susurro—: ¿Quieres quemarme?

Eric me retira de su lado y resopla. Lo tiento. Me desea. Después menea la cabeza hacia ambos lados.

—Tú recupérate, que, cuando lo estés, prometo quemarte.

—¡Guau! —grito, y sonríe.

Después me da un beso.

—Que tengas un buen día, cariño.

Dicho esto, se va. Está a cinco metros de mí y ya lo echo en falta. Pero he quedado con Frida para comer y sé que me lo voy a pasar bien. Asomada a la ventana, veo cómo se aleja su coche y, de pronto, suena el teléfono. Mi hermana.

—¡Hola, cuchuuuuuuuuuuuuu!

—¡Hola, gordita! ¿Cómo estás? —le pregunto riendo mientras me tumbo en la cama para hablar con ella.

—Bien. Cada día más torpe, pero bien. ¿Y tú que tal, cómo andas?

Su voz suena algo triste, pero yo con el subidón de lo ocurrido segundos antes con Eric, respondo:

—Pues mira, Raquel, no te asustes. Estoy bien, aunque soy igualita que el increíble Hulk. Anteayer me caí en la nieve. Tengo la cara que parece un cuadro de Picasso y puntos en la barbilla. Con eso, te lo digo todo.

—¡Cuchuuuuuuuuuuuu, no me asustes!

Al ver que se alarma, añado:

—Pero ¿no ves que estoy tranquilamente hablando contigo? Ha sido un golpecito de nada. No dramatices, que te conozco.

Durante más de una hora hablo con ella. La noto bien, pero hay algo que no sé..., no me deja contenta. Cuando cuelgo el teléfono me visto y bajo al comedor. Simona está pasando el aspirador, y al verme, lo para y pregunta:

—¿Cómo está hoy, señorita?

—Mejor, Simona. ¿Ha comenzado ya «Locura esmeralda»?

La mujer mira el reloj y dice:

—¡Por todos los santos!, corramos o nos la perderemos.

Hoy Luis Alfredo Quiñones, tras perseguir a caballo por toda la dehesa a Esmeralda Mendoza, la besa y le promete, mientras miran juntos al horizonte, recuperar al hijo de ambos. Simona y yo, emocionadas, nos miramos y suspiramos.

A las doce aparece Frida con el encargo que le hice cuando supe que iba a venir y cuando me ve se queda sin habla. Aunque la he avisado por teléfono, no puede dejar de impresionarse al contemplar mi rostro.

Sentadas en el salón comemos lo que Simona nos ha preparado mientras charlamos.

—Tengo que contarte algo, Frida.

—Tú dirás.

Divertida, la miro y murmuro:

—El otro día me encontré con Betta y le di dos guantazos y una patada en el culo. Vale, antes de que digas nada, sé que estuvo mal. Soy una adulta y no puedo ir comportándome como una delincuente, pero, oye, reconozco que me sentí bien al hacerlo y que si no hubiera sido por las caras de todas las que nos miraban, le habría dado siete más.

El tenedor se le cae de las manos, y ambas nos reímos. Le cuento lo ocurrido y maldice no haber estado allí para haber aprovechado como Marta y darle su deseado bofetón. Cuando terminamos de comer, en vez de sentarnos en el salón, decidimos ir a mi cuarto. Se sorprende de lo bonito que lo estoy dejando y, cuando ve el árbol de Navidad rojo en un rincón, mi comentario es:

—Mejor no preguntes.

Animadas, nos sentamos en el cómodo sillón rojo que me ha regalado Eric, y tras chismear sobre nuestro programa preferido, pregunta:

—Entonces, ¿todo bien con Eric?

—Sí. Discutimos, nos reconciliamos y volvemos a discutir. Bien.

—Me alegro —dice riendo—. Y en lo sexual, ¿bien también?

Pongo los ojos en blanco y asiento. Ambas nos reímos.

—Increíble. Cada vez que quedamos con Björn y hacemos un trío es indescriptible. Me vuelve loca ver la pasión que pone Eric. Cómo me ofrece... ¡Oh, Dios, me encanta cómo me poseen entre los dos! Nunca había pensado que lo pudiera pasar tan bien en algo que al principio me parecía escandaloso.

—El sexo es sexo, Judith. No hay que darle más vueltas. Si a vosotros como pareja les gusta y lo disfrutan, ¡adelante!

—Ahora lo disfruto, Frida. Pero antes, te aseguro que pensaba que las personas que lo hacían eran unas depravadas. Pero la sensación que me produce sentirme tan deseada y cómo ellos me hacen suya...

—Calla..., calla que me excitas. ¡Soy una depravada! —Ambas reímos, y ella añade—: Por cierto, hablando de depravación, ¿te ha dicho Eric algo de la fiesta privada de esta noche? —Niego con la cabeza—. Heidi y Luigi dan unas fiestas estupendas. Estoy segura de que los han invitado, pero en tu estado seguro que Eric ha declinado la oferta.

—Normal. Con la pinta que tengo. Mejor no sacarme de casa, que asusto —me burlo, y las dos nos reímos. Pero, curiosa, pregunto—: ¿Va mucha gente a esa fiestecilla?

—Sí. La verdad es que sí va bastante gente. La suelen hacer en su bar de intercambio de parejas, y te aseguro que allí va lo mejor de lo mejor. —Y bajando la voz, murmura—: El año pasado en esa fiesta Andrés y yo hicimos realidad una de nuestras fantasías.

Al ver mi cara, Frida ríe y cuchichea:

—Hice un *gangbang* y Andrés, un *boybang*. —Y al ver que pestañeo, susurra—: Andrés escogió seis mujeres de la fiesta, y yo escogí a seis hombres. Nos metimos en uno de los cuartos del local, y yo me entregué a ellos y Andrés a ellas. Fue alucinante, Judith. Yo era el centro de mis hombres e iba probando distintas posturas sexuales con todos ellos. ¡Dios!, ni te imaginas lo que disfruté, y Andrés te aseguro que se lo pasó bomba con sus chicas. Al final nos unimos los dos grupos e hicimos una orgía. Como te digo, las fiestas de Heidi y Luigi siempre deparan cosas buenas.

Lo que me dice parece excitante, pero, para mi gusto, exagerado. Con dos hombres yo tengo bastante, pero calienta imaginarlo.

Durante un rato me explica sus experiencias. Todas son morbosas y excitantes. Me encanta hablar con Frida tan abiertamente de sexo. Nunca he tenido una amiga con la que poder conservar con tanta sinceridad de esto y me gusta. A las cinco se marcha. Tiene que arreglarse para la fiesta.

Sonia llama para ver qué tal estoy, y tras ella, Marta. Está encantada con su cita de esa noche. Le doy ánimos y le pido que mañana me llame y me cuente qué tal fue todo.

Por la tarde, Flyn regresa del colegio. Tras hacer sus deberes lo espero en mi habitación. Cuando entra le enseño los patines en línea que le había encargado para él a Frida. Aplaude. Una vez que se pone las coderas, rodilleras y casco, comenzamos sus clases con el *skateboard*. Como era de esperar, se desespera. Lo primero que hay que aprender es a saber cuál es el centro del equilibrio de uno. Le cuesta un poco, aunque al final lo consigue, pero poco más.

Cuando oímos el coche de Eric, rápidamente dejamos todo en su sitio. No debe saber ni notar que estamos practicando con eso. Flyn corre a su cuarto de estudios, y los dos disimulamos muy bien. Me saco del bolsillo de mi pantalón un chicle de fresa y lo mastico.

Cuando Eric viene a mi cuarto a buscarme, me encuentra sentada en el suelo, mirando la pantalla del ordenador.

—¿Por qué no te sientas en una silla? —pregunta.

—Pues porque me gusta mucho sentarme en esta mullida y carísima alfombra. ¿Hago mal?

Se agacha y me da un beso. Está guapísimo con su caro abrigo azul y su traje oscuro. Su aspecto de ejecutivo es imponente, y me encanta. Me pone. Me da la mano y me levanto, y entonces, sorprendiéndome, me entrega un precioso ramo de rosas rojas.

—Feliz día de los Enamorados, pequeña.

Boquiabierta.

Extrañada y asombrada me quedo.

¡Qué romántico!

Mi Iceman me ha comprado un precioso y maravilloso ramo de rosas rojas por el día de los Enamorados, y yo ni le he felicitado ni tengo nada para él. ¡Soy lo peor! Eric sonríe. Parece saber lo que pienso.

—Mi mejor regalo eres tú, morenita. No necesito nada más.

Lo beso. Me besa y sonrío.

—Te debo un regalo. Pero de momento tengo algo para ti.

Sorprendido, me mira, y saco el paquete de chicles del bolsillo. Se lo enseño. Sonríe. Saco uno. Lo abro y se lo meto en la boca. Divertido por lo que aquello significa para nosotros, pregunta:

—¿Ahora te van a salir los ronchones y la cabeza te va a dar vueltas como a la niña del exorcista?

La carcajada de los dos es deliciosa.

—La nueva modalidad es mi cara verde y mis puntos. ¿Puede haber algo más sexy para un día de los Enamorados?

Eric me besa y, cuando se separa de mí, digo:

—Me ha comentado Frida que esta noche va a una fiesta en un bar de intercambio de parejas. ¿Tú sabías algo?

—Sí. Luigi me llamó para invitarnos al Nacht. Pero decliné la oferta. No estás tú para muchas fiestas, ¿no crees?

—Pues sí..., pero, oye, si hubiera estado presentable, me habría gustado ir.

Eric me besa y me mordisquea el labio inferior.

—Pequeña viciosilla, ¿tan necesitada estás? —Yo me río y niego con la cabeza, y él comenta mientras me aprieta contra él—: Ya habrá otras fiestas. Te lo prometo. —Y al ver mi mirada, pregunta—: A ver, morenita, ¿qué quieres preguntar?

Yo sonrío. Cómo me va conociendo. Y acercándome a él, pregunto:

—¿Has hecho alguna vez un *boybang*?

—Sí.

—¡Órale, qué fuerte!

Eric ríe por mi contestación.

—Cariño, llevo más de catorce años practicando un tipo de sexo que para ti de momento es una novedad. He hecho muchas cosas, y te aseguro que algunas de ellas nunca querré que las hagas. —Y al ver que lo miro en busca de saber más, indica—: Sado.

—¡Ah, no!, eso no quiero —aclaro. Y tras escuchar la risa de Eric, pregunto—: ¿Qué piensas de los *gangbang*?

Eric me mira, me mira, me mira..., y cuando mi paciencia está a punto de explotar, responde:

—Demasiados hombres entre tú y yo. Preferiría que no lo propusieras.

Eso me hace reír, y antes de que pueda decir nada, cambia de tema:

—Tengo sed. ¿Quieres beber algo?

Enamorada, con mi ramo de rosas en la mano, camino de su mano por el enorme y amplio pasillo de la casa. De pronto, cuando llego a la cocina y entro, Simona me mira con una sonrisa, y yo grito:

—¡*Susto!*

El animal corre hacia mí, y Eric lo para. No quiere que me haga daño. Pero el animal está como loco de felicidad, y yo todavía más. Tras abrazar con cuidado a *Susto* y decirle mil cosas cariñosas, miro a mi machote de ojos azules y, sin importarme que Simona esté delante, le abrazo y murmuro en español:

—¡Ni *gangbang* ni leches! Eres lo más bonito que ha parido tu madre y te juro que me casaba contigo ahora mismo con los ojos cerrados.

Eric sonríe. Está pletórico. Me besa.

—Lo más bonito eres tú. Y cuando quieras..., nos podemos casar.

¡Oh, Dios! Pero ¿qué acabo de decir? ¿Le acabo de pedir matrimonio? *Pa* matarme.

Susto da saltos a nuestro alrededor, y Eric, parándolo, comenta, divertido:

—Como verás, le he puesto la bufanda para el cuello que le hiciste. Por cierto, está tremendamente afónico.

—¡Aisss, que te como Iceman! —exclamo riendo y lo beso.

Apasionada por aquel bonito momento, estoy tocando a *Susto,* que no para de moverse por lo contento que está, cuando veo algo en las manos de Simona. Es un cachorro blanco.

— ¿Y esta preciosidad? —pregunto mientras lo miro embobada.

Sin soltarme de la cintura, nos acercamos a Simona, y Eric comenta:

—Estaba en la misma jaula que *Susto*. Por lo visto es el único de su camada que ha sobrevivido, y debe de tener como mes y medio me han dicho. *Susto* no se quería venir conmigo si no me llevaba a este pequeño también. Tenías que haberle visto cómo lo agarró con la boca y salió de la jaula cuando lo llamé. Luego, fui incapaz de devolver al cachorrillo a la jaula.

—Es usted muy humano, señor —murmura, emocionada, Simona.

—Es el mejor —asiento, dichosa. Y luego, mirando a *Susto,* afirmo—: Y tú, un padrazo.

Ante nuestros comentarios, mi feliz Iceman sonríe y dice, mirando al cachorro:

—Lo que no sé es de qué raza será.

Con mimo, cojo al cachorro. Es gordito y esponjoso. Una preciosidad.

—Es un mil razas.

—¿Un mil razas? Y ése ¿qué perro es? —pregunta Simona.

Eric, que ha entendido mi broma, sonríe, y yo, con el cachorro en mis manos, le aclaro a Simona:

—Un mil razas es un perro que tiene de todas las razas un poco y ninguna en especial.

Los tres nos reímos. Simona, feliz, se marcha para contárselo a Norbert. Yo dejo al cachorro en el suelo, y Eric dice mientras sujeta a *Susto* para que no me salte encima.

—¿Te gustan tus regalos?

Encantada y enamorada, lo beso y musito:

—Son los mejores regalos, cariño. Y tú eres el mejor.

Eric está feliz. Lo veo en su mirada.

—De momento, se pueden quedar en el garage, hasta que les hagamos una casa fuera.

Yo lo miro. Eso no se lo cree ¡ni loco!

—Vale..., pero hoy déjales que se queden en casa. Hace mucho frío.

—¿En casa?

—Sí.

En este preciso momento, el cachorro, que camina por el suelo, se mea. ¡Vaya pedazo de meada que echa! Eric me mira y, con seriedad, pregunta:

—¿Dentro de casa?

Parpadeo. Le guiño un ojo y, con complicidad, cuchicheo:

—Que sepas que acabas de aumentar la familia. Ya somos cinco.

Mi alemán cierra los ojos y entiende perfectamente lo que acabo de decir y antes de que diga alguna de sus perlas, le apremio:

—Vamos, Eric —digo mientras agarro al cachorro—. Démosle la sorpresa a Flyn.

—¿*Susto* no le dará miedo?

Yo niego con la cabeza.

Sin hacer ruido, nos dirigimos hacia su habitación de juegos. Con cuidado, abro la puerta y hago entrar al animal.

—¡*Susto!* —grita el niño, y lo abraza.

Las carcajadas de Flyn son maravillosas. ¡Colosales! Y el perro se tumba panza arriba para que le rasque la barriguita. Durante un rato, la felicidad del pequeño es plena, hasta que ve en mis manos algo que llama su atención. Con los ojos como platos, se acerca a mí y pregunta:

—Y éste ¿quién es?

Eric, dichoso y, sobre todo, sorprendido por la felicidad que ve en su sobrino, explica:

—Cuando fui a buscar a *Susto*, estaba con él en la jaula. *Susto* no quiso dejarlo solo y se vino con nosotros.

El crío, alucinado, mira a su tío. Dos perros. ¡Dos! Yo, encantada, dejo al cachorro en sus manos.

—Este pequeñín será tu superamigo y supermascota. Por lo tanto, el nombre se lo tienes que poner tú.

Flyn mira a su tío, y cuando ve que éste asiente, sonríe. Mira a continuación al cachorro blanco y dice, tras guiñarme un ojo:

—Se llamará *Calamar*.

Un enorme nudo de emociones se agolpa en mi garganta al escucharlo, y sonrío. El pequeño pone el pulgar ante mí, yo pongo el mío, y terminamos con una palmada. Nos reímos. Eric me besa en el cuello y susurra en mi oído al ver a su sobrino feliz:

—Cuando quieras, ya sabes..., me caso contigo.

31

Con el transcurrir de los días, mi cara vuelve a ser lo que era, y cuando el doctor me quita los puntos de la barbilla ante la atenta mirada de Eric, sonríe al ver la obra de arte que ha hecho. No se notan, y eso me hace feliz.

La casa, tras la llegada de *Susto* y *Calamar,* se ha vuelto una casa llena de risas, ladridos y locura. Eric, los primeros días, protesta. Encontrarse meadas de *Calamar* en el suelo lo pone de mal humor, pero al final claudica. *Susto* y *Calamar* lo adoran, y él los adora a ellos.

Muchas mañanas cuando me levanto me gusta asomarme a la ventana y ahí está mi Iceman, lanzándole un palo a *Susto,* para que éste corra tras él. El animal lo ha tomado como costumbre. Antes de que él se vaya a trabajar, le lleva un palo a sus pies, y Eric juega y sonríe. Algunos fines de semana convenzo a Eric y a Flyn para pasear por el campo nevado con los animales. *Susto* lo agradece, y Eric juega con él mientras Flyn corretea a nuestro alrededor con su mascota. Me emociona todo. En especial, cuando veo cómo Eric se agacha y abraza a *Susto.* Mi frío y duro Iceman se va descongelando a cada día que pasa, y cada día me enamora más.

También he acompañado en varias ocasiones a Eric al campo de tiro olímpico. Sigue sin gustarme el rollito de las armas, pero disfruto al ver lo bien que él lo hace. Me siento orgullosa. Una de las mañanas que estamos ahí me presenta a unos amigos, y uno de ellos pregunta si soy española. Directamente, niego con la cabeza e indico: «¡Brasileña!». De inmediato el hombre dice: «Samba, caipirinha». Yo asiento y me río. Está visto que, dependiendo de dónde seas, te persigue un sambenito. Eric me mira sorprendido y al final sonríe. Esa noche, cuando me hace el amor, cuchichea con sorna en mi oído:

—Vamos, brasileña, baila para mí.

Flyn ha avanzado mucho con el *skate* y los patines. El chaval es listo y aprende rápidamente. Lo hacemos a escondidas, cuando Eric no está. Si nos viera, ¡nos mataría! Simona sonríe y Norbert refunfuña. Me advierte que el señor se enfadará cuando lo sepa. Sé que tiene razón, pero ya no puedo parar mis enseñanzas con el crío. Su trato conmigo ha cambiado, y ahora me busca y pide mi ayuda continuamente.

Eric, en ocasiones, nos observa, y sabe que entre nosotros ha ocurrido algo para que se haya obrado ese cambio en el pequeño. Cuando pregunta, lo achaco a la llegada de los animales a la casa. Él asiente, pero sé que no lo convence. No pregunta más.

El primer día que puedo salir a escondidas con Jurgen a desfogarme con la moto es una pasada. Tantos días de inactividad en casa casi me vuelven loca, por lo que salto, derrapo y grito con Jurgen y los amigos de éste por los caminos de cabras de las afueras de Múnich. Pienso en Eric. Debo contárselo. El problema es que no encuentro nunca el momento oportuno. Eso me comienza a martirizar. Nuestra base es la confianza, y esta vez yo estoy fallando.

Una tarde cuando estoy liada con mi moto en el garage llega Flyn del colegio. El niño me busca, y cuando me encuentra, alucinado, mira la moto. La recuerda. Y cuando le indico que es la moto de su madre y que me tiene que guardar el secreto ante su tío, pregunta:

—¿Sabes utilizarla?

—Sí —respondo con las manos sucias de grasa.

—El tío Eric se enfadará.

La frase me hace gracia. Todos, absolutamente todos, saben que Eric se enfadará. Y respondo, mirándolo:

—Lo sé, cariño. Pero el tío Eric, cuando me conoció, ya sabía que yo hacía motocross. Lo sabe y tiene que entender que a mí me gusta practicar este deporte.

—¿Lo sabe?

—Sí —afirmo, y sonrío al recordar cómo se enteró.

—¿Y te deja?

Esa pregunta no me sorprende, y mirándolo, le aclaro:

—Tu tío no me tiene que dejar. Soy yo la que decido si quiero o no hacer motocross. Los adultos decidimos, cariño.

El crío, no muy convencido, asiente, y vuelve a preguntar:

—¿Sonia te regaló la moto de mi madre?

Lo miro, y antes de contestar, pregunto:

—¿Te molestaría si fuera así?

Flyn lo piensa y, dejándome de piedra, contesta:

—No. Pero tienes que prometerme que me enseñarás.

Sonrío, suelto una carcajada y digo mientras él ríe:

—Tú qué quieres, ¿que tu tío me mate?

Una hora después, Eric me llama por teléfono. Tiene un partido de baloncesto y quiere que vaya al polideportivo. Encantada, acepto. Me pongo unos jeans, mis botas negras y una camiseta de Armani. Me abrigo, llamo a un taxi y, cuando llego a la dirección que él me ha dado, sonrío al verle esperándome apoyado en su coche.

Eric paga el taxi, y mientras caminamos hacia los vestuarios, murmuro:

—¿Cómo no me habías dicho lo del partido?

Mi chico sonríe, me besa y susurra:

—Lo creas o no, se me olvidó. Si no es por Andrés, que me ha llamado a la oficina, ¡ni lo recuerdo!

Cuando llegamos a los vestuarios, me besa.

—Ve a las gradas. Seguro que allí está Frida.

Encantada de la vida y del amor, camino hacia la cancha. Allí está Frida junto a Lora y Gina. Mi trato con ellas ha cambiado. Me aceptan como la novia de Eric y se lo agradezco. Lora, la rubia, al verme aparecer, sonríe y dice:

—Llegó mi heroína.

Sorprendida, la miro, y cuchichea:

—Ya me he enterado de que le diste a Betta su merecido.

Miro a Frida en actitud de reproche por habérselo contado, y ésta indica:

—A mí no me mires, que yo no he sido.

Lora sonríe y, acercándose de nuevo a mí, me comenta:

—Me lo ha contado la mujer que iba con Betta.

Asiento, sonriendo.

—Por favor, que no se entere Eric. No me gustaría darle otro disgusto más.

Todas se muestran de acuerdo y poco después los chicos salen a la cancha. Como es de esperar, el mío me vuelve loca. Verle ágil y activo mientras corre por la pista me pone a cien. Pero esta vez, a pesar de su empeño, pierden el partido por tres puntos.

Cuando termina, bajamos hasta la pista, y Eric, al verme, me besa. Está sudoroso.

—Voy a ducharme, cariño. En seguida vuelvo.

En la salita donde solemos esperarlos sólo estamos Frida y yo. Lora y Gina se han marchado. Bromeamos, divertidas, hasta que Eric y Andrés salen, y este último dice:

—Preciosa, cambio de planes. Regresamos a casa.

Frida, sorprendida, protesta.

—Pero si hemos quedado con Dexter en su hotel.

Andrés asiente con la cabeza, pero indica:

—Anularé la cita. Me ha surgido algo que tengo que solucionar.

Veo que Frida refunfuña.

—¿Quién es Dexter? —pregunto.

La joven me mira, y ante los atentos ojos de mi Iceman, responde:

—Un amigo con el que jugamos cuando viene a Múnich. Eric le conoce también, ¿verdad?

Mi chico asiente.

—Es un tipo genial.

¿Jugar? ¿Sexo? Mi cuerpo se excita y, acercándome a Eric, sondeo:

—¿Por qué no vamos nosotros a esa cita?

Me mira sorprendido, e insisto:

—Me apetece jugar. Venga..., vamos.

Mi Iceman sonríe y mira a Frida; después, me mira a mí y señala:

—Jud, no sé si el juego de Dexter te va a gustar.

Alucinada, lo miro y, al ver que no dice nada, pregunto a Frida:

—¿Le va el sado?

—No y sí —responde Andrés ante la risa de Eric.

Frida se encoge de hombros.

—A Dexter le gusta dominar, jugar con las mujeres y ordenar. No es sado lo suyo. Es exigente, morboso e insaciable. Yo me lo paso genial cuando nos vemos.

Eric saluda con la mano a uno de sus compañeros que se marcha y dice, cogiéndome de la cintura:

—Venga, vámonos a casa.

Yo lo miro, lo paro e insisto:

—Eric, quiero conocer a Dexter.

Mi Iceman me mira, me mira y me mira, y al final claudica.

—De acuerdo, Jud. Iremos.

Andrés lo llama y comenta el cambio de planes. Dexter acepta, encantado.

Entre risas, llegamos a nuestros respectivos coches, nos despedimos y cada pareja toma su camino. Mi chico y yo nos sumergimos en el tráfico de Múnich. Está callado. Pensativo. Yo canturreo una canción de la radio y, de pronto, veo que se para en una calle. Me mira y pregunta:

—¿Tan deseosa estás de jugar?

Su pregunta me sorprende, y respondo:

—Oye..., si te molesta, no vamos. He pensado que te podía apetecer.

—Te dije que para mí el juego en el sexo es un suplemento, Jud, y...

—Y para mí lo es también, cariño —afirmo. Y mirándole de frente, aclaro—: Tú me has enseñado que esto es una cosa de dos. Cuando tú lo propones, a mí me parece bien. ¿Por qué no te puede parecer bien a ti que lo proponga yo?

No responde; sólo me mira. Y encogiéndome de hombros, añado:

—Al fin y al cabo, es un suplemento que los dos disfrutamos, ¿no?

Tras un silencio en el que Eric respira, dice con voz más dulce.

—Dexter es un buen tío. Nos conocemos desde hace años y cuando viene a Múnich solemos vernos.

—¿Para jugar? —pregunto con sarcasmo.

Eric asiente.

—Para jugar, cenar, tomar algo o simplemente hacer negocios.

—¿Te excita que yo haya pedido jugar con él?

Mi alemán clava sus impresionantes ojos en mí y, tras hacerme arder, murmura:

—Mucho.

Asiento, y Eric me indica que baje del coche. Hace un frío pelón. Me encojo en el interior de mi bufanda rojo y comienzo a caminar de la mano con Eric. Me sujeta con seguridad. Su mano se acopla a la mía tan bien que sonrío, encantada. En seguida, veo que vamos directos a un hotel y leo NH Munchën Dornach.

Cuando entramos, Eric pregunta por la habitación del señor Dexter Ramírez. Nos indican el número, y tras llamarlo para confirmar nuestra llegada, Eric y yo nos introducimos en el ascensor. Estoy nerviosa. ¿Tan especial es este Dexter? Eric, agarrado a mi cintura, sonríe, me besa y murmura:

—Tranquila, todo irá bien. Te lo prometo.

Llegamos ante una puerta que está entornada. Eric toca con los nudillos y oigo decir en español:

—Eric, pasa.

Mi vagina comienza a lubricarse. Eric me agarra del brazo y entramos. Cierra la puerta y escuchamos:

—Ahorita salgo.

Entramos en un amplio y bonito salón. A la derecha, hay una puerta abierta desde donde veo la cama. Eric me observa. Sabe que lo estoy mirando todo con curiosidad. Se acerca a mí y pregunta:

—¿Excitada?

Lo miro y asiento. No voy a mentir. En ese momento, aparece un hombre de la edad de Eric sentado en una silla de ruedas.

—Eric, *¡cuate!* ¿Cómo estás?

Choca su mano con la de él, y después el hombre dice mientras pasea sus ojos por mi cuerpo:

—Y tú debes de ser Judith, la diosa que tiene a mi amigo atontado, por no decir enamorado, ¿verdad?

Eso me hace sonreír, aunque estoy sorprendida de verlo en aquella silla.

—Exacto —respondo—. Y que conste que me encanta tenerlo atontado y enamorado.

El hombre, tras cruzar una divertida mirada con Eric, toma mi mano, la besa y murmura con galantería:

—Diosa, soy Dexter, un mexicano que cae rendido a tus pies.

¡Vaya, mexicano! Como la telenovela de «Locura esmeralda». Eso me hace sonreír, aunque me apena verlo en silla de ruedas. ¡Es tan joven! Pero tras cinco minutos de charla con él, soy consciente de la vitalidad y buen rollo que desprende.

—¿Qué quieres beber?

Se lo decimos y Dexter abre un minibar y lo prepara. Me observa. Me mira con curiosidad, y Eric me besa. Cuando nos da las bebidas, sedienta, doy un gran trago a mi cuba.

—Me gustan las botas de tu mujer.

Sorprendida por aquel comentario, toco mis botas. Eric sonríe y me indica, tras besarme en el cuello:

—Cariño, desnúdate.

¿Así? ¿En frío?

¡Diablos, qué fuerte!

Pero dispuesta a ello y sin ningún pudor, lo hago. Quiero jugar. Yo lo he pedido. Dexter y Eric no me quitan ojo mientras me desprendo de la ropa, y yo me recreo en excitarlos. Una vez que estoy completamente desnuda, Dexter dice:

—Quiero que te pongas las botas de nuevo.

Eric me mira. Recuerdo lo que ha dicho Frida de que a éste le gusta ordenar. Entro en su juego, agarro las botas y me las pongo. Desnuda y con las botas negras que me llegan hasta la mitad de los muslos, me siento sexy, perversa.

—Camina hacia el fondo de la habitación. Quiero verte.

Hago lo que él me pide. Mientras camino sé que los dos me miran el trasero; lo muevo. Llego hasta el final de la habitación y regreso. El hombre clava la mirada en mi monte de Venus.

—Bonito tatuaje. Como decimos en mi país, ¡muy padre!

Eric asiente. Da un trago a su whisky y responde sin apartar sus ojazos de mí:

—Maravilloso.

Dexter alarga su mano, la pasa por mi tatuaje y, mirando a Eric, señala:

—Llévala a la cama, güey. Me muero por jugar con tu mujer.

Eric me agarra de la mano, se levanta y me lleva hasta la habitación contigua. Me hace poner a cuatro patas en la cama y, tras abrirme las piernas, dice mientras se desnuda:

—No te muevas.

Excitante. Todo esto me parece excitante.

Miro hacia atrás, y veo que Dexter se acerca a nosotros en su silla. Llega hasta la cama. Toca mis muslos, la cara interna de mis piernas y sus manos alcanzan las nalgas de mi trasero. Las estruja y da un azote. Después otro, otro y otro, y dice:

—Me gustan los traseros enrojecidos.

Después, pasea su mano por mi hendidura y juguetea con mis humedecidos labios.

—Siéntate en la cama y mírame.

Obedezco.

—Diosa..., mi aparatito no funciona, pero me excito y disfruto tocando, ordenando y mirando. Eric sabe lo que me gusta. —Ambos sonríen—. Soy un poco mandón, pero espero que los tres lo pasemos bien, aunque ya me ha advertido tu novio que tu boca es sólo suya.

—Exacto. Sólo suya —asiento.

El mexicano sonríe, y antes de que diga nada, añado:

—Eric sabe lo que te gusta, pero yo quiero saber cómo te gustan las mujeres.

—Calientes y morbosas. —Y sin dejar de mirarme, pregunta—: Eric, ¿tu mujer es así?

Mi Iceman pasea su lujuriosa mirada sobre mí y asiente.

—Sí, lo es.

Su seguridad me hace jadear y, dispuesta a ser todo eso que él afirma que soy, lo animo:

—¿Qué es lo que deseas de mí, Dexter?

El hombre mira a Eric, y tras éste asentir, puntualiza:

—Quiero tocarte, atarte, chuparte y masturbarte. Dirigiré los juegos, les pediré posturas y lo pasaré chévere con lo que harán. ¿Estás dispuesta?

—Sí.

Dexter coge una bolsa que cuelga de la silla y dice, tendiéndomela:

—Tengo ciertos juguetitos sin estrenar que quiero probar contigo.

Abro la bolsa. Veo una nueva joya anal. Esta vez con el cristal rosa. Me sorprendo y sonrío. ¿Estará de moda eso en Alemania? Con curiosidad abro una cajita donde hay una cadenita con una especie de pinza en cada extremo, y cuando la cierro, observo un par de consoladores. Son suaves y rugosos. Uno de ellos es un arnés con vibración. Los toco, y Dexter explica:

—Quiero introducirlos dentro de ti; si me dejas, claro.

Eric me aprieta contra él y afirma con voz ronca:

—Te dejarás, ¿verdad, Jud?

Asiento.

Calor..., tengo mucho calor.

Dexter agarra la bolsa, saca la cajita que he abierto segundos antes, me enseña la cadena y murmura:

—Dame tus pechos. Voy a ponerles estos *clamps*.

No sé qué es eso. Miro a Eric, y éste me indica tras tocarlos:

—Tranquila, no dolerá. Estas pinzas son suaves.

Acerco mis pechos a aquel hombre, y entonces la carne se me pone de gallina cuando con aquella especie de pinza oscura agarra un pezón y después, con la otra pinza, el otro. Mis pechos quedan unidos por una cadenita y, cuando tira de ella, mis pezones se alargan, y yo jadeo mientras siento un hormigueo excitante.

Dexter sonríe. Disfruta, y sin apartar sus oscuros ojos de mí, susurra en voz baja:

—Quiero verte atada a la cama para masturbarte y después quiero ver cómo Eric te coge.

Jadeo y, dispuesta a todo, me levanto, saco las cuerdas que hay en la bolsa y, ofreciéndoselas a mi amor, murmuro:

—Átame.

Eric me mira, agarra las cuerdas y, sobre mi boca, susurra:

—¿Estás segura?

Lo miro a los ojos, y totalmente excitada por lo que allí está ocurriendo, asiento:

—Sí.

Me tumbo en la cama. Mis pezones, al estirarme, se contraen. Eric ata mis manos y pasa la cuerda por la cabecera. Después, me anuda un tobillo, que ata a un lado de la cama y, finalmente, al otro. Estoy totalmente abierta de piernas e inmovilizada para ellos.

Dexter, con pericia, se pasa de la silla a la cama y me mira. Tira de la cadenita de mis pezones, y yo gimo.

—Eric..., tienes una mujer muy caliente.

—Lo sé —asiente mientras me mira.

Mi vagina se lubrica sola, y Dexter añade:

—¿Te gusta el sado, diosa?

Eric sonríe, y yo contesto:

—No.

Dexter asiente y vuelve a preguntar:

—¿Te excita que utilicemos tu cuerpo en busca de nuestro propio placer?

—Sí —respondo.

Vuelve a tirar de la cadenita, y mis pezones se endurecen como nunca. Jadeo, grito, y pregunta de nuevo:

—Te pone cachonda lo que hago.

—Sí.

Pasa uno de los consoladores por mi húmeda vagina.

—¿Deseas que te utilice, te use y te disfrute?

Con los ojos viciados por el momento, miro a Eric. Su mirada lo dice todo. Disfruta. Y con voz sensual, susurro:

—Utilízame, úsame y disfrútame.

De la boca de Eric sale un gemido. Ha enloquecido con lo que he dicho. Agarra la cadenita de mis pechos y tira de ella. Yo jadeo, y me besa. Mete su lengua hasta el fondo de mi boca mientras mis pezones cosquillean a cada tirón.

Encantado con lo que ve, el mexicano acaricia la parte interna de mis muslos con sus suaves manos. Eric para sus besos y nos observa. Sus preguntas me han excitado cuando veo que se acerca a mi boca y dice:

—Ábrela.

Hago lo que me pide y mete el consolador color celeste en mi boca.

—Chúpalo —exige.

Durante unos minutos, Dexter disfruta de mis lametazos, hasta que lo saca de mi boca.

—Eric..., ahora quiero que te chupe a ti.

Mi alemán, encantado, dirige su duro pene a mi boca. Lo introduce en mí, y yo lo chupo, lo degusto. Dejo que me coja la boca, hasta que vuelvo a escuchar.

—*Stop*.

Me siento desolada. Mi Iceman retira su maravillosa erección de mi boca. Dexter moja la punta del consolador en abundante lubricante y comenta mientras lo pone en mi mojada hendidura:

—Ahorita por aquí.

Eric se sienta en el otro lado de la cama, abre mi vagina con sus dedos para facilitarle el acceso, y Dexter lentamente lo introduce.

—¿Te agrada esto? —pregunta Dexter.

Jadeo, me muevo y asiento, mientras Eric, mi amor, me mira y sé que me ofrece.

—¡Qué buena onda! —murmura el mexicano.

Durante unos segundos aquel extraño mueve el consolador en mi interior. Lo mete..., lo saca..., lo gira..., tira de la cadenita de mis pezones, y yo jadeo. Cierro los ojos y me dejo llevar por el momento. Mi cuerpo atado se resiente. Se mueve y grito. Excitada por estar atada, abro los ojos y miro a mi amor. Sonríe y se toca su pene. Lo tiene duro. Preparado para jugar.

—Me gusta tu olor a sexo —murmura Dexter, y mete el consolador de tal manera en mi cuerpo que yo vuelvo a gritar y me arqueo—. Así..., vamos, diosa, ¡córrete para mí!

El consolador entra y sale de mí, arrancándome gemidos incontrolados, y cuando mi vagina tiembla y succiona el consolador, Dexter lo saca. Eric se mete entre mis piernas y con su dura erección me empala, y grito de placer.

Dexter se vuelve a sentar en su silla. Tira de la cadena de mis pezones y me muevo como puedo. Estoy atada de pies y manos, y sólo puedo jadear, gemir y recibir las estocadas de mi amor, mientras Dexter quita los *clamps* de mis adoloridos pezones y susurra:

—Diosa, levanta las caderas...Vamos..., recíbelo. Sí..., así.

Hago lo que me pide. Disfruto de las estocadas cuando lo oigo susurrar entre dientes.

—Eric, güey. Fuerte..., dale fuerte.

Eric me besa. Devora mi boca y, hundiéndose en mí con fuerza, me hace gritar. Dexter pide. Exige. Nosotros le damos. Disfrutamos de aquel momento y, cuando no podemos más, nos corremos.

Con las respiraciones entrecortadas, Eric me desata las manos, mientras siento que Dexter me desata los pies. Eric me abraza y sonríe. Yo hago lo mismo cuando el tercero murmura:

—Diosa, eres recaliente. Estoy seguro de que me vas a hacer disfrutar mucho. Ven. Levántate.

Hago lo que me pide. Dexter me agarra por el culo, me lo aprieta y acerca su boca a mi chorreante monte de Venus. Lo muerde. Sus ojos miran mi tatuaje y sonríe. Eric se levanta, se pone detrás de mí y con sus dedos me abre para su amigo. Dios, ¡todo es tan caliente!

Dexter desliza su lengua por el interior de mis labios internos y exige que me mueva sobre su boca. Lo hago. Me subo a sus hombros para darle mayor acceso, mientras Eric me sujeta por la espalda. Mis caderas oscilan hacia adelante y hacia atrás, mientras Dexter, con intensidad, me aprieta contra su boca y me presiona las nalgas, enrojeciéndomelas. Le gustan rojas, y yo me dejo.

Durante varios minutos en silencio me hacen suya. No hay música. Sólo se escuchan nuestros cuerpos, nuestros jadeos y el sonido de los gustosos lametazos de Dexter. Eric, enloquecido por lo que ve, toca mis pezones mientras Dexter se deleita con mi clítoris, y yo murmuro, gozosa:

—Sí..., ahí..., ahí.

Morbo... Esto es morbo en estado puro.

Mis jadeos aumentan. Voy a correrme de nuevo, pero entonces Dexter para, y tras dar un beso a mi monte de Venus, me hace bajarme de sus hombros y susurra mientras echa la silla de ruedas hacia atrás.

—Aún no, diosa..., aún no.

Estoy acalorada. Muy acalorada. Eric se sienta en la cama y, tras besarme en el cuello, dice, tomando el mando de la situación:

—Apóyate en mí y ábrete de piernas como cuando te entrego a un hombre.

Mi estómago se contrae. Estoy acalorada, empapada, húmeda y deseosa de correrme. Una vez que me tiene como él quiere, apoya su barbilla en mi hombro derecho, toca uno de mis pezones con el pulgar y pregunta, ante la atenta mirada de Dexter:

—¿Te gusta ser nuestro juguete?

Mi respuesta es clara y contundente, incluso con un hilo de voz.

—Sí.

La risa de Eric en mi oído me excita, y más cuando dice tras besarme el hombro:

—La próxima vez te compartiré con un hombre o quizá sean dos, ¿qué te parece?

Mi mirada se clava en Dexter. Sonríe. Hiperventilo, pero respondo, excitada:

—Me parece bien. Lo deseo.

Eric asiente, y exponiéndome totalmente a su amigo, murmura:

—Cuando estemos con ellos, abriré tus piernas así...

Hace con mis piernas lo que dice, y yo jadeo, mientras Dexter nos mira con lujuria.

—Te ofreceré. Los invitaré a que te saboreen. Ellos tomarán de ti lo que yo les deje y tú obedecerás. —Asiento—. Cuando tus orgasmos me satisfagan, te cógere mientras ellos miran, y una vez termine, ordenaré que ellos te cojan. Te cojerán, te poseerán, y tú gritarás de placer. ¿Quieres jugar a eso, Jud?

Voy a responder, pero no puedo. Un nudo en mi garganta apenas deja salir mis palabras, y lo oigo repetir:

—¿Quieres o no jugar a eso?

—Sí —consigo responder.

Un zumbido me pone la carne de gallina. Eric en sus manos tiene el vibrador en forma de pintalabios que yo llevo en el bolso. ¿Cuándo lo ha agarrado? Después, me enseña la joya anal de cristal rosa y el lubricante, y murmura:

—Ahora vas a ir hasta Dexter —dice, entregándome la joya y el lubricante—. Y le vas a pedir que te introduzca la joya en tu bonito culito y después regresarás de nuevo aquí.

Tomo lo que me da y, excitada, hago lo que me pide. Desnuda y vestida sólo con las botas, camino hacia un colorado Dexter. Le entrego la joya y el lubricante. Alucinado, veo que mira mi monte de Venus. Le excita mi tatuaje.

—Quiero tocarlo. Se ve tan chévere...

Me acerco a él, y con deseo, pasa su mano por mi monte de Venus mientras lo devora con la mirada. Una vez que lo hace, me doy la vuelta, pongo mi culo en pompa ante él y, sin hablar, escucho como él destapa el lubricante para segundos después notar una presión en el agujero de mi ano, hasta que introduce la joya anal.

—Precioso —le oigo murmurar.

Cuando me incorporo, Dexter me sujeta por las caderas y dice, mientras mueve la joya en mi interior:

—Tu tatuaje me hará pedir mil cosas, diosa; no lo olvides.

Regreso junto a Eric. Me sienta sobre él, y Dexter murmura con voz ronca:

—Ofrécemela, Eric.

Mi Iceman pasa sus brazos por debajo de mis piernas y las abre. Mi húmeda vagina queda abierta y palpitante ante la cara de Dexter. El hombre respira con dificultad y no aparta sus ojos. Mi entrega lo vuelve loco.

También yo respiro con dificultad. Estoy muy excitada. Exaltada. Estoy al borde del orgasmo. Jadeo y meneo las caderas en busca de algo, de alguien, y es mi dedo el que al final pasa por mi chorreante sexo. Sin ningún pudor, yo misma lo introduzco en mi vagina mientras Eric me anima a seguir con el juego y sé que Dexter disfruta. Lo veo en su cara. Abierta y expuesta como él quiere, siento que retira mi dedo para introducir uno de los consoladores.

Grito de excitación mientras Dexter entra y saca aquello con celeridad de mi interior. Pero yo quiero más. Necesito más, y cuando además del consolador posa el vibrador en mi hinchado clítoris como un maestro, me hace gritar. Con pericia, mientras Eric me sujeta las piernas, Dexter aleja y acerca el vibrador al punto exacto de mi placer, y como si de latigazos se tratara, convulsiono, jadeo y le escucho decir:

—Diosa..., córrete ahorita mismo para nosotros.

—Sí... —grito, enloquecida.

Con su dedo toca mi hinchado clítoris y chillo. Estoy húmeda, tremendamente húmeda, y sorprendiéndole le pido:

—Dexter..., chúpame, por favor.

Mi ruego le activa. Eric se echa hacia adelante para facilitar la acción a su amigo, que instantes después posa su boca sobre mi humedad. Enloquecida, vuelvo a estar sobre su boca. Dexter chupa, lame, rodea y estimula mi vulva hasta llegar al clítoris. Es tocarlo, y yo jadear. Es tirar de él con los labios, y yo gemir. Me vuelve loca, y cuando me corro en su boca, murmura:

—Eres exquisita.

Agotada, sonrío cuando Eric me agarra con fuerza, me pone a cuatro patas sobre la cama y, con brusquedad y sin hablar, me penetra.

Superexcitado por lo que ha visto, enloquecido, se mete en mí, mientras yo, desgarrada, me abro y lo recibo gustosa. Una, dos, tres..., mil veces profundiza, en tanto me agarra por la cintura y, desde atrás, me penetra sin compasión. Un azote, dos, tres. Grito. Me agarra del pelo, tira de él hacia atrás y sisea:

—Arquea las caderas.

Hago lo que me pide.

—Más —exige en mi oído.

Me siento como una yegua montada mientras Eric me empala una y otra vez ante la atenta mirada de Dexter. De pronto, Eric se para, saca la joya de mi ano y mete su erección. Caigo sobre la cama y jadeo agarrándome a las sábanas. Sin lubricante cuesta..., duele..., pero ese dolor me gusta. Me incita a pedir más. Eric me aprieta contra él, me vuele a dar otro azote y pide:

—Muévete, Jud... Muévete.

Me muevo. Sus acometidas son devastadoras. Enardecidas. Sexuales. Me empalo una y otra vez en él, hasta que Eric me agarra por la cintura y me da tal estocada que me hace gritar mientras un orgasmo asolador nos enloquece a los dos.

Agotados por lo que acabamos de hacer, Dexter nos observa desde su silla. Disfruta. Le gusta lo que ve. Eric propone darnos una ducha y, cuando estamos solos, pregunta con mimo:

—¿Todo bien, pequeña?

—Sí.

Me encanta que siempre se preocupe por mí en cuanto estamos solos. El agua resbala por nuestros cuerpos y reímos. Le pregunto a Eric por qué Dexter está en silla de ruedas y me comenta que fue a raíz de un accidente con su parapente. Eso me apena. Es tan joven... Pero Eric, exigente, me besa. No quiere hablar de eso y me hace regresar a la realidad cuando introduce de nuevo la joya en mi culo. Cuando salimos del baño, Dexter sigue donde lo hemos dejado, con el vibrador en la mano. Lo está oliendo y, cuando me ve, comenta:

—Me encanta el olor a sexo.

Sus ojos me indican lo mucho que me desea, y sin pensarlo, acerco mi cara a la suya y murmuro al recordar una palabra de «Locura esmeralda».

—Ahora me vas a *coger* tú, Dexter.

Eric me mira, sorprendido. Dexter me mira, boquiabierto. ¿De qué hablo?

Ninguno de los dos entiende lo que digo. A Dexter no le funciona su aparatito. ¿Cómo lo va a hacer? Tras explicarle a Eric mi propósito, sonríe. Con su ayuda, sentamos a Dexter en una silla sin brazos, y le atamos uno de los penes vibratorios con arnés a la cintura. Divertido, Dexter mira el pene que ha quedado erecto ante él y se burla.

—¡Dios, cuánto tiempo sin verme así!

Sin más, beso a Eric. Mi culo queda a la altura de Dexter, y Eric me abre las nalgas y le tienta para que mueva mi joya anal. Lo hace. Dexter entra en el juego y me pellizca las nalgas para enrojecérmelas. Eric me besa, y susurra en mi boca:

—Me vuelves loco, cariño.

Sonrío. Eric sonríe. Mira a su amigo y le pide:

—Dexter, ofréceme a mi mujer.

El hombre me agarra de la mano, me sienta sobre él y me abre las piernas. Toca con su mano mi joya y murmura en mi oreja:

—Diosa..., eres caliente. Me encanta tu entrega.

Sonrío, y cuando la boca de Eric se posa en mi vagina, me contraigo. Dexter me sujeta, y yo me muevo mientras jadeo y grito por las maravillosas cosas que mi amor me hace. Pero dispuesta a calentarlos aún más a los dos, susurro:

—Sí... Ahí... Sigue... Sigue... Más... ¡Oh, sí!... Me gusta... Sí... Sí.

Eric toca con su lengua mi clítoris una y otra vez. Lo rodea, lo agarra con sus labios y tira de él, mientras Dexter me ofrece y toca mis pechos. Con la punta de sus dedos los endurece, los pellizca. Mi

Iceman se ocupa de mi vagina y de arrancarme locos gemidos de placer. La respiración de Dexter se acelera por momentos, y cuando Eric me agarra volando y me penetra, los tres jadeamos. Mi amor me apoya contra la pared para hundirse en mí una y otra vez con fuerza, hasta que los dos finalmente nos corremos. Gustosa y altamente excitada, miro a Dexter, que está acalorado. Y acercándome a él, musito:

—Ahora tú.

A horcajadas me siento sobre él y me introduzco el pene del arnés. Le doy al mando a distancia, y éste vibra. Sonrío. Dexter sonríe. Como una diosa del cine porno, me muevo una y otra vez en busca de mi propio disfrute, mientras me restriego contra él y mis pechos bambolean y le tientan cerca de su boca. Dexter, con sus manos, me sujeta la cintura y comienza a bailar al mismo son que yo. Con fuerza me empala una y otra vez en el arnés mientras yo chillo gustosa y enloquecida por la dureza de eso.

Eric, pendiente de nosotros, está a nuestro lado. No dice nada. Sólo nos observa mientras Dexter con fuerza me agarra y me clava una y otra vez en él. Deseosa y excitada, grito:

—Así... *Fóllame* así... ¡Oh, sí!

Mi vagina está totalmente abierta alrededor del arnés y jadeo, mirándole a los ojos.

—Vamos, Dexter, demuéstrame cuánto me deseas.

Mis palabras le avivan. Su deseo crece y siento que se le nubla la mente. Dexter, acalorado, me empala sobre el arnés. Lo disfruta. Lo veo en sus ojos. El aire escapa de su boca.

—No te detengas... ¡No pares! —grito.

Dexter no podría haberse detenido aunque lo hubiera querido, y cuando me aprieta una última vez contra el arnés y suelta un gruñido de satisfacción, sé que he conseguido mi objetivo. Dexter ha disfrutado tanto como Eric y como yo.

32

Una tarde en la que Flyn y yo patinamos en el garage tomados de la mano, de pronto, la puerta mecánica comienza a abrirse. Eric llega antes de su hora. Los dos nos quedamos paralizados.

¡Menuda pillada, y menuda bronca que nos va a caer!

Rápidamente, reacciono, tiro del muchacho y salimos del garage. Pero Eric nos pisa los talones y no sé qué hacer. No nos da tiempo a quitarnos los patines ni a llegar a ningún sitio.

Como una loca, abro la puerta que lleva a la piscina cubierta. El niño me mira, y yo pregunto:

—¿Bronca, o piscina?

No hay nada que pensar. Vestidos y con patines nos tiramos a la piscina. Según sacamos nuestras cabezas del agua, la puerta se abre, y Eric nos mira. Con disimulo, los dos nos apoyamos en el borde de la piscina. Nuestros pies con los patines sumergidos no se ven.

Asombrado, Eric se acerca hasta nosotros y pregunta:

—¿Desde cuándo uno se mete en la piscina con ropa?

Flyn y yo nos miramos, reímos, y respondo:

—Ha sido una apuesta. Hemos jugado al Play, y el perdedor lo tenía que hacer.

—¿Y por qué estáis los dos en el agua? —insiste, divertido, Eric.

—Porque Jud es una tramposa —se queja Flyn—. Y como yo le he ganado, cuando se ha tirado ella, me ha tirado a mí.

Eric ríe. Le encanta ver el buen rollo que hay últimamente entre su sobrino y yo. Con dulzura, dejo que me bese sin mostrar mis pies. Le doy un beso en los labios.

—¿Cómo está el agua? —pregunta.

—¡Estupenda! —decimos al unísono Flyn y yo.

Encantado, toca la cabeza mojada de su sobrino y, antes de salir por la puerta, indica:

—Pónganse un traje de baño si quieren seguir en el agua.

—Vamos, cariño. ¡Anímate y ven!

Iceman me mira, y antes de desaparecer por la puerta, contesta con gesto cansado:

—Tengo cosas que hacer, Jud.

En cuanto Eric cierra la puerta, nos sentamos en el borde de la piscina. Rápidamente, nos quitamos los patines y los escondemos en un armario que hay al fondo.

—Ha faltado poco —murmuro, empapada.

El pequeño ríe, yo también, y sin más nos volvemos a tirar a la piscina. Cuando salimos una hora después de ella, Flyn se agarra a mi cintura.

—No quiero que te vayas nunca, ¿me lo prometes?

Emocionada por el cariño que el niño me demuestra, le beso en la cabeza.

—Prometido.

Esa tarde, Flyn se marcha a casa de Sonia. Según él, tiene cosas que hacer. Sus secretismos me hacen gracia. Eric está serio. No está enfadado, pero su gesto me demuestra que le ocurre algo. Intento hablar con él y al final consigo saber que le duele la cabeza. Eso me alarma. ¡Sus ojos! Sin decir nada se va a descansar a nuestra habitación. No lo sigo. Quiere estar solo.

Sobre las seis de la tarde, *Susto,* aburrido porque Flyn se ha llevado a *Calamar,* me pide a su manera que vayamos a dar su paseo. Eric ya ha salido de nuestra habitación y está en su despacho. Tiene mejor aspecto. Sonríe. Eso me tranquiliza. Intento que me acompañe, que le dé el aire. Pero se niega. Al final, desisto.

Abrigada con mi bufanda roja, gorro, guantes y bufanda, salgo al exterior de la casa. No hace frío. *Susto* corre, y yo corro tras él. Cuando traspasamos la verja negra, comienzo a tirarle bolas de nieve. El perro, divertido, corre y corre mientras da vueltas a mi alrededor.

Durante un buen rato, paseamos por la carretera. La urbanización donde vivimos es enorme y decido disfrutar de la tarde y caminar aunque ya ha anochecido. De pronto, veo un coche parado en la cuneta. Con curiosidad me acerco. Un hombre trajeado de unos cuarenta años habla por teléfono con el cejo fruncido.

—Llevo esperando la jodida grúa más de una hora. Mándela ¡ya!

Dicho esto cuelga y me mira. Yo sonrío y pregunto:

—¿Problemas?

El trajeado asiente y, sin muchas ganas de hablar, contesta:

—Las luces del coche.

Curiosa, miro el coche. Un Mercedes.

—¿Puedo echarle un ojo a su automóvil?

—¿Usted?

Ese «¿usted?» con sonrisita de superioridad no me gusta, pero suspiro, lo miro y respondo:

—Sí, yo. —Y al ver que no se mueve, insisto—. No tiene nada que perder, ¿no cree?

Boquiabierto, asiente. *Susto* está a mi lado. Le pido que abra el cofre, y lo hace desde el interior del coche. Una vez abierto, agarro la varilla y lo aseguro para que no se cierre. Mi padre siempre me ha dicho que lo primero que tengo que mirar cuando me fallan las luces del coche son los fusibles. Con la mirada, busco dónde está la caja de fusibles en ese modelo de coche, y cuando la localizo, la abro. Miro un par de ellos y encuentro lo que pasa.

—Tiene un fusible fundido.

El hombre me mira como si le estuviera explicando la teoría del calamar adobado.

—¿Ve esto? —digo, enseñándole el fusible de color azul. El hombre asiente—. Si se fija, verá que está fundido. No se preocupe, la luz de su coche está bien. Sólo hay que cambiar el fusible para que la bombilla del coche vuelva a funcionar.

—Increíble —asiente el hombre, mirándome.

¡Oh, Dios!, cómo me gusta dejar a los hombres boquiabiertos

por estas cosas. ¡Gracias, papá! Cuánto agradezco que mi padre me enseñara a ser algo más que una princesa.

Separándome de él, que se ha acercado más de la cuenta, pregunto:

—¿Tiene fusibles?

Vuelvo a darme cuenta de que no tiene ni idea de lo que le pregunto y, divertida, insisto:

—¿Sabe dónde tiene la caja de herramientas del coche?

El guapo trajeado abre la puerta trasero del vehículo y me entrega lo que le pido. Bajo su atenta mirada, busco el fusible del amperaje que necesito y, tras encontrarlo, lo introduzco donde corresponde, y dos segundos después la luz delantera del coche vuelve a funcionar.

La cara del tipo es increíble. Lo acabo de dejar alucinado. Que una desconocida, una mujer, se le acerque y le arregle el coche en un tris le ha dejado totalmente descolocado. Y acercándose a mí, dice:

—Muchas gracias, señorita.

—De nada —sonrío.

Me mira con sus ojos claros y, tendiéndome la mano, dice:

—Mi nombre es Leonard Guztle, ¿y usted es?

Le doy la mano, y respondo:

—Judith. Judith Flores.

—¿Española?

—Sí —sonrío, encantada.

—Me encantan los españoles, sus vinos y la tortilla de papa.

Asiento y suspiro. Éste, al menos, no ha dicho «¡olé!».

—¿Puedo tutearla?

—Por supuesto, Leonard.

Durante unos segundos, siento que recorre con sus claros ojos mi cara, hasta que pregunta:

—Me gustaría invitarte a una copa. Después de lo que has hecho por mí, es lo mínimo que puedo hacer para agradecértelo.

¡Vaya!, ¿está ligando conmigo?

Pero dispuesta a cortar eso de raíz, sonrío y respondo:

—Gracias, pero no. Llevo algo de prisa.

—¿Puedo llevarte donde me digas? —insiste.

En ese momento, *Susto* da un ladrido y corre hacia un coche que se acerca a nosotros. Es Eric. Su mirada y la mía se cruzan, y ¡guau!, está serio. Para el coche, se baja y, acercándose a mí, murmura tras besarme y agarrarme por la cintura.

—Estaba preocupado. Tardabas demasiado. —Después, mira al hombre, que nos observa, y dice, tendiéndole la mano—. ¡Hola, Leo!, ¿qué tal?

¡Vaya, se conocen!

Sorprendido por la presencia de Eric, el hombre nos mira y mi chico aclara:

—Veo que has conocido a mi novia.

Un silencio tenso toma el lugar, y yo no entiendo nada, hasta que Leonard, repuesto por encontrarse con Eric, asiente y da un paso atrás.

—No sabía que Judith fuera tu novia. —Ambos cabecean, y Leonard prosigue—: Pero quiero que sepas que ella solita me acaba de arreglar el coche.

—Venga, ya..., si sólo te he cambiado un fusible.

Leonard sonríe, y murmura mientras toca con su dedo la congelada punta de mi nariz:

—Has sabido hacer algo que yo no sabía, y eso, jovencita, me ha sorprendido.

Tensión. Eric no sonríe.

—¿Cómo está tu madre? —pregunta el hombre.

—Bien.

—¿Y el pequeño Flyn?

—Perfecto —responde Eric con sequedad.

¿Qué ocurre? ¿Qué les pasa? No entiendo nada. Al final nos despedimos. Leornard arranca su Mercedes, encience las luces y se va. Eric, *Susto* y yo nos montamos en el coche. Arranca, pero sin moverse de su sitio, pregunta:

—¿Qué hacías con Leo a solas?

—Nada.

—¿Cómo que nada?

—Venga, va..., estaba sin luces en el coche y le he cambiado un fusible. Sólo he hecho eso, no te enfades.

—¿Y por qué has tenido que hacerlo?

Atónita por esa absurda pregunta, murmuro:

—Pues, Eric..., porque me ha salido así. Mi padre me ha educado de esta manera. Por cierto, ¿de qué lo conoces?

Eric me mira.

—Ese imbécil al que le has arreglado el coche es Leo, el que era el novio de Hannah cuando ocurrió todo y el que se desprendió de Flyn sin pensar en él.

¡Las carnes se me abren!

¿Ese idiota es quien no quiso saber de Flyn cuando Hannah murió? Si lo sé, le arregla el fusible a ese estúpido su tía la del pueblo.

Los ojos de Eric escupen fuego. Está muy enfadado. Con frustración por los recuerdos que esto le trae, da un golpe al volante con las manos.

—Parecías muy a gusto con él.

No quiero discutir e, intentando mantener el control, murmuro:

—Oye, cariño, yo no sabía quién era ese hombre. Solamente he sido simpática y...

—Pues no lo seas —me corta—. A ver cuándo te das cuenta de que aquí, si eres tan *simpática* con un hombre, se creen que estás ligando.

Eso me hace sonreír. Los alemanes son algo particulares en muchas cosas, y ésa es una de ellas.

—¿Estás celoso?

Eric no responde. Me mira con esos ojazos que me tienen loca. Al final, sisea:

—¿He de estarlo?

Niego con la cabeza mientras le doy al botón de los CD del coche y me sorprendo al ver que Eric escucha mi música. Mientras Eric protesta y yo sonrío, Luis Miguel canta:

Tanto tiempo disfrutamos de este amor, nuestras almas se acercaron tanto así, que yo guardo tu sabor, pero tú llevas también, sabor a mí.

¡Oh, Dios, qué bolero más romántico!

Miro a Eric. Su ceño fruncido me hace suspirar, y sin dejarle continuar con sus quejas, pregunto:

—¿Estás mejor de tu dolor de cabeza?

—Sí.

Tengo que hacer algo. Tengo que relajarlo y hacerlo sonreír. Por ello, digo:

—Sal del coche.

Sorprendido, me mira y pregunta:

—¿Cómo?

Abro la puerta del coche y repito:

—Sal del coche.

—¿Para qué?

—Sal del coche, y lo sabrás —insisto.

Cuando lo hace, da un portazo. En su línea. Antes de salir yo subo la música a tope y dejo mi puerta abierta. *Susto* sale también. Después, camino hacia donde está mi gruñón preferido y, abrazándolo, digo ante su cara de mosqueo:

—Baila conmigo.

—¡¿Qué?!

—Baila conmigo —insisto.

—¿Aquí?

—Sí.

—¿En medio de la calle?

—Sí... Y bajo la nieve. ¿No te parece romántico e ideal?

Eric maldice. Yo sonrío. Va a darse la vuelta, pero dándole un tirón del brazo, le exijo tras propinarle un fuerte azote:

—¡Baila conmigo!

Duelo de titanes. Alemania contra España. Al final, cuando arrugo la nariz y sonrío, claudica.

¡Olé la fuerza española!

Me abraza. Es un momento mágico. Un instante irrepetible. Baila conmigo. Se relaja. Cierro los ojos en los brazos de mi amor mientras la voz de Luis Miguel dice:

Pasarán más de mil años, muchos más.
Yo no sé si tendrá amor la eternidad.
Pero allá, tal como aquí, en la boca llevarás
sabor a mí.

—-Tiene su puntillo verte celoso, cariño, pero no has de estarlo. Tú para mí eres único e irrepetible —murmuro sin mirarlo, abrazada a él.

Noto que sonríe. Yo lo hago también. Bailamos en silencio, y cuando la canción termina, lo miro y pregunto:

—¿Más tranquilo? —No responde. Sólo me observa, y añado mientras le pongo caritas—: Te quiero, Iceman.

Eric me besa. Devora mis labios y murmura sobre mi boca:

—Yo sí que te quiero, cuchufleta.

33

Llega mi cumpleaños, el 4 de marzo. Veintiséis añazos. Hablo con mi familia, y todos me felicitan con alegría. Los añoro. Tengo ganas de verlos y apapacharlos, y prometo ir pronto a visitarlos. Sonia, la madre de Eric, da una cena en su casa por mi cumpleaños. Ha invitado a Frida, Andrés y a los amigos que conoce. Estoy feliz.

Flyn me ha regalado un collar muy bonito de cristal que luzco con orgullo. Que el pequeño me haya buscado y me haya dado ese regalo ha sido especial. Muy especial. Eric me regala una preciosa pulsera de oro blanco. En ella está grabado su nombre y el mío, y me emociona. Es maravillosa. Pero el regalo que me pone la carne de gallina es cuando mi amor me dice que me quite el anillo que me regaló y me obliga a leer lo que hay en su interior: «Pídeme lo que quieras, ahora y siempre».

—Pero ¿cuándo has puesto esto? —pregunto boquiabierta.

Eric ríe. Está feliz.

—Una noche mientras dormías. Te lo quité. Norbert lo llevó a un joyero amigo y cuando lo trajo en un par de horas te lo puse. Sabía que no te lo quitarías y que no lo verías.

Lo abrazo. Ese tipo de sorpresas son las que me gustan, las que no me espero, y más cuando con voz ronca me besa y murmura sobre mi boca:

—No lo olvides, pequeña, ahora y siempre.

Una hora después, tras arreglarme, me miro en el espejo. Me gusta mi imagen. El vestido de gasa negro que Eric me compró me encanta. Observo mi pelo. Decido dejármelo suelto. A Eric le gusta mi pelo. Le gusta tocarlo, olerlo, y eso me excita.

La puerta de la habitación se abre y el dueño de mis deseos aparece. Está guapísimo con su esmoquin oscuro y su pajarita.

«¡Mmm!, ¡¿pajarita?! Qué sexy. Cuando regresemos lo quiero desnudo con la pajarita», pienso, pero mirándole pregunto:

—¿Qué te parezco?

Eric recorre mi cuerpo con su mirada y en su escaneo siento el ardor de lo que le parezco. Finalmente, ladea la boca y, con una peligrosa sonrisa, murmura:

—Sexy. Excitante. Maravillosa.

Por favor..., ¡¡¡que me lo como!!!

Acalorada, dejo que me abrace. Sus manos tocan mi desnuda espalda y yo sonrío cuando su boca encuentra la mía. Ardor. Durante unos segundos, nos besamos, nos disfrutamos, nos excitamos, y cuando estoy a punto de arrancarle el esmoquin, se separa de mí.

—Vamos, morenita. Mi madre nos espera.

Miro el reloj. Las cinco.

—¿Tan pronto vamos a ir a la casa de tu madre?

—Mejor pronto que tarde, ¿no crees?

Cuando me suelta, sonrío. ¡Malditas prisas alemanas!

—Dame cinco minutos y bajo.

Eric asiente. Vuelve a darme otro beso en los labios y desaparece de la habitación dejándome sola. Sin tiempo que perder, me pongo los zapatos de tacón, me vuelvo a mirar en el espejo y me retoco los labios. Una vez que termino, sonrío, agarro el bolsito que hace juego con el vestido y, encantada y dispuesta a pasarlo bien, salgo de la habitación.

Cuando bajo la bonita escalera, Simona acude a mi encuentro.

—Está usted bellísima, señorita Judith.

Contenta, sonrío y le doy un apapacho. Necesito apapacharla. *Susto* y *Calamar* vienen a saludarme. Una vez que suelto a Simona, con una candorosa sonrisa, me mira y dice mientras se lleva a los perros:

—El señor y el pequeño Flyn la esperan en el salón.

Encantada de la vida y con una gran sonrisa en los labios, me dirijo hacia allí. Cuando abro la puerta, una corriente eléctrica recorre todo mi cuerpo y, contrayéndoseme la cara, me llevo la mano a la boca y, emocionada como pocas veces en mi vida, me pongo a llorar.

—¡Cuchufletaaaaaaaaaaa! —grita mi hermana.

Ante mí están mi padre, mi hermana y mi sobrina.

No puedo hablar. No puedo andar. Sólo puedo llorar mientras mi padre corre hacia mí y me abraza. Calidez. Eso siento al tenerlo cerca. Finalmente, sólo puedo decir:

—¡Papá! ¡Papá, qué bien que estés aquí!

—¡Titaaaaaaaaaaaa!

Mi sobrina corre a besuquearme junto a mi hermana. Todos me abrazan y durante unos minutos un caos de risas, lloros y gritos impera en el salón, en tanto observo el gesto serio de Flyn y la emoción de Eric.

Cuando me repongo de esa estupenda sorpresa, me retiro los lagrimones de las mejillas y pregunto:

—Pero..., pero ¿cuándo llegaron?

Mi padre, más emocionado que yo, responde:

—Hace una hora. Menudo frío hace en Alemania.

—¡Aisss, cuchu, estás preciosa con ese vestido!

Me doy una vueltecita ante mi hermana y, divertida, respondo:

—Es un regalo de Eric. ¿A que es precioso?

—Alucinante.

Al no ver a mi cuñado en el salón, pregunto:

—¿Jesús no ha venido?

—No, cuchu... Ya sabes, el trabajo.

Asiento y mi hermana sonríe. La beso. La quiero. Mi sobrina, que está como loca agarrada a mi cintura, grita:

—¡No veas cómo mola el avión del tito Eric! La azafata me ha dado chocolatinas y batidos de vainilla.

Eric se acerca a nosotros y, tomándome de la mano, dice tras besármela:

—Hablé con tu padre y tu hermana hace un par de días y les pareció estupendo venir a pasar el cumpleaños contigo. ¿Estás contenta?

Me lo como.

¡Yo me lo como a besos!

Y como una niña chica, sonrío y respondo:

—Mucho. Es el mejor regalo.

Durante unos instantes, nos miramos a los ojos. Amor. Eso es lo que Eric me da. Pero el momento se rompe cuando Flyn exige:

—¡Quiero ir ya a casa de Sonia!

Sorprendida, lo miro. ¿Qué le pasa? Pero al ver su ceño fruncido lo entiendo. Está celoso. Tanta gente desconocida para él de golpe no es bueno. Eric, conocedor del estado de su sobrino, se aleja de mí, le toca la cabeza y murmura:

—En seguida iremos. Tranquilo.

El crío se da la vuelta y se sienta en el sofá, dándonos a todos la espalda. Eric resopla, y mi hermana, para desviar la atención, interviene:

—Esta casa es una preciosidad.

Eric sonríe.

—Gracias, Raquel. —Y mirándome, dice—: Enséñales la casa e indícales cuáles son sus habitaciones. En dos horas tenemos que salir todos para la casa de mi madre.

Sonrío, encantada de la vida, y junto a mi familia, salgo del salón. En grupo vamos a la cocina, les presento a Simona, Norbert y a *Susto* y *Calamar*. Después vamos al garage, donde silban al ver los cochazos que tenemos allí estacionados.

Cuando salimos del garage les enseño los baños, los despachos, y mi hermana, como es de esperar, no para de soltar grititos de satisfacción mientras lo observa todo. Y ya cuando abro una puerta y aparece la enorme piscina cubierta, se vuelve loca.

—¡Aisss, cuchuuuuuuuuuuuuu, esto es una maravilla!

—¡Cómo reinaaaaaaa! —grita Luz—. Órale, tita, ¡tienes piscina y todo!

La pequeña va hasta el borde y toca el agua. Su abuelo, divertido, la avisa:

—Luz de mi vida..., aléjate del borde que te vas a caer.

Con rapidez mi padre la agarra de la mano, pero la pequeña se suelta y, poniéndose junto a mi hermana y a mí, cuchichea con cara de pilla:

—¿A que los tiro a la pisci?

—¡Luz! —grita mi hermana, mirando mi vestido.

—Esta niña es ver un charco con agua y volverse loca —se burla mi padre.

De todos es bien conocido que estar con la pequeña cerca del agua es acabar empapado. Me entra la risa. Si me moja el precioso vestido será un drama, por ello miro a mi sobrina con complicidad y murmuro:

—Si me tiras con el vestido que Eric me regaló, me enfadaré. Y si no me tiras, prometo que mañana estaremos mucho tiempo en la piscina. ¿Qué prefieres?

Rápidamente mi sobrina pone su dedo frente al mío. Es nuestra manera de estar de acuerdo. Pongo mi dedo junto al de ella, y ambas guiñamos un ojo y nos sonreímos.

—Va, tita, pero mañana nos bañaremos, ¿vale?

—Prometido, cariño —sonrío, encantada.

Levantamos nuestros pulgares, los unimos, y después nos damos una palmada. Ambas sonreímos.

—Recuerda, Luz, que mañana por la tarde regresamos a casa —insiste mi hermana.

Una vez que salimos de la zona de la piscina, subo con mi familia a la primera planta de la casa. Tengo que reprimir mis ganas de reír a carcajadas ante los gestos de admiración de mi hermana por todo lo que ve. Se sorprende hasta con el papel de las paredes, ¡increíble!

Tras acomodarlos en las habitaciones, los apuro para que se vistan. En una hora tenemos que salir hacia la cena en casa de la madre de Eric. Cuando regreso sola al salón, Eric y Flyn juegan con el

PlayStation, como siempre a todo volumen. Al entrar ninguno de los dos me oye, y acercándome a ellos, escucho al niño decir:

—No me gusta esa niña parlanchina.

—Flyn..., basta.

Sin hacer ruido me paro para escucharlos mientras ellos siguen:

—Pero yo no quiero que ella...

—Flyn...

El pequeño resopla mientras maneja el control del Play e insiste:

—Las chicas son un rollo, tío.

—No lo son —responde mi Iceman.

—Son torpes y lloronas. Sólo quieren que les digas cosas bonitas y que las besuquees, ¿no lo ves?

Incapaz de contener la risa, me acerco con precaución hasta la oreja de Flyn y murmuro:

—Algún día te encantará besuquear a una chica y decirle cosas bonitas, ¡ya lo verás!

Eric suelta una carcajada, mientras Flyn deja ir el control del Play enfadado y se va del salón. Pero ¿qué le pasa? ¿Dónde está todo nuestro buen rollo? Una vez que nos quedamos solos, apago la música del juego, me acerco a mi chico y, sentándome en sus piernas con cuidado de no arrugar mi bonito vestido, murmuro feliz:

—Te voy a besar.

—Perfecto —asiente mi Iceman.

Enredo mis dedos entre su pelo y susurro con pasión:

—Te voy a dar un beso ¡explosivo!

—¡Mmm!, me gusta la idea —sonríe.

Arrimo mis labios a su boca, lo tiento y murmuro:

—Hoy me has hecho muy feliz trayendo a mi familia a tu casa.

—Nuestra casa, pequeña —corrige.

No digo más. Con mis manos, agarro su nuca y lo beso. Introduzco mi lengua en su boca con posesión. Él responde. Y tras un increíble, maravilloso, sabroso y excitante beso, lo suelto. Me mira.

—¡Guau!, me encantan tus besos explosivos.

Ambos reímos y, llena de sensualidad, digo:

—Tú nunca has oído eso de que cuando la española besa es que besa de verdad.

Eric vuelve a reír.

Me encanta verlo tan feliz y, cuando vamos a besarnos de nuevo, aparece Flyn ante nosotros con los brazos cruzados. Parece enfadado. Tras él asoma mi sobrina con un vestido de terciopelo azul y, mirándome, pregunta:

—¿Por qué el chino no me habla?

¡Uisss, lo que acaba de decir! ¡Le ha llamado *chino*!

Flyn frunce más el ceño y resopla. ¡Aisss, pobre! Con rapidez me levanto de las piernas de Eric y regaño a mi sobrina.

—Luz, se llama Flyn. Y no es chino, es alemán.

La cría lo mira. Después mira a Eric, que se ha levantado y está junto a su sobrino, luego me mira a mí y, finalmente, con su característico pico de oro insiste:

—Pero si tiene los ojos como los chinos. ¿Tú lo has visto, tita?

¡Oh, Dios!, me quiero morir.

Qué situación más embarazosa. Al final, Eric se agacha, mira a mi sobrina a los ojos y le dice:

—Cielo, Flyn nació en Alemania y es alemán. Su papá era coreano y su mamá alemana como yo, y...

—Y si es alemán, ¿por qué no es rubio como tú? —insiste la *jodía*.

—Te lo acaba de explicar, Luz —intercedo yo—. Su papá era coreano.

—¿Y los coreanos son chinos?

—No, Luz —respondo mientras la miro para que se calle.

Pero no. Ella es preguntona.

—¿Y por qué tiene los ojos así?

Estoy a punto de matarla. ¡La mato! Entonces, entran en el salón mi padre y mi hermana con sus mejores galas. ¡Qué guapos están!

Mi padre, al ver mi mirada de ¡socorro!, rápidamente intuye que pasa algo con la niña. La agarra entre sus brazos y la incita a mirar por la ventana. Yo respiro, aliviada. Miro a Flyn, y éste sisea en alemán:

—Esa niña no me gusta.

Eric y yo nos miramos. Pongo cara de horror, y él me guiña un ojo con complicidad. Diez minutos después, todos en el Mitsubishi de Eric, nos dirigimos a la casa de Sonia.

Cuando llegamos, la casa está iluminada y hay varios coches estacionados en una lateral. Mi padre, sorprendido por la grandiosidad de la vivienda, me mira y susurra:

—Estos alemanes, ¡qué bien se lo montan!

Eso me hace sonreír, pero la sonrisa se me corta cuando veo el gesto de Flyn. Está muy incómodo.

Una vez que entramos en la casa, Sonia y Marta saludan a mi familia con cariño, y ambas me dicen lo guapa que estoy con ese vestido. Flyn se aleja y veo que mi sobrina va tras él. No es nadie la canija. Diez minutos después, encantada, sonrío mientras me siento la mujer más dichosa del planeta rodeada por las personas que más me quieren y me importan en el mundo. Soy feliz.

Conozco al hombre con el que Sonia sale. ¡Vaya con Trevor! No es guapo. Ni siquiera atractivo. Pero cinco minutos con él me hacen ver el magnetismo que tiene. Hasta mi hermana, que no sabe alemán, le sonríe como tonta. Eric, por el contrario, lo observa. Lo mira y saca sus conclusiones. Que su madre tenga un nuevo novio no le hace mucha gracia, pero lo respeta.

Frida y mi hermana hablan. Se recuerdan de cuando se vieron en la carrera de motocross. Ambas son madres y hablan de niños. Yo las escucho durante un rato, y cuando mi hermana se aleja, Frida me dice al oído:

—Pronto habrá una fiestecita privada en el Natch.

—¡Guau, qué interesante!

—Muy..., muy interesante —se mofa Frida, divertida.

Sonrío mientras la sangre se me sube a la cabeza. ¡Sexo!

Diez minutos después, me estoy partiendo de risa con mi hermana. Es una criticona incansable y las valoraciones que me hace en referencia a algunas cosas son dignas de escuchar. Sonia, encantada de organizar esa fiesta para mí, en un momento dado me lleva a un lateral del salón.

—Hija, qué alegría poder celebrar la fiesta de cumpleaños en mi casa con tu familia.

—Gracias, Sonia. Has sido muy amable por recibirnos a todos.

La mujer sonríe y, señalando al pequeño Flyn, murmura:

—¿Te ha gustado su regalo?

Me toco el cuello y se lo enseño.

—Es precioso.

Sonia sonríe y cuchichea:

—Quiero que sepas que el otro día, cuando mi nieto me llamó por teléfono para pedirme que lo llevara a un centro comercial y le ayudara a comprarte un regalo de cumpleaños, no me lo podía creer. ¡Salté de alegría! Me emocionó que me llamara y me pidiera ayuda. Es la primera vez que lo hace. Y en el camino, conversó conmigo como no lo había hecho nunca. Incluso me preguntó por su madre y si quería que me llamara «abuela».

La mujer se emociona, y tras mover la cabeza en señal de «¡no quiero llorar!», prosigue:

—También me dijo lo feliz que está porque tú estás viviendo con él.

—¿En serio?

—Sí, cielo. No me caí de nalgas porque estaba sentada.

Ambas nos reímos, y Sonia, emocionada, indica:

—Te lo dije una vez cuando te conocí: eres lo mejor que le ha podido ocurrir a Eric.

—Y tu hijo es lo mejor que me ha podido ocurrir a mí —insisto.

Sonia cabecea. Asiente y cuchichea.

—Este hijo mío, con lo cabezota y mandón que es, ha tenido mucha suerte por encontrarte. Y Flyn, ya ni te cuento. Eres perfecta para ellos. —Sonrío, y dice—: Por cierto, Jurgen me ha dicho que eres una maravillosa corredora de motocross. Estoy deseando ir un día a verte. ¿Cuándo te apuntarás a una carrera?

Me encojo de hombros. De momento, no me he apuntado a nada. No quiero que Eric se entere.

—Cuando lo haga, te avisaré. Y gracias por la moto. ¡Es estupenda!

Ambas nos reímos.

—A riesgo de la bronca que me caerá cuando Eric se entere y del enfado que se traerá conmigo, me alegra saber que te lo pasas genial. Estoy segura de que Hannah estará sonriendo al ver que su querida moto vuelve a tener vida y que está bien cuidada en tu casa.

«Mi casa». Qué bien suenan esas palabras. No he discutido de nuevo con Eric por aquello. Tras la última discusión nunca más ha vuelto a referirse a su casa como tal, y ahora Sonia hace lo mismo. Emocionada, le doy un beso.

—Ya sabes, si tu hijo me echa cuando se entere, necesitaré una habitación.

—Tienes la casa entera, cariño. Mi casa es tu casa.

—Gracias. Es bueno saberlo.

Las dos nos reímos, y Eric se acerca a nosotras.

—¿Qué planean las dos mujeres más importantes de mi vida?

Sonia le da un beso en la mejilla y, divertida, se ríe mientras se aleja:

—Conociéndote, cariño, un disgusto para ti.

Eric la mira descolocado; después clava sus impactantes ojos en mí y, encogiéndome de hombros, respondo con voz angelical:

—No entiendo por qué ha dicho eso. —Y para cambiar de tema, susurro—: Frida me ha comentado que se está organizando otra fiestecita privada en el Natch.

Mi amor sonríe, acerca su boca a la mía y murmura:

—Sí, pequeña.

Nos dirigimos a la mesa y Eric, con galantería, retira la silla para que me siente, y cuando lo hago, me besa el hombro desnudo. Ambos sonreímos, y toma asiento frente a mí, justo al lado de mi padre y Flyn.

De pronto, mi hermana, que está sentada a mi lado, cuchichea:

—Cuchufleta, ¿te puedo hacer una pregunta?

—Y cincuenta —contesto.

Raquel mira con disimulo a su izquierda y, aproximándose de nuevo a mí, murmura:

—Estoy perdida con tanto tenedor, tanto cuchillo y tanta cuchara. Lo de los cubiertos, ¿cómo se usaba?, ¿de fuera adentro o de dentro afuera?

La entiendo perfectamente. Yo aprendí el protocolo en las comidas de empresa. En nuestra casa, como en la gran mayoría de las casas del mundo, sólo utilizamos un cuchillo y un tenedor para toda la comida. Sonrío y respondo:

—De fuera adentro.

Con rapidez observo que se lo indica a mi padre, y éste, aliviado, asiente. ¡Qué mono es! Yo sonrío cuando mi hermana vuelve al ataque:

—¿Y cuál es mi pan?

Miro los cacitos que hay frente a nosotras y respondo:

—El de la izquierda.

Raquel sonríe de nuevo. Eric se da cuenta de todo, me mira con complicidad, y yo me pongo bizca. Su carcajada me toca el alma tanto como sé que mi gesto a él el corazón.

Por la noche, tras una velada estupenda, en la que me cantan el cumpleaños feliz y me hacen preciosos regalos, cuando regresamos a casa, todos estamos encantados y agotados. Sonia es una estupenda organizadora de fiestas y lo ha dejado patente.

Todos se acuestan, y Eric y yo entramos en nuestra habitación y cerramos la puerta. Sin encender las luces, nos miramos. La luz de la farola que entra por la ventana es lo único que nos deja ver nuestros rostros. Incapaz de permanecer más tiempo sin tocarlo, me acerco a él y, mimosa, le paso mis brazos por el cuello mientras le susurro:

—Pídeme lo que quieras, ahora y siempre.

Eric me besa, asiente y, sobre mi boca, repite:

—Ahora y siempre.

34

Tras una estupenda mañana en la piscina como le prometí a mi sobrina, por la tarde mi familia debe regresar a España. Lo hacen en el avión privado de Eric. Verlos marchar me apena, me entristece, pero estoy feliz por haber estado esas horas con ellos.

—Venga, pequeña, sonríe —murmura Eric, tomándome la mejilla cuando para en un semáforo—. Ellos están bien. Tú estás bien. No tienes por qué estar triste.

—Lo sé. Pero los echo mucho de menos —murmuro.

El semáforo se pone verde, y Eric arranca. Miro por la ventanilla y, de pronto, la música suena a todo volumen. Alucinada, observo a mi chico y lo veo cantando a pleno pulmón *Highway to Hell* de los AC/DC:

Living easy, living free,
Season ticket on a on-way ride
Asking nothing leave me be
Taking everything in my stride...

Sorprendida, pestañeo.

Es la primera vez que lo veo cantar así. Me río y exagera los movimientos de malote. ¡Me encanta su lado salvaje! Eric mueve la cabeza al compás de la música y me incita con la mano para que cante y haga lo mismo. Divertida, comienzo a cantar con él a gritos. Nos miramos y reímos. De pronto, estaciona el coche. Continuamos cantando, y cuando la canción acaba, ambos soltamos una carcajada.

—Siempre me ha gustado esta canción —dice Eric.

Me quedo boquiabierta porque esa cañera canción le guste.

—¿Te gustaban los AC/DC?

Sonríe, sonríe..., baja el volumen de la música y confiesa:

—Por supuesto. No siempre he sido tan serio.

Durante unos minutos, me explica su roquera vida de jovencito, y yo lo escucho sorprendida. ¡Vaya con Iceman! Pero cuando finaliza su relato, mi sonrisa ha desaparecido. Eric me mira. Sabe que pienso de nuevo en mi familia. Ve el dolor que tengo en la mirada por su marcha y dice:

—Sal del coche.

—¿Qué?

—Sal del coche —insiste.

Cuando lo hago, sonrío. Sé lo que va a hacer. Suena en la radio *You are the sunshine of my life* de Stevie Wonder. Eric sube el volumen a tope, sale del coche y camina hacia mí.

Dios, ¿lo va a hacer?

¿Va a bailar conmigo en medio de la calle?

¡Increíble!

Con decisión, se para frente a mí y murmura:

—Baila conmigo.

Me tiro a sus brazos. Esto me hace feliz. Ver que es capaz de parar el coche en medio de una calle muy transitada y bailar conmigo sin ningún pudor es maravilloso.

—Como dice la canción eres el sol de mi vida y, si te veo triste, yo no puedo ser feliz —susurra en mi oído—. Te prometo, pequeña, que iremos a España siempre que quieras, que tu familia vendrá a nuestra casa siempre que quiera, pero, por favor, sonríe; si yo no te veo sonreír, no puedo ser feliz.

Sus palabras me tocan de lleno el corazón. Me emocionan. Lo abrazo y asiento. Bailo con él y disfruto de ese momento mágico. La gente que pasa por nuestro lado nos mira. No entiende que hagamos eso. Sonrío. No importa lo que piensen, y sé que a Eric tampoco le importa. Cuando la canción acaba, lo miro y susurro, dichosa y feliz:

—Te quiero con toda mi alma, tesoro.

Asiente. Disfruta con mis palabras.

—Sigo esperando que quieras casarte conmigo.

Eso me hace sonreír. Y aclaro.

—Cariño..., eso fue un impulso. ¿No lo habrás tomado en serio?

Mi Iceman me mira..., me mira y, finalmente, dice:

—Sí.

—Pero, Eric, ¿de qué hablas? Yo no soy de casarme ni esas cosas.

Mi loco amor me besa.

—En casa tenemos en el refrigerador una estupenda botella de Moët Chandon rosado. ¿Qué te parece si nos la bebemos y hablamos de ese impulso?

Calor. Emoción. Nerviosismo.

¿De verdad está hablando de matrimonio?

Pero conteniendo mis nervios, sonrío y pregunto mimosa:

—¿Moët Chandon rosado?

—¡Ajá! —sonríe.

—Ese de las pegatinas rosas que huele a fresas silvestres —me río al recordar la primera vez que llevó esa botella a mi casa de Madrid.

—Sí, pequeña.

Suelto una carcajada y murmuro, sin separarme de él:

—De momento, vayamos por la botella

De pronto, suena el móvil de Eric. Ha recibido un mensaje. Me besa. Devora mi boca y, cuando ambos nos damos por satisfechos, entramos en el coche. Hace frío. Mira su teléfono y dice:

—Cielo, tengo que pasar un momento por la oficina, ¿te importa?

Enamorada hasta las trancas de ese hombre, niego con la cabeza y sonrío. Veinte minutos después, llegamos hasta la mismísima puerta. Son las diez de la noche y poca gente se ve en la calle. Cuando entramos en el hall, los guardias de seguridad nos saludan. Me miran con sorpresa y sonrío. Ellos no sonríen.

¡Aisss, madre!, lo que les cuesta a los alemanes sonreír.

Cuando llegamos a la planta presidencial, observo que no hay nadie. La oficina está completamente vacía. Tengo que ir al baño.

—Eric, ¿dónde están los baños aquí?

Señala a mi derecha y corro hacia ellos, mientras él dice:

—Te espero en mi despacho.

Una vez que hago lo que tengo que hacer, me miro al espejo y me coloco el pelo. Mi aspecto es dulce y jovial. Vestida con aquel jersey rosa que me ha regalado mi padre y los jeans parezco más joven de lo que soy.

Pienso en lo que Eric me ha dicho minutos antes. ¿Boda? ¿Realmente deberíamos casarnos?

Sonrío, sonrío, sonrío.

Con una esplendorosa sonrisa salgo del baño y me encamino hacia el despacho de Eric. Cuando abro la puerta me quedo con la boca abierta y mi sonrisa desaparece al ver a Amanda frente a Eric ataviada con un sexy y sugerente vestido rojo. ¡Lagarta!

Durante unos segundos, ellos no me ven. Observo cómo se agacha hacia Eric mientras le enseña unos papeles. Sus pechos están demasiado cerca de él e intuyo que busca algo más que trabajo. Eric sonríe. Ella le toca el hombro, y él no dice nada. ¡Los mato!

Sigo observándolos unos minutos. Hablan. Miran papeles. Al final, Amanda, con coquetería, se sienta en la mesa y cruza las piernas ante mi Iceman. Mis celos son intensos. Demasiado intensos. Peligrosos. Cuando no puedo más cierro con fuerza la puerta del despacho, y ambos me miran.

Mi cara ya no es la de la dulce jovencita del baño. Estoy por gritar como Shakira. ¡Rabiosa! Lo que acabo de ver me subleva. Esa mujer y sus artimañas sacan lo peor de mí. La cara de sorpresa de Amanda lo dice todo. No me esperaba aquí. Con decisión y cierta orgullo me acerco hasta donde ellos están. Eric me mira. Tiene una ceja arqueada.

—Hombre, Amanda, ¡cuánto tiempo sin verte!

Ella se baja de la mesa, se recompone el vestido y se aleja unos pasos de Eric. Se toca su cuidadísimo pelo rubio, clava su impersonal mirada en mí y responde con una prefabricada sonrisa:

—Querida Judith, qué alegría verte.

¡Será mentirosa...!

Se acerca para saludarme, pero yo prefiero las cosas claritas. La detengo y digo con voz de enfado:

—Ni se te ocurra tocarme, ¿entendido?

Eric se levanta. Prevé problemas, y antes de que abra la boca, digo señalándole:

—Tú, cállate. Estoy hablando con Amanda. Después hablaré contigo.

La mujer sonríe. Se siente bien ante el gesto de disgusto de Eric. Nos miramos con odio. Está claro que nunca seremos amigas. Soy consciente de que en ese momento nuestras pintas nada tienen que ver. Ella va vestida con un sexy y rojo vestido ceñido y unos taconazos de infarto, y yo voy con jersey rosita, jeans y botas planas. Vamos..., imposible competir.

Ella es consciente de esto. Lo sé por cómo me mira. Pero estoy dispuesta a dejar claro lo que pasa por mi cabeza, así que digo con seguridad:

—No necesito ir vestida de fulana para volver loco a un hombre. Empezando porque ya tengo pareja, que, mira por dónde, ¡qué casualidad!, es la misma a la que te estabas insinuando, ¡eh, perra!

Amanda va a protestar cuando, levantando un dedo, la hago callar.

—Trabajas para Eric. Para mi novio. Limítate a eso, a trabajar, y no busques nada más.

—Jud... —gruñe Eric.

Pero, sin hacerle caso, continúo:

—Si vuelvo a ver que intentas con él cualquier otra cosa, te juro que lo vas a lamentar. Esta vez no va a ocurrir como la última en que nos vimos. En esta ocasión, yo no me voy a ir. Si alguien se va a marchar, vas a ser tú, ¿me has entendido?

Eric se mueve de su silla. Amanda nos mira y responde:

—Creo..., creo que te estás equivocando, querida.

Dispuesta a marcar mi territorio, le doy con el dedo en el pecho, y siseo:

—Déjate de «querida» y de idioteces. Aléjate de Eric, pedazo de zorra, ¿de acuerdo?

—Jud... —me regaña Eric, incrédulo.

Amanda, humillada, recoge sus cosas y se va, aunque antes mira hacia atrás y dice:

—Mañana te llamaré.

Eric asiente. Ella se va, y yo, enfadada, siseo:

—Como me digas que no te has dado cuenta de cómo esa tiparraca se te insinuaba hace unos segundos, te juro que agarro esa estatuilla que hay encima de tu mesa y te abro la cabeza. —No responde, y prosigo—: Me acabas de decepcionar, ¡imbécil! Esta idiota te estaba poniendo las tetas en la cara, y tú lo estabas permitiendo.

—Te equivocas.

—No, no me equivoco. Entre Amanda y tú hay tal familiaridad que no te das cuenta, ¿verdad? Pues genial... ¡sigamos por ese camino! Cuando vea a Fernando la próxima vez, como hay familiaridad entre nosotros, sin importarme lo que tú pienses o sientas, me voy a sentar en sus piernas para hablar con él, o le voy a poner mis tetas en la cara, ¿te parece bien?

—Te estás pasando, Jud —sisea furioso.

—¡Y una mierda! —grito—. Te has pasado tú.

Su cara de cabreo es un poema. Sé que estoy exagerando; lo que he visto ha sido tonteo por parte de Amanda y no de Eric, pero ya no puedo parar.

—Tú deberías haber cortado ya el rollo con Amanda. Los he visto. ¡Maldición! He visto cómo te miraba ella, y..., y... si yo no te hubiera acompañado, habrías terminado tirándotela sobre la mesa como otras veces, ¿no crees?

—Yo que tú no continuaría por ese camino... —insiste con frialdad.

—¿A cuento de qué te tiene que hacer venir a la oficina a estas horas? —No contesta—. Pero ¿no has visto cómo iba vestida? Simplemente buscaba sexo. Ni más ni menos. Y tú eres tan idiota que no te das cuenta, ¿verdad?

Eric no contesta. Mis palabras lo molestan. Recoge los papeles que Amanda ha dejado sobre la mesa y dice:

—Entre Amanda y yo no existe absolutamente nada. No te voy a negar que ella continúa su seducción, pero yo no le hago caso y...

—¡Serás imbécil! —grito, descompuesta—. Tú sabes que ella lo sigue intentando, pero no le haces caso. ¡Genial, Eric! El próximo día que vea al tal Leonard ese al que arreglé el coche, aunque intente seducirme, lo voy a dejar. Eso sí, tranquilo, que no le voy a hacer caso aunque lo intente. Total, a ti no te importa, ¿verdad?

Eso lo enfurece. Mete los papeles en su maletín y sin mirarme sale del despacho. Lo sigo. Bajamos en el ascensor en silencio. Lo sigo hasta el coche. Nos subimos y hacemos todo el camino en silencio. Los celos y las inseguridades nos matan, y cuando llegamos a la casa y mete el coche en el garage, nos bajamos y cada uno toma diferente camino. Él se mete en su despacho, y yo me voy a mi cuartito. Doy un portazo y me siento sobre la mullida alfombra.

¡Echo humo por las orejas!

Miro hacia el ventanal. Sólo se ve oscuridad. Enciendo mi celular, miro mis correos, hablo con mis amigas de Facebook y su charla me relaja.

Pasan las horas, y ninguno de los dos busca al otro. Ninguno quiere hablar. Ninguno piensa en esa conversación ante la botella de Moët Chandon rosado. El reloj marca las dos de la madrugada y nuestros orgullos están heridos. De pronto, la lucecita de mis *e-mails* parpadea. He recibido un mensaje.

¡Eric! Con el corazón a mil, lo abro y leo:

De: Eric Zimmerman
Fecha: 6 de marzo de 2013 02.11
Para: Judith Flores
Asunto: No puedo continuar sin hablarte
Cariño, soy consciente de que tienes razón en todo lo que has dicho, pero NUNCA te engañaría ni con Amanda ni con ninguna otra.
Te quiero loca y apasionadamente.
Eric. El imbécil.

Cuando lo leo, una sonrisita tonta se me instala en la cara.

¿Por qué ya me ha ganado con este *e-mail*?

Durante un rato me tienta el contestarle. Sé que lo espera. Pero no. No pienso hacerlo. Me niego. Diez minutos después, llega otro *e-mail*.

De: Eric Zimmerman
Fecha: 6 de marzo de 2013 02.21
Para: Judith Flores
Asunto: Pídeme lo que quieras
Pequeña, la sinceridad y la confianza entre nosotros es primordial. Las palabras «Pídeme lo que quieras, AHORA Y SIEMPRE» engloban absolutamente todo entre nosotros.
Piénsalo.
Te quiero.
Eric. Un atormentado imbécil.

Vuelvo a sonreír.

Desde luego no puedo negar que en esos meses Eric se ha vuelto más chispeante y divertido. Voy a contestar, pero mis dedos parecen no querer hacerlo, cuando llega otro *e-mail*.

De: Eric Zimmerman
Fecha: 6 de marzo de 2013 02.30
Para: Judith Flores
Asunto: Dime que sí
¿Te apetece una copa de Moët Chandon rosado? Te espero en el despacho.
Eric. Un loco, apasionado y atormentado imbécil.

Suelto una carcajada. Adoro que me haga reír.

Pasa más de media hora. Leo los *e-mails* como cien veces y cien veces sonrío. No vuelve a enviar ninguno más. Las tripas me rugen. Tengo hambre. Camino hacia la cocina y al entrar me encuentro a Eric sentado a la mesa ante la botella de Möet Chandon rosado junto a *Susto*. El perro se acerca a mí y me saluda. Yo le toco su huesuda cabecita y Eric me mira. Sabe que he leído los *e-mails* y espera que yo dé el segundo paso. Yo retiro la vista. No quiero mirarlo o lo abrazaré.

Camino hacia el refrigerador y, cuando voy a abrirlo, noto el cuerpo de mi amor detrás de mí. Se me eriza todo el vello del cuerpo. No me muevo. No respiro. Siento cómo pasa sus fuertes manos por mi cintura; me pega a su cuerpo y, cuando cierro los ojos y apoyo mi nuca en su pecho, murmura en mi oído:

—No quiero. No puedo. No deseo estar enfadado contigo.

—Yo tampoco.

Silencio. Estoy tan emocionada porque me abrace que no puedo hablar. Eric mordisquea el lóbulo de mi oreja.

—Nunca caería en el juego de Amanda. Te quiero demasiado como para perderte.

Sus palabras me enloquecen. Sigo sin moverme, y entonces me da la vuelta. Con sus manos agarra mi rostro y besa mi frente, mis ojos, las mejillas, la punta de la nariz, la barbilla, y cuando va a besarme la boca, hace eso que tanto me gusta. Chupa mi labio superior, después el inferior, me da un mordisquito, y luego asalta mi boca. Con su mano me toma por la nuca mientras yo salto para estar a su altura. Me agarra con sus fuertes brazos y no me suelta. Cuando separa su boca de la mía, me mira y murmura:

—Ahora y siempre. No lo olvides pequeña.

Asiento y lo beso. Lo deseo. Sin más y en sus brazos, llegamos hasta nuestra habitación. Allí mi amor, mi loco amor, echa el pestillo en tanto yo me desnudo sin dejar de mirarle. Sobre la cama, instantes después, hacemos el amor como nos gusta. Fuerte y salvaje.

35

No volvemos a comentar nada del tema boda. Se lo agradezco. A pesar del amor que nos tenemos, somos dos titanes y nuestros encontronazos sé que nos asustan. Nos desorientan. Sé por Eric que Amanda se marcha de nuevo a Londres. Cuanto más lejos esté de mí, mejor.

Simona y yo seguimos disfrutando de «Locura esmeralda». Estoy enganchadísima al programa. Eric, cuando se entera, se ríe de mí. No puede creer que yo esté enganchada a algo así. Yo tampoco. Pero lo cierto es que deseo que Carlos Alfonso Halcones de San Juan reciba su merecido a manos de Luis Alfredo Quiñones, y que Esmeralda Mendoza recupere a su bebé, se case con su amor y sea por fin feliz. ¡*Pa* matarme!

Una tarde, cuando llega Eric a casa, estoy trabajando en mi moto. Cuando oigo el coche rápidamente le echo el plástico azul por encima y salgo del garage. Corro a mi habitación, pero antes me lavo las manos. Él no se percata de nada. Donde está la moto no se ve, ya aunque yo respiro aliviada, cada día me es más difícil ocultarle el secreto. Mi conciencia me dice que hago mal. Me martirizo, pero no sé cómo decírselo.

El sábado, Eric y yo nos dirigimos por la noche a la fiestecita privada del Natch. Por fin voy a conocer ese conocido bar de intercambio de parejas. Cuando entramos Eric me presenta a Heidi y Luigi. Frida y Andrés se unen a nosotros, y poco después, Björn llega con una amiga. Divertidos, tomamos algo cuando veo que aparece Dexter. Me saluda y en mi oído murmura:

—Diosa, qué chévere. Muero por verte sometida entre dos hombres.

Mi estómago se contrae, y Eric, al imaginar lo que me ha dicho el otro, sonríe.

Una copa tras otra, y el local se llena de gente. Todos parecen conocerse y charlan con afabilidad. Le he prohibido a Eric que mencione que soy española. No soporto que nadie más diga aquello de «¡olé, paella, torero!». Eric, risueño, me propone bailar. Accedo. Entramos en un cuarto oscuro con una escasa luz violeta.

—No te soltaré. Tranquila.

Suena *Cry me a river* en la voz de Michael Bublé. Eric me besa, y yo disfruto de su cercanía. Bailamos casi a oscuras. Noto su excitación entre mis piernas y en cómo besa mi cuello. De pronto siento unas manos detrás de mí. Alguien me toca la cintura. No veo su rostro. Pero rápidamente sé quién es cuando escucho en mi oído:

—Suena nuestra canción, preciosa.

Sonrío. Es Björn. Al compás de la música bailamos como hicimos aquel día en su casa, mientras yo dejo que sus manos vuelen por todo mi cuerpo. Sexy. Aquella canción es sexy, excitante, y mis dos hombres me vuelven loca. Eric me besa, y con posesión mete su mano por debajo de mi vestido, llega hasta mi tanga y de un tirón la arranca. Sonrío, y más cuando susurra en mi boca:

—Aquí no lo necesitas.

¡Glups y reglups!

Sonrío y disfruto. Me siento lasciva. Caliente.

En ese momento, Björn me da la vuelta y mis pechos quedan a su disposición. Pasea su boca por el escote de mi vestido y me muerde los pezones a través de él. Duros. Así los pone. Después su boca besa mi cuello, mis mejillas, mi nariz, pero cuando llega a la comisura de mi boca se para. No traspasa el límite que sabe que no debe. Mientras, Eric me sube el vestido y toca mi trasero en la oscuridad. Me aprieta contra él. Björn, excitado, hace lo mismo. Eric vuelve a darme la vuelta, y ahora es Björn quien me aprieta las nalgas.

Calor..., tengo un calor tremendo.

El cuarto oscuro se comienza a llenar de gente. La música cambia y la voz de Mariah Carey cantando *My All* llena la estancia. Las manos de Björn desaparecen mientras Eric continúa mordisqueándome los labios. Escucho gemidos a nuestro alrededor. Imagino lo que la gente hace y me excita, en tanto mi hombre, mi Iceman, mi amor, susurra:

—Eres muy excitante, cariño. Estoy tan duro que creo que voy a hacerte mía aquí mismo.

Sonrío y, sin ver por la oscuridad que nos rodea, murmuro:

—Soy tuya. Haz conmigo lo que quieras.

Escucho su risa en mi oreja.

—Cuidado, pequeña. Oírte decir eso es peligroso. Ya me he dado cuenta de que el sexo, el morbo y los juegos te gustan tanto o más que a mí, ¿verdad?

Asiento. Tiene razón.

—Esta noche estoy muy caliente.

—Me gusta saberlo. Yo también —consigo decir mientras respiro con dificultad.

—Eres mi fantasía, morenita. Mi loca fantasía.

Superexcitada por lo que me dice, le agarro las nalgas, lo aprieto contra mí y murmuro, deseosa de juegos calientes y morbosos:

—Me gusta ser tu fantasía. ¿Qué quieres probar hoy conmigo?

El pene de Eric está duro. Tremendo. Enorme. Lo siento contra mi tripa y, tras besarme, dice sobre mi boca mientras bailamos al compás de la música:

—Quiero hacer de todo. ¿Estás dispuesta? —Asiento, y murmura, acalorándome más—: Deseo verte con otra mujer. Te miraré. Te observaré. Y cuando tus gemidos me enloquezcan te cogeré, y después haré que dos hombres te cojan mientras yo miro y me cojo a esa mujer. ¿Qué te parece?

Jadeo..., cierro los ojos.

Me humedezco, y cuando voy a responder, siento unas manos alrededor de la cintura de Eric. Son finas y cuidadas. Una mujer. Las toco. Me toca, y noto un anillo grande que parece una margarita.

¿Será ésta la mujer con la que Eric quiere verme?

En la oscuridad, dejo que la desconocida recorra el cuerpo de mi amor mientras él me besa. Le excita tener dos mujeres a su alrededor. Su excitación es mi excitación, y disfruto mientras siento cómo la desconocida toca su erección. Agarro su mano y hago que le apriete. Las dos lo apretamos, y Eric jadea.

Así estamos durante un buen rato. Pero Eric en ningún momento se da la vuelta. Deja que ella lo toque, pero se recrea en mi boca, en apretar mi trasero. Se recrea sólo en mí. Cuando la canción acaba, olvidándonos de la mujer salimos del cuarto oscuro y entramos en otra sala diferente de la primera.

Veo a Björn con la chica que ha venido y sonrío al ver cómo él y Dexter la hacen reír mientras los dos le tocan los pechos. Eric me lleva hasta la barra. Miro alrededor y no veo a Frida ni a Andrés. Pedimos algo de beber. Tengo la boca seca. Con mimo, mi amor me mira. Pasea sus nudillos por mi rostro y leo su boca cuando dice «te quiero». Después acerca un taburete y me siento.

Segundos más tarde, varias personas se acercan a nosotros. Eric me los presenta. Una de ellas, al escucharme hablar, se da cuenta de que soy española y dice «¡olé!».

¡Qué cansinos, por favor!

En un momento dado, una de las mujeres sonríe ante algo que comenta Eric, y mi amor me ordena:

—Abre las piernas, Jud.

Lo hago. Aquella desconocida toca mis piernas. Sube su mano por mis muslos hasta llegar a mi vagina, donde posa su palma, y musita.

—Me gustan depiladas.

Eric asiente, y tras dar un trago a su bebida, añade:

—Está totalmente depilada.

La mujer se pasa la lengua por la boca, sonríe y, llevando su otra mano a uno de mis pechos, los toca por encima del vestido y murmura mientras los aprieta:

—Tú y yo lo vamos a pasar muy bien.

El morbo me puede. Asiento.

—Me gustan mucho..., mucho las mujeres. Y tú me gustas —insiste ella.

Abro más las piernas y la mujer mete un dedo en mí sin importarme que lo haga en esa sala llena de gente. Levanto el mentón. Me echo hacia adelante en el taburete para que ella tenga más accesibilidad, y Eric murmura en mi oído:

—Ésta va a ser la mujer que va a jugar contigo, ¿te gusta?

Paseo mi mirada por ella y asiento. La otra saca su mano de entre mis piernas, se chupa el dedo que ha estado en mi interior y sonríe.

Yo hago lo mismo y escucho decir a mi chico:

—Te esperamos en la habitación negra.

Sin más, la mujer se aleja, y mi chico, mirándome, pregunta:

—¿Dispuesta a jugar?

Asiento.

Estoy tan excitada que los labios me tiemblan al sonreír. De su mano, camino por el local.

Traspasamos una puerta, caminamos por un pasillo y veo a Frida y a Andrés sobre la cama de una habitación abierta. Frida no me ve, está totalmente entregada disfrutando entre las piernas de una mujer, mientras ella le hace una felación a Andrés y otro hombre penetra a Frida.

Excitante.

Eric y yo los miramos. Seguimos nuestro camino. Él abre una puerta. Entramos en la habitación. No veo nada, y mi amor dice:

—No te muevas.

Instantes después, la habitación se ilumina tenuemente en lila al proyectarse en una de sus paredes una película porno. Curiosa, observo la estancia. Hay una cama redonda, un sillón, una especie de encimera y, al fondo, una mampara con una ducha. Eric me abraza. Me besa la oreja y me la chupa mientras observamos las imágenes calientes que se proyectan en la pared. Cinco minutos después, la puerta se abre. Aparece la mujer que anteriormente me ha tocado, desnuda y con un vibrador doble en sus manos. Entra y nos comunica:

—Ahora vienen.

Eric asiente. Yo no sé quiénes vienen, pero no me importa. Mi respiración entrecortada me hace saber lo excitada que estoy cuando Eric se sienta en la cama.

—Diana, desnuda a mi mujer —dice.

No me muevo.

Me dejo hacer.

Me excita esa sensación.

Los ojos de mi amor se nublan de deseo mientras la mujer me desabrocha el vestido. Las manos de ella vuelan por todo mi cuerpo en tanto Eric nos observa. Mi vestido cae al suelo y quedo sólo vestida con las medias de liguero, los tacones y el sujetador. El tanga me lo ha roto Eric minutos antes.

La mujer me toca. Pasea sus manos por mi cuerpo y me pide que me siente en la encimera que hay en un lateral. Eric se levanta, me agarra en brazos y me sube. Me tumba en ella y me separa los muslos. La boca de la mujer va directa a mi vagina y, con brusquedad, mete su lengua dentro de mí.

Exige. Exige mucho mientras me abre la vagina con sus manos y me devora.

Eric nos observa. Yo lo miro y jadeo mientras veo que se desnuda. Se toca su duro pene y grito de placer al sentir lo que la mujer me hace. Me acaba de meter uno de los lados del doble consolador. ¡Calor!

Lo mueve con destreza y práctica mientras su boca juguetea con mi clítoris. Cierro los ojos. Disfruto..., me abro para ella... y muevo las caderas en busca de más. La mujer sabe lo que hace y estoy disfrutando mucho. Muchísimo.

Abro los ojos. Eric nos observa y, de pronto, ella se sube a la encimera de un salto, sin sacar el consolador de mi cuerpo, se introduce la otra parte y con maestría y técnica se tumba sobre mí, me agarra por las caderas y me comienza a coger. El consolador doble entra en mí y en ella al mismo tiempo, y nuestros jadeos son acompasados. Su ritmo se intensifica mientras mi excitación se acrecienta.

Como si de un hombre se tratara, toma mi cuerpo, mientras sin apenas moverme yo tomo el suyo, hasta que las dos nos arqueamos y nuestros orgasmos nos hacen gritar.

Miro a mi amor. No se mueve, y Diana, con maña, saca el consolador doble de ambas, se baja de la encimera y dice, abriéndome a tope las piernas:

—Dame tu jugo..., dámelo.

Su boca ansiosa me lame. Quiere mi orgasmo. Me chupa con pericia, y yo me vuelvo loca de nuevo. Nunca me ha pasado eso anteriormente. Nunca habría imaginado que una mujer pudiera hacer que me corriera dos veces en menos de dos minutos. Pero ella, Diana, con desenvoltura, lo consigue, y yo me entrego a ella dispuesta a que lo logre mil veces más. Eric se acerca; yo extiendo la mano y me la besa mientras ella disfruta de mí.

Me siento como una muñeca entre sus brazos cuando mi amor me agarra y me baja de la encimera. Su duro pene choca con mis piernas y sonrío. Me posa en la cama. Se sienta a mi lado, y la mujer al otro. Me tocan. Cuatro manos recorren mi cuerpo, y yo jadeo. La puerta se abre y entra un hombre desnudo. Observa nuestro juego mientras yo me fijo en cómo su pene crece mientras nos contempla.

Paramos. El recién llegado se presenta como Jefrey, y Eric se agacha y pregunta:

—¿Te ha gustado Diana?

—Sí... —susurro como puedo.

Sonríe. Me besa, y cuando abandona mi boca, pregunto, extasiada:

—¿Puedo pedirte algo?

Mi amor me retira el pelo de la frente y asiente.

—Lo que quieras.

Acalorada, me levanto de la cama. Tumbo a Eric y, sentándome sobre él, murmuro:

—Quiero que Jefrey te masturbe.

Jefrey accede al segundo. Mi alemán no dice nada. Tumbado me mira. Su gesto me muestra que eso no le gusta, y entonces susurro antes de besarlo:

—Soy tu mujer, ¿verdad? —Eric asiente—. Y tú eres mi marido, ¿verdad?

Vuelve a asentir y con sensualidad le beso los labios.

—Entrégate a mí y a mis fantasías, cariño. Sólo te masturbará. Te lo prometo.

Veo que cierra los ojos. Piensa en mi proposición, y cuando los abre, asiente. Lo beso. Sé lo que supone eso para él y me agrada. Me siento a un lado, le toco los pezones y murmuro:

—Jefrey, haz que disfrute mi marido.

Sin dudar un segundo, Jefrey se arrodilla en la cama, toma el duro pene de Eric y lo masajea. Lo mueve de arriba abajo, y Eric cierra los ojos. No quiere verlo. La mujer se pone a mi lado y toca mis pechos. Le gusto y me lo hace saber mientras él sigue masturbando a mi amor. Le toca, tira de él, hasta que se mete la totalidad del pene en la boca. Eric se arquea. Jadea. Gustosa de ver aquello, me acerco a su boca.

—Abre las piernas, cariño.

Me hace caso. Jefrey se acomoda entre las piernas de Eric para lamer, chupar y excitar al hombre al que amo. Indico a la mujer que me toca que le chupe los pezones. Lo hace y asiento, gozosa de controlar la situación. Me gusta ordenar, tanto como ser ordenada. Jefrey, con la boca ocupada, pasea sus manos libres por el trasero de mi amor, y éste se contrae. Disfruta con las caricias. Cierra los ojos, y yo exijo:

—Mírame.

Obedece. Clava su azulada mirada en mí mientras siento que el vello del cuerpo se le eriza ante lo que ese hombre le hace. Eric se arquea. El placer rudo que le ocasiona Jefrey y que nunca había probado lo aviva. De pronto, soy consciente de que Eric tiene una de sus manos sobre la cabeza de Jefrey. Lo empuja a bajar sobre su pene. Quiere más. Sonrío. Mi amor jadea y, loca de excitación, hago que Jefrey se quite, me siento a horcajadas sobre él y me empalo.

Eric agarra mis caderas y me aprieta contra él en busca de su loco orgasmo, mientras Jefrey y la mujer nos observan. Cuando mi amor da un sórdido gemido, me aprieto contra él, y entonces, sólo entonces, se deja ir.

Tumbada sobre él lo abrazo. Lo beso y pregunto:

—¿Todo bien, cariño?

Eric me mira. Cabecea y murmura:

—Sí, pequeña. Al final, lo has conseguido.

Eso me hace reír. De pronto, la puerta se abre. Dexter entra con un hombre desnudo. Eric se levanta y se mete en la ducha mientras yo me quedo sentada en la cama. La mujer que está a mi lado no se puede resistir y comienza a tocarme. El mexicano sonríe, se acerca a mí y me enseña la cadenita de los pezones. Sin necesidad de que me lo pida, acerco mis pechos a él y los pellizca con las pinzas. Luego, tira de las cadenas y murmura:

—Diosa..., hazme disfrutar.

Eric regresa con nosotros y se sienta en una butaca. Sé que quiere observar. Lo sé. La mujer que está a mi lado me susurra que quiere de nuevo mi vagina. Accedo. Abro mis piernas tumbada en la cama y guío su cabeza hasta ella. Con exigencia, la agarro por el pelo mientras me chupa, y soy yo la que en ese momento marca la intensidad. Ella agarra la cadena que hay entre mis pechos y cada vez que con sus labios tira de mi clítoris tira de la cadena, y yo grito.

Somos el espectáculo caliente y morboso de cuatro hombres. Me gusta serlo. Ellos nos miran, y observo que Jefrey y el otro se ponen preservativos. Dexter respira con irregularidad, y Eric me come con la mirada. Los hombres disfrutan de lo que ven entre nosotras, y yo disfruto de ser mirada.

Cuando el orgasmo me hace convulsionar, la mujer vuelve a chuparme con avidez. Desea mi esencia. Yo dejo que tome toda la que quiera. Venero cómo me chupa. Eric la llama, la aleja de mí y le pide que se siente a horcajadas sobre él.

Como un dios, todopoderoso mi dueño me mira. Yo lo miro y lo oigo decir:

—Quiero ver cómo te cogen.

Miro a los dos hombres que me observan. Ambos se suben a la cama y comienzan a tocarme mientras Eric se deja hacer por la mujer.

Dexter se acerca a mí, me agarra de la cadenita y, tirando de ella hasta estirarme los pezones al máximo, sisea, quitándomela:

— ...déjame ponerte el trasero rojo.

Me doy la vuelta, le ofrezco mi culo y, tras besarlo, me da seis azotes. Tres en cada lado. Después, acerca su cara a las nalgas de mi trasero y, al sentir su calor, murmura:

—Ahora sí, diosa..., ahora ya estás preparada.

Jefrey me tumba en la cama. Se pone sobre mí y me chupa mis doloridos pezones. Por extraño que parezca a pesar de estar doloridos el hormigueo que siento ante los lametazos me hace disfrutar. La demanda de Jefrey en sus movimientos es excitante, y cuando él lo considera oportuno, me pone sobre él. Yo me dejo.

—Ofrécele tus pechos —pide Eric.

Me agacho sobre Jefrey y mis pechos van a su boca. Los chupa, los lame y los endurece, mientras el otro hombre me toca la cintura y me muerde con mimo las costillas. Así estamos unos minutos, hasta que Jefrey, ante la atenta mirada de mi amor, me penetra. A su antojo me zarandea y yo jadeo. Agarrado a mi cintura me desplaza de adelante atrás, y su pene entra sin piedad en mí. Disfruto. Me sofoco, y Eric no me quita ojo.

De pronto, siento que el otro hombre me da un azote, me abre las nalgas y me llena de lubricante. Con firmeza, mete un dedo en mi ano y lo comienza a mover mientras Jefrey me penetra sin parar. Yo jadeo. Eric se levanta. Se sube a la cama y, acercándose a mí, murmura:

—¿Estás preparada, cariño?

Ardorosa, asiento, y entonces aquel desconocido pone su erección en el agujero de mi ano y comienza a entrar en mí hasta que me empala completamente. Yo resoplo al sentirme totalmente cogida ante los ojos de mi amor. Mi ano está dilatado. No hay dolor. Sólo placer. Una y otra vez aquellos hombres entran y salen de mí, y yo disfruto. Diana se tumba en la cama, agarra la enorme erección de Eric y se la mete en la boca. Lo chupa. Lo disfruta.

—Así, cariño..., así..., arquéate... —murmura Eric extasiado por lo que ve, hasta que da un grito varonil y se corre en la boca de aquella mujer.

Esos desconocidos continúan hundiéndose en mí y mi cuerpo los acepta. Dexter pide a Jefrey que me muerda los pezones y, al que está detrás, que me azote. Lo hacen al mismo tiempo que me follan. Una vez..., y otra..., y otra más, hasta que me corro y ellos también.

Tras eso, Eric me besa. Hace salir de mí a los hombres, me agarra de la cintura y me lleva entre sus brazos hasta la ducha. El agua cae sobre nuestros cuerpos y no hablamos. Mi vagina y mi ano aún tiemblan. Todo ha sido tan morboso y excitante que apenas puedo pronunciar palabra. Mi Iceman pasa su mano por mi cara y murmura:

—¿Todo bien, cariño?

Asiento y sonrío. Ha sido alucinante.

Nuestras bocas se encuentran. Se devoran, y Eric, embravecido me vuelve a penetrar. Se ha recuperado y su erección me necesita. Me agarra entre sus brazos y, bajo el chorro de la ducha, me hace suya. Aprisionada contra la pared, mi amor se hunde en mí, una y otra vez, mientras mis piernas se enredan en su cintura deseosa de más y más. Nos decimos al oído palabras calientes, y acrecentamos nuestro deseo. Palabras salvajes, mirándonos a los ojos para enloquecernos más. Y cuando nuestro orgasmo nos hace gritar, nos quedamos apoyados en la pared, y Eric murmura en mi oído:

—Me vas a matar, pequeña...

Yo sonrío. Me muevo, y Eric me posa en el suelo. El agua sigue cayendo sobre nuestros cuerpos. Nos miramos y sonreímos. Cuando salimos de la ducha me fijo en las otras personas que están en la habitación, y al ver que es ahora la mujer la que está en la cama con los otros dos y Dexter la toca enloquecido, pregunto:

—¿Esto es siempre así?

Eric asiente, y acercándome a su cuerpo, murmura:

—Siempre. Uno encuentra lo que desea. Son fantasías. Recuérdalo.

Diez minutos después, Eric y yo, vestidos, regresamos a la segunda sala donde hemos estado. Me besa, disfruta de mí y yo disfruto de él. Somos felices. Estamos compenetrados ¿Qué más puedo pedir?

Tras beber un par de cubatas mi vejiga está que explota. Le indico que tengo que ir al baño. Me dice dónde está y me encamino a él. Al entrar hay dos mujeres besándose, me miran, las miro y sonrío. Entro en una de las cabinas y suspiro gustosa mientras hago pis. Oigo entrar más gente al baño. Risas. Unas mujeres cuchichean y escucho:

—¡Oh, sí! El viernes que viene tengo una cena con Raimon Grüher y sus padres. Por fin, he conseguido mi objetivo. Me va a pedir que me case con él.

Chilliditos de satisfacción. Me río. Y otra voz dice:

—¿Dónde has quedado con ellos?

—A las siete en la Trattoria de Vicenzo. Un sitio ideal, ¿verdad?

—Maravilloso.

—Y exclusivo.

—Y carísimo.

Risas de nuevo.

—Pero, oye, creía que Raimon no era tu tipo. A ti te gustan más jovencitos.

—Y no lo es, querida, pero su dinero sí. —Ambas ríen, y yo resoplo. ¡Menuda lagarta!—. No es un hombre que me vuelva loca en la cama. A su edad, ¿qué esperas? Pero eso ya lo he solucionado con su primo Alfred y mis propios amigos. Al fin y al cabo, todo queda en familia, ¿no crees?

—¡Oh, Betta! Eres terrible.

¡¿Betta?!

¿Ha dicho Betta?

El corazón me comienza a palpitar cuando oigo:

—Mira quién va a hablar. Ni que tú fueras una santa cuando te lo pasas de vicio en este local sin tu marido. Si Stephen se enterara te iba a dar lo tuyo.

La risa me confirma que es ella. ¡Betta! Su risa de cerdo pachón es indiscutible. Me bajo el vestido, ya que bragas no llevo, pues Eric me las ha roto, y abro la puerta del baño. Ellas me miran y observo que Betta no se sorprende al verme en el local. Por su gesto, intuyo que ya sabía que yo estaba allí. Y antes de que yo pueda hacer nada, me da un empujón que me lanza contra la pared. Pero yo soy rápida, la agarro del vestido y tiro de ella. Cae de bruces contra el suelo. Su amiga comienza a chillar y sale en busca de auxilio. Las dos mujeres que se besaban salen corriendo. Nos dejan solas.

Al caer a mi lado miro su mano. Veo un anillo en forma de margarita y, furiosa, grito:

—Lo has tocado, maldita cerda. ¿Has tocado a Eric?

Sonríe con malicia.

—Me ha parecido que les gustaba a los dos cuando lo he hecho, ¿no?

Su afirmación me deja sin palabras. ¡La mato! Le propino un bofetón y después otro ante la cara de horror de una mujer que entra en ese momento en el aseo. Betta se levanta del suelo, y yo la sigo. Ella es más alta que yo, pero yo soy mucho más ágil y rápida que ella, y cuando va a escapar, la tiro contra la pared y, aprisionándola contra ella, siseo:

—¿Cómo te atreves a tocarlo? —grito.

Ella no responde. Sólo ríe, y acalorada siseo:

—Te dije que no te quería ver cerca de Eric.

—Lo que tú me digas me importa bien poco.

¡Oh, Dios, le arranco las extensiones! Y mirándola, clamo muy enfadada:

—Te dije que si me buscabas, me encontrarías, ¡zorra!

Betta grita. Se asusta cuando le retuerzo el brazo y, de pronto, Eric me agarra y, separándome de ella, pregunta:

—¡Por el amor de Dios, Jud!, ¿qué estás haciendo?

Betta, con el semblante arrugado y con una recriminadora mirada, chilla.

—Tu novia es una asesina.

—¡Serás zorra...! —grito, descompuesta.

—Me ha visto y me ha atacado.

—Eres una sinvergüenza. Tú me has atacado primero a mí.

—Mentirosa. —Y mirando a Eric, murmura—: Cariño, no le creas. Yo estaba en el baño, y ella llegó y...

—¡Cállate, Betta! —sisea Eric, enfurecido.

—¡¿Cariño?! ¿Le has dicho «cariño»? —grito, deshaciéndome de los brazos de Eric—. No lo llames «cariño», ¡perra!

Eric me vuelve a sujetar. Soy una fiera. Me mira y dice:

—No entres en su juego, cielo. Mírame, Jud. Mírame.

Pero yo, dispuesta a sacarle los ojos a esa que me mira con diversión, grito:

—¿Cómo has podido tocarnos? ¿Cómo has podido acercarte a él? ¿A nosotros?

—Éste es un local público, bonita. No es un lugar exclusivo para Eric y para ti.

—Betta, ¡basta! —grita Eric sin entender a lo que nos referimos.

La mato. ¡Yo la mato!

Eric, furioso, intenta tranquilizarme. No le presta atención a Betta, no le interesa; sólo me la presta a mí, hasta que ella grita:

—Ya es la segunda vez que me ataca en Múnich. ¿Qué le pasa a tu novia? ¿Es un animal?

Eso llama la atención de Eric y me pregunta:

—¿La segunda vez?

No respondo. Resoplo, y ella insiste:

—Sí. En la tienda de Anita. Estaba tu hermana Marta, y ella también me atacó. Entre las dos me acosaron y pegaron, y...

—¿Tú hiciste eso? —pregunta Eric, airado.

Avergonzada por reconocerlo y, en especial por cómo me mira, respondo:

—Sí. Se la debía. Por su culpa tú y yo rompimos, y...

Eric me suelta y se lleva las manos a la cabeza.

—¡Por el amor de Dios, Judith!, somos adultos ¿Cómo se te ocurre hacer algo así?

Asombrada por cómo él se lo está tomando, lo miro y siseo:

—El que me la hace me la paga. Y esta zorra me la hizo.

Frida, alertada, entra en el baño. Al ver a Betta no lo piensa. Se acerca a ella y le da un bofetón.

—¡Zorra!, ¿qué haces aquí? —grita.

Betta mira a su alrededor. Nadie la ayuda. Todos conocen su historia con Eric y nos amenaza a gritos, mirándonos:

—Voy a llamar a la policía y las voy a denunciar a las dos.

—Llámala —gritamos al unísono Frida y yo.

Esa imbécil saca su teléfono de última generación y, tras intentarlo, chilla con frustración:

—¿Por qué aquí no hay cobertura?

Frida y yo reímos, e indico con orgullo:

—Sal del local. Seguro que fuera tienes. Vamos..., llama a la policía. Será genial que tus futuros suegros y maridito se enteren de que estabas aquí.

Andrés llega, sujeta a su mujer y la reprende al verla chillar. Frida protesta y sale del baño, enfadada. No soporta a Betta. Björn, que hasta el momento había permanecido en un lateral de la puerta, al ver a su amigo tan enfadado, murmura:

—Esto se acabó. Vamos, regresemos al local.

Eric, sin decirme nada, sale del baño. Betta sonríe. Y yo, incapaz de sujetar mi instinto, le doy un empujón que la empotra contra los lavabos.

—Te juro por mi padre que esto no se va a quedar aquí.

Una vez que salgo del baño muy enfadada, Björn me agarra del brazo, me hace mirarlo y murmura:

—Así no se arreglan las cosas, preciosa.

—¿De qué hablas? ¡Yo no quiero arreglar nada con esa zorra!

Y tras contarle lo que me había hecho en Madrid y la ruptura que había originado entre Eric y yo, dice:

—No me extraña que le pase lo que le pasa. Es más, estoy por entrar y darle yo también otra bofetada.

Eso me hace reír. Björn, al ver mi gesto, sonríe y me abraza. En ese momento, Eric llega hasta nosotros y, con furia en su mirada, sisea:

—Me voy a casa. ¿Te vienes conmigo, o te quedas con Björn para que continues jugando?

Sorprendidos lo miramos, y digo:

—Serás imbécil.

—Jud... —sisea Eric.

—Ni Jud ni leches. ¿Qué estás queriendo insinuar con lo que has dicho?

Eric no responde. Björn, divirtiéndose, me empuja hacia Eric y añade.

—Vamos, tortolitos, ¡terminen la discusión en la cama de su casa!

En el coche no nos hablamos.

Ambos estamos enfadados y no entiendo por qué él tiene ese enfado. Al fin y al cabo, Betta se lo merecía. Y encima ha tenido la poca vergüenza de tocarlo. De tocarnos. De acercarse a nosotros. ¡Maldita mujer!

En el camino, nuestros teléfonos suenan. Hemos recibido varios mensajes. Ninguno de los dos los mira. No estamos de humor. Seguro que son Frida y Björn para ver cómo estamos. Cuando llegamos a casa y metemos el coche en el garage, doy tal portazo que Eric me mira, y yo, deseosa de montar gresca, grito:

—¿Qué pasa?

Eric se acerca a grandes zancadas a mí.

—Podrías no ser tan bruta y cerrar con cuidado.

—No.

Levanta una ceja sorprendido y repite:

—¡¿No?!

—Exacto. ¡No, no quiero tener cuidado! Y no quiero tenerlo porque estoy muy enfadada contigo. Primero, por gritarme delante de la subnormal esa de Betta, y segundo por la idiotez que has dicho en referencia a Björn.

Eric cierra los ojos.

—¿Por qué no me contaste lo de Betta?

—Porque no lo vi necesario. Es algo entre ella y yo.

—¿Entre tú y ella?

—Exacto. Y antes de que añadas nada más, déjame decirte que mi padre me enseñó a...

—¿Ya estamos con tu padre? ¿Quieres dejar a tu padre al margen de todo esto?

Indignada por su furia, grito:

—Pero bueno..., ¿y por qué no voy a poder hablar de mi padre cuando me dé la gana?

—Porque estamos hablando de Betta, no de tu padre.

—Eres un imbécil, ¿lo sabías?

Eric no contesta. Y cuando no puedo retener lo que pienso, lo dejo ir:

—Iba a decir que mi padre me enseñó a no dejarme avasallar por las malas personas. Esa imbécil, por no decir algo peor, me la hizo. Fue una arpía y buscó complicarme la vida. ¿Qué pretendes?, ¿que cuando la vea la felicite? Mira, no..., eso no te lo crees tú ni ¡*trago* de Moët del rosa!

Sin mirarme, se toca la frente.

—No pretendo que la aplaudas. Sólo pretendo que no tengas nada que ver con ella. Aléjate de Betta, y podremos vivir en paz.

—¿Y qué me dices de esta noche? Esa..., esa... zorra ha tenido la poca vergüenza de acercarse a nosotros en el cuarto oscuro. Te ha tocado. Ha pasado sus sucias manos por tu cuerpo, y yo la he incitado sin darme cuenta de que era ella. Te ha tocado delante de mí. Me ha vuelto a provocar. De nuevo ella ha jugado sucio. ¿Crees que debo perdonárselo otra vez?

Eric no contesta. Lo que acaba de escuchar lo sorprende.

—Ella ha sido la mujer que...

—Sí, ella. Esa asquerosa. ¡Ella ha sido la del cuarto oscuro! —grito, desesperada.

Lo oigo maldecir. Camina hacia un lado; después, hacia otro, y al final, murmura:

—Es tarde. Vámonos a la cama.

—Y una mierda. Estamos hablando. Me da igual la hora que sea. Tú y yo estamos teniendo una conversación de adultos, y no voy a dejar que la cortes porque tú no quieras seguir hablando del tema. Te acabo de decir que esa zorra ha vuelto a engañarnos. Ha jugado sucio.

Nervioso, se mueve por el garage. Blasfema.

De pronto, se fija en algo. Veo mi casco amarillo de la moto. ¡Oh, no! Cierro los ojos y maldigo. ¡Dios, ahora no! Eric camina hacia su objetivo y grita cuando quita el plástico azul.

—¿Qué hace esta moto aquí?

Resoplo. La noche va de mal en peor. Me acerco hasta él y respondo:

—Es mi moto.

Incrédulo, me mira, mira la moto y sisea:

—Es la moto de Hannah. ¿Qué hace aquí?

—Me la ha regalado tu madre. Ella sabe que hago motocross y...

—¡Esto es increíble! ¡Increíble!

Consciente de lo que piensa, suavizo mi tono de voz.

—Escucha, Eric. A Hannah le gustaba el mismo deporte que a mí, y yo aquí no tengo mi moto, y...

—Tú no necesitas esa moto porque aquí no vas a hacer motocross. ¡Te lo prohíbo!

Eso me subleva. Me pica el cuello.

¿Quién es él para prohibirme nada? Y dispuesta a presentar batalla, contesto:

—Te equivocas, chato. Voy a seguir haciendo motocross. Aquí, allí y donde me dé la real gana. Y para que lo sepas: he ido alguna mañana con tu primo Jurgen y sus amigos a correr. ¿Me ha pasado algo? Noooooooooooo..., pero tú, como siempre, tan dramático.

Sus ojos echan fuego. No lo estoy haciendo bien. Sé que estoy metiendo la pata hasta el fondo, pero ya nada puedo hacer. ¡Soy una bocazas! Eric me mira. Asiente con la cabeza. Se muerde el labio.

—¿Has estado ocultándomelo?

—Sí.

—¿Por qué? Creo que lo primero que nos pedimos cuando retomamos nuestra relación fue sinceridad, ¿no, Judith?

No respondo. No puedo. Tiene razón. Soy lo peor. Me pica el cuello. ¡Los ronchones! De pronto, la puerta del garage se abre y aparecen Sonia y Marta. Nos miran, y Sonia dice:

—Ustedes, ¿para qué tienen los celulares?

Me sorprendo al verlas aquí. ¿Qué hora es? Pero Eric grita:

—¡Mamá, ¿cómo has podido darle la moto a Judith?!

La mujer me mira. Yo suspiro.

—Hijo, vamos a ver, relájate. Esa moto en casa no hacía nada, y cuando Judith me dijo que ella hacía motocross como Hannah, lo pensé y decidí regalársela.

Eric resopla y grita otra vez:

—¡¿Cómo tengo que decirles que no se metan en mi vida?! ¡¿Cómo?!

—Perdona, Eric... ¡Es mi vida! —aclaro ofendida.

Marta, al ver el genio de su hermano, lo mira y grita, señalándole:

—Punto uno: a mamá no le grites así. Punto dos: Judith es mayorcita para saber lo que puede o no puede hacer. Punto tres: que tú quieras vivir en una burbuja de cristal no quiere decir que los demás lo tengamos que hacer.

—¡Cállate, Marta! ¡Cállate! —sisea Eric.

Pero su hermana se acerca a él, y añade:

—No me voy a callar. Los hemos estado escuchando desde el interior de la casa. Y te tengo que decir que es normal que Judith no te contara ni lo de la moto ni otras cosas. ¿Cómo te lo iba a contar? Contigo no se puede hablar. Eres don Ordeno y Mando. Hay que hacer lo que a ti te gusta, o montas la de Dios. —Y mirándome, dice—: ¿Le has contado lo mío y lo de mamá?

Niego con la cabeza, y Sonia, llevándose las manos a la boca, susurra:

—Hija, por Dios..., cállate.

Eric, sin dar crédito, nos mira. Su gesto cada vez es más oscuro. Finalmente, se quita el abrigo. Tiene calor. Lo deja sobre el cofre del coche, se pone las manos en la cintura y, mirándome intimidatoriamente, pregunta:

—¡¿Qué es eso de si me has contado lo de mi madre y mi hermana?! ¡¿Qué más secretos me ocultas?!

—Hijo, no grites así a Judith. Pobrecilla.

No puedo hablar. Tengo la lengua pegada al paladar, y Marta, ni corta ni perezosa, dice:

—Para que lo sepas, mamá y yo llevamos meses recibiendo un curso de paracaidismo. ¡Ea!, ya te lo he dicho. Ahora enfádate y grita; eso se te da de lujo, hermanito.

La cara de Eric es todo un poema.

—¡¿Paracaidismo?! ¿Os habéis vuelto locas?

Las dos niegan con la cabeza y, de pronto, Simona, con gesto descompuesto, entra en el garage.

—Señor, Flyn está llorando. Quiere que suba usted.

Eric mira a la mujer y dice:

—¿Qué hace Flyn despierto a estas horas? —Da un paso, pero se para en seco. Mira a su hermana y a su madre, y pregunta—: ¿Qué ha pasado? ¿Por qué están aquí ustedes a estas horas?

No les da tiempo a contestar. Sale escopeteado hacia la habitación de Flyn. Sonia va tras él. Marta me mira y, asustada, pregunto:

—¿Qué pasa?

Marta suspira y me mira.

—Cielo, siento decirte que mi sobrino se ha caído con el *skate* y se ha roto un brazo.

Cuando escucho eso las piernas se me doblan. No. ¡No puede ser verdad!

—¿Cómo?

—Los hemos llamado por teléfono mil veces, pero no lo contestaban.

Blanca como la pared, miro a Marta.

—No había cobertura donde estábamos. ¿Está bien?

—Sí, aunque no hace más que repetir que Eric se va a enfadar contigo.

Mientras entramos en el interior de la casa, mi corazón bombea con fuerza. Eric no me perdonará nada de todo esto. Todos los secretos que me martirizaban han salido a la luz al mismo tiempo. Eso le enfadará mucho. Lo sé. Lo conozco.

Cuando entro en la habitación de Flyn, el pequeño está enyesado. Me mira, y cuando me voy a acercar a él, Eric se pone delante y sisea:

—¿Cómo has podido desobedecerme? Te dije que no al *skate*.

Tiemblo. Tiemblo descontroladamente y con un hilo de voz susurro:

—Lo siento, Eric.

Con el gesto totalmente desencajado, me mira con desprecio.

—No lo dudes, Judith. Por supuesto que lo vas a sentir.

Cierro los ojos.

Sabía que esto sucedería algún día, pero jamás pensé que Eric reaccionaría tan tremendo. Estoy tan desorientada que no sé qué decir. Sólo veo su fría mirada. Echándome a un lado, me acerco al niño y le beso en la frente.

—¿Estás bien?

El crío asiente.

—Perdóname, Jud. Me aburría, agarré el *skate* y me caí.

Con cariño, sonrío y murmuro:

—Lo siento, cielo.

El pequeño asiente con tristeza. Eric me agarra del brazo, me saca de la habitación junto a su madre y a su hermana, y dice con furia:

—Vayan a dormir. Ya hablaré con ustedes. Yo me quedo con Flyn.

Esa noche, cuando entro en nuestra habitación, no sé qué hacer. Me siento en la cama y me desespero. Quiero estar con Eric y con Flyn. Quiero acompañarlos, pero Eric no me lo permite.

36

A la mañana siguiente, cuando bajo a la cocina, están sentadas a la mesa Marta, Eric y Sonia. Discuten. Cuando yo entro, se callan, y eso me hace sentir fatal.

Simona, con cariño, me prepara una taza de café. Con su mirada me pide tranquilidad. Conoce a Eric y sabe que está furioso, y me conoce a mí. Cuando me siento a la mesa miro a Eric y pregunto:

—¿Cómo está Flyn?

Con una mirada dura que no me gusta, sisea:

—Gracias a ti, adolorido.

Sonia mira a su hijo y gruñe:

—¡Maldita sea, Eric!, no es culpa de Judith. ¿Por qué te empeñas en culpabilizarla?

—Porque ella sabía que no debía enseñarle a utilizar el *skate*. Por eso la culpabilizo —responde, furioso.

Me tiemblan las piernas. No sé qué decir.

—Pero ¿tú eres tonto o te lo haces? —interviene Marta.

—Marta... —sisea Eric.

—¿Qué es eso de que ella no debía? Pero ¿no ves que el niño ha cambiado gracias a ella? ¿No ves que Flyn ya no es el niño introvertido que era antes de que ella llegara? —Eric no responde, y Marta continúa—: Deberías darle las gracias por ver a Flyn sonreír y comportarse como un niño de su edad. Porque, ¿sabes, hermanito?, los niños se caen, pero se levantan y aprenden, algo que por lo visto tú todavía no has aprendido.

No responde. Se levanta y sin mirarme se marcha de la cocina. Mi corazón se encoge, pero tras echar una mirada a las tres mujeres que me observan, murmuro:

—Tranquilas, hablaré con él.

—Dale un coscorrón. Es lo que se merece —sisea Marta.

Sonia me mira, toca mi mano y murmura:

—No te culpabilices de nada, tesoro. Tú no tienes la culpa de nada. Ni siquiera de tener la moto de Hannah y salir con Jurgen y sus amigos.

—Tenía que habérselo dicho —declaro.

—Sí, claro, ¡como si fuera tan fácil decirle algo a don Gruñón! —protesta Marta—. Demasiada paciencia tienes con él. Mucho le tienes que querer porque, si no, es incomprensible que lo soportes. Yo lo quiero, es mi hermano, pero te aseguro que no lo soporto.

—Marta... —susurra Sonia—, no seas tan dura con Eric.

Se levanta y se enciende un cigarrillo. Yo le pido otro. Necesito fumar.

Cuando salgo de la cocina veinte minutos después, me acerco hasta la puerta del despacho de Eric. Tomo aire y entro. Al verme, clava sus acusadores ojos en mí y sisea:

—¿Qué quieres, Judith?

Me acerco a él.

—Lo siento. Siento no haberte dicho lo...

—No me valen tus disculpas. Has mentido.

—Tienes razón. Te he ocultado cosas, pero...

—Me has mentido todo este tiempo. Me has ocultado cosas importantes cuando tú sabías que no debías hacerlo. ¿Tan ogro soy que no puedes decirme las cosas?

No respondo. Silencio. Nos miramos y, finalmente, pregunta:

—¿Qué significado tiene para ti eso de ahora y siempre? ¿Qué significa para ti el compromiso de estar juntos?

Sus preguntas me descolocan. No sé qué responder. Silencio. Al final, él dice:

—Mira, Judith, estoy muy enojado contigo y conmigo mismo. Mejor sal del despacho y déjame tranquilo. Quiero pensar. Necesito relajarme o, tal y como estoy, voy a hacer o decir algo de lo que me voy a arrepentir.

Sus palabras me sublevan y, sin hacerle caso, siseo:

—¿Ya me estás echando de tu vida como haces siempre que te enfadas?

No responde. Me mira, me mira, me mira, y yo decido darme la vuelta y salir de la habitación.

Con lágrimas en los ojos me dirijo hacia mi cuarto. Entro y cierro la puerta. Sé que su enfado es justificado. Sé que yo me lo he buscado, pero él tiene que darse cuenta de que si no le he dicho nada ha sido porque todos temíamos su reacción. Estoy arrepentida. Muy arrepentida, pero ya nada se puede hacer.

Diez minutos después, Marta y Sonia pasan a despedirse de mí. Están preocupadas. Yo sonrío y les indico que se marchen tranquilas. La sangre no llegará al río.

Cuando se van, me siento en la mullida alfombra de mi habitación. Durante horas pienso y me lamento. ¿Por qué lo he hecho tan mal? De pronto, oigo que un coche se marcha. Me asomo a la ventana y me quedo sin palabras al ver que quien se va es Eric. Salgo de la habitación, busco a Simona, y ésta, antes de que yo pregunte, me explica:

—Ha ido a ver a Björn. Ha dicho que no tardará.

Cierro los ojos y suspiro. Subo a la habitación de Flyn, y el pequeño, al verme, sonríe. Su aspecto es mejor que el de la noche anterior. Me siento en su cama y murmuro, tocándole la cabeza.

—¿Cómo estás?

—Bien.

—¿Te duele el brazo?

El crío asiente y, al sonreír, digo:

—¡Aisss, Dios!, cariño, pero ¡si te has roto también un diente!

La alarma en mi cara es tal que Flyn murmura:

—No te preocupes. La abuela Sonia dice que es de leche.

Asiento, y me sorprende con sus palabras:

—Siento que el tío esté tan enfadado. No agarraré el *skate*. Me advertiste de que nunca lo usara sin estar tú delante. Pero me aburría y...

—No te preocupes, Flyn. Estas cosas pasan. ¿Sabes?, yo cuando era pequeña me rompí una vez una pierna al saltar en moto y, años después, un brazo. Las cosas pasan porque tienen que pasar. De verdad, no le des más vueltas.

—¡No quiero que te vayas, Judith!

Eso me desequilibra.

—¿Y por qué me voy a marchar? —pregunto.

No contesta. Me mira, y entonces murmuro con un hilo de voz:

—¿Te ha dicho tu tío que me voy a ir?

El crío niega con la cabeza, pero yo saco mis propias conclusiones.

Dios, no. ¡Otra vez no!

Trago el nudo de emociones que en mi garganta pugna por salir. Respiro y susurro:

—Escucha, cielo. Tanto si me voy como si me quedo, seguiremos siendo amigos, ¿vale? —Asiente, y yo con el corazón dolorido cambio de tema—: ¿Te apetece que juguemos a las cartas?

El niño accede, y yo me trago las lágrimas. Juego con él mientras mi cabeza piensa en lo que ha dicho. ¿Querrá Eric que me vaya?

Tras la comida, Eric regresa. Va directo a la habitación de su sobrino, y yo me abstengo de entrar. Durante horas me tiro en el sillón del salón y veo la televisión, hasta que no puedo más, y salgo al exterior con *Susto* y *Calamar*. Me doy una vuelta por la urbanización y tardo más de la cuenta con la esperanza de que Eric me busque o me llame al celular. Pero nada de eso ocurre, y cuando regreso, Simona sale de su casa y me indica que el señor ya se ha ido a dormir.

Miro mi reloj. Las once y media de la noche.

Confusa porque Eric se acueste sin regresar yo, entro en la casa y, tras dar de beber a los animales, subo la escalera con cuidado. Me asomo al cuarto de Flyn y el pequeño duerme. Voy hasta él, le doy un beso en la frente y me encamino a mi habitación. Al entrar, miro hacia la cama. La oscuridad no me deja ver con claridad a Eric, pero sé que el bulto que vislumbro es él. En silencio, me desnudo y me meto en la cama. Tengo los pies congelados. Quiero abrazarlo y, cuando me acerco a él, se da la vuelta.

Su desprecio me duele, pero decidida a hablar con él, murmuro:

—Eric, lo siento, cariño. Por favor, perdóname.

Sé que está despierto. Lo sé. Y sin moverse responde:

—Estás perdonada. Duérmete. Es tarde.

Con el corazón roto me acurruco en la cama y, sin tocarlo intento dormirme. Doy mil vueltas y al final lo consigo.

37

Cuando me despierto al día siguiente estoy sola en la cama. Eso no me extraña, pero cuando bajo a la cocina y Simona me indica que el señor se ha ido a trabajar, resoplo de indignación. ¿Por qué me he dormido justo hoy?

Como puedo paso el día junto a Flyn. El pequeño está irascible. Le duele el brazo y su buen rollo conmigo es nulo.

Desesperada me siento con Simona a ver «Locura esmeralda». Ese día Luis Alfredo Quiñones, el amor de Esmeralda Mendoza, cree que ella lo engaña con Rigoberto, el mozo de cuadras de los Halcones de San Juan, y cuando el capítulo acaba Simona y yo nos miramos desesperadas. ¿Cómo nos pueden dejar así?

Eric no viene a comer, y al regresar bien entrada la tarde de la oficina, cuando me ve, no me besa. Me saluda con un seco movimiento de cabeza y se va a ver a su sobrino. Cena con él, y cuando llega la hora de dormir, hace lo mismo de la noche anterior. Se da la vuelta y no me habla. No me abraza.

Durante cuatro días soporto ese trato. No me habla. No me mira. Y el jueves me sorprende cuando me busca en mi cuartito y me espeta:

—Tenemos que hablar.

¡Uf!, qué mal suena esa frase. Es asoladora, pero asiento.

Me indica que pase a su despacho. Va a ver a su sobrino. Hago lo que me pide. Lo espero. Espero durante más de dos horas. Me está provocando. Cuando entra en el despacho mis nervios están por todo lo alto. Él se sienta a su mesa. Me mira como llevaba días sin mirarme y se sienta en su sillón.

—Tú dirás.

Boquiabierta, lo miro y siseo:

—¡¿Yo diré?!

—Sí, tú dirás. Te conozco, y sé que tendrás mucho que decir.

Como un huracán me cambia el gesto. Su orgullo en ocasiones me puede y, sin más, me explayo:

—¿Cómo puedes ser tan frío? ¡Por favor! Estamos a jueves y llevas desde el sábado sin hablarme. ¡Oh, Dios!, me estaba volviendo loca. ¿Acaso pretendes no hablarme nunca más? ¿Martirizarme? ¿Clavarme en una cruz y ver cómo me desangro delante de ti? Frío..., frío..., eso es lo que eres: un alemán frío. Todos son iguales. No tienes sentido del humor. Pero si cuando les cuento un chiste ni te ríes, y si soy simpática tú crees que estoy flirteando. Por favor, ¿en qué mundo vivimos? Me tienes aburrida, ¡aburrida! ¿Cómo puedes ser tan..., tan... imbécil? —grito—. ¡Harta! ¡Estoy harta! En momentos así no sé qué hacemos tú y yo juntos. Somos fuego contra hielo, y me estoy cansando de intentar que no me consumas con tu puñetera frialdad.

No responde. Sólo me mira y prosigo:

—Tu hermana Hannah murió, y tú te ocupas de su hijo. ¿Crees que ella aprobaría lo que estás haciendo con él? —Eric resopla—. Yo no la conocí, pero por lo que sé de ella, estoy segura de que hubiera enseñado a hacer a Flyn todo lo que tú le niegas. Como dijo tu hermana la otra noche, los niños aprenden. Se caen, pero se levantan. ¿Cuándo te vas a levantar tú?

—¿A qué te refieres? —murmura con furia.

—Me refiero a que dejes de preocuparte por las cosas cuando aún no han pasado. Me refiero a que dejes vivir a los demás y entiendas que no a todos nos gusta lo mismo. Me refiero a que aceptes que Flyn es un niño y que debe aprender cientos de cosas que...

—¡Basta!

Me retuerzo las manos. Estoy muy nerviosa, y al ver su gesto contrariado, pregunto:

—Eric, ¿no me extrañas? ¿No me echas de menos?

—Sí.

—¿Y por qué? Estoy aquí. Tócame. Abrázame. Bésame. ¿A qué

esperas para hablar conmigo e intentar perdonarme de corazón? ¡Maldición!, que no he matado a nadie. Que soy humana y cometo errores. Vale, acepto lo de la moto. Te lo tenía que haber dicho. Pero vamos a ver, ¿te he prohibido yo a ti que vayas al tiro olímpico? No, ¿verdad? ¿Y por qué no te lo he prohibido a pesar de que odio las armas? Pues muy fácil, Eric, porque te quiero y respeto que te guste algo que a mí no me gusta. En cuanto a Flyn, efectivamente, tú me dijiste que no al *skateboard*, pero el niño quería. El niño necesitaba hacer lo que hacen sus compañeros para demostrar a esos que lo llaman «chino, miedoso y gallina» que puede ser uno de ellos y tener un puñetero *skateboard*. ¡Ah!, y eso por no hablar de que al niño le gusta una chica de su clase y la quiere impresionar. ¿A que no lo sabías? —Niega con la cabeza, y continúo—: En cuanto a lo de tu madre y tu hermana, ellas me pidieron que no dijera nada, que les guardara el secreto. Y la pregunta es: cuando mi padre te guardó el secreto de que habías comprado la casa de Jerez, ¿me tenía que haber enfadado con él?, ¿le tenía que haber lapidado por ello? Venga ya, por favor... Yo sólo he hecho lo que las familias hacen: guardarse pequeños secretos e intentar ayudarse. Y en cuanto a Betta, ¡oh, Dios!, cada vez que pienso que te tocó delante de mí, se me llevan los demonios. Si lo llego a saber, le corto las zarpas porque....

—¡Cállate! —grita Eric, acalorado—. Ya he escuchado bastante.

Eso me subleva, y soy incapaz de hacerlo.

—Estás esperando a que me vaya, ¿verdad?

Mi pregunta lo sorprende. Lo conozco y sus ojos me lo dicen. Y sin darle tregua porque estoy histérica, pregunto:

—¿Por qué le has dicho a Flyn que a lo mejor me voy de aquí? ¿Acaso es lo que me vas a pedir que haga y ya estás preparando al niño?

Se queda sorprendido.

—Yo no le he dicho eso a Flyn. ¿De qué hablas?

—No te creo.

No responde. Me mira, me mira y me mira, pero al final dice:

—No sé qué hacer contigo, Jud. Te quiero, pero me vuelves loco. Te necesito, pero me desesperas. Te adoro, pero...

—¡Serás imbécil...!

Se levanta de la mesa y exclama con el gesto contraído:

—¡Basta! No me vuelvas a insultar.

—Imbécil, imbécil y más imbécil.

¡Madre mía, cómo me estoy pasando! Pero tras tantos días sin hablarme, soy un tsunami.

Me mira, furioso. Yo me envalentono y, con orgullo, le recrimino:

—Te deberían cambiar el nombre y llamarte don Perfecto. ¿Qué pasa? ¿Tú no cometes errores? ¡Oh, no!, el señor Zimmerman es ¡Dios!

—¿Quieres callarte y escucharme? Necesito decirte algo y quiero pedirte que...

—Quieres pedirme que me vaya, ¿verdad? Sólo te falta que incumpla alguna norma más para echarme de nuevo de tu vida.

No responde. Nos miramos como rivales.

Lo quiero besar. Lo deseo. Pero no es momento para ello. Entonces se abre la puerta del despacho y aparece Björn con una botella de champán en las manos. Nos mira, y antes de que diga nada, me acerco a él. Lo agarro del cuello y lo beso en los labios. Meto mi lengua en su boca, y sus ojos me miran extrañados. No entiende qué estoy haciendo. Cuando me separo de él, con furia, miro a Eric y digo ante el gesto de incredulidad de Björn:

—Acabo de incumplir tu gran norma: desde este instante mi boca ya no es tuya.

El gesto de Eric es indescriptible. Sé que no esperaba eso de mí. Y ante la expresión alucinada de Björn, explico:

—Te lo voy a facilitar. No hace falta que me eches, porque ahora la que se va soy yo. Recogeré todas mis cosas y desapareceré de tu casa y de tu vida para siempre. Me tienes aburrida. Aburrida de tener que ocultarte las cosas. Aburrida por tus normas. ¡Aburrida! —grito. Pero antes de salir y con la respiración entrecortada siseo—: Sólo te voy a pedir un último favor: necesito que tu avión me lleve a mí, a *Susto* y a mis cosas hasta Madrid. No quiero meter a *Susto* en una jaula en la bodega de un avión y...

—¿Por qué no te callas? —maldice, furioso, Eric.

—Porque no me da la real gana.

—Chicos, por favor, serénense —pide Björn—. Creo que están exagerando las cosas y...

—He estado callada —prosigo, obviando a Björn y mirando a Eric— cuatro días y a ti no te ha importado lo que yo pudiera pensar o sentir. No te ha importado mi dolor, mi furia o mi frustración. Por lo tanto, no me pidas ahora que me calle porque no lo voy a hacer.

Björn, alucinado, nos observa, y Eric murmura:

—¿Por qué estás diciendo tantas tonterías?

—Para mí no lo son.

Tensión. Nos miramos airados, y mi alemán pregunta:

—¿Por qué te vas a llevar a *Susto*?

Enardecida, me acerco a él.

—¿Qué pasa, vas a luchar por su custodia?

—Ni él ni tú se van a ir. ¡Olvídate de ello!

Tras su grito, levanto el mentón, me retiro el pelo de la cara y musito:

—De acuerdo. Ya veo que no me vas a ayudar en lo referente a tu puñetero *jet* privado. ¡Perfecto! *Susto* se queda contigo. Ya encontraré la manera de llevármelo porque me niego a meterlo en la bodega de un avión. Pero que sepas que yo el domingo ¡me voy!

—Pues vete, ¡maldita sea! ¡Márchate! —grita, descontrolado.

Sin más, salgo del despacho mientras siento que de nuevo tengo el corazón partido.

Por la noche duermo en mi cuartito. Eric no me busca. No se preocupa por mí, y eso me desmotiva total y completamente. He cumplido su objetivo. Le he facilitado que no fuera él quien me echara de su casa y de su vida. Tumbada en la mullida alfombra junto a *Susto*, miro por la ventana mientras soy consciente de que mi bonita historia de amor con este alemán se ha acabado.

Al día siguiente, cuando Eric se marcha a trabajar, estoy molida. La alfombra es maravillosa, pero tengo la espalda destrozada. Cuando entro en la cocina, Simona, ajena a mi pena, me saluda. Tomo el café en silencio, hasta que le pido que se siente a mi lado. Cuando le cuento que me marcho, su rostro se contrae y, por primera vez en todo el tiempo que llevo aquí, veo a la mujer llorar con desconsuelo. Me abraza, y yo la abrazo.

Durante horas recojo todas las cosas que hay mías por la casa. Guardo fotos, libros, CD en cajas, y cada vez que cierro una con cinta, el corazón se me encoge. Por la tarde, quedo con Marta en el bar de Arthur, y cuando le digo que me marcho, sorprendida, dice:

—Pero ¿mi hermano es imbécil?

Su expresividad me hace sonreír y, tras tranquilizarla, murmuro:

—Es lo mejor, Marta. Está visto que tu hermano y yo nos queremos mucho, pero somos totalmente incapaces de arreglar nuestros problemas.

—Mi hermano y tú, no. ¡Mi hermano! —insiste ella—. Conozco a ese cabezón, y si tú te vas es, seguro, porque él no te lo ha puesto fácil. Pero te juro por mi madre que me va a oír. Le voy a poner verde por ser como es. ¿Cómo puede dejarte ir? ¿¡Cómo!?

Frida se suma a nuestro duelo y, durante horas, charlamos. Nos consolamos mutuamente, mientras Arthur se acerca a nosotras para traernos bebidas frescas. No sabe qué nos pasa. Lo único que sabe es que tan pronto lloramos como reímos.

De pronto, recuerdo algo. Miro el reloj. Es viernes, y son las siete y veinte.

—¿Sabéis dónde está la Trattoria de Vicenzo?

—¿Tienes hambre? —pregunta Marta.

Niego con la cabeza y les comento que a esa hora sé que Betta estará en ese lugar.

—¡Ah, no! —dice Frida al ver mi mirada—. ¡Ni se te ocurra! Si Eric se entera se enfadará más y...

—¿Y qué? —pregunto—. ¿Qué importa ya?

Las tres nos miramos y, como brujas, nos partimos de risa. Nos subimos al coche de Marta y veinte minutos después estamos frente a ese lugar. Entre risas, urdimos un plan. Esa Betta se va a enterar de quién es Judith Flores.

Cuando entramos en el bonito restaurante, escaneo el local en busca de ella. Como imaginaba, está sentada a una mesa con varias personas. Durante un rato la observo. Parece encantada y feliz.

—Judith, si quieres, lo dejamos —susurra Marta.

Yo niego con la cabeza. Mi venganza se va a completar. Camino con decisión hasta la mesa, y Betta, cuando nos ve a las tres, se queda blanca. Yo sonrío, y le guiño un ojo. Para mala, ¡yo! Cuando estamos a su lado, Frida dice:

—Hombre, Betta. ¿Tú aquí?

—¡Vaya, vaya, qué casualidad! —digo, riendo, y Betta se descompone.

Todos los comensales que hay a la mesa nos miran, y yo me presento.

—Soy Judith Flores, española como Betta. —Todos asienten, y murmuro con una sonrisa encantadora y angelical—: Encantada de conocerlos.

Los comensales sonríen, y sin perder tiempo, pregunto:

—Un pajarito me ha dicho que hoy alguien te iba a preguntar algo importante. ¿Es cierto que te han pedido matrimonio?

Con una descolocada sonrisa, asiente, y su prometido, un hombre entradito en años, afirma, feliz:

—Sí, señorita. Y esta preciosidad ha dicho que sí. —Y tomándole la mano, añade—: De hecho, mi madre le acaba de dar el anillo de pedida de la familia, una verdadera joya.

Los invitados aplauden, y Marta, Frida y yo también. Todos sonríen mientras nos ofrecen unas copas de champán y, encantadas de la vida, las aceptamos y bebemos. Nos hacen hueco. Nos sentamos con ellos a la mesa, y Betta me observa. Yo sonrío y, mirando al futuro marido de ella, digo:

—Raimon, ella sí que es una joya..., una auténtica joyita.

El hombre asiente, orgulloso, y, divertida, junto a mis dos compinches, los animamos a que todos griten: «¡Que se besen!»

Betta me mira furiosa y, yo, encantada, aplaudo hasta que por fin se besan. Cuando lo hacen, cabeceo, y con una angelical voz, vuelvo a preguntar:

—¿Y quién es el primo Alfred?

Un joven de mi edad levanta la mano, y mirándolo, pregunto:

—¿Le has dicho a Raimon que tú te acuestas con Betta también? Creo que merece saberlo, aunque todo quede en familia.

Las caras de todos cambian. Raimon, el novio, se levanta y pregunta:

—¿Cómo dice, joven?

Con pesar, asiento. Toco en el hombro al pobre Raimon, me levanto y cuchicheo:

—Vamos, Alfred, ¡cuéntaselo!

Todos miran al abochornado joven, y Frida insiste:

—Venga, Alfred..., es tu primo. Es lo mínimo que puedes hacer.

Betta está roja. No sabe dónde meterse mientras los que iban a convertirse en sus suegros le exigen que les devuelva el anillo de la familia. Encantada por ver aquello, miro al descolorido Raimon y murmuro:

—Sé que es una marranada lo que te estoy contando, pero a la larga me lo vas a agradecer, Raimon. Esta joyita sólo se casa contigo por tu dinero. En la cama, no le pones nada y se acuesta con media Alemania. Y antes de que lo preguntes, sí, lo puedo demostrar.

Fuera de sí, Betta se levanta y grita mientras la madre de Raimon le estira del dedo para recuperar su anillo:

—¡Mentira, eso es mentira! ¡Raimon, no la escuches!

Marta, que ha estado callada hasta este instante, sonríe con malicia y apunta:

—Betta..., Betta..., que te conocemos. —Y mirando a los comensales, añade—: Mi hermano se llama Eric Zimmerman, salió con ella un tiempo, pero la dejó cuando la encontró con su propio padre retozando en la cama. ¿Qué les parece? Feo, ¿verdad?

Alucinados, todos se levantan para pedir explicaciones, y Frida murmura:

—¡Aisss, Betta, cuándo aprenderás!

Raimon está furioso y sus padres, junto a otras personas, no dan crédito a lo que escuchan. Alfred no sabe dónde meterse. Todos gritan. Todos opinan. Betta no sabe qué decir y, entonces, sin tocarla, me acerco a ella y murmuro en español:

—Te lo dije. Te dije que conmigo no se jugaba, ¡zorra! Vuelve a acercarte a Eric, a su familia, a sus amigos o a mí, y te juro que te echan de Alemania.

Dicho esto, Frida, Marta y yo salimos del restaurante. Mi venganza con esa idiota ha finalizado. Con la adrenalina por los aires, decidimos ir a bailar al Guantanamera. No quiero regresar a casa. No quiero ver a Eric, y un poquito de salsa cubana y ¡azúcar! me vendrá bien.

38

Al día siguiente, con una resaca monumental, pues la noche ha sido espantosa y sólo he dormido unas horas en la casa de Marta, cuando llego a casa de Eric, él está allí. Cuando me ve entrar con las gafas de sol puestas, camina hacia mí y sisea furioso:

—¿Se puede saber dónde has dormido?

Sorprendida, levanto la mano y murmuro:

—En medio de la calle te puedo asegurar que no.

Gruñe. Blasfema. Me hace saber lo preocupado que ha estado. No le hago caso. Camino decidida mientras siento sus pasos detrás de mí. Está furioso, y cuando entro en mi cuartito, le doy con la puerta en las narices. Eso le ha debido de enojar una barbaridad. Espero a que entre y me grite, pero no lo hace. ¡Bien! No me apetece oírlo gruñir. Hoy no.

Mientras termino de meter mis cosas en las cajas de cartón intento ser fuerte. No voy a llorar. Se acabó llorar por Iceman. Si no le importo, no tengo por qué quererlo yo a él. Tengo que terminar con esto cuanto antes. Cuando acabo de cerrar una caja de libros, decido subir a mi habitación. Aquí tengo muchas cosas. Por suerte, no me cruzo con Eric, y cuando entro en el dormitorio, suspiro al ver que tampoco está. Dejo un par de cajas y entro a ver a Flyn.

El pequeño, al verme, se alegra, pero cuando se da cuenta de que me estoy despidiendo de él, su gesto cambia. Su dura mirada vuelve y susurra:

—Prometiste que no te irías.

—Lo sé, cielo. Sé que te lo prometí, pero en ocasiones las cosas entre los adultos no salen como uno prevé, y al final, se complican más de lo que imaginabas.

—Todo es culpa mía —dice, y se le contrae la cara—. Si yo no hubiera cogido el *skate*, no me habría caído, y el tío y tú no habrían discutido.

Lo abrazo. Lo acuno. Nunca me habría imaginado que lloraría por mí, e intentando que las lágrimas no desborden mis ojos, murmuro:

—Escucha, Flyn. Tú no tienes la culpa de nada, cariño. Tu tío y yo...

—No quiero que te vayas. Contigo me lo paso bien, y eres..., eres buena conmigo.

—Escucha, cielo.

—¿Por qué te tienes que ir?

Sonrío con tristeza. Es incapaz de escucharme y yo de explicarle una vez más el absurdo cuento de por qué me voy. Al final, le quito las lágrimas de los ojos y le digo:

—Flyn, siempre me has demostrado que eres un hombrecito tan duro como tu tío. Ahora lo tienes que volver a ser, ¿vale? —El crío asiente, y prosigo—: Cuida bien a *Calamar*. Recuerda que él es tu superamigo y tu supermascota, y quiere mucho a *Susto,* ¿de acuerdo?

—Te lo prometo.

Sus ojos vidriosos me encogen el corazón y, tras darle un beso en la mejilla, murmuro:

—Escucha, cariño. Te prometo que vendré a verte dentro de un tiempo, ¿vale? Llamaré a Sonia y ella nos ayudará a que nos veamos, ¿quieres?

El niño asiente, levanta el pulgar, yo levanto el mío, los unimos y nos damos una palmada. Eso nos hace sonreír. Lo abrazo, lo beso y con todo el dolor de mi corazón salgo de la habitación.

Una vez fuera, no puedo respirar. Me llevo la mano al pecho y al final logro tomar aire. ¿Por qué todo tiene que ser tan triste? Cuando entro en mi habitación, abro el armario. Miro todas aquellas preciosas cosas que Eric me compró y, tras pensarlo, decido llevarme sólo lo que vino de Madrid. Al agarrar mis botas negras, veo una bolsa, la abro y sonrío con tristeza al ver mi disfraz de poli malota.

No lo he estrenado. Por unas cosas u otras al final no me lo he puesto para Eric. Lo meto en una de las cajas, junto a mis jeans y mis camisetas. Después, entro en el baño y agarro mis pinturas y mis cremas. Nada de lo que hay allí es mío.

Cuando regreso a la habitación me acerco a mi mesilla. Vacío un cajón y miro los juguetes sexuales. Toco la joya anal con la piedra verde. Los vibradores. Los cubrepezones. Todo aquel arsenal no lo quiero, puesto que me recordará a él. Cierro el cajón. Allí se queda. Los ojos se me están cargando de lágrimas. Momento tonto. La culpable es la lamparita que meses atrás Eric compró en el rastro de Madrid y no sé qué hacer. La miro, la miro y la miro. Él compró las dos. Al final, decido llevármela. Es mía.

Me doy la vuelta, y Eric me está observando desde la puerta. Está impresionante con sus jeans de cintura baja y la camiseta negra. Se le ve algo demacrado. Preocupado. Pero imagino que yo estoy igual. No sé cuánto tiempo lleva ahí, pero lo que sí sé es que su mirada es fría e impersonal. Esa que pone cuando no quiere demostrar lo que siente. No quiero discutir. No me apetece y, mirándole, murmuro:

—La verdad es que estas lamparitas nunca han pegado con la decoración de tu habitación. Si no te importa, me llevo la mía.

Asiente. Entra en la habitación y, acercándose a la suya, murmura mientras la toca:

—Llévatela. Es tuya.

Me muerdo el labio. Guardo la lamparita en la caja y le escucho decir:

—Esto ha sido lo que siempre me ha llamado la atención de ti, que seas totalmente diferente de todo lo que me rodea.

No respondo. No puedo. Entonces, en un tono más calmado, Eric afirma:

—Judith, siento que todo acabe así.

—Más lo siento yo, te lo puedo asegurar —le recrimino.

Noto que se mueve por la habitación. Está nervioso y, finalmente, pregunta:

—¿Podemos hablar un momento como adultos?

Trago el nudo de emociones que tengo en mi garganta y asiento. Ya no me llama «pequeña», ni «morenita», ni «cariño». Ahora me llama «Judith» con todas sus letras. Me doy la vuelta y lo miro. Cada uno estamos a un lado de la cama. Nuestra cama. Ese lugar donde nos hemos amado, querido, besado, y Eric empieza:

—Escucha, Judith. No quiero que por mi culpa te veas privada de un trabajo. He hablado con Gerardo, el jefe de personal de la delegación de Müller de Madrid, y vuelves a tener el puesto que tenías cuando nos conocimos. Como no sé cuándo te querrás reincorporar, le he dicho que en el plazo de un mes te pondrás en contacto con él para retomar tu trabajo.

Niego con la cabeza. No quiero volver a trabajar en su empresa. Eric continúa:

—Judith, sé adulta. Una vez me dijiste que tu amigo Miguel necesitaba un trabajo para pagar su casa, su comida y poder vivir. Tú has de hacer lo mismo, y con el paro y la crisis que hay en España te resultará muy difícil conseguir un trabajo decente. Hay un nuevo jefe en ese departamento y sé que no tendrás ningún problema con él. En cuanto a mí, no te preocupes. No tienes por qué verme. Ya te he aburrido bastante.

Esta última frase me duele. Sé que la dice por lo que le grité la otra noche, pero no digo nada. Lo escucho. La cabeza me da vueltas, pero sé que tiene razón. Vuelve a tener razón. Contar con un trabajo hoy en día es algo que no está al alcance de todo el mundo y no puedo rechazar la oferta. Al final, accedo:

—De acuerdo. Hablaré con Gerardo.

Eric asiente.

—Espero que retomes tu vida, Judith, porque yo voy a retomar la mía. Como dijiste cuando besaste a Björn, ya no soy el dueño de tu boca ni tú de la mía.

—Y eso ¿a qué viene ahora?

Con la mirada clavada en mí, dice cambiando el tono de su voz:

—Ahora podrás besar a quien te venga en gana.

—Tú también lo podrás hacer. Espero que juegues mucho.

—No dudes que lo haré —puntualiza con una fría sonrisa.

Nos miramos, y cuando no puedo más, salgo de la habitación sin despedirme de él. No puedo. No salen las palabras de mi boca. Bajo la escalera a toda velocidad, y llego a mi cuartito. Cierro la puerta, y entonces, sólo entonces, me permito maldecir.

Esa noche, cuando todo está empaquetado, le indico a Simona que un camión irá a las seis de la mañana para llevarlo todo al aeropuerto. Veinte cajas llegaron de Madrid. Veinte regresan. Con tristeza agarro un sobre para hacer lo último que tengo que hacer en esa casa. Con un bolígrafo, en la mitad del sobre escribo «Eric». Después, agarro un trozo de papel y tras pensar qué poner, simplemente anoto: «Adiós y cuídate». Mejor algo impersonal.

Cuando suelto el bolígrafo, me miro la mano. Me tiembla. Me quito el precioso anillo que ya le devolví otra vez y, temblorosa, leo lo que pone en su interior: «Pídeme lo que quieras, ahora y siempre».

Cierro los ojos.

El ahora y siempre no ha podido ser posible.

Aprieto el anillo en la mano y finalmente, con el corazón partido, lo meto en el sobre. Suena mi celular. Es Sonia. Está preocupada esperándome en su casa. Dormiré allí mi última noche en Múnich. No puedo ni quiero dormir bajo el mismo techo que Eric. Cuando llego al garage y saco la moto, Norbert y Simona se acercan a mí. Con una prefabricada sonrisa, los abrazo a los dos y le doy a Simona el sobre con el anillo para que se lo entregue a Eric. La mujer solloza y Norbert intenta consolarla. Mi marcha los entristece. Me han tomado tanto cariño como yo a ellos.

—Simona —intento bromear—, en unos días te llamo y me dices cómo sigue «Locura esmeralda», ¿de acuerdo?

La mujer cabecea, intenta sonreír, pero lloriquea más. Le doy un último beso y me dispongo a marchar cuando al levantar la vista veo que Eric nos observa desde la ventana de nuestra habitación. Lo miro. Me mira. Dios..., cómo lo quiero. Levanto la mano y digo adiós. Él hace lo mismo. Instantes después, con la frialdad que él me ha enseñado, me doy la vuelta, me monto en la moto y, tras arrancarla, me marcho sin mirar atrás.

Esa noche no duermo. Sólo miro al vacío y espero que el despertador suene.

39

Cuando llego a Madrid, nadie sabe de mi llegada. Nadie me recibe. No he llamado a nadie. Contrato una furgoneta en el aeropuerto y meto todas mis cajas en ella. Cuando salgo de la T-4 intento sonreír. ¡Vuelvo a estar en Madrid!

Pongo la radio, y las voces de Andy y Lucas cantan:

Te entregaré un cielo lleno de estrellas, intentaré darte una vida entera
en la que tú seas tan feliz, muy cerquita estés de mí.
Quiero que sepas..., lelelele.

Intento cantar, pero mi voz está apagada. No puedo hacerlo. Simplemente soy incapaz. Cuando llego a mi barrio, la alegría me inunda, aunque luego, cuando tengo que ocuparme de las veinte cajas yo solita, la alegría se convierte en mala leche. ¿He metido piedras?

Una vez que acabo, cierro la puerta de mi casa y me siento en el sofá. De vuelta en el hogar. Levanto el teléfono decidida a llamar a mi hermana. Al final, lo cuelgo. No me apetece dar explicaciones todavía, y mi hermana será un hueso duro de roer. Enchufo el refrigerador y bajo a comprar algo de comida al Mercadona. Cuando regreso y coloco lo que he comprado, la soledad me come. Me carcome.

Tengo que llamar a mi hermana y a mi padre.

Lo pienso, lo pienso, lo pienso. Al final decido comenzar por mi hermana y, como era de esperar, a los diez minutos de colgar la tengo en la puerta de mi casa. Cuando abre con su llave, estoy sentada en el sofá y, al verme, murmura:

—Cuchuuuuuu, pero ¿qué te ha pasado, cariño?

Ver a mi hermana, su embarazo y su mirada es el colmo de todo, y cuando me abraza lloro, lloro y lloro. Me tiro llorando dos horas en las que ella me acuna y me dice una y otra vez que no me preocupe por nada. Que haga lo que haga estará bien. Cuando me tranquilizo, la miro y pregunto:

—¿Dónde está Luz?

—En casa de su amiga. No le he dicho que estás aquí o ya sabes...

Eso me hace sonreír y murmuro:

—No le digas nada. Mañana me quiero ir a Jerez a ver a papá. Cuando regrese la visitaré, ¿vale?

—Vale.

Con mimo le paso la mano por su abultada barriga, y antes de que yo pueda decir nada, suelta:

—Jesús y yo nos estamos separando.

Sorprendida, la miro. ¿He oído bien? Y con una frialdad que no sabía que existía en mi hermana, me explica:

—Le dije a papá y a Eric que no te dijeran nada por no preocuparte. Pero ahora que estás aquí, creo que lo tienes que saber.

—¡¿Eric?!

—Sí, cuchu..., y...

—¿Eric lo sabía? —grito, descolocada.

Mi hermana, que no entiende nada, me toma las manos y murmura:

—Sí, cariño. Pero le prohibí que te lo contara. No vayas a enfadarte con él por eso.

No doy crédito. ¡No doy crédito!

Él se enfada conmigo porque le oculto cosas cuando él me las esconde también, ¿increíble?

Cierro los ojos. Intento tranquilizarme. Mi hermana tiene un problemón, e intentando olvidarme de Eric y nuestros problemas, pregunto:

—Pero... Pero ¿qué ha pasado?

—Me estaba engañando con medio Madrid —afirma tan fresca—. Ya te lo dije hace tiempo, aunque no me creyeras.

Durante horas hablamos. Esta noticia me ha dejado totalmente noqueada. No me esperaba esa traición por parte del tonto de mi cuñado. ¡Para que te fíes de los tontos...! Pero lo que me tiene totalmente sin palabras es mi hermana. Ella, que es tan llorona, de pronto está centrada y tranquila. ¿Será el embarazo?

—¿Y Luz? ¿Cómo lo lleva ella?

Mueve la cabeza con resignación.

—Bien. Ella lo lleva bien. Se disgustó mucho cuando le dije que me iba a separar de su padre, pero, desde que Jesús se fue hace mes y medio de casa, la veo feliz y me lo demuestra todos los días cuando la veo sonreír.

Hablamos, hablamos y hablamos, y tras comprobar por mí misma lo fuerte que es mi hermana y, en especial, que está bien a pesar del disgusto y el embarazo, pregunto:

—¿Mi coche está en el estacionamiento?

—Sí, cielo. Funciona de maravilla. Lo he estado utilizando yo estos meses.

Asiento. Me retiro el pelo de la cara, y entonces, susurra:

—No me cuentes lo que ha pasado con Eric. No quiero saberlo. Yo sólo necesito saber que tú estás bien.

Agradezco que diga eso y, mirándola, afirmo como puedo:

—Lo estoy, Raquel. Estoy bien.

Nos volvemos a abrazar y me siento en casa. Cuando esa noche se va y me quedo sola por fin puedo respirar. Me he desahogado. He llorado como deseaba y me siento mucho mejor. Aunque estoy más enfadada con Eric. ¿Cómo ha podido ocultarme algo así?

Decido no llamar a mi padre. Voy a sorprenderlo. A las siete de la mañana me levanto y voy al garage. Miro a mi *Leoncito* y sonrío. ¡Qué bonito es! Tras meterme en él arranco y me dirijo a Jerez. En el camino, tengo momentitos para todo. Para la risa. Para el llanto. Para cantar o para maldecir y acordarme de todos los antepasados de Eric.

Al llegar a Jerez voy directa al taller de papá. Cuando estaciono el coche en la puerta lo veo hablando con dos amigos suyos y, de pronto, al verme, se paraliza. Sonríe, y corre hacia mí para abrazarme. Su abrazo candoroso me hace saber que me va a mimar y, cuando nos separamos, mira alrededor y pregunta:

—¿Dónde está Eric?

No contesto. Los ojos se me llenan de lágrimas y al ver mi gesto susurra:

—¡Oh, morenita! ¿Qué ha pasado, mi vida?

Conteniendo el llanto, lo vuelvo a abrazar. Necesito los mimos de mi papi.

Esa noche, después de cenar, estoy mirando las estrellas cuando mi padre se sienta en el sofá?

—¿Por qué no me dijiste lo de Raquel y Jesús? —le preguntó con tristeza.

—Tu hermana no quería preocuparte. Ella lo habló con Eric y le pidió que no te lo contara.

—¡Vaya, qué bien! —siseo deseosa de arrancarle la cabeza a Eric por ser tan falso conmigo.

—Escucha, morenita, tu hermana sabía que si te decía algo, vendrías a Madrid. Sólo hice lo que ella me pidió. Pero, tranquila, ella está bien.

—Lo sé, papá, lo he visto con mis propios ojos y me ha dejado sin palabras.

Mi padre asiente.

—Me entristece mucho lo que ha ocurrido, pero si Jesús no valoraba a mi niña como debía hacerlo, mejor que la deje en paz. ¡Menudo sinvergüenza! —cuchichea—. Con suerte, mi niña encontrará un hombre que la valore, la quiera y, sobre todo, haga que vuelva a sonreír.

Con una dulce sonrisa, lo miro. Papá es un romántico empedernido.

—Raquel es un bombón de mujer —prosigue, y yo sonrío—. ¡*Yeah*, morenita!, sinceramente, no me esperaba que Jesús pudiera hacer lo que ha hecho. Ha jugado con los sentimientos de mi niña y mi nietecilla, y eso no se lo voy a perdonar.

Asiento, y mientras abro la lata de coca-cola que ha dejado delante de mí, pregunta:

—Y tú, ¿me vas a contar qué ha pasado con Eric?

Me siento junto a él y, tras dar un trago, murmuro:

—Somos incompatibles, papá.

Menea la cabeza y cuchichea:

—Ya sabes, tesoro, que los polos opuestos se atraen. Y antes de que digas nada, nosotros no somos Jesús y Raquel. No tiene nada que ver con ellos. Pero déjame decirte que cuando estuve para tu cumpleaños los vi muy bien. Te vi feliz, y a Eric, totalmente enamorado de ti. ¿Por qué de pronto esto?

Espera una explicación, y hasta que la consiga no va a parar, por lo que, dispuesta a darla, musito:

—Papá, cuando Eric y yo retomamos nuestra relación, nos prometimos que nunca nos ocultaríamos cosas y seríamos sinceros al cien por cien. Pero yo no he cumplido la promesa, aunque por lo que veo él tampoco.

—¿Tú no la has cumplido?

—No, papá... Yo...

Se lo cuento todo: lo del curso de paracaidismo de Marta y Sonia, lo de la moto, mis salidas con Jurgen y sus amigos, enseñar a Flyn a montar en *skate* y patines, la caída del pequeño y que le di una golpiza a una ex de Eric que nos hacía la vida imposible.

Con los ojos como platos, mi padre me escucha y murmura:

—¿Que tú pegaste a una mujer?

—Sí, papá. Se lo merecía.

—Pero, hija, ¡eso es horrible! Una señorita como tú no hace esas cosas.

Cabeceo. Asiento y aseguro convencida de que lo volvería a hacer.

—Simplemente le di su merecido por perra.

—Morenita, ¿quieres que te lave la boca con jabón?

Me entra la risa al escucharlo y él al final se ríe. No es para menos, y dándome unos toquecitos en la mano, me recuerda:

—Yo no te enseñé a comportarte así.

—Lo sé, papá, pero ¿qué querías que hiciera? Ella me ha provocado, y ya sabes que soy demasiado impulsiva.

Divertido, da un trago a su cerveza y señala:.

—Vale, hija. Entiendo que lo hicieras, pero oye ¡que no se vuelva a repetir! Nunca has sido una peleonera y no quiero que lo seas.

Sus palabras me hacen reír, lo abrazo y susurra en mi oreja:

—¿Conoces el dicho «si tienes un pájaro debes dejarlo volar»? Si vuelve, es tuyo; si no, es que nunca te perteneció. Eric regresará. Ya lo verás, morenita.

No contesto. No tengo fuerzas para responder ni pensar en refranes.

A la mañana siguiente arranco mi moto y me desfogo saltando como un kamikaze por los campos de Jerez. Es mi mejor medicina. Arriesgo, arriesgo y arriesgo y, al final, me caigo. Pedazo de leñazo que me meto. En el suelo pienso en cómo Eric se preocuparía por mi caída y, cuando me levanto, toco mi dolorido trasero y maldigo.

Por la tarde, mientras estoy viendo la televisión, suena el celular. Es Fernando. Su padre, el Bicharrón, le ha contado que estoy en Jerez sin Eric y se preocupa por mí. Dos días después, aparece por Jerez. Cuando me ve nos abrazamos y me invita a comer. Hablamos. Le comento que Eric y yo hemos roto, y sonríe. El muy idiota sonríe y me dice:

—Ese alemán no te va a dejar escapar.

Sin querer hablar más del tema le pregunto por su vida y me sorprendo cuando me cuenta que está saliendo con una chica de Valencia. Me alegro por él y más cuando me confiesa que está total y completamente embobado por ella. Eso me encanta. Quiero verlo feliz.

Los días pasan y mi humor tan pronto es alegre como depresivo. Echo en falta a Eric. No se ha puesto en contacto conmigo, y eso es una novedad. Lo quiero. Lo quiero demasiado como para olvidarlo tan pronto. Por las noches, cuando estoy en la cama cierro los ojos y casi lo siento a mi lado mientras en el iPod escucho las canciones que he disfrutado a su lado. Mi nivel de masoquismo sube por días. Me he traído una camiseta suya y la huelo. Su olor me encanta. Necesito olerlo para dormir. Es una mala costumbre, pero no me importa. Es mi mala costumbre.

Cuando llevo una semana en Jerez, llamo a Sonia a Alemania. La mujer se pone muy contenta al recibir mi llamada, y yo me sorprendo cuando sé que Flyn está allí con ella. Eric está de viaje. Estoy tentada de preguntar si es a Londres, pero decido que no. Bastante me martirizo. Durante un buen rato hablo con el niño. Ninguno de los dos mencionamos a su tío, y cuando el teléfono lo vuelve a tomar Sonia, murmura:

—¿Estás bien, tesoro?

—Sí. Estoy con mi padre en Jerez y aquí me mima como necesito.

Sonia sonríe y cuchichea:

—Sé que no lo quieres escuchar, pero te lo voy a decir: está insoportable. Ese hijo mío, con ese carácter que se gasta, es intratable.

Sonrío con tristeza. Imagino cómo está. Sonia murmura:

—No dice nada, pero te añora mucho. Lo sé. Soy su madre y, aunque no me lo dice ni se deja mimar, lo sé.

Hablamos durante quince minutos. Antes de colgar le pido que por favor no le digan a Eric que yo he llamado. No quiero que piense que lo quiero poner en contra de su familia.

Tras diez días en Jerez con mi padre y sentir su calorcito y su amor, decido regresar a Madrid. Él viaja conmigo. Quiere ver a mi hermana y comprobar que ambas estamos bien. Lo primero que hacemos nada más llegar es ir a ver a mi sobrina. La pequeña al verme me abraza y me come a besos, pero rápidamente pregunta por su tito Eric.

Después de comer, y tras el acoso y derribo de mi sobrina preguntando por su tito, decido hablar con ella a solas. No sé cómo le puede afectar la separación de su madre y ahora la mía. Cuando nos quedamos a solas me pregunta por el chino. Le regaño por no llamar a Flyn por su nombre, aunque, cuando no me ve, me río. Esta niña es tremenda. Cuando le cuento que Eric y yo ya no estamos juntos, protesta y se enfada. Ella quiere a su tito Eric. La mimo e intento hacerle entender que Eric la sigue queriendo, y al final asiente. Pero de pronto me mira a los ojos y me pregunta:

—Tita, ¿por qué mis padres ya no se quieren?

¡Vaya preguntita! ¿Qué le respondo?

Pero mientras le peino su bonito pelo oscuro, contesto:

—Tus papis se van a querer toda la vida. Lo que pasa es que se han dado cuenta de que son más felices viviendo por separado.

—¿Y por qué si se quieren discutían tanto?

Con cariño le doy un beso en la cabeza.

—Luz, las personas aunque discutan se quieren. Yo misma, si estoy mucho tiempo con tu mami, discuto, ¿verdad? —La pequeña asiente, y añado—: Pues nunca dudes de que aunque discuta con ella la quiero muchísimo. Raquel es mi hermana y es una de las personas más importantes de mi vida. Lo que pasa es que los adultos tenemos opiniones diferentes en muchas cosas y discutimos. Y por eso tus papis se han separado.

—¿Por eso ya no estás con el tito Eric? ¿Por opiniones diferentes?

—Se puede decir que sí.

Luz clava sus ojillos en mí y vuelve a preguntar:

—Pero ¿todavía lo quieres?

Suspiro. ¡Luz y sus preguntas! Pero incapaz de no contestar, respondo:

—Claro que sí. Las personas no se dejan de querer de un día para otro.

—¿Y él te quiere a ti todavía?

Pienso, pienso, pienso y, tras meditar mi respuesta, digo:

—Sí. Estoy convencida de que sí.

La puerta se abre y aparece mi hermana. Está guapísima con su vestido de premamá; tras ella va mi padre. Menudo trabajo que tiene el hombre con nosotras dos...

—¿Están preparadas para irnos a tomar algo al parque?

—Sí —aplaudimos Luz y yo.

Mi padre agarra la cámara de fotos.

—Esperen un momento, que les voy a hacer una foto. Están guapísimas. —Cuando hace la fotografía, murmura—. ¡*Yeah*, qué orgulloso estoy! ¡Vaya tres mujeres más guapas que tengo!

40

Una mañana, tras mil indecisiones, llamo por teléfono a las oficinas de Müller y hablo con Gerardo. El hombre, encantado de hablar conmigo, me indica que esperaba mi llamada. Le pregunto por Miguel y me dice que está de viaje y regresa el lunes. Después hablamos de trabajo y me pregunta qué día me voy a reincorporar. Es miércoles. Decido comenzar a trabajar el lunes. Él acepta. Cuando cuelgo, el corazón me late acelerado. Voy a regresar al lugar donde todo empezó.

El viernes voy al local de tatuajes de mi amigo Nacho. Cuando me ve en la puerta, abre los brazos, y yo corro a su encuentro. Esa noche nos vamos de parranda y terminamos muy tarde.

El domingo por la noche no duermo. Al día siguiente regreso a Müller. Cuando el despertador suena, me levanto. Me ducho y después agarro mi coche y me dirijo a la empresa. En el estacionamiento mi corazón comienza a bombear con fuerza, pero cuando, tras pasar por personal, regreso a mi despacho, el corazón se me sale por la boca. Estoy nerviosa. Muy nerviosa.

Varios compañeros, al verme, corren a saludarme. Todos parecen felices por el reencuentro y yo les agradezco esa deferencia. Cuando me quedo sola, miles de recuerdos llegan a mí. Me siento a mi mesa, pero mis ojos vuelan a mi derecha, al despacho de Eric, de mi loco y sexy señor Zimmerman. Sin querer remediarlo me dirijo a él, abro la puerta y miro a mi alrededor. Todo está como el día que me fui. Paseo mi mano por la mesa que él ha tocado y, cuando entro en el archivo, siento ganas de llorar. Cuántos buenos, bonitos y morbosos momentos he pasado con él aquí.

Cuando escucho ruido en el despacho de al lado presupongo

que ha llegado mi jefe. Con cuidado salgo del archivo por el antiguo despacho de Eric y regreso a mi mesa. Me estiro la chaqueta de mi traje azul, levanto el mentón y decido presentarme. Llamo a la puerta y al entrar con los ojos como platos susurro:

—¡¿Miguel?!

Sin importarme quién nos pueda ver, me acerco a él y lo abrazo. Esa sorpresa sí que no me la esperaba. Mi antiguo compañero, el guaperas de Miguel, ¡es mi jefe! Tras el efusivo abrazo que nos damos, Miguel me mira y en broma dice:

—Ni lo sueñes, preciosa. Yo no tengo líos con mi secretaria.

Eso me hace reír. Me siento en la silla y él se sienta al lado.

—Pero ¿desde cuándo eres el jefe? —pregunto, alucinada.

Miguel, que sigue tan guapo como siempre, responde:

—Desde hace un par de meses.

—¿En serio?

—Sí, preciosa. Tras echar a la jefa y, a los dos días, a su tonta hermana, tiraron de mí porque era el único que conocía el funcionamiento de este departamento. Y cuando vi que los tenía agarrados por los huevillos, les pedí el puesto y, por lo visto, el señor Zimmerman accedió.

Eso me sorprende. Eric nunca me lo comentó. Pero feliz por Miguel, murmuro:

—Dios, Miguel, no sabes cuánto me alegro. Estoy muy feliz por ti.

Mi amigo me mira y, tras pasar su mano por mi cara, susurra:

—No puedo decir lo mismo yo de ti. Sé que te marchaste a vivir a Múnich con Zimmerman. —Eso me vuelve a sorprender. No tiene por qué saberlo nadie, y me aclara—: Tranquila. Me encontré un día con tu hermana y me lo comentó. Nadie lo sabe. Pero ¿qué ha pasado? ¿Qué haces de nuevo aquí?

Consciente de que tengo que dar una explicación, le comunico:

—Hemos roto.

—Lo siento, preciosa —dice con pesar.

Me encojo de hombros.

—No salió bien. El señor Zimmerman y yo somos demasiado diferentes.

Miguel me mira y, ante lo que he dicho, opina:

—Diferentes son. Eso que ni qué. Pero ya sabes que los polos opuestos se atraen.

Eso me hace reír. Es lo mismo que dijo mi padre.

Diez minutos después estamos en la cafetería. Miguel ha avisado a mis locos amigos Raúl y Paco de mi regreso, y los cuatro, como hacíamos meses atrás, hablamos y nos contamos confidencias.

Pasamos un buen rato en la cafetería, donde nos ponemos al día. Cuando ya estoy en el despacho de Miguel y éste me está entregando unos documentos, suenan unos golpecitos en la puerta. Miguel y yo miramos, y un mensajero con gorra roja pregunta:

—Por favor, ¿la señorita Judith Flores?

Asiento y me quedo parada cuando me entrega un ramo de flores multicolores. Sonrío. Miro a Miguel, y éste dice, levantando los brazos:

—Yo no he sido.

Cuando abro la tarjetita, el corazón me da un vuelco al leer:

Estimada señorita Flores:
Bienvenida a la empresa.
Eric Zimmerman

Cierro los ojos. Miguel se acerca a mí y tras leer por encima de mi hombro la tarjetita dice:

—¡Vaya con el jefazo! Para haber roto con él, qué informado está de tu regreso.

Mi estómago se contrae. El corazón me palpita enloquecido. ¿Qué hace Eric?

41

Los días pasan y me sumerjo en el trabajo. Trabajar junto a Miguel es una delicia. Más que a una secretaria me trata como a una compañera. Por las tardes necesito salir de casa. Doy paseos y en ocasiones me agobia ver a tanta gente. Echo de menos esos paseos en la nieve por la urbanización solitaria llena de árboles de Múnich.

Uno de aquellos días mi jefe, a la hora de la comida, me dice:

—Te invito a comer. Quiero enseñarte algo que estoy seguro que te va a encantar.

Nos subimos a su coche y nos estacionamos por el centro de Madrid. Agarrada de su brazo camino por la calle mientras vamos charlando cuando veo que entramos en un *burger* algo costroso. Divertida, lo miro y digo:

—Serás rata.

—¿Por qué? —pregunta divertido.

—¿De verdad que me vas a invitar a comer una hamburguesa?

Miguel asiente, me mira con una extraña sonrisa, y dice:

—Claro. Siempre te han gustado, ¿no?

Me encojo de hombros y finalmente musito:

—Pues también tienes razón. Pero hoy, como invitas tú, la quiero doble de queso y doble de papas.

Asiente y nos ponemos en la fila. Estamos charlando, y cuando nos toca pedir, me quedo sin palabras al ver a la persona que nos va a tomar el pedido.

Ante mí está mi ex jefa. Aquella idiota de pelo lustroso que me hacía la vida imposible en Müller. Ahora es la encargada de aquel *burger*. Mi cara de asombro es tal que ella, molesta, dice:

—Si no saben lo que van a pedir, por favor, dejen pasar al siguiente cliente.

Tras reponerme de la impresión, Miguel y yo hacemos nuestro pedido, y cuando nos marchamos con las bandejas a la mesa, entre risas, él comenta:

—Anda, tira la hamburguesa y vayamos a comer otra cosa. Esa tía es tan mala que es capaz de habernos escupido o echado matarratas en la comida.

Horrorizada ante tal posibilidad le hago caso y entre risas salimos de ese lugar. La vida en ocasiones es justa y a ella la vida le está dando una buena lección.

Mis días se estructuran en trabajo, paseos y noches pensando en Eric. No he vuelto a saber nada más de él. Ya ha pasado un mes desde mi regreso a España y cada día me siento más lejos de él, aunque cuando me masturbo con el vibrador que él me regaló lo siento a mi lado.

Vuelvo a salir con los amigos de siempre y disfruto de los bocadillos de calamares de la plaza Mayor con ellos. Pero cuando nos vamos de juerga, me descontrolo. Bebo más de la cuenta y sé que lo hago para olvidar. Lo necesito.

De momento, ningún hombre llama mi atención. Ninguno me prende. Y cuando alguno lo intenta, directamente lo corto. Yo elijo, y no estoy en el mercado de la carne.

Un domingo por la mañana, tras una buena juerga la noche anterior, suena la puerta de mi casa. Me levanto. El timbre vuelve a sonar. Mi hermana no es, o ella misma habría abierto la puerta. Cuando miro por la mirilla tengo que pestañear al ver quién es. Abro la puerta y murmuro:

—¡¿Björn?!

El hombre me mira y soltando una carcajada dice:

—¡Madre mía, Jud, menuda juerga te debiste de pegar anoche!

Abro los brazos, él da un paso adelante y nos fundimos en un sano y cariñoso abrazo. Pasados unos segundos musita:

—Vamos, date una ducha. Necesitas ser persona.

Corro al baño, y cuando me miro en el espejo, hasta yo misma me asusto. Soy como la bruja Lola pero en moreno. El agua me reactiva la vida y la circulación de la sangre. Cuando acabo y regreso al salón vestida con mis clásicos jeans, una camisa y una coleta alta, dice:

—Preciosa. Así estás mil veces más tentadora.

Ambos nos reímos. Lo invito a sentarse en mi sofá y mirándolo pregunto:

—¿Qué haces aquí?

Björn me retira un pelo de la cara, lo pone tras la oreja y responde:

—No, preciosa. La pregunta es: ¿qué haces tú aquí?

No lo entiendo. Pestañeo.

—Debes regresar a Múnich.

—¡¿Cómo?!

—Lo que oyes. Eric te necesita y te necesita ¡ya!

Me acomodo en el sillón. Me muevo y aclaro.

—No se me ha perdido nada en Múnich, Björn. Tú mismo viste que entre él y yo, tras lo que pasó esa noche, nada funcionaba. Viste que...

—Lo que vi es que me besaste para enfurecerlo. Eso es lo que vi.

—¡Maldición, Björn! No me lo recuerdes.

—¿Tan terrible fue? —se ríe. Y cuando voy a responder, suelta una carcajada y pregunta—: Pero bueno, cielo, ¿cómo se te ocurrió hacer eso?

Cada vez más descolocada frunzo el ceño y murmuro:

—Te besé porque Eric necesitaba un último toque para echarme de su vida. Me lo acababa de decir segundos antes y yo sólo le facilite el momento. Cuando tú llegaste, lo siento, pero te vi y tuve que hacerlo. Te besé para que él diera el último paso y me echara.

—Pero ¿él te dijo que te marcharas?

Lo pienso, lo pienso y, finalmente, respondo:

—Sí.

—No —corrige él—. Tú eras la que gritaba que te marchabas, y él al final fue quien te dijo que si te querías marchar que te marcharas. Pero fuiste tú, querida Judith.

—No..., pero...

—Exacto. ¡No! Él no fue.

La sangre se me agolpa. No quiero hablar de eso y, antes de que Björn diga nada más, me levanto del sofá.

—Mira, chato, si has venido aquí para volverme loca hablando del imbécil de tu amigo, sal ahora mismo por esa puerta, ¿entendido?

Björn sonríe y cuchichea:

—¡Guau!..., tiene razón Eric, ¡qué carácter!

Cierro los ojos. Resoplo. Me rasco el cuello y él dice:

—No te rasques, mujer, que no es bueno para tus ronchones.

Lo miro y él pone los ojos en blanco.

—Sí, preciosa. Eric me tiene loco. No para de hablar de ti y ya no lo soporto más. Conozco tus ronchones. Tus enfados. Sé que adoras las trufas. Los chicles de fresa. Por favor, ¡ya no puedo más!

Eso me hace aletear el corazón, pero sin querer creer nada, musito:

—Él me dijo que iba a retomar sus juegos. Me lo dijo antes de marcharme.

—¿Te dijo eso?

—Sí.

Björn sonríe y murmura:

—Pues que yo sepa, preciosa, no lo he visto en ninguna fiestecita. Es más, he llegado a pensar que se va a meter de monje.

Eso me hace callar, y mirándome, aclara:

—Ese tonto y cabezón amigo mío te iba a pedir, la noche en la que tú te pusiste hecha una furia, que te casaras con él.

—¡¿Qué?!

—Pero vamos a ver, Judith —insiste Björn—, ¿por qué te crees que llegaba yo con una botellita de champán en las manos? Lo que pasa es que o se explica muy mal, o tú no lo quisiste escuchar.

Pestañeo. Muevo la cabeza. ¿Boda?

¿Eric me iba a pedir que me casara con él?

Definitivamente, está loco, ¡loco! Y cuando voy a decir algo, Björn prosigue:

—Cuando ocurrió lo de Betta y se enteró de todo lo demás se enfadó muchísimo. Su madre y su hermana tuvieron una buena bronca con él. Le aclararon que todo lo ocurrido no era culpa tuya ni de nadie. En todo caso era culpa suya por ser como es. Él no se enfadó contigo, cariño, se enfadó consigo mismo. No podía entender que fuera tan obtuso como para que todos le tuvieran que mentir y ocultar cosas. —Pestañeo, casi no respiro, y Björn prosigue—: Cuando vino a mi casa y me lo contó, yo le dije lo que siempre le he dicho. Su manera de decir las cosas, tan tajante, hace que la gente se intimide y no cuente nada. Le ha costado entenderlo, pero lo ha entendido. Durante días lo pensó, por eso no te hablaba, y cuando se dio cuenta de ello quiso remediarlo pero todo se fue a la mierda. Tú me besaste. Él se bloqueó, y tú te marchaste.

Björn me mira, y yo, todavía patidifusa, lo miro a su vez. Chasquea los dedos delante de mí y pregunta:

—¿Sigues aquí?

Asiento y continúa:

—El caso, preciosa, es que él ha dicho que tú te marchaste y tú has de regresar. Es tan orgulloso que a pesar de saber que lo hizo mal, es incapaz de pedirte que regreses aunque se esté muriendo. Por lo tanto, cielo, si lo quieres, da tú el paso. Te lo agradeceremos todos los que vivimos a su alrededor.

Lo pienso, lo pienso, lo pienso y, finalmente, respondo:

—No voy a hacerlo, Björn.

Éste resopla, se levanta y pregunta:

—Pero ¿cómo pueden ser tan cabezones los dos?

—Con práctica —respondo al recordar esa contestación que Eric una vez me dio.

—Se quieren. Se echan de menos. ¿Por qué no lo solucionan? La primera vez se separaron porque él te echó. En esta segunda ocasión es porque tú te has ido. Uno de los dos ha de ceder esta tercera vez, ¿no?

Me levanto y, aturdida por lo que he oído, digo:

—Necesito salir de aquí. Vamos, te invito a tomar algo.

Esa noche Björn y yo salimos por Madrid. Hablamos y hablamos. En ningún momento intenta propasarse conmigo y se comporta como un auténtico caballero y mejor amigo de Eric. Tras dejarme en mi casa a las nueve se marcha. Debe tomar un vuelo que lo lleve a Múnich.

Al día siguiente en la oficina estoy escribiendo un *e-mail* cuando el hombre que me tiene enloquecida pasa por delante de mí como un huracán y, sin pararse, dice, dando un golpe en mi mesa:

—Señorita Flores, pase a mi despacho.

El corazón se me sube a la garganta. ¿Eric allí?

No me puedo levantar.

Las piernas me tiemblan.

Hiperventilo.

Tres minutos después el teléfono suena. Una llamada interna. Lo contesto.

—Señorita Flores, la estoy esperando —insiste Eric.

Como puedo me levanto. Llevo sin verlo demasiados días y de pronto está allí, a menos de cinco metros de mí y requiere mi presencia. Me pica el cuello. Cierro los ojos, tomo aire y entro en el despacho. El impacto al verlo me deja sin aliento. Se ha dejado crecer la barba.

—Cierra la puerta.

Su tono de voz es bajo e intimidador. Hago lo que me pide y lo miro.

Me mira, me mira y me mira, y de pronto dice:

—¿Qué hacías anoche con Björn por Madrid?

Pestañeo. Tanto tiempo sin vernos, ¿y me pregunta eso? ¡Será...!

Cuando consigo despegar unos dientes de otros, respondo:

—Señor, yo...

—Eric..., soy Eric, Judith, déjate de llamarme «señor».

Está furioso, tremendamente furioso, y su mala leche comienza a hacerme reaccionar. Su mirada es fría, pero ahora que sé lo que Björn me ha contado, juego con una bola a mi favor y respondo:

—Mira, no voy a mentirte. ¡Se acabaron las mentiras! Björn es un amigo, ¿por qué no voy a salir con él por Madrid o por donde me dé la gana?

Mi respuesta no lo satisface y pregunta entre dientes:

—¿En Múnich has salido alguna vez con él sin yo saberlo?

Abro la boca, sorprendida, y cuchicheo mientras muevo la cabeza:

—¡Serás imbécil...!

Eric pone los ojos en blanco, mueve la cabeza también y sisea:

—No comiences, Judith.

—Perdona. Pero no comiences tú —digo, dando un golpe con la mano en la mesa—. Pero ¿qué tonterías me estás preguntando? Björn es el mejor amigo que puedes tener y tú me preguntas tonterías. Mira, chato, ¿sabes lo que te digo? Lo veré siempre que me dé la gana.

—¿Juegas con él, Judith?

Otra pregunta sorpresa. Al final, le doy. ¿Cómo puede pensar eso? Y malhumorada, se me ocurre responder con orgullo:

—Simplemente hago lo que tú haces. Ni más. Ni menos.

Silencio. Tensión. De nuevo, Alemania contra España. Al final asiente y tras mirarme de arriba abajo sisea:

—De acuerdo.

Nos miramos. Nos retamos. Estoy por gritarle que él me ha ocultado lo de mi hermana, pero al final y sin saber por qué voy y digo:

—El próximo fin de semana voy a Múnich.

Eric se levanta de la silla y, apoyándose en la mesa con los ojos fuera de sus órbitas, pregunta:

—¿Vas a ir a la fiesta de Björn?

No sé de qué fiesta habla. Björn no me ha dicho nada ni conoce mi viaje. Yo he quedado con Marta en Múnich, para ver a Flyn y a todos los que quiero, pero apoyándome en la mesa, contesto lenta y retadoramente:

—Y a ti ¿qué te importa?

Suena el teléfono. ¡Mi salvación! Con rapidez lo contesto.

—Buenos días. Le atiende Judith Flores. ¿En qué puedo ayudarle?

—Cuchufleta, ¿cómo estás, cariño?

¡Mi hermana!

Sin dejar de mirar a Eric, respondo:

—¡Hola, Pablo!

—¡¿Pablo?! Pero Cuchuuuuuuu, que soy yo, Raquel.

—Lo sé, Pablo..., lo sé. Vale. Si quieres cenamos. ¿En tu casa? ¡Genial!

Mi hermana no entiende nada, y antes de que diga nada más, añado:

—Luego, te llamo. Ahora estoy hablando con mi jefe. Hasta dentro de un rato.

Cuando cuelgo, la mirada de Eric es siniestra. No sabe quién es ese Pablo y lo desconcierta. Divertida porque sé lo que piensa, añado:

—¿Qué pasa? ¿quien te informa de mi vida no te ha hablado de Pablo? —Y echándome para adelante en la mesa, siseo ante su cara—: Pues te tienen muy mal informado. Björn es un amigo, algo que desde luego Pablo no es.

Sin más, me doy la vuelta y salgo del despacho. Me tiembla todo. Qué manera de complicarlo.

Sé que no me quita ojo, por lo que agarro mi bolso y me voy de allí como alma que lleva el diablo. Cuando llego a la cafetería, pido una coca-cola con mucho hielo. Estoy sedienta a la par que furiosa e histérica.

¿Qué narices estoy haciendo? Y sobre todo, ¿qué narices está haciendo él?

Abro el teléfono, llamo a Björn.

—Tu amiguito Eric está aquí. Ha venido hecho una furia a preguntarme qué hacíamos tú y yo ayer por Madrid.

—¿Que está en Madrid?

En ese momento, Eric entra en la cafetería y me mira. Se sienta en el otro extremo de la barra y yo sigo hablando por teléfono.

—Sí. Ahora lo tengo justo enfrente de mí.

—¡Maldición con Eric! —ríe Björn—. Bueno, preciosa, pues ya sabes lo que te dije. Él te necesita. Si realmente lo quieres, no se lo pongas difícil y vuelve con él. Sólo está esperando a que tú des el primer paso. Sé dulce y buena.

Sonrío y me desespero. ¿Dulce y buena? Más que dar un paso lo que he hecho ha sido declararle la guerra. Desesperada por encontrarme en la encrucijada más loca de mi vida murmuro tras ver que Eric me observa:

—El fin de semana que viene tengo pensado ir a Múnich. Se lo he comentado y él ha creído que voy a ir contigo a no sé qué fiesta.

—¡Guau!, preciosa. Eso le habrá enfurecido —se ríe.

Tras hablar sobre mi visita a Múnich con Björn me despido de él y cierro el móvil. Me bebo la coca-cola. La pago y salgo de la cafetería. Cuando regreso al despacho, a los dos minutos aparece Eric. Entra en su despacho y me mira, me mira y me mira.

Dios, cómo me excita cuando me mira así.

Soy una puñetera masoquista, pero esa frialdad en su mirada fue la que me enamoró de él.

Como puedo, me concentro en mi trabajo. No doy pie con bola. Sé lo que necesito. Necesito besarlo para desbloquearme. Anhelo su boca, su contacto, y como sé cómo conseguirlo, me levanto, entro al despacho de Miguel, que no está, y de allí paso al archivo.

He imaginado bien. Eric no tarda en llegar, y antes de que me dé tiempo a respirar ya está detrás de mí. No me toca. Sólo está cerca de mí. Hago que no me he dado cuenta de su presencia y me doy la vuelta. Me choco contra él. ¡Oh, Dios!, su olor me encanta. Lo miro, me mira y pregunto:

—¿Quiere algo, señor Zimmerman?

Su boca va directa a la mía.

No se detiene en chuparme los labios.

Directamente mete su lengua en mi boca y me besa. Me devora con ansia. Su barba y su bigote me hacen cosquillas en la nariz y en la cara, pero cuando sus manos me agarran la cabeza para profundizar el beso, simplemente me dejo hacer. Lo necesito. Lo disfruto. Mientras me besa con ardor y exigencia, mi cuerpo se recarga de fuerza y, cuando finaliza, lo miro y, sin limpiarme los labios, murmuro:

—Recuerde, señor, mi boca ya no es sólo suya.

Una vez que digo eso, le empujo contra los archivos y salgo pletórica por haber conseguido mi beso. Pero después me arrepiento. ¿Qué estoy haciendo? Él necesita que yo dé el paso, pero mi orgullo no lo ha consentido. El resto del día no vuelve a acercarse a mí. Eso sí, no deja de mirarme. Me desea. Lo sé. Me desea tanto como yo lo deseo a él.

42

Al día siguiente, Eric no aparece por la oficina. Llamo a Björn y me indica que está en Múnich. Me tranquiliza saberlo. El viernes por la tarde, cuando salgo de la oficina, tomo un vuelo a Alemania. Marta me va a buscar, y aunque se enfada, insisto en que quiero ir a un hotel a dormir. Si Eric y yo nos arreglamos quiero tener dónde llevarlo. El sábado por la mañana quedo con Frida. Me cuenta que Björn prepara una fiesta en su casa esa noche, y Eric cree que yo voy a aparecer. Niego con la cabeza. No pienso ir. No quiero jugar sin él.

Por la tarde, voy a casa de Sonia. La mujer me abraza con cariño y se emociona al verme. Cuando menos me lo espero aparece Simona, que al saber que había viajado a Múnich decide ir a visitarme. Cuando me ve, me abraza con cariño y, entre risas, me cuenta cómo va «Locura esmeralda». Pero uno de los mejores momentos es cuando aparece Flyn. No sabe que yo estoy allí y, cuando me ve, corre a mis brazos. Me ha echado de menos. Tras varios apapachos y besos, me enseña su brazo. Está totalmente recuperado y me cuchichea que Laura y él ahora se hablan. Ambos nos reímos, y Sonia disfruta de las risas de su nieto.

Después de comer, cuando estamos Flyn y yo jugando con el Wii, aparece Eric. Su gesto al verme es frío. Se ha afeitado y vuelve a estar tan guapo como siempre. Se acerca a mí, y cuando me da dos besos y su mejilla toca la mía, tiemblo. Cierro los ojos y disfruto de ese delicado roce entre los dos. Marta y Sonia, varios minutos después, se llevan a Flyn a la cocina. Desean dejarnos solos. En cuanto nadie está a nuestro alrededor, Eric pregunta:

—¿Has venido a la fiestecita de Björn?

No contesto. Simplemente lo miro y sonrío.

Eric maldice, y sin darme tiempo a nada más se marcha. No me da la oportunidad de hablar. Me enfado conmigo misma. ¿Por qué he sonreído? Con tristeza, a través de los cristales veo que ha venido en su BMW gris. Lo veo marcharse. Suspiro. Marta al verme me agarra de los hombros y murmura:

—Este hermano mío, como siga así, se va a volver loco.

Yo también me voy a volver loca..., pienso. Al final, vuelvo a jugar con Flyn ante el gesto triste de Sonia. A las siete, vamos al hotel. Me cambio de ropa y, a diferencia de lo que piensa Eric, me voy de fiesta con Marta. No quiero jugar con nadie que no sea él. No puedo. Nos vamos al Guantanamera. Aquí están esperándonos Arthur, Anita, Reinaldo y varios amigos.

Nada más entrar exijo ¡mojitos! para olvidarme de Eric y, tras varios, ya sonrío mientras bailo salsa con Reinaldo. Esas personas que han sido mis amigas todos esos meses en Alemania me reciben con cariño, abrazos y mucho amor.

A las once de la noche recibo un mensaje de Frida: «Eric está aquí».

Me inquieto. Se me corta el rollo.

Saber que Eric está en una fiestecita privada sin mí me altera. ¿Jugará con otras mujeres? A las once y media, me llama. Miro el móvil, pero no lo contesto. No puedo. No sé qué decirle. Tras varias llamadas de él que no contesto, a las doce es Frida quien lo hace. Corro a los baños para escucharla.

—¿Qué ocurre?

—¡Aisss, Judith! Eric está muy enojado.

—¿Por qué? ¿Por qué yo no esté en la fiestecita?

Frida ríe.

—Está enojado porque no sabe dónde estás. ¡Madre mía!, la que se ha liado, Judith. Eso de saber que estás en Múnich y no tenerte controlada lo está matando. Pobrecito.

—Frida, ¿Eric ha participado en algún juego?

—Pues no, cariño. No tiene cuerpo para eso, aunque ha venido acompañado.

Eso me enerva. ¡¿Acompañado?! Saber eso me enoja mucho. Entonces, Frida dice:

—¿Por qué no vienes? Seguro que si te ve...

—No..., no... voy a ir.

—Pero Judith, ¿no quedamos en que se lo ibas a poner fácil? Cariño, me confesaste que lo querías, y ambas sabemos que él te quiere y...

—Sé lo que dije —gruño, furiosa, por saber que ha ido acompañado—. Y por favor, no le digas dónde estoy.

—Judith, no seas así...

—Prométemelo, Frida. Prométeme que no le vas a decir nada.

Tras conseguir una promesa de la buena de Frida, cuelgo. El teléfono vuelve a sonar. ¡Eric! No lo contesto. Cuando regreso a la pista, Marta, ajena a todo eso, me entrega otro mojito, e intentando ser feliz, grito, dispuesta a pasarlo bien:

—¡Azúcar!

Llego al hotel sobre las siete de la mañana. Estoy destrozada y caigo muerta en la cama. Cuando me despierto son las dos de la tarde. La cabeza me da vueltas. La noche anterior bebí demasiado. Miro mi teléfono. Está sin batería. Saco de mi maleta el cable y lo conecto a la corriente. Cuando comienza a cargar, pita. Eric. Decido contestarle.

—¿Dónde estás? —grita.

Estoy por mandarlo paseo, pero respondo:

—En este momento, en la cama. ¿Qué quieres?

Silencio. Silencio. Silencio. Hasta que finalmente pregunta:

—¿Sola?

Miro a mi alrededor y, revolcándome en la enorme cama, murmuro:

—Y a ti ¿qué te importa, Eric?

Resopla. Maldice. Y gruñe.

—Jud, ¿con quién estás?

Me siento en la cama y, retirándome el pelo de la cara, respondo:

—Vamos a ver, Eric, ¿qué quieres?

—Dijiste que ibas a ir a la fiesta de Björn y no fuiste.

—Yo no dije eso —siseo—. Te equivocas. Yo dije que iba a ir a una fiesta, pero no precisamente a la de Björn. Te dejé claro que él para mí es sólo un buen amigo.

Silencio. Ninguno habla, y Eric murmura:

—Quiero verte, por favor.

Eso me gusta. El que me pida algo así puede conmigo, y claudico.

—A las cuatro en el Jardín Inglés, al lado del puesto donde compramos los dulces el día en que fuimos con Flyn, ¿vale?

—De acuerdo.

Cuando cuelgo, sonrío. Tengo una cita con él. Me ducho. Me pongo una falda larga, una camiseta y el abrigo de cuero. Cojo un taxi, y cuando llego, lo veo esperándome. El corazón me palpita con fuerza. Si me abraza y me pide que vuelva con él, no voy a poder decirle que no. Lo quiero demasiado a pesar de lo enfadada que estoy con él por no haberme contado lo de mi hermana y saber que acudió acompañado a la fiesta. Cuando llego a su altura, lo miro y, dispuesta a ponérselo fácil, digo:

—Aquí me tienes. ¿Qué quieres?

—Tienes cara de haber descansado poco.

Divertida por aquella observación, lo miro y respondo:

—Tú tampoco tienes muy buen aspecto.

—¿Dónde estuviste anoche, y con quién?

—Pero ¿otra vez estamos con eso?

—Jud...

¡Dios!, ¡Dios!, me ha llamado Jud...

—Vale..., contestaré a tu pregunta cuando tú me digas quién era la mujer que anoche te acompañó a la fiestecita de Björn.

Mi pregunta le sorprende y no contesta. Mi enfado sube de tono, e, intentando manejar la misma frialdad en la mirada que él, aclaro:

—Mi avión sale a las siete y media. Por lo tanto, date prisita en lo que quieras hablar conmigo, que tengo que pasar por el hotel, agarrar la maleta y tomar mi vuelo.

Maldice. Me mira, ofuscado.

—¿No me vas a contar con quién estuviste anoche?

—¿Has respondido tú a mi pregunta? —No responde; sólo me mira y siseo—: Quiero que sepas que sé que me mentiste.

—¿Cómo? —pregunta, descolocado.

—Me ocultaste la separación de mi hermana y luego tuviste la poca vergüenza de enfadarte conmigo porque yo te escondía cosas de tu familia.

—No es lo mismo —se defiende.

Con frialdad, esa frialdad que él me ha enseñado, lo miro y siseo:

—Eres un embustero, un ser frío y deplorable que no ve la viga en su ojo. Sólo ve la paja en el ojo ajeno. Y en respuesta a con quién he pasado la noche, sólo te diré que soy libre para pasar la noche con quien quiera, como lo eres tú. ¿Te vale mi contestación?

Me mira, me mira, me mira, y finalmente, se levanta y dice:

—Adiós, Judith.

Se va. ¡Se marcha!

Mi cara de estupefacción es tremenda. Se marcha dejándome sola en medio del Jardín Inglés.

Con la adrenalina por los aires, observo cómo se aleja. Él nunca dará su brazo a torcer. Es demasiado orgulloso, y yo también. Al final me levanto, tomo un taxi, voy al hotel, recojo mi maleta y me voy al aeropuerto. Cuando el avión despega, cierro los ojos y murmuro:

—¡Maldito cabezón!

43

Diez días después hay una convención de Müller en Múnich a la que tengo que asistir. Intento escaparme, pero Gerardo y Miguel no me lo permiten, e intuyo que el señor Zimmerman tiene algo que ver en ello. Cuando mi avión llega aquí los recuerdos me avasallan. De nuevo estoy en esta majestuosa ciudad. Acompañada por Miguel y varios jefazos más de todas las delegaciones de España llegamos hasta el lugar donde se organiza la convención a las once de la mañana. Una vez allí me siento junto a Miguel y la convención empieza. Busco a Eric entre la multitud de asistentes y lo localizo. Está en la primera fila, y el corazón se me encoge cuando lo veo junto a Amanda. ¡Bruja!

Como siempre parecen muy compenetrados y, cuando Eric sube al estrado para hablar delante de más de tres mil personas llegadas de todas las delegaciones, lo miro con orgullo. Escucho todo lo que dice y soy consciente de lo guapo, guapísimo que está con aquel traje gris oscuro. Cuando su discurso acaba y Amanda sube al estrado junto a él, me tenso. Eric la ha tomada por la cintura, y ella, encantada, saluda con gesto de triunfo.

Miguel me mira. Yo trago con dificultad, pero intento sonreír. Tras el acto, unos meseros comienzan a pasar copas de champán y canapés. Parada entre mis compañeros españoles, estoy al tanto de todo. Eric se acerca, junto Amanda. Ambos saludan a todos los asistentes y deseo salir corriendo cuando lo veo llegar hasta mi grupo. Con una encantadora, pero fría, sonrisa, nos mira a todos. No me presta ninguna atención especial, y cuando me saluda ni siquiera posa sus ojos en los míos. Me da la mano como a uno más y después se marcha para seguir saludando al resto de los comensales. Amanda cruza una mirada conmigo y veo la burla en sus ojos. ¡Será perra!

Mientras saludan a otros, observo cómo Eric vuelve a agarrar a Amanda por la cintura y se hace fotos. En ningún momento hace ademán de mirarme. Nada, absolutamente nada. Es como si nunca nos hubiéramos conocido. Sin pestañear observo cómo se hace fotos con otras mujeres, y la carne se me pone de gallina cuando veo que Eric dice algo a una mirándole los labios. Lo conozco. Sé lo que significa esa mirada y a lo que conllevará. Me pica el cuello. ¡Los ronchones! ¡Oh, no! Los celos pueden conmigo, ¡no puedo soportarlo!

Cuando ya no aguanto más, busco una salida. Tengo que salir de allí como sea. Cuando llego hasta una de las puertas, alguien me toma la mano. Me doy la vuelta con el corazón acelerado y veo que es Miguel. Por un instante, he pensado que sería Eric.

—¿Dónde vas?

—Necesito un poco de aire. Hace mucho calor ahí dentro.

—Te acompaño —dice Miguel.

Cuando encontramos por fin una salida, Miguel saca una cajetilla de tabaco y le pido uno. Necesito fumar. Tras las primeras caladas mi cuerpo se comienza a tranquilizar. La frialdad de Eric, unida a Amanda y a cómo ha mirado a otras mujeres, ha sido demasiado para mí.

—¿Estás bien, Judith? —pregunta Miguel.

Asiento. Sonrío. Intento ser la chispeante chica de siempre.

—Sí, es sólo que hacía mucho calor.

Miguel asiente. Sé que imaginará cosas, pero no quiero hablarlo con él. Tras el cigarrillo, soy yo la que propongo entrar de nuevo. Debo ser fuerte y se lo tengo que demostrar a él, a Amanda, a Miguel y a todo el mundo.

Con paso seguro, regreso hasta el grupo de España e intento integrarme en las conversaciones, pero no puedo. Cada vez que me doy la vuelta, Eric está cerca, halagando a alguna mujer. Todas quieren fotos con él; todas, menos yo.

Dos horas después, cuando estoy en uno de los baños, oigo cómo una de esas mujeres dice que el jefazo Eric Zimmerman le ha dicho que es muy mona. ¡Será boba la tipa! Sin poder evitarlo, la miro. Es un huracán tremendo. Una italiana de enormes pechos, curvas sinuosas y pelo cobrizo. Se muestra nerviosa y lo entiendo. Que Eric te diga algo así mirándote es para ponerte nerviosa.

Cuando salgo del baño me cruzo con Amanda. Me mira. La muy arpía me mira y me guiña un ojo con diversión. Siento unas irrefrenables ganas de agarrarla de su rubio pelo y arrastrarla por el suelo, pero no. No debo. Estoy en una convención; tengo que ser profesional y, sobre todo, le prometí a mi padre que no me volvería a comportar como una cualquiera.

Al llegar a mi grupo me sorprendo cuando veo que Eric habla con ellos. Junto a él hay una monada morena de la delegación de Sevilla que babea mientras habla. Eric, consciente del magnetismo que provoca entre las mujeres, bromea con ella, y ésta, como una tonta, se toca el pelo y se mueve nerviosa. Cierro los ojos. No quiero verlos. Pero al abrirlos me encuentro con la mirada de Eric, que dice:

—La señorita Flores los llevará hasta donde he organizado la fiesta. Ella conoce Múnich. —Yo levanto el mentón, y Eric añade, entregándome una tarjeta—. Los espero a todos allí.

Dicho esto, se marcha. Yo pestañeo.

Todos me miran y comienzan a preguntarme cómo llegar hasta el sitio que el jefazo ha dicho. Miro la tarjeta, y tras recordar dónde está esa sala de fiestas, nos dirigimos hacia el autobús que nos llevará al hotel, hasta que llegue la noche y sea el evento.

Cuando el autobús nos deja en el hotel, aprovecho para darme una ducha. Estoy muy tensa. No quiero ir a esa fiesta, pero he de hacerlo. No me puedo escapar. Eric ya se ha encargado de que no me escape. Tras secarme el pelo, oigo unos golpes y unos jadeos. Escucho con atención y al final sonrío. La habitación de al lado es la de Miguel, y por lo que oigo, lo está pasando muy bien.

Doy unos golpes en la pared y los jadeos paran. ¡No quiero escucharlos!

Me cambio el traje gris claro y me pongo un vestido negro con *strass* en la cintura. Me calzo unos tacones que sé que me sientan muy bien, y el pelo me lo recojo en un moño alto. Cuando me miro al espejo, sonrío. Sé que estoy sexy. Con seguridad, Eric no me mirará, pero mi apariencia hará que otros hombres me observen.

Al menos que me suban la moral, ¿no?

A las nueve, tras cenar en el hotel, nos reunimos todos en el hall. Como es de esperar todos buscan en mí a la persona que los llevará hasta donde el jefazo ha dicho. Tras hablar con el conductor del autobús, nos sumergimos en el tráfico de Múnich, y sonrío al pasar junto al Jardín Inglés. Con cariño miro los lugares por donde paseé con Eric y fui feliz durante una bonita época de mi vida, pero el buen rollo se me acaba cuando el autobús llega al destino y nos tenemos que bajar.

Entramos en el local. Es enorme, y como era de esperar, el señor Zimmerman ha preparado una colosal fiesta. Todos aplauden. Miguel me mira y, divertida, murmuro:

—Oye, he estado a punto de sacar un pañuelito blanco y gritarte «torero».

Él se ríe y señala a una joven.

—¡Dios, nena!, ni te cuento cómo es el huracán Patricia.

Ambos nos reímos y, en ese momento, escucho a mi lado:

—Buenas noches.

Al levantar la mirada me encuentro con Eric. Está guapísimo con su esmoquin negro y su pajarita. ¡Oh, Dios!, siempre he querido hacerle el amor sólo vestido con la pajarita. ¡Qué morbo! Rápidamente me quito esa idea de la cabeza. ¿Qué hago pensando en eso? Nuestros ojos se encuentran, y su frialdad es extrema. El corazón me aletea. El estómago se me contrae hasta que veo que quien va a su lado es la pelirroja italiana del baño. ¡Vaya por Dios!

Sin cambiar el gesto, saludo, y él prosigue su camino con ella. No quiero que vea que su presencia me perjudica, pero la verdad es que me deja totalmente noqueada. Está claro que Eric ya ha retomado su vida y lo tengo que aceptar.

Del brazo de Miguel, me dirijo a la barra y pedimos algo de beber. Estoy sedienta. Durante una hora, Miguel está a mi lado. Reímos y comentamos cosas, hasta que la música comienza. Han contratado a una banda de música *swing*. ¡Me encanta! La gente comienza a bailar, y Miguel decide sacar al huracán Patricia.

Me quedo sola, y mientras bebo de mi copa, escaneo el local. No he vuelto a ver a Eric, pero pronto lo encuentro bailando con la italiana. Eso me inquieta. Canción tras canción, soy testigo de cómo todas las mujeres quieren bailar con él, y él, encantado, acepta.

¿Desde cuándo es tan bailón?

Se supone que la loca bailona soy yo y, aquí estoy, sujetando la barra. ¡Mierda! Pero cuando lo veo bailar con Amanda me altero. Soy así de imbécil. No puedo soportar la mirada de ella y cómo lo agarra con posesión por el cuello mientras mueve un dedo y le acaricia el pelo.

Me doy la vuelta. No puedo seguir mirando. Voy al baño, me refresco y regreso a la fiesta.

Al salir, me encuentro con Xavi Dumas, el de la delegación de Barcelona, y me invita a bailar. Accedo. Después, me invitan varios hombres más, y mi autoestima vuelve a estar donde yo necesitaba. De pronto, Eric está a mi lado y le pide a mi acompañante permiso para bailar conmigo. Mi acompañante accede, encantado. Yo, no tanto. Cuando él pone su mano en mi cintura y yo pongo mis brazos en su cuello, la orquesta toca *Blue moon*. Trago saliva y bailo. Desde su altura, me mira y, finalmente, dice:

—¿Lo está pasando bien, señorita Flores?

—Sí, señor —asiento escuetamente.

Sus manos en mi espalda me queman. Mi cuerpo reacciona ante su contacto, su cercanía y su olor.

—¿Qué tal le va la vida? —vuelve a preguntar en tono impersonal.

—Bien —consigo decir—, con mucho trabajo. ¿Y a usted?

Eric sonríe, pero su sonrisa me asusta cuando acerca su boca a mi oído y murmura:

—Muy bien. He retomado mis juegos y debo reconocer que son mucho mejores de lo que los recordaba. Por cierto, Dexter me dio recuerdos el otro día para usted, para su diosa caliente.

¡Será descarado!

Intento desasirme de su abrazo, pero no me deja. Me aprieta contra él.

—Termine de bailar conmigo esta pieza, señorita Flores. Después, puede usted hacer lo que le dé la gana. Sea profesional.

Me pica todo, pero no me rasco.

Aguanto el tirón ante su adusta mirada, y cuando la canción acaba, me da un frío y galante beso en la mano. Y antes de marcharse, murmura.

—Como siempre, ha sido un placer volver a verla. Espero que le vaya bien.

Su cercanía, sus palabras y su frialdad me han llegado al alma.

Voy a la barra y pido un cubata. Lo necesito. Tras ése me bebo otro e intento ser profesional y fría como él. He tenido el mejor maestro. Ningún Eric Zimmerman va a poder conmigo.

Lo observo, furiosa, mientras él lo pasa bien con las mujeres. Todas caen rendidas a sus pies y soy consciente de con quién se va a ir esa noche. No es con la italiana. Es con Amanda. Sus miradas me lo dicen.

¡Los odio!

A la una de la madrugada decido dar por terminada la fiesta. ¡No puedo más! Miguel se ha ido con su propio huracán sexual y algún que otro tipo ya se está poniendo pesadito conmigo.

Cuando salgo a la calle, respiro. Me siento libre. Veo aparecer un taxi y lo paro. Le doy la dirección y, en silencio, regreso a mi hotel. Subo a mi habitación y me quito los zapatos. Estoy rabiosa. Eric me ha sacado de mis casillas. ¿Qué raro? Escucho jadeos en la habitación de al lado. Miguel y su huracán.

Resoplo. Menuda nochecita que me van a dar.

Me siento en la cama, me tapo los ojos y me pueden las ganas de llorar. ¿Qué narices hago yo aquí? Los jadeos en la habitación de al lado suben de tono. ¡Menudo escándalo! Al final, mosqueada, doy dos golpes en la pared. Los jadeos paran, y yo cabeceo.

Instantes después llaman a mi puerta y me tapo los ojos. ¡Qué aguafiestas soy!

Será Miguel para pedirme perdón. Sonrío y, cuando abro, me encuentro con el gesto ceñudo de Eric. Mi expresión cambia.

—Vaya..., veo que no soy quien esperaba, señorita Flores.

Sin pedir permiso entra en la habitación y yo cierro la puerta. No me muevo. No sé qué hace aquí. Eric se da una vuelta por la estancia y, tras comprobar que estoy sola, me mira y yo pregunto:

—¿Qué quiere, señor?

Iceman me mira, me mira, me mira, y responde con indiferencia:

—No la vi marcharse de la fiesta y quería saber que estaba bien.

Sin acercarme a él, muevo la cabeza; sigo enfadada por lo que me ha dicho en la fiesta.

—Si ha venido usted para ver con quién voy a jugar en el hotel, siento decepcionarlo, pero yo no juego con gente de la empresa ni cuando la gente de la empresa está cerca. Soy discreta. Y en cuanto a estar o no estar bien, no se preocupe, señor, me sé cuidar muy bien yo solita. Por lo tanto, ya se puede marchar.

El que yo haya afirmado que juego en otros momentos lo atiza. Lo veo en su rostro y, antes de que diga nada que me pueda enfadar aún más, siseo:

—Salga de mi habitación ahora mismo, señor Zimmerman.

No se mueve.

—Usted no es nadie para entrar aquí sin ser invitado. Con seguridad lo esperarán en otras habitaciones. Corra, no pierda el tiempo; seguro que Amanda o cualquier otra de sus mujeres desea ser su centro de atención. No pierda el tiempo aquí conmigo y márchese a jugar.

Tensión. Mucha tensión.

Nos miramos como auténticos rivales, y cuando él se acerca a mí, yo me muevo con rapidez. No estoy dispuesta a caer en su juego por mucho que mi cuerpo lo necesite, lo grite.

Lo oigo maldecir y luego, sin mirarme, se dirige hacia la puerta, la abre y se va. Se marcha furioso.

Me quedo sola en la habitación. Mis pulsaciones están a mil. No sé qué quiere Eric. Lo que yo sí sé es que cuando estoy a solas con él no soy la dueña de mi cuerpo.

La noche que regreso de la convención en Múnich decido que debo retomar mi vida. Debo olvidarme de Eric y buscarme otro trabajo. Necesito volver a ser yo o, como siga así, no sé qué va a ser de mí.

Al día siguiente, cuando llego a la oficina, hablo con Miguel. Éste no entiende que me quiera marchar. Intenta convencerme, pero intuye que lo que había entre el jefazo y yo no está zanjado. Me acompaña hasta el despacho de Gerardo y, una vez allí, gestiono mi despido.

Tras una mañana de locos en la que Gerardo no sabe qué hacer conmigo, al final lo consigo. Causo baja definitivamente en Müller.

Por la tarde, cuando salgo de la oficina, sonrío. Ése es el primer día de mi vida.

44

A las siete de la mañana, cuando todavía estoy en la cama, suena mi teléfono. Miro la pantalla y no reconozco el número. Lo contesto y escucho:

—¿Qué has hecho?

—¿Cómo? —pregunto adormilada, sin entender nada.

—¿Por qué te has despedido, Judith?

¡Eric!

Gerardo ya le ha debido de informar de lo que he hecho y, airado, grita:

—¡Por el amor de Dios, pequeña, necesitas el trabajo! ¿Qué pretendes hacer? ¿En qué pretendes trabajar? ¿Quieres ser camarera otra vez?

Alucinada por esas preguntas y, en especial, porque me llame «pequeña», siseo:

—No soy tu pequeña y no vuelvas a llamarme en tu vida.

—Jud...

—Olvida que existo.

Corto la llamada.

Eric vuelve a insistir. Corto la llamada.

Al final apago el celular y, antes de que llame al número de mi casa, desenchufo el teléfono. Enfadada me doy la vuelta y continúo durmiendo. Quiero dormir y olvidarme del mundo.

Pero no puedo dormir y me levanto. Me visto y salgo. No quiero estar en casa. Llamo a Nacho y me voy con él a su taller. Durante horas, observo los tatuajes que hace mientras hablamos. A la hora de cerrar, llamamos a los amigos y nos vamos de juerga. Necesito celebrar que no trabajo para Müller.

Cuando llego a casa son las tres de la madrugada. Voy directamente a la cama. Tengo una peda colosal.

Sobre las diez de la mañana llaman a mi puerta. Con gesto pesaroso me levanto para abrir. Me quedo de piedra cuando veo que es un mensajero con un precioso ramo de rosas rojas de tallo largo. Intento que se las lleve. Sé de quién son, pero el mensajero se resiste. Al final me las quedo y van derecho a la basura. Pero la cotilla que hay en mí busca la tarjetita y el corazón se me acelera cuando leo:

Como te dije hace tiempo, te llevo en mi mente desesperadamente.
Te quiero, pequeña.
Eric Zimmerman

Boquiabierta, releo de nuevo la nota.

Cierro los ojos. No, no, no. Otra vez, ¡no!

A partir de ese momento no puedo encender el celular sin recibir una llamada de Eric. Agobiada decido desaparecer. Lo conozco y en horas lo tengo en la puerta de mi casa. Por Internet alquilo una casita rural. Agarro mi *Leoncito,* y esta vez me voy para Asturias, concretamente a Llanes.

Llamo a mi padre y no le digo dónde estoy. No me fío de que no se lo cuente a Eric. Se llevan demasiado bien. Le aseguro que estoy bien, y mi padre asiente. Sólo me exige que lo llame todos los días para saber que estoy en condiciones y que le avise cuando llegue a Madrid. Según él, tenemos que hablar muy seriamente. Accedo.

Durante una semana paseo por esa bonita localidad, duermo y pienso. Tengo que decidir qué voy a hacer conmigo después de Eric. Pero soy incapaz de pensar con claridad. Eric está tan metido en mi mente, en mi corazón y en mi vida que apenas puedo razonar.

Eric insiste.

Me llena el buzón de mensajes y, cuando ve que no le hago caso, comienza a mandarme *e-mails* que leo por las noches en la habitación de la preciosa casa que he alquilado.

De: Eric Zimmerman
Fecha: 25 de mayo de 2013 09.17
Para: Judith Flores
Asunto: Perdóname
Estoy preocupado, cariño.
Lo hice mal. Te acusé de ocultarme cosas cuando yo sabía lo de tu hermana y no te lo dije. Soy un idiota. Me estoy volviendo loco. Por favor, llámame.
Te quiero.
Eric

De: Eric Zimmerman
Fecha: 25 de mayo de 2013 22.32
Para: Judith Flores
Asunto: Jud..., por favor
Sólo dime que estás bien. Por favor..., pequeña
Te quiero.
Eric

Leer sus *e-mails* me emociona. Sé que me quiere. Lo sé. Pero lo nuestro no puede ser. Somos fuego y hielo. ¿Por qué volver a intentarlo otra vez?

De: Eric Zimmerman
Fecha: 26 de mayo de 2013 07.02
Para: Judith Flores
Asunto: Mensaje recibido
Sé que estás muy enfadada conmigo. Me lo merezco. He sido un idiota (además de un imbécil). Me he portado fatal y me siento mal. Contaba los días para verte en la convención de Múnich y, cuando te tuve delante, en vez de decirte lo mucho que te quiero me porté como un animal furioso. Lo siento cariño. Lo siento, lo siento, lo siento.
Te quiero.
Eric

Saber que deseaba verme en la convención me alegra. Ahora entiendo por qué se comportó de esa manera. Utilizó su frialdad como mecanismo de defensa y le jugó una mala pasada. Intentó encelarme y lo consiguió. No midió los resultados, y ahora estoy muy enfada con él.

De: Eric Zimmerman
Fecha: 27 de mayo de 2013 02.45
Para: Judith Flores
Asunto: Te extraño
Escucho nuestras canciones.
Pienso en ti.
¿Me perdonarás alguna vez?
Te quiero.
Eric

Nuestras canciones también las escucho yo con el corazón encogido. Hoy mientras comía en una terracita en Llanes ha sonado *You are the sunshine of my life* de Stevie Wonder, y he recordado cuando me ordenó salir del coche para bailar con él en medio de una calle en Múnich. Eso lo humaniza. Detalles como ése me hacen saber lo mucho que Eric ha cambiado por mí. Le quiero, pero tengo miedo. Tengo miedo a no parar de sufrir.

De: Eric Zimmerman
Fecha: 27 de mayo de 2013 20.55
Para: Judith Flores
Asunto: Eres increíble
Flyn acaba de contarme lo de la coca-cola y tu caída en la nieve. ¿Por qué no me lo dijiste?
Si antes te quería, ahora te quiero más.
Eric

Saber que Flyn se ha sincerado con su tío me emociona. Eso me hace saber que comienza a sentirse más seguro de sí mismo. Me gusta saberlo. ¡Bien mi niño!

A Eric... lo quiero todavía más. ¿Por qué me pasa esto?

¿Acaso el efecto Zimmerman me ha abducido de tal manera que no lo puedo olvidar? Definitivamente sí.

De: Eric Zimmerman
Fecha: 28 de mayo de 2013 09.35
Para: Judith Flores
Asunto: Hola, cariño
Estoy en la oficina y no me concentro.
No puedo parar de pensar en ti. Quiero que sepas que no he jugado en todo este tiempo. Te mentí, pequeña. Como te dije, mi ÚNICA fantasía eres tú.
Te quiero ahora y siempre.
Eric

Ahora y siempre. Qué bonitas palabras cuando me las decía mirándome a los ojos. Mi fantasía eres tú, cabezón. ¿Qué tengo que hacer para olvidarte y que te olvides de mí?

De: Eric Zimmerman
Fecha: 28 de mayo de 2013 16.19
Para: Judith Flores
Asunto: Te lo ordeno
¡Maldita sea, Jud!, te exijo que me digas dónde estás.
Contesta el maldito teléfono y llámame ahora mismo, o escríbeme un *e-mail*. ¡Hazlo!
Eric

¡Vaya, regresó Iceman! Su enfado me hace reír. ¡Anda y que le den!

De: Eric Zimmerman
Fecha: 29 de mayo de 2013 23.11
Para: Judith Flores
Asunto: Buenas noches, pequeña
Perdona mi último *e-mail*. La desesperación por tu ausencia me puede.
Hoy ha sido un gran día para Flyn. Laura lo ha invitado a su cumpleaños y desea contártelo.
¿Tampoco lo vas a llamar a él?
Te echo de menos y te quiero.
Eric

Mi desesperación también me puede. ¡Oh, Dios!, ¿qué voy a hacer sin ti?

Lloro de alegría al saber que Flyn está feliz por esa invitación. Mi pequeño gruñón comienza a vivir. Yo también te quiero, Eric, y te echo de menos.

De: Eric Zimmerman
Fecha: 30 de mayo de 2013 15.30
Para: Judith Flores
Asunto: No sé qué hacer
¿Qué tengo que hacer para que respondas a mis mensajes?
Sé que los recibes. Lo sé, cariño.
Sé por tu padre que estás bien. ¿Por qué no me llamas a mí?
Mi paciencia se está resquebrajando día a día. Ya me conoces. Soy un alemán cabezón. Pero por ti estoy dispuesto a hacer lo que sea.
Te quiero, pequeña.
Eric (el imbécil)

Cuando cierro el ordenador, resoplo. Ya imaginaba que mi padre lo tendría al día.

Las reglas han cambiado. Ahora es él quien escribe y yo quien no contesta. Ahora entiendo lo que él sintió en su momento. Trato de olvidarlo como él trató de olvidarme, y soy consciente de que no me deja hacerlo, como yo no lo dejé a él.

45

El día en que llego a Madrid tras mi semana en Llanes, regreso con el corazón todavía más partido. Saber que Eric me busca me hace estar insegura hasta del mismo aire que respiro. El tiempo no ha eliminado el dolor, lo ha acrecentado a unos niveles que nunca pensé que existían.

Llamo a mi padre. Le digo que ya he llegado a Madrid y charlo con él.

—No, papá. Eric me desespera y...

—Tú tampoco eres una santa, cariño. Eres cabezona y retadora. Siempre has sido así, y justamente has ido a dar con la horma de tu zapato.

—¡Papáaaaa!

Mi padre ríe, y contesta:

—¡*Yeah,* morenita! ¿No recuerdas lo que tu madre decía?

—No.

—Ella siempre decía: «El hombre que se enamore de Raquel, tendrá una vida sosegada, pero el hombre que se enamore de Judith, ¡pobrecito! Va a estar a la gresca día sí, día también.»

Sonrío al recordar esas palabras de mi madre, y mi padre añade:

—Y así es, morenita. Raquel es como es y tú eres como tu madre, ¡una guerrera! Y para aguantar a una guerrera sólo hay dos opciones: o das con un tonto que nunca abra la boca, o das con un guerrero como es Eric.

—¿Y tú qué eres papá, un tonto o un guerrero?

Mi padre se ríe.

—Yo soy un guerrero como Eric. ¿Cómo crees, si no, que aguanté a tu madre? Y aunque Dios se la llevó pronto de mi vida, nunca otra mujer ha llegado a mi corazón porque tu madre dejó el listón muy..., muy alto. Y eso es lo que le pasa a Eric, tesoro. Tras conocerte a ti, sabe que no va a encontrar otra igual.

—Sí, de tonta —me río.

—No, cariño. De lista. De espabilada. De divertida. De graciosa. De gruñona. De peleonera. De maravillosa. De bonita. De todo, morenita..., de todo.

—Papá...

—Como bien presuponía, Eric te pertenece, y tú le perteneces a él. Lo sé.

Soy incapaz de no echarme a reír.

—Por favor, papá, como guionista de telenovelas ¡no tienes precio!

Cuando cuelgo, sonrío.

Como siempre, hablar con mi padre me relaja. Quiere lo mejor para mí y, como él dice, lo mejor para mí es ese alemán, aunque yo en estos momentos lo dude.

Por la noche, cuando abro el ordenador, tengo un nuevo mensaje de Eric.

De: Eric Zimmerman
Fecha: 31 de mayo de 2013 14.23
Para: Judith Flores
Asunto: No me dejes
Sé que me quieres aunque no contestes. Lo vi en tus ojos la última noche en el hotel. Me echaste, pero me quieres tanto como yo te quiero a ti. Piénsalo cariño. Ahora y siempre tú y yo.
Te quiero. Te deseo. Te echo de menos. Te necesito.
Eric

¿Por qué es tan romántico?

¿Dónde está el frío alemán?

¿Por qué sus palabras románticas me ponen tonta y las necesito leer y releer? ¿Por qué?

Cuando apago la luz de mi habitación, vuelvo a pensar en lo

único que pienso últimamente. Eric. Eric Zimmerman. Huelo su camiseta. No sé qué voy a tener que hacer para olvidarlo.

Me despierto a las seis de la mañana sobresaltada. He soñado con Eric. ¡Ya ni en sueños me lo quito de la mente!

¡*Pa* matarme!

¿Por qué cuando estás obsesionada con alguien el día y la noche se resume en pensar sólo en él?

Enfadada, no consigo conciliar el sueño y decido levantarme. Enojada como estoy opto por hacer una limpieza general. Eso me relajará. Me pongo a ello y a las diez de la mañana tengo una liada en la casa que no hay ni por dónde empezar.

¡Menuda leonera he organizado!

Estoy nerviosa. El corazón me palpita enloquecido y decido darme una ducha, pasar de la casa e ir a correr. Darme unas carreritas me vendrá de lujo. Eliminaré adrenalina. Cuando salgo de la ducha, me recojo el pelo en una coleta alta, me pongo unos piratas negros, unos tenis y una camiseta.

De pronto, suena el timbre y, al abrir sin mirar, me quedo sin habla cuando me encuentro con Eric. Está más guapo que nunca vestido con esa camisa blanca y los jeans. Asustada por tenerlo tan cerca, intento cerrar la puerta, pero no me deja. Mete un pie.

—Cariño, por favor, escúchame.

—No soy tu cariño, ni tu pequeña, ni tu morenita ni nada. Aléjate de mí.

—¡Dios, Jud!, me estás destrozando el pie.

—Quítalo y no lo destrozaré —respondo mientras trato de cerrar la puerta con todas mis fuerzas.

Pero no quita el pie.

—Eres mi amor, mi cariño, mi pequeña, mi morenita y, además, eres mi mujer, mi novia, mi vida y miles de cosas más. Y por eso quiero pedirte que vuelvas a casa conmigo. Te echo de menos. Te necesito y no puedo vivir sin ti.

—Aléjate de mí, Eric —gruño mientras batallo inútilmente con la puerta.

—He sido un idiota, cariño.

—¡Oh, sí!, eso no lo dudes —siseo al otro lado de la puerta.

—Un idiota con todas sus letras al dejar marchar lo más bonito que ha pasado por mi vida. ¡Tú! Pero los idiotas como yo se dan cuenta e intentan rectificar. Dame de nuevo otra oportunidad y...

—No quiero escucharte. ¡No, no quiero! —grito.

—Cariño..., lo he intentado. He intentado darte tu espacio. Darme a mí el mío. Pero mi vida sin ti ya no tiene sentido. No duermo. Estás en mi mente las veinticuatro horas del día. No vivo. ¿Qué quieres que haga si no puedo vivir sin ti?

—Cómprate un mono —replico.

—Cariño..., lo hice mal. Oculté lo de tu hermana y tuve la poca decencia de enfadarme contigo cuando yo hacía lo mismo que tú.

—No, Eric, no... Ahora no te quiero escuchar —insisto a punto de llorar.

—Déjame entrar.

—Ni lo sueñes.

—Pequeña, déjame mirarte a los ojos y hablar contigo. Déjame solucionarlo.

—No.

—Por favor, Jud. Soy un imbécil. El hombre más imbécil que hay en el mundo, y te permitiré que me llames así todos y cada uno de los días de mi vida, porque me lo merezco.

Las fuerzas se me acaban. Escuchar todo lo que él me dice comienza a poder conmigo, y cuando dejo de apretar la puerta, Eric la abre totalmente y murmura, mirándome:

—Escúchame, pequeña... —Y al mirar al fondo, pregunta—: ¿Limpieza general? ¡Vaya, estás muy, muy enojada!

La comisura de sus labios se curva, y entonces, yo grito, histérica, al ver que se mueve.

—No se te ocurra entrar en mi casa.

Se para. No entra.

—Y antes de que sigas con el rollo de palabras bonitas que me estás diciendo —lo suelto, furiosa—, quiero que sepas que no voy a volver a hipotecar mi vida para que todo de nuevo vuelva a salir mal. Me desesperas. No puedo contigo. No quiero dejar de hacer las cosas que a mí me gustan porque tú quieras tenerme en una jaula de cristal. No, ¡me niego!

—Te quiero, señorita Flores.

—Y otro choro. ¡Déjame en paz!

Y tomándolo de improviso, cierro la puerta de un portazo. Mi pecho sube y baja. Estoy acelerada. Eric lo ha vuelto a hacer. Ha vuelto a decirme las cosas más bonitas que un hombre puede decir a una mujer, y yo, como una tonta, lo he escuchado.

Soy idiota. Tonta. Lela. ¿Por qué?, ¿por qué lo escucho?

El timbre de la puerta vuelve a sonar. Es él. No quiero abrir.

No quiero verlo, aunque me muera por hacerlo. Pero de pronto oigo una voz. ¿Ésa es Simona? Abro la puerta y, boquiabierta, veo a Norbert junto a su mujer. El hombre dice:

—Señorita, desde que usted se marchó de la casa, ya nada es igual. Si vuelve, le prometo que la ayudaré a poner su moto a punto siempre que quiera.

Levanto las cejas, y Simona, tras abrazarme, me da un beso en la mejilla.

—Y yo prometo llamarte, Judith. El señor me ha dado permiso. —Y tomándome las manos, cuchichea—. Judith, te echo de menos y, si no vuelves, el señor nos martirizará el resto de nuestros días. ¿Tú quieres eso para nosotros? —Niego con la cabeza, e insiste—: Además, ver «Locura esmeralda» sola no tiene la gracia que tenía como cuando la veíamos juntas. Por cierto, Luis Alfredo Quiñones le pidió el otro día matrimonio a Esmeralda Mendoza. Lo tengo grabado para que lo veamos las dos.

—¡Ay, Simona...! —Suspiro y me llevo las manos a la boca.

De pronto *Susto* y *Calamar* entran en la casa y comienzan a ladrar.

—¡*Susto!* —grito al verlo.

El perro salta, y yo lo abrazo. Lo he echado tanto de menos... Después, toco a *Calamar* y susurro:

—Cómo has crecido, enano.

Los animales saltan encantados a mi alrededor. Me recuerdan. No se han olvidado de mí. Eric, apoyado en la pared, me está mirando cuando entra Sonia con una encantadora sonrisa y me besa.

—Cariño mío, si no te vienes con nosotros tras la que ha movilizado Eric, es que eres tan cabezota como él. Este hijo mío te quiere, te quiere, te quiere, y me lo ha confesado.

La estoy mirando sorprendida cuando entra mi padre.

—Sí, morenita, este muchacho te quiere mucho y te lo dije: ¡regresará a ti! Y aquí lo tienes. Él es tu guerrero y tú eres su guerrera. Vamos, tesoro mío..., te conozco, y si ese hombre no te gustara, ya habrías retomado tu vida y no tendrías esas ojeras.

—Papá... —sollozo, llevándome las manos a la boca.

Mi padre me da un beso y murmura:

—Sé feliz, mi amor. Disfruta de la vida por mí. No me hagas ser un padre preocupado el resto de mis días.

Dos lagrimones me caen por la cara cuando oigo:

—¡Cuchufletaaaaaaaaaaa! —Mi hermana solloza, emocionada—. ¡Aisss, qué bonito lo que ha hecho Eric! Nos ha reunido a todos para pedirte perdón. ¡Qué romántico! ¡Qué maravillosa muestra de amor! Un hombre así es lo que yo necesito, no un gañán. Y por favor, perdónalo porque no te contara lo de mi separación. Yo le amenacé con estrangularlo si lo hacía.

Miro a Eric. Sigue apoyado fuera de mi casa y no aparta sus ojos de mí. En este momento, entra Marta y, guiñándome un ojo, cuchichea:

—Como digas que no al cabezón de mi hermano, te juro que me traigo a todos los del Guantanamera para convencerte mientras bebemos chupitos y gritamos: «¡Azúcar!» —Río—. Piensa lo que ha sido para él pedirnos ayuda a todos. Este chico por ti se ha abierto en canal, y eso se lo tienes que recompensar de alguna manera. Vamos, quiérele tanto como él te quiere a ti.

Me río. Eric también ríe, y mi sobrina grita:

—¡Titaaaaaaaaaaaaaaa! El tito Eric ha prometido que este verano me iré con ustedes los tres meses de las vacaciones a tu piscina, y en cuanto al chi..., a Flyn, es muy enrollado. ¡Mola mazo! No veas cómo juega a *Mario Cars.* ¡Qué fuerte! Es buenísimo.

Esto parece el metro en hora punta. El salón está lleno de gente mientras Eric me mira con sus preciosos ojazos azules sin entrar en mi casa. De pronto, llega Flyn. Al verme se tira a mi cuello. Me abraza y me besa. Adoro sus besos, y cuando se suelta, sale por la puerta y me río al ver que arrastra el árbol de Navidad rojo.

¿Han traído el árbol rojo de los deseos?

Eso me hace reír. Miro a Eric, y éste se encoge de hombros.

—Tía Jud —dice Flyn—, todavía no hemos leído los deseos que pedimos en Navidad. —Eso me emociona, él murmura—: He cambiado mis deseos. Los que escribí en Navidad no eran muy bonitos. Además, le he confesado al tío Eric que yo también ocultaba secretos. Le he dicho que yo fui quien agitó la coca-cola ese día para que te explotara en la cara y que por mi culpa te caíste en la nieve y te hiciste la fea herida de la barbilla.

—¿Por qué se lo has dicho?

—Tenía que decírselo. Siempre has sido buena conmigo, y él tenía que saberlo.

—¡Ah!, por cierto, cariño —indica Sonia—, a partir de este año las Navidades las celebraremos juntos. Se acabó celebrarlas por separado.

—¡Bien, abuela! —salta Flyn, y yo sonrío.

—Y nosotros estaremos también —puntualiza mi emocionado padre.

—¡Bien, yayo! —aplaude Luz, y Eric se ríe con las manos en los bolsillos.

Lo miro. Me mira. Nuestros ojos se encuentran, y cuando creo que no puede llegar más gente, entran Björn, Frida y Andrés con el pequeño Glen. Los dos hombres no dicen nada. Sólo me miran, me abrazan y sonríen. Y Frida, abrazándome también, murmura en mi oído:

—Castígale cuando lo perdones. Se lo merece.

Ambas nos reímos, y yo me llevo las manos a la cara. No me lo puedo creer. Mi casa está llena de gente que me quiere, y todo esto lo ha movilizado Eric. Todos me miran a la espera de que diga algo. Estoy emocionada. Terriblemente emocionada. Eric es el único que está todavía fuera. Le he prohibido entrar. Con decisión, se acerca a mi puerta.

—Te quiero, pequeña —declara—. Te lo digo a solas, ante nuestras familias y ante quien haga falta. Tenías razón. Tras lo de Hannah estaba encerrado en un bucle que no me favorecía y a mi familia tampoco. Lo estaba haciendo mal, especialmente con Flyn. Pero tú llegaste a mi vida, a nuestras vidas, y todo cambió para bien. Créeme, amor, que eres el centro de mi existencia.

Un «¡ohhhhhh!» algodonoso escapa de la garganta de mi hermana, y yo sonrío cuando Eric añade:

—Sé que no hice las cosas bien. Tengo mal genio, soy frío en ocasiones, aburrido e intratable. Intentaré corregirlo. No te lo prometo porque no te quiero fallar, pero lo voy a intentar. Si accedes a darme otra oportunidad, regresaremos a Múnich con tu moto y prometo ser quien más te aplauda y más grite cuando compitas en motocross. Incluso, si tú quieres, te acompañaré con la moto de Hannah por los campos de al lado de casa. —Y clavando su mirada en mis ojos, susurra—: Por favor, pequeña, dame otra oportunidad.

Todos nos miran.

No se oye una mosca.

Nadie dice nada. Mi corazón bombea a un ritmo frenético.

¡Eric lo ha vuelto a hacer!

Lo quiero..., lo quiero y lo adoro. Ése es el Eric romántico que me vuelve loca.

Voy hasta la puerta, salgo de mi casa, me acerco a Eric y, poniéndome de puntillas, acerco mi boca a la suya, chupo su labio superior, después el inferior y, tras darle un mordisquito, manifiesto:

—No eres aburrido. Me gusta tu mal genio y tu cara de mala leche, y no te voy a permitir que cambies.

—De acuerdo, cariño —asiente con una gran sonrisa.

Nos miramos. Nos devoramos con la mirada. Sonreímos.

—Te quiero, Iceman —digo finalmente.

Eric cierra los ojos y me abraza. Me aprieta contra su cuerpo, y todos aplauden.

Eric me besa. Yo lo beso y me fundo en sus brazos, deseosa de no soltarme nunca más.

Así estamos unos minutos, hasta que se separa de mí. Todos se callan.

—Pequeña, me has devuelto dos veces el anillo, y espero que a la tercera vaya la vencida.

Sonrío, y sorprendiéndome de nuevo, clava una rodilla en el suelo y, poniendo el anillo de diamantes delante de mí, dice, desconcertándome:

—Sé que fuiste tú la que me pidió matrimonio la otra vez por un impulso, pero esta vez quiero que sea mi impulso, y sobre todo que sea oficial y ante nuestras familias. —Y dejándome boquiabierta, continúa—: Señorita Flores, ¿te quieres casar conmigo?

Me pica el cuello. ¡Los ronchones!

Me rasco. ¿Boda? ¡Qué nervios!

Eric me mira y sonríe. Sabe lo que pienso. Se levanta, acerca su boca a mi cuello y sopla con dulzura. En este mismo instante, acepto que él es mi guerrero, y yo, su guerrera, y agarrándole la cara, lo miro directamente a los ojos y respondo:

—Sí, señor Zimmerman, me quiero casar contigo.

En el interior de mi casa todos saltan de alegría.

¡Boda a la vista!

Eric y yo, abrazados, los miramos y somos felices. Entonces, agarro el picaporte de la puerta y la cierro. Mi amor y yo nos quedamos en el descansillo de mi casa, solos.

—¿Todo esto lo has organizado por mí?

—¡Ajá, pequeña! He tirado de la artillería por si no me querías escuchar, ni ver, ni besar, ni dar una oportunidad —susurra, besándome el cuello.

¡Es que me lo como!

Feliz como una lombriz mientras acepto sus dulces besos en mi cuello, murmuro:

—He echado de menos algo.

—¿Qué? —pregunta, mirándome.

—La botellita de chicles rosas con sabor a fresas.

Eric suelta una carcajada y me da un morboso azote en el trasero.

—Esa y todas las que quieras están esperándonos en la nevera de nuestra casa.

—¡Genial!

Me estrecho contra él, lo abrazo y me agarra entre sus brazos. Enredo mis piernas en su cintura y me apoya contra la pared.

Me besa, lo beso. Me excita, lo excito.

Lo deseo, me desea.

—Pequeña, para —me advierte, divertido al ver mi entrega—. La casa está llena de gente y nos encontramos en el pasillo de tu edificio.

Asiento. Disfruto de estar entre sus brazos, y murmuro haciéndolo reír:

—Sólo te estoy mostrando lo que va a ocurrir cuando estemos solos. Porque quiero que sepas que te voy a castigar.

Eric da un respingo. Me mira. Mis castigos suelen ser drásticos y, mordisqueando su boca, afirmo:

—Te voy a castigar obligándote a cumplir todas nuestras fantasías.

Mi amor sonríe y aprieta su dura erección contra mí. ¡Oh, sí!

Saca su celular y teclea algo. En décimas de segundo, la puerta de mi casa se abre. Björn nos mira, y Eric le pide:

—Necesito que saques con urgencia a todos de la casa y te los lleves.

Björn sonríe y nos guiña un ojo.

—Dame tres minutos.

—Uno —responde Eric.

Sonrío. Éste es el exigente Eric que me vuelve loca.

En apenas treinta segundos, entre risas, todos se marchan mientras yo sigo en los brazos de Eric y les digo adiós consciente de que saben lo que vamos a hacer. Mi padre me guiña un ojo, y yo le tiro un beso.

Cuando entramos en la casa y estamos solos, el silencio del hogar nos envuelve. Eric me deja en el suelo.

—Comienza tu castigo. Ve a la cama y desnúdate.

—Pequeña...

—Ve a la cama... —exijo.

Sorprendido, levanta las cejas, después las manos y desaparece por el pasillo. Con las pulsaciones a mil, miro las cajas que aún no he deshecho. Miro las etiquetas y cuando encuentro lo que quiero lo saco y, divertida, corro al baño.

Cuando salgo y entro en la habitación, Eric mira asombrado. Voy vestida con mi disfraz de poli malota. ¡Por fin lo estreno con él!

Lo miro. Me doy una vueltecita mostrándole las vistas que aquel disfraz da mientras me coloco la gorra y las gafas. Eric me devora con la mirada. Con coquetería camino hasta mi equipo de música, meto un CD y de pronto la cañera guitarra de los AC/DC rasga el silencio de la casa. Comienzan los acordes de *Highway to Hell,* una canción que sé que le gusta.

Sonríe, sonrío, y como una tigresa camino hacia él. Saco el tolete que llevo en el cinturón y me planto ante el amor de mi vida.

—Has sido muy malo, Iceman.

—Lo asumo, señora policía.

Doy dos golpes en mi mano con el tolete.

—Como castigo, ya sabes lo que quiero.

Eric suelta una carcajada, y antes de que pueda hacer o decir nada más, mi amor, mi loco amor alemán, me tiene bajo su cuerpo y, con una sensualidad que me enloquece, susurra:

—Primera fantasía. Abre las piernas, pequeña.

Cierro los ojos. Sonrío y hago lo que me pide, dispuesta a ser su fantasía.

Epílogo

Múnich... dos meses después

—¡Corre, Judith!, comienza «Locura esmeralda» —grita Simona.

Al oírla miro a Eric, a mi sobrina y a Flyn. Estamos en la piscina y, ante la risa de mi alemán, digo:

—En media hora regreso.

—Tita, ¡no te vayas! —gruñe mi sobrina.

—Tía Jud...

Secándome con la toalla miro a los pequeños, que están en el agua, y les indico:

—Vuelvo en seguida, pesaditos.

Eric me agarra. No quiere que me vaya. Desde que he regresado no se sacia de mí.

—Venga, quédate con nosotros, cielo.

—Cariño —murmuro, besándolo—. No me lo puedo perder. Hoy Esmeralda Mendoza va a descubrir quién es su verdadera madre, y la serie se acaba. ¿Cómo me lo voy a perder?

Mi alemán suelta una carcajada y me da un beso.

—Anda ve.

Con una sonrisa en los labios dejo a mis tres amores en la piscina y corro en busca de Simona. La mujer ya me espera en la cocina. Cuando llego me siento junto a ella, que me da un kleenex. Comienza «Locura esmeralda». Nerviosas vemos cómo Esmeralda Mendoza descubre que su madre es la enfermiza heredera del rancho «Los Guajes». Somos testigos de cómo la maltrecha mujer abraza a su hija mientras Simona y yo lloramos como dos magdalenas. Al final se hace justicia: la familia de Carlos Alfonso Halcones de San Juan se arruina, y Esmeralda Mendoza, la que fuera su criada, es la gran heredera de México. ¡Casi *ná*!

Ensimismadas, vemos cómo Esmeralda, junto a su hijo, va en busca de su único y verdadero amor, Luis Alfredo Quiñones. Cuando él la ve llegar, sonríe, le abre los brazos, y ella se refugia en ellos. ¡Momentazo! Simona y yo sonreímos emocionadas y, cuando creemos que la serie acaba, de pronto alguien dispara a Luis Alfredo Quiñones y las dos abrimos los ojos como platos cuando pone en la pantalla: «Continuará».

—¡Continuará! —gritamos las dos con los ojos bien abiertos.

Nos miramos y, al final, reímos. «Locura esmeralda» sigue, y con ella, nosotras con seguridad cada día.

Simona se va a preparar la comida, y yo voy a ir a la piscina, pero me encuentro a los niños junto a Eric en el salón, jugando con el Wii a *Mortal Kombat*. Flyn, al verme llegar, dice:

—Tío Eric, ¿machacamos a las chicas?

Yo sonrío. Me siento junto a mi amor y, al ver la mirada de mi sobrina ante lo que Flyn ha dicho, juntamos nuestros pulgares, damos una palmadita y murmuro:

—Vamos, Luz. Demostrémosles a estos alemanes cómo juegan las españolas.

Después de más de una hora de juegos, mi sobrina y yo nos levantamos y cantamos ante ellos:

We are the champions, my friend.
Oh weeeeeeeeee....

Flyn nos mira con el cejo fruncido. No le gusta perder, pero esta vez lo ha hecho. Eric me mira y sonríe. Disfruta de mi vitalidad, y cuando me tiro sobre él y lo beso, afirma:

—Me debes la revancha.

—Cuando quieras, Iceman.

Me besa. Lo beso. Mi sobrina protesta:

—¡Oh, tita!, ¿por qué siempre se tienen que besar?

—Sí, ¡qué pesados! —asiente Flyn, pero sonríe.

Eric los mira y, para quitárnoslos de encima, dice:

—Corran. Vayan a la cocina a por una coca-cola.

Es mencionar aquella refrescante bebida, y los niños corren como locos. Cuando nos quedamos solos, Eric me tumba en el sofá y, divertido, me apremia:

—Tenemos un minuto, a lo máximo dos. Vamos, ¡desnúdate!

A mí me entra la risa. Y cuando Eric me hace cosquillas al meter sus manos por debajo de mi camiseta, de pronto escucho;

—¡Cuchuuuuuuuuuuuuuuu..., cuchufleta!

Eric y yo nos miramos, y rápidamente nos incorporamos del sillón. Mi hermana nos mira desde la puerta y, con gesto descompuesto, exclama:

—¡Ay, Dios! ¡Ay, Dios!, que creo que se me ha roto la fuente.

Rápidamente, Eric y yo nos levantamos del sillón y acudimos a su lado.

—No puede ser. No puedo estar de parto. Falta mes y medio. ¡No quiero estar de parto! No. ¡Me niego!

—Tranquilízate, Raquel —murmura Eric mientras abre su celular y llama por teléfono.

Pero mi hermana es mi hermana y, descompuesta, gimotea:

—No puedo ponerme de parto aquí. La niña tiene que nacer en Madrid. Todas sus cosas están allí y..., y... ¿Dónde está papá? Nos tenemos que ir a Madrid. ¿Dónde está papá?

—Raquel..., por favor, tranquilízate —digo muerta de risa ante la situación—. Papá está con Norbert. Regresará en unas horas.

—¡No tengo horas! Llámalo y dile que venga ¡ya! ¡Oh, Dios!, ¡no puedo estar de parto! Primero está tu boda. Luego, regreso a Madrid y, por último, tengo a la niña. Éste es el orden de las cosas, y nada puede fallar.

Intento sujetarle las manos, pero está tan nerviosa que me da manotazos. Al final, tras recibir golpazos por parte de mi enloquecida hermana, miro a Eric y digo:

—Tenemos que llevarla al hospital.

—No te preocupes, cariño —susurra Eric—. Ya he llamado a Marta y nos espera en su hospital.

—¿Qué hospital? —aúlla, descompuesta—. No me fío de la sanidad alemana. Mi hija tiene que nacer en el Doce de Octubre, ¡no aquí!

—Pues Raquel —suspiro—, me parece que la niña va a ser alemana.

—¡No!... —Y agarrando a Eric del cuello, tira de él y, fuera de sí, le exige—: Llama a tu avión. Que nos recoja y nos lleve a Madrid. Tengo que dar a luz allí.

Eric pestañea. Me mira y a mí me entra la risa otra vez. Mi hermana, desconcertada, grita:

—¡Cuchu, por favorrrrrrrrrrrrrr, no te rías!

—Raquel..., mírame —murmuro, e intento no reír—. Punto uno: relájate. Punto dos: si la niña tiene que nacer aquí, nacerá en el mejor hospital porque Eric lo va a arreglar. Y punto tres: por mi boda no te preocupes, que quedan diez días, cariño.

Eric, al que le ha cambiado la cara y tiene un agobio por todo lo alto, le pide a Simona que se quede con los niños. Luego, sin hacer caso a los lamentos de mi hermana, la agarra entre sus brazos y la mete en el coche. En veinte minutos, estamos en el hospital donde trabaja mi cuñada Marta. Nos espera. Pero mi hermana sigue en sus trece. La niña no puede nacer allí.

Pero la naturaleza sigue su curso y, cinco horas después, una preciosa niña de casi tres kilos nace en Alemania. Tras pasar con mi hermana el trago del parto, pues se niega a estar sola en un quirófano con desconocidos a los que no entiende, cuando salgo despelucada miro a Eric y a mi padre. Ambos están serios. Se levantan y yo camino hasta ellos y me siento.

—¡Dios, ha sido horrible!

—Cariño —se preocupa Eric—, ¿te encuentras bien?

Todavía recordando lo que he visto, murmuro:

—Ha sido horroroso, Eric..., horroroso. ¡Mira cómo tengo el cuello de ronchones!

Agarro una revista que hay sobre la mesa y me doy aire. ¡Qué calor!

—Morenita —gruñe mi padre—, déjate de tonterías y dime cómo está tu hermana.

—¡Ay, papá!, perdona —suspiro—. Raquel y la niña están estupendamente. La niña ha pesado casi tres kilos, y Raquel ha llorado y ha reído cuando la ha visto. Está ¡genial!

Eric sonríe, mi padre también, y se dan un abrazo. Se felicitan. Pero a mí aquello me ha trastocado.

—La niña es preciosa..., pero yo..., yo me estoy mareando.

Asustado, Eric me sujeta. Mi padre me quita la revista y me da aire mientras musito:

—Eric.

—Dime, cariño.

Lo miro con los ojos desencajados.

—Por favor, cariño. No permitas que yo pase por eso.

Eric no sabe qué decir. Ver cómo estoy le está preocupando, y mi padre suelta una risotada.

—*¡Oh, miarma!*, eres igualita que tu madre hasta en eso.

Cuando el mareo se ha pasado y vuelvo a ser yo, mi padre me mira.

—Otra niña. ¿Por qué siempre estoy rodeado de mujeres? ¿Cuándo voy a tener un nietecito varón?

Eric me mira. Mi padre me mira. Yo pestañeo y les aclaro:

—A mí no me miren. Tras lo que he visto, no quiero tener hijos ¡ni loca!

Una hora después, Raquel está en una preciosa habitación y los tres vamos a visitarla. La pequeña Lucía es preciosa, y a Eric se le cae la baba mirándola.

Lo miro boquiabierta. ¿Desde cuándo es tan niñero? Tras pedir permiso a mi hermana, carga a la pequeña con delicadeza y me dice:

—Cariño, ¡yo quiero una!

Mi padre sonríe. Mi hermana igual, y yo muy seriamente respondo:

—¡Ni loca!

Por la noche mi padre se empeña en quedarse con mi hermana

y mi sobrinita en el hospital. Lo llamo Papá Pato cuando me despido de él, y se ríe. Cuando regresamos Eric y yo solos en el coche estoy cansada. Eric conduce en silencio mientras suena una canción alemana en la radio, y yo miro encantada por la ventana. De pronto, cuando llegamos a la urbanización, Eric para el coche a la derecha.

—Baja del coche.

Pestañeo y me río.

—Venga, Eric. ¿Qué quieres?

—Baja del coche, pequeña.

Divertida, le hago caso. Sé lo que va a hacer. Entonces, comienza a sonar *Blanco y negro* de Malú, y Eric, tras subir el volumen de la música a tope, se planta delante de mí y me pregunta:

—¿Bailas conmigo?

Sonrío y paso las manos alrededor de su cuello. Eric me acerca a su cuerpo mientras la voz de Malú dice:

Tú dices blanco, yo digo negro.
Tú dices voy, yo digo vengo.
Miro la vida en colores, y tú en blanco y negro.

—¿Sabes, pequeña?

—¿Qué, grandulón?

—Hoy al ver a la pequeña Lucía he pensado que...

—No... ¡Ni se te ocurra pedírmelo! ¡Me niego!

¡Maldición! Al decir esto último me he recordado a mi hermana. ¡Qué horror! Eric sonríe, me abraza todavía más fuerte contra él y murmura:

—¿No te gustaría tener una niña a la que enseñar motocross?

Me río y respondo:

—No.

—¿Y un niño al que enseñar a montar en *skateboard*?

—No.

Continuamos bailando.

—Nunca hemos hablado de esto, pequeña. Pero ¿no quieres que tengamos hijos?

¡Por todos los santos!, ¿qué hacemos hablando de este tema? Y mirándolo, cuchicheo:

—¡Oh, Dios, Eric! Si hubieras visto lo que yo he visto, entenderías que no quiera tenerlos. Se te pone eso... enorme..., enormeeeeeeeeee, y tiene que doler una barbaridad. No. Definitivamente me niego. No quiero tener hijos. Si quieres anular la boda lo entenderé. Pero no me pidas que piense en tener niños ahora mismo porque no quiero ni imaginármelo.

Mi chico sonríe, sonríe... y, dándome un beso en la frente, murmura:

—Vas a ser una madre excepcional. Sólo hay que ver cómo tratas a Luz, a Flyn, a *Susto*, a *Calamar* y cómo mirabas a la pequeña Lucía.

No contesto. No puedo. Eric me obliga a continuar bailando.

—No se cancela ninguna boda. Ahora cierra los ojos, relájate y baila conmigo nuestra canción.

Hago lo que me pide. Cierro los ojos. Me relajo, y bailo con él. Lo disfruto.

Cuatro días después dan de alta a mi hermana y dos días más tarde a la pequeña Lucía. A pesar de haber nacido antes de tiempo, la pequeña es fuerte como un roble y una auténtica muñequita. Mi padre no para de decir que es igualita a mí, y, la verdad, es morenita y tiene mi boca y mi nariz. Es una monada. Cada vez que Eric carga a la niña me mira con ojos melosos. Yo niego con la cabeza, y él se parte de risa. A mí no me hace gracia.

Los días pasan y llega la boda.

La mañana en cuestión estoy histérica. ¿Qué hago vestida de novia?

Mi hermana es una plasta, mi sobrina una traviesa y, al final, mi padre es quien tiene que poner orden entre nosotras. Vamos, lo de siempre cuando estamos juntas. Estoy tan nerviosa por la boda que pienso incluso hasta en escapar. Mi padre, al contárselo, me tranquiliza. Pero cuando entro en la abarrotada iglesia de San Cayetano del brazo de mi emocionado padre vestida con mi bonito traje de novia palabra de honor y veo a mi Iceman esperándome más guapo que en toda su vida con ese traje, sé que no voy a tener un hijo, voy a tener chorro mil.

La ceremonia es corta. Eric y yo así lo hemos pedido, y cuando salimos, los amigos y familiares nos cubren de arroz y pétalos de rosas blancas. Eric me besa, enamorado, y yo soy feliz.

El banquete lo celebramos en un bonito salón de Múnich. La comida es deliciosa; mitad alemana, mitad española, y parece gustarle a todo el mundo.

Eric, sorprendiéndonos, no ha reparado en gastos. No quiere que mi padre, mi hermana y yo nos sintamos solos, y ha hecho venir a mi buen amigo Nacho, y de Jerez al Bicharrón y el Lucena con sus mujeres, Lola la Jarandera, Pepi la de la Bodega, la Pachuca y Fernando con su novia valenciana. Según ellos, el *Franfur* se puso en contacto con ellos y los invitó con todos los gastos pagados. Incluso Eric ha invitado a las Guerreras Maxwell. ¡La locura!

¡Me lo como! Yo a mi marido me lo como a besos.

De Müller ha invitado a Miguel con su huracanada novia, a Gerardo con su mujer y a Raúl y Paco, que al verme, aplauden emocionados.

Brindamos con Moët Chandon rosado. Eric y yo entrelazamos nuestras copas y felices bebemos ante todos. La tarta es de trufa y fresa, expreso deseo del novio y, cuando la veo, los ojos me hacen chiribitas. Ni contar lo morada que me pongo.

Al abrir el baile de nuevo, mi ya marido me vuelve a sorprender. Eric ha contratado a la cantante Malú y en directo nos canta nuestra canción, *Blanco y negro*. ¡Qué momentazo! Abrazada a él, disfruto la canción mientras nos miramos enamorados. ¡Dios, cuánto lo quiero!

Tras aquello, una orquesta ameniza el baile. Sonia, mi padre y mi hermana están pletóricos de felicidad. Marta y Arthur aplauden. Flyn y Luz, divertidos, corren por el salón, y Simona y Norbert no pueden parar de sonreír. Todo es romántico. Todo es maravilloso y disfrutamos de nuestro bonito día.

Risueña, bailo con Reinaldo y Anita la *Bemba colorá* mientras gritamos «¡Azúcar!». Y Eric no puede parar de reír. Soy su felicidad.

Con Sonia, Björn, Frida y Andrés nos desmelenamos al bailar *September*, y cuando la canción acaba, Dexter pilla el micrófono y a capela nos canta un bolero mexicano dedicado a Eric y a mí. Yo sonrío y aplaudo.

Tengo unos excelentes amigos dentro y fuera de la habitación. Son personas como yo a las que les gusta el morbo y los juegos calientes entre cuatro paredes, pero que cuando salen de ellas son atentas, cariñosas, educadas y muy divertidas. Todos ellos me hacen dichosa y feliz.

El baile dura horas, y cuando veo a Dexter hablando animadamente con mi hermana, alarmada, miro a Eric, y éste me indica que no me preocupe. Al final, sonrío.

La fiesta acaba a las cuatro de la mañana, y por la noche mi padre y mi hermana con las niñas y Flyn se van a dormir a casa de Sonia. Quieren dejarnos la casa enterita para nosotros.

Cuando llegamos, Eric se empeña en cargarme en brazos para traspasar el umbral. Encantada dejo que me cargue y, cuando lo traspasamos me suelta, y, dichoso, susurra:

—Bienvenida al hogar, señora Zimmerman.

Encantada lo beso. Saboreo a mi marido y le deseo.

Cuando entramos y cierro la puerta, sin hablar, le quito el saco, la pajarita, la camisa, los pantalones y los calzoncillos. Lo desnudo para mí y sonrío al decir:

—Ponte la pajarita, Iceman.

Divertido, lo hace. ¡Dios!, mi alemán desnudo y con la pajarita es mi fantasía. Mi loca fantasía. Tiro de él y, al llegar a la puerta del despacho, lo miro y susurro:

—Quiero que me rompas el tanga.

—¿Segura, cariño? —pregunta riendo mi amor.

—Segurísima.

Eric, excitado, comienza a subir tela, y más tela..., y más tela. La falda del vestido es interminable. Al final, lo detengo entre risas.

—Ven..., siéntate en tu sillón.

Se deja guiar por mí. Hace lo que le pido y me mira.

Excitada, desabrocho la falda de mi bonito vestido de novia, y ésta cae a mis pies. Vestida sólo con el corpiño y la tanga, me siento con sensualidad sobre la mesa de mi enloquecido marido.

—Ahora, ¡rómpelo!

Dicho y hecho.

Eric rasga la blanca tanga, y cuando pasa sus manos por mi tatuado y siempre depilado monte de Venus, murmura con voz ronca:

—Pídeme lo que quieras.

Cuando dice eso cierro los ojos y me emociono.

Todo comenzó entre nosotros cuando me dijo esas palabras aquel día en el archivo de la oficina. Sonrío al recordar mi cara la primera vez que me llevó al Moroccio, o vi aquella grabación en el hotel, o le metí el chicle de fresa en la boca. Recuerdos. Recuerdos calientes, morbosos y divertidos pasan por mi mente mientras mi loco y ardiente marido me toca. Y dispuesta a sellar para siempre lo que un día comenzó, lo beso, agarro su erecto pene con mi mano, lo guío hasta mi húmeda hendidura, me empalo en él y, cuando mi amor jadea, lo miro a esos maravillosos ojos azules que siempre me han vuelto loca y susurro locamente enamorada:

—Señor Zimmerman, pídeme lo que quieras, ahora y siempre.

Megan Maxwell es una reconocida y prolífica escritora del género romántico. De madre española y padre americano, ha publicado novelas como *Te lo dije* (2009), *Deseo concedido* (2010), *Fue un beso tonto* (2010), *Te esperaré toda mi vida* (2011), *Niyomismalosé* (2011), *Las ranas también se enamoran* (2011), *¿Y a ti qué te importa?* (2012), *Olvidé olvidarte* (2012), *Las guerreras Maxwell. Desde donde se domine la llanura* (2012), *Los príncipes azules también destiñen* (2012), *Pídeme lo que quieras* (2012), *Casi una novela* (2013), *Llámame Bombón* (2013) y *Pídeme lo que quieras, ahora y siempre* (2013), además de cuentos y relatos en antologías colectivas. En 2010 fue ganadora del Premio Internacional Seseña de Novela Romántica; en 2010, 2011 y 2012 recibió el Premio Dama de Clubromantica.com y en 2013 recibió el AURA, galardón que otorga el Encuentro Yo Leo RA (Romántica Adulta).

Pídeme lo que quieras, su debut en el género erótico, fue premiada con las Tres plumas a la mejor novela erótica que otorga el Premio Pasión por la novela romántica.

Megan Maxwell vive en un precioso pueblecito de Madrid, en compañía de su marido, sus hijos, su perro *Drako* y su gato *Romeo.*

Encontrarás más información sobre la autora y sobre su obra en: www.megan-maxwell.com.